KRISTINA GÜNAK

Glück ist da, wo man es hinträgt

ROMAN

lübbe

Die Bastei Lübbe AG verfolgt eine nachhaltige Buchproduktion.
Wir verwenden Papiere aus nachhaltiger Forstwirtschaft und verzichten darauf, Bücher einzeln in Folie zu verpacken. Wir stellen unsere Bücher in Deutschland und Europa (EU) her und arbeiten mit den Druckereien kontinuierlich an einer positiven Ökobilanz.

FSC www.fsc.org MIX Papier | Fördert gute Waldnutzung FSC® C014496

Originalausgabe

Textredaktion: Anna Hahn, Trier
Titelillustration: © shutterstock: donatas1205 | Eisfrei | Kate Macate | Anastasia Lembrik | Nina Novikova | AkvarellDesign
Umschlaggestaltung: Christin Wilhelm, www.grafic4u.de
Satz: GGP Media GmbH, Pößneck
Gesetzt aus der New Caledonia LT Std
Druck und Verarbeitung: GGP Media GmbH, Pößneck
Printed in Germany
ISBN 978-3-404-18960-1

4 2 1 3 5

Sie finden uns im Internet unter luebbe.de
Bitte beachten Sie auch: lesejury.de

Kapitel 1

»Katha? Bist du dran?«

Ich tastete nach dem Schalter der Nachttischlampe und knipste das Licht an.

»Simon?«, fragte ich verdutzt, und meine Stimme klang rau vom Schlaf. »Natürlich bin ich dran. Du hast mich doch angerufen.« Ich hörte im Hintergrund ein Geräusch. Ein Scheppern, dann eine aufgeregt sprechende Stimme. »Hallo?«, fragte ich, jetzt etwas energischer. Auf meinem Tageslichtwecker leuchtete die Uhrzeit. Es war kurz nach Mitternacht. »Simon!« Mein Zwillingsbruder war nicht der Typ, der zu Spaßanrufen neigte. Außerdem kannte niemand mich besser als er, er wusste genau, dass ich ungehalten wurde, wenn man mich aus dem Schlaf riss. Außer man war ein Baby oder es war etwas passiert. Folglich kombinierte ich, dass etwas passiert sein musste. »Was ist los?«, fragte ich mit belegter Stimme und saß im nächsten Moment auf der Bettkante. Mein Herzschlag hatte an Tempo zugelegt.

»Danke«, sagte mein Bruder und klang dabei merkwürdig heiser. Er sprach nicht mit mir, wie mir nun aufging, aber bei wem um alles in der Welt bedankte er sich um diese Uhrzeit? Und wofür? Und dann war plötzlich eine fremde Frau am Handy.

»Elb-Klinik Bremervörde, Schwester Pia. Frau Heiden, Ihr Bruder hatte einen Unfall und ist hier bei uns in der Notaufnahme. Ich habe ihm jetzt mal das Telefon abgenommen. Er ist ein bisschen neben der Kappe. Er wollte Sie unbedingt anrufen.«

»Ist er okay?« Die Worte blieben mir fast im Hals stecken, aber ich bekam sie dennoch hervorgewürgt. Natürlich war er nicht okay. Er war im Krankenhaus.

»Es wäre gut, wenn Sie morgen früh mit ein paar Sachen für ihn vorbeikommen könnten«, sagte die freundliche Frau, aber Simon rief im Hintergrund: »Nein, jetzt. Sie muss jetzt kommen!« In seiner Stimme lag etwas, was ich das letzte Mal gehört hatte, als wir beide acht gewesen waren. Angst. Mein Bruder hatte aber keine Angst. Nicht mehr. Wenn es sein musste, nahm er es mit dem Teufel persönlich auf.

Unser Vater hatte uns zeit seines Lebens mit Nichtachtung gestraft, aber wenn er mehr als drei Bier getrunken hatte, wurde er von einer bösartigen Macht ergriffen, und dann mussten wir uns in Sicherheit bringen. Damals war das der Schrank gewesen, in dem wir hockten, bis unser Vater sich ausgetobt hatte. Nach dieser Nacht hatte Simon sich geschüttelt, erklärt, er fühle sich, als ob er in Drachenblut gebadet hätte und dass er ab sofort keine Angst mehr haben würde. Dabei war er geblieben. Und nun konnte ich selbst durch das Handy das Beben seiner Stimme hören.

»Ich komme sofort«, sagte ich deshalb und schob die Bettdecke beiseite. »Sagen Sie mir bitte nur, wie schlimm es ist.« Ein klein wenig verwirrt irrte ich mit dem Handy am Ohr durch mein Schlafzimmer. Keine Ahnung, warum ich das tat. Offenbar schien mein Unterbewusstsein etwas verloren zu haben.

»Es besteht kein Grund zur Eile. Ihr Bruder ist hier gut versorgt.« Kein Grund zur Eile? Simon lag in der Notaufnahme. Wenn die Schwester es so formulierte, konnte es sich nur um einen verschlüsselten Hinweis nachts um halb drei handeln. Danke, Schwester Pia.

»Passen Sie auf ihn auf. Ich komme. Jetzt.«

Jetzt war allerdings leichter gesagt als getan. Wenn ich mal schlief – und der Weg zum Tiefschlaf glich bei mir in letzter Zeit eher der Besteigung eines unbezwingbaren Berges –, brauchte ich danach sehr lange, um wieder klar denken zu können. Vor lauter Aufregung registrierte ich daher viel zu spät, dass Schwester Pia auf meine Frage, wie schlimm es sei, gar nicht geantwortet hatte.

Ich tigerte eine ganze Weile vollkommen orientierungslos quer durch meine kleine Wohnung, dann riss ich mich zusammen und zwang mich, einen Moment in den Innenhof zu schauen, der von der flackernden Lampe über dem Seiteneingang in ein zuckendes Licht getaucht wurde.

Ich atmete tief durch und versuchte, mich zu sortieren. Simon hatte genug Freunde, die ihm morgen einige Dinge in die Klinik bringen konnten. Ich wohnte immerhin in Berlin, zwei Stunden entfernt. Wenn er mich anrief, war es ernst. Es bedeutete außerdem, dass ich mich auf ein paar Tage Aufenthalt einstellen sollte. Es gab schließlich nur uns. Mona, Simon und mich.

»Also Sachen packen«, murmelte ich. »Anziehen. Zähne putzen. Mona informieren.« Ich ging ins Bad, um mir erst mal die Zähne zu putzen. Dabei saß mir die Angst um meinen Zwillingsbruder wie ein fetter Troll auf der Brust und machte mir das Atmen schwer. Ich klatschte mir etwas Wasser ins Gesicht, danach fegte ich alle meine Kosmetikartikel mit der Hand vom Regal in die Reisetasche, fand meine Bürste und das Deo in der Badewanne, warf beides dazu und rannte weiter in mein Schlafzimmer, um mit meinen Klamotten ebenso zu verfahren.

Schrank auf, alles raus, und direkt rein in die große Reisetasche, was nicht wirklich knifflig war. Ich besaß einfach nicht genug, um eine komplizierte Auswahl zu treffen. Ich klaubte noch ein paar Sachen vom Boden auf und stopfte sie dazu. Dann verpackte ich mein kostbares Podcast-Mikro in Knisterfolie, legte es sorgfältig zu meinen Unterhosen und Socken und schob den Laptop in meine Handtasche.

Nachdem ich meinen ganzen Kram in den Flur gestellt hatte, lief ich noch einmal zurück, um in Monas Zimmer nach meinem aktuellen Roman zu fahnden. Es war immer sinnvoll, Lesestoff mit sich zu führen. Egal, was passierte. Wenn ich ein Buch in der Tasche hatte, hatte das immer eine beruhigende Wirkung auf mich, was jetzt durchaus hilfreich wäre. Ich war so aufgeregt, dass ich das Blut durch meine Adern rauschen hören konnte. Es war also absolut notwendig, dass ich diesen Fantasyroman in Monas chaotischem Zimmer fand.

Meine Tochter las nicht nur ständig meine Bücher und verschleppte sie, sie hatte leider auch meine chaotische Ader geerbt, weshalb wir regelmäßig Dinge suchten. Suchen bestimmte unser Leben. Aber das Glück war mir hold: Der Roman lag aufgeschlagen auf ihrem ungemachten Bett. Ich griff ihn mir schnell und ignorierte dabei den aufgeklappten Koffer auf dem Boden, in dem diverse Kleidungsstücke herumlagen, als wären sie vom Himmel gefallen.

Ich entschied, Mona keine Nachricht per Handy zu schreiben oder sie gar anzurufen, stattdessen schnappte ich mir einen Klebezettel von ihrem Schreibtisch und notierte darauf: »Ich musste kurzfristig zu Simon. Mach dir keine Sorgen! Melde mich!« Damit sie ihn nicht übersah, klebte ich ihn an ihre Zimmertür. Sie übernachtete heute bei ihrer Freundin, ihre ganze Freundesclique feierte seit Wochen ihr bestandenes Abi, aber man wusste nie, ob sie am Ende nicht doch das heimische Bett bevorzugte. Sicher war sicher. Und wenn es um ihren geliebten Onkel ging, verstand meine Tochter keinen Spaß.

Zehn Minuten später befand ich mich auf der Autobahn in Richtung Hamburg. Die Straße war zu dieser Zeit wie leer gefegt, und so gab es nichts, worauf ich mich konzentrieren konnte. Es gab nur mich, meinen kleinen Fiat 500 und die Angst, die in mir kreiste und meinen Puls zu wahren Höchstleistungen antrieb.

Um die Anspannung einigermaßen in Schach zu halten, schaltete ich das Radio ein. Es lief Bach. Mona war mit meinem Auto unterwegs gewesen, sie hörte ständig Radio Klassik. Während sie Streichkonzerte und Bachkantaten liebte, hörte ich gerne *The Qemists* und *Rammstein*. Wir waren bezüglich unseres Musikgeschmacks beide nicht altersgerecht entwickelt. Ich ließ Bach laufen und hoffte auf eine beruhigende Wirkung.

Zur Elb-Klinik in Bremervörde brauchte ich weniger als vier Stunden. Als ich den in krankenhausgrün gehaltenen Eingangsbereich betrat, fühlte ich mich sofort an die Nacht erinnert, in der Mona zur Welt gekommen war. Stundenlang war ich mit Wehen durch so eine Halle gewandert, hatte mich stöhnend gegen die Wände gelehnt und eine allumfassende Einsamkeit verspürt. Bis zu dem Augenblick, als Mona schließlich ihren ersten Atemzug tat. Und während andere sich sanft von ihrer Kindheit und Jugend lösten, sich vortasteten in das Erwachsenenleben, es kosteten und probierten, war ich in diesem Moment von der Klippe gesprungen. Ich war mit siebzehn schlagartig erwachsen geworden.

Die Halle war genauso leer gefegt wie die Autobahn, und das altvertraute Gefühl von Einsamkeit griff nach mir. Der Nachtpförtner saß in einem Glaskasten. »Wo ist die Notaufnahme?«, fragte ich atemlos, woraufhin er nur wortlos nach rechts wies, wo ein großes Schild die Wege zu den einzelnen Stationen aufzeigte.

Zur Notaufnahme ging es links lang. Also bog ich dort ab, und während ich über den stillen Flur lief und mich anstrengte, meine Füße zu bändigen, damit sie nicht losrannten, brannte mir der typische Krankenhausgeruch, trotz der FFP2-Maske, in der Nase.

Ich durchquerte zwei große Flügeltüren, die sich jedes Mal wie von Geisterhand öffneten, dann stand ich in der topmodernen und hell erleuchteten Notaufnahme. Am Tresen saß niemand, doch bevor ich irgendjemanden suchen konnte, tauchte plötzlich eine Frau vor mir auf.

»Trotz Maske! Die gleichen Augen wie Ihr Bruder! Das ist ja verrückt«, sagte sie und starrte mich an. Es war nicht so, dass mir das nicht schon öfter passiert war, aber in diesem Kontext brauchte ich ein paar Atemzüge, bis ich endlich begriff, was sie meinte.

»Sie sind Frau Gilmore«, stellte die Frau fest und klang dabei äußerst zufrieden. Ich war natürlich keinesfalls Frau Gilmore, aber Nerven, um das klarzustellen, hatte ich gerade wirklich nicht. Es war nur verwunderlich, dass Simon ihr von meinem Pseudonym erzählt hatte, deswegen fragte ich bloß: »Wo ist er?«

»Ich bin Schwester Pia, wir haben telefoniert. Na, dann kommen Sie mal mit.« Die Frau drehte sich schwungvoll um und wirkte dabei so energiegeladen, dass ich sie etwas beneidete. Ich folgte ihr durch den Flur. »Ihr Zwillingsbruder ist von einer Leiter gefallen. War eine hohe Leiter.« Mein Herz blieb quasi auf der Stelle stehen. Zwar nur für ein paar Sekunden, aber ich musste einen Klagelaut von mir gegeben haben, denn Schwester Pia wandte sich im Gehen zu mir um. »Er hat echt Glück gehabt. Die Ärztin kommt auch gleich noch mal und erzählt Ihnen mehr. Er war schon im MRT und beim Röntgen, und jetzt warten wir noch auf weitere Ergebnisse. Dann kommt er auf Station.« Sie blieb vor einer schweren Schiebetür aus Aluminium stehen. »Erschrecken Sie sich nicht, Ihr Bruder sieht nicht gerade gut aus.«

Mein Bruder sah immer gut aus. Er war der Inbegriff der gepflegten und extravaganten Erscheinung. Allerdings war davon in dieser Nacht nicht viel zu merken, denn ohne seinen pinkfarbenen Irokesenschnitt hätte ich ihn nicht direkt erkannt. Simon sah nämlich aus, als wäre er mit zweihundert Sachen gegen einen Brückenpfeiler gefahren.

»Ich habe Ihre Schwester gefunden«, verkündete die Krankenschwester und klang dabei unglaublich fröhlich. Für sie waren von Leitern stürzende Brüder vermutlich alltägliche Begebenheiten. Für mich nicht. Ich starrte ihn entsetzt an. Simons linke Gesichtshälfte war geschwollen, das Auge bekam er gar nicht auf, und er hatte einen tiefen, frisch genähten Schnitt über der Augenbraue. Sein linker Arm war bis zur Schulter dick bandagiert und ruhte auf einem Kissen. Schlagartig wurde mir ein klein wenig flau im Magen. Simon schwieg.

Ich war eigentlich hart im Nehmen. Letzte Woche hatte sich einer der Köche im *La Calmvalera* mit einem Messer fast eine Fingerkuppe abgeschnitten. Köche schnitten sich ständig in irgendwelche Körperteile. Ich hatte, wie üblich, Erste Hilfe geleistet, und es hatte mir nichts ausgemacht. Ich hielt einiges aus, solange es nicht um die Menschen ging, die ich beinahe mehr liebte als mich selbst. Mona und Simon. Als Mona sich letztens den Finger in der Küchenschublade eingeklemmt hatte, wäre ich fast in Ohnmacht gefallen. Vorsorglich setzte ich mich schnell auf den kleinen Hocker, der neben der Behandlungsliege stand.

»Er hat Schmerzmittel bekommen.« Schwester Pia drehte sich zu mir. »Deswegen ist er etwas durch den Wind. Passen Sie auf, dass er nicht wieder versucht, aufzustehen, um nach Hause zu fahren, ja? Das hat er jetzt ein paarmal probiert. Wenn was ist, klingeln Sie.« Einen Moment lang betrachtete sie mich, dann murmelte sie: »Es ist ja fast unheimlich, wie ähnlich Sie sich sehen. Das ist bei zweieiigen Zwillingen doch sehr ungewöhnlich.« Und mit diesen Worten verschwand sie energischen Schrittes, schob die Tür hinter sich zu, nur damit diese Augenblicke später wieder aufgerissen wurde. Eine große, blonde Frau hastete in den Raum.

»Hallo! Ich bin Dr. Kartos«, begrüßte sie mich, Simon hingegen reagierte so rein gar nicht auf ihr Auftauchen.

»Hallo«, sagte ich also für uns beide. Dr. Kartos hielt sich nicht lange auf. »Ihr Bruder hat sich nur«, das *nur* setzte sie mit den Fingern in imaginäre Gänsefüße, »den linken Oberarm gebrochen. Er kann von großem Glück sagen, dass er es noch geschafft hat, selbst den Notarzt zu rufen. Hätte er dort länger so gelegen, wäre es sicherlich nicht so glimpflich ausgegangen. Dazu kommen nämlich noch eine heftige Gehirnerschütterung, diverse Prellungen und sein linkes Knie schauen sich die Kollegen aus der Orthopädie morgen noch einmal genauer an. Ich habe es Ihrem Bruder schon erklärt: Die Humerusfraktur kann konservativ versorgt werden. Die kommenden Tage wird das noch einmal intensiv begutachtet. Aber einige Wochen wird er wohl ausfallen. Da müssen Sie sich gedulden. Das braucht Zeit.« Sie tätschelte meinem regungslosen Bruder vorsichtig den unverletzten Arm, nickte mir zu und verschwand so eilig, wie sie aufgetaucht war. Als die Tür sich mit einem Zischen hinter ihr schloss, drehte Simon den Kopf in meine Richtung und atmete tief durch. Dabei rasselte es hörbar in seiner Brust. Erschrocken blickte ich ihn an.

»Was wolltest du auf einer Leiter? Mitten in der Nacht?«, fragte ich schließlich, weil er mich nur einäugig ansah.

»Birne wechseln«, erwiderte Simon, dann räusperte er sich. Erneut dieses Rasseln in seiner Brust. Das Geräusch machte mir Angst. »Katha. Kannst du dir ein paar Tage freinehmen und zur Burg fahren? Kannst du dich um alles kümmern? Ich bezahle dir auch den Verdienstausfall.« Er sprach abgehackt, so als habe er trotz der Medikamente immer noch Schmerzen.

»Warum um alles in der Welt kletterst du nachts auf eine Leiter und versuchst eine Birne auszuwechseln?«, fragte ich erneut. Das war doch nicht normal! Aber Simon antwortete nicht auf meine Frage, stattdessen sagte er: »Bitte versprich mir, dass du ein paar Tage bleibst. Ich brauche dich.«

Ich biss kurz die Zähne aufeinander. Allein die Vorstellung, mitten in der Nacht zur Burg zu fahren, löste bei mir ein Kribbeln im Nacken aus. »Am zehnten August ist die große Hochzeit. Bis dahin muss alles laufen. Morgen um elf ist eine Besprechung. Du musst allen sagen, was passiert ist. Bitte, Katha. Kannst du das tun?« Sein Tonfall hatte plötzlich etwas Flehentliches. Völlig untypisch für Simon. Er presste für einen Moment mit schmerzerfüllter Miene die Lippen zusammen.

Simon war der Starke. Simon war das wandelnde Klischee des schwulen Mannes, mit seiner ausgefallenen Kleidung, den immer dazu passend lackierten Fingernägeln und dem pinkfarbenen Irokesenschnitt, der zu seinem Markenzeichen geworden war. Mein Zwillingsbruder war der coole Typ, der aus dem Nichts Burg Heidenfeld, das schreckliche Zuhause unserer Kindheit, zu einer der angesagtesten Hochzeitslocations in Deutschland gemacht hatte. Es verging keine Woche, in der nicht ein Bild von ihm in irgendeiner Klatschzeitung oder auf irgendeinem Social-Media-Kanal auftauchte. Wenn es irgendwo eine Bühne gab, war mit Sicherheit anzunehmen, dass mein Bruder raufspringen würde. Wir mochten uns ähnlich sehen, doch davon durfte man sich nicht täuschen lassen. Wir waren so unterschiedlich wie der arktische Winter (ich) und ein lauer Sommerabend in Saint-Tropez (er).

»Natürlich bleibe ich. Aber deine Mitarbeiter werden das schon hinbekommen«, erklärte ich schließlich.

»Nein!« Simon sprach plötzlich unverhältnismäßig laut, und ich zuckte zusammen. »Die können das nicht! Ich brauche dich.« Er atmete tief durch. »Du kannst bei Otto schlafen. Im Westflügel.« Seine Stimme klang jetzt verwaschen und sein Tonfall deutlich gesenkter. Was er sagte, ließ mich unbehaglich auf meinem Stuhl rutschen. Otto war schließlich im Himmel, vielleicht war mein Bruder auf einem kleinen Medikamententrip? Und dann fragte er ganz leise, so leise, dass ich ihn kaum verstehen konnte: »Kannst du meine Hand halten?« Seine Stimme zitterte am Ende der Frage, und ich sah ihn einen Moment erstaunt an. Dann rollte ich auf dem Hocker ein Stück näher und nahm seine Hand. Sie war kalt. Seine Finger schlossen sich um meine Handfläche, als müsse er sich festhalten. Als wäre ich der Rettungsanker, der ihn vor dem Untergang bewahren könnte.

»Schlaf ein bisschen. Ich fahre zur Burg und kümmere mich um alles«, sagte ich ebenso leise und fügte dann hinzu: »Solange ich keine Trauреden halten muss.« Im Gegensatz zu meinem Bruder nahm ich beim Anblick einer Bühne die Beine in die Hand und rannte um mein Leben. Simon und ich waren tief verbunden durch unser Zwillingssein, aber unsere Persönlichkeiten könnten unterschiedlicher nicht sein.

Simon schlief zügig ein. Schwester Pia kam noch zweimal vorbei, und irgendwann rüttelte sie mich sanft an der Schulter, weil ich, mit der Stirn auf Simons Arm, ebenfalls weggenickt war. »Fahren Sie mal. Er kommt gleich auf Station. Kommen Sie morgen wieder. Sie brauchen auch Schlaf.« Beinahe lautlos hantierte sie an der Infusion hinter der Liege. »Wer ist denn von Ihnen beiden zuerst zur Welt gekommen?«

»Ich«, antwortete ich müde. Schwester Pia lächelte mir zu. »Kein Wunder, dass er sofort nach seiner großen Schwester verlangt hat.« In der Tat ein riesiges Wunder, aber das konnte sie natürlich nicht wissen, daher nickte ich nur und zog meine Hand vorsichtig aus Simons festem Griff. Er regte sich nicht. »Kann ich Ihnen noch meine Handynummer dalassen? Falls etwas sein sollte«, fügte ich hinzu und stand auf.

»Na klar. Die Kollegin ist am Tresen. Die schreibt sie auf. Gute Nacht!«

»Vielen Dank für alles«, sagte ich und strich meinem kleinen Bruder, der exakt zehn Minuten nach mir geboren worden war und der dabei die gesamte Glitzer- und Glossy-Ausstattung einer mittleren Kleinstadt abbekommen hatte, eine Strähne seines pinkfarbenen Haares aus dem Gesicht. »Ich bin morgen früh wieder hier. Erhol dich«, flüsterte ich ihm zu.

Wie müde ich war, merkte ich, als ich im hell erleuchteten Flur der Notaufnahme einen Moment blinzelnd stehen bleiben musste. Die rote Digitaluhr an der Wand verkündete, dass es halb fünf war. Irgendwo hinter einer der unzähligen Schiebetüren weinte ein Kind. Hoffentlich war es nicht schlimm krank. Meine Hartgesottenheit bezog sich nämlich wirklich nur auf fremde und erwachsene Menschen. Bei Kindern war ich grundsätzlich ein Stück Butter in der strahlenden Augustsonne. Aber das war vermutlich eine Nebenwirkung des Mutterseins. Mütter waren berührbar. Auf allen Ebenen, und das war manchmal gar nicht so gut.

Ich atmete noch einmal tief durch, orientierte mich kurz, stellte fest, dass ich in die falsche Richtung unterwegs war, und drehte um. Vor dem Tresen der Notaufnahme hatte sich eine kleine Menschentraube gebildet, also lehnte ich mich an die Wand, um zu warten. Ganz vorne diskutierte ein Mann, dessen Frisur man ansah, dass er keine Gedanken an sie verschwendet hatte. Die blonden Strähnen lagen wild durcheinander. Ich mochte blonde Männer, und deswegen sah ich etwas genauer hin. Er trug eine schwarze FFP2-Maske und hatte interessante braune Augen. Und genau die kamen mir plötzlich vage bekannt vor.

Er diskutierte nicht auf eine unangenehme Weise, war nicht etwa laut oder unflätig. Trotzdem hatte sein Tonfall etwas Unnachgiebiges. Ich sah noch genauer hin. Der Typ roch nach Geld und guter Bildung. Im nächsten Moment hob er den Kopf, und unsere Blicke trafen sich.

»Es hat sich gerade geklärt. Danke für Ihre Zeit«, sagte er zu der maximal genervten Schwester hinter dem Tresen, dann kam er auf mich zu.

»Hallo Katharina!« Mein altes Leben brach offenbar schneller über mich herein, als ich mir hatte träumen lassen.

»Hallo. Und wer bist du?«, fragte ich knapp zurück, weil der Typ zwar nach Elite-Schulen, reinrassigen Dressurpferden und exzellenten Lebensläufen roch, ich aber immer noch keine Ahnung hatte, wer hier vor mir stand. Die Maske half beim heiteren Rätselraten keinesfalls.

»Leonhard von Bredow. Ich bin mit Simon zur Schule gegangen«, erklärte er und machte dabei den Eindruck, als wäre es völlig unmöglich, dass ich mich nicht an ihn erinnerte. Ich kramte weiter in meinem Hirn. »Simon hat mir eine völlig aufgelöste Sprachnachricht geschickt, aus der ich überhaupt nicht schlau geworden bin. Was ist passiert?« Leonhard von Bredow strich sich die Haare aus dem Gesicht und wirkte plötzlich sehr besorgt. Ich konnte mich immer noch nicht an ihn erinnern. Die Jungs aus meiner Jugend waren zu einer homogenen, grässlichen Masse verschmolzen, und irgendwo da drin war vermutlich auch Herr von Bredow verbacken.

»Er ist von einer Leiter gefallen«, sagte ich.

»Was? Mitten in der Nacht?« Leonhard schien so schockiert, wie ich mich fühlte. Ich nickte. »Warum macht er denn so was?«, fragte er, und ich hob kurz die Hände, um zu signalisieren, dass ich keine Ahnung hatte. Schließlich hatte ich die genauen Hintergründe des Vorfalls auch noch nicht ergründen können. »Und wie geht es ihm?« Er straffte die Schultern, als müsse er sich wappnen. Es war diese Reaktion, diese offensichtliche Angst, dass meinem Bruder etwas Schlimmes passiert sein könnte, die mich anrührte, und so schob ich alle negativen Gedanken über die Jungs aus meiner Jugend zur Seite und erzählte Leonhard von Bredow, was ich wusste: »Er hat sich den Oberarm gebrochen. Und überall Prellungen und Schnitte. Und irgendwas am Knie. Er kommt gleich auf die Station.«

Leonhard atmete aus. Offenbar hatte er die Luft angehalten. »Nicht gut, aber es klingt, als könnte er das überstehen. Ohne Konsequenz für sein späteres Leben.«

Wieder nickte ich, erstaunt über diese Formulierung. »Ich fahre zur Burg und bringe ihm später ein paar Sachen vorbei.«

»Okay. Ich bleibe hier. Sie lassen mich zwar nicht zu ihm, die Schwester war da sehr resolut, aber ich setze mich irgendwohin und … bin halt da. Gibst du mir deine Handynummer?«

Ich diktierte ihm meine Nummer, er rief mich kurz an, damit ich auch seine abspeichern konnte, dann sprach ich noch kurz mit der Schwester am Empfang und verließ das Krankenhaus.

Wenn Simon diesem Leonhard mitten in der Nacht eine Sprachnachricht schickte, mussten die beiden gut befreundet sein. Dass ich Leonhard so gar nicht einordnen konnte, war allerdings ungewöhnlich. Oder es zeigte, wie wenig ich über das Leben meines Bruders wusste.

Kapitel 2

Ich musste die Route nach Burg Heidenfeld in mein Navi eingeben, obwohl ich den Weg theoretisch kennen sollte. Ich war hier in der Gegend schließlich großgeworden. Aber der Spruch: »Nach müde kommt blöd« traf auf mich schon immer vollumfänglich zu. Heute Nacht war ich außerdem in einem totalen emotionalen Ausnahmezustand.

Simon hätte sterben können. Die Wucht dieser Erkenntnis ließ meine Hände zittern. Und zu allem Überfluss war ich nun auch noch allein unterwegs zu dem Ort meiner Kindheit, etwas, was ich in den vergangenen Jahren gerne vermieden hatte. Wenn ich hergekommen war, dann immer nur mit Mona an meiner Seite. Allein hatte ich Burg Heidenfeld gemieden wie eine Katze das Badewasser, und mein letzter Besuch lag auch schon wieder fast ein Jahr zurück.

Das Navi lotste mich von der Bundesstraße auf die Landstraße. Die Sonne schickte sich an, ihren Schlaf zu beenden, und tauchte den Horizont in einen unwirklichen roten Schein.

Im Radio lief jetzt ein Streichquartett, was furchtbar nervte. Ich schaltete die Musik aus und beobachtete, wie die Landschaft sich um mich herum veränderte, je weiter ich mich von der Bundesstraße entfernte. Die Wälder wurden dichter, die landwirtschaftlich bewirtschafteten Flächen weniger. Ganz langsam erhellte die aufgehende Sonne die weiten Wiesen und die einzelnen großen Bäume, die hier überall standen und ihre knorrigen Äste zum Himmel reckten. Woanders waren diese mitten auf den Feldern und Wiesen stehenden Riesen zugunsten einer wirtschaftlicheren Ackerpflege längst gefällt und verheizt worden. Aber hier standen sie noch und schmückten die Landschaft.

Kurz hinter Heidenhausen bog ich links in den Waldweg ein. Burg Heidenfeld war hier schon ausgeschildert. Ich schluckte trocken, denn direkt dahinter stand das große Schild der Reitsportanlage St. Georg am Straßenrand. Noch ein Ort meiner Kindheit. Ich hatte dort quasi gewohnt. Zusammen mit Otto, meinem leicht übergewichtigem und etwas zu groß geratenem Shetlandpony. Er war meine erste große Liebe gewesen, und das Ganze war für uns beide nicht gut ausgegangen.

Ich zwang meinen Blick zurück auf die Straße, um die kleine kopfsteingepflasterte Abzweigung zur Burg nicht zu verpassen.

Der Burgpfad, wie er von allen genannt wurde, wand sich einmal quer durch den Wald, bis sich das Dickicht und die Bäume zurückzogen und man letztendlich den direkten Blick auf den Heidenfeld hatte, die Anhöhe, auf der die Burg meiner Vorfahren seit fast tausend Jahren thronte und der sie ihren Namen verdankte. Ich hielt einen Moment den Wagen an und ließ die monumentale Aussicht wirken. Dann sagte ich: »Arschlochburg!« und gab Gas.

Man konnte das letzte Stück des Burgpfads, der Teil, der sich durch die sattgrünen Wiesen schlängelte, in erstaunlicher Geschwindigkeit nehmen. Simon und ich hatten das damals auch ohne Führerschein mehrfach ausprobiert. Mein Fiat gab sich wirklich Mühe, meinem plötzlichen Bewegungsdrang nachzukommen, und so schoss ich die letzten Meter wie aus der Kanone abgefeuert auf die Burg zu. Ich drosselte das Tempo erst wieder, als ich kurz davor war, die steinerne Brücke über den Burggraben zu überqueren.

Nicht mehr ganz so rasant fuhr ich in den Burghof und drehte eine Runde. Der Hof war wie zu erwarten leer. Simon lebte hier allein, sein Wagen parkte hinter dem Palas in einer der Scheunen. Ich hingegen stellte jetzt mein Auto mitten auf den Hof. Früher, als meine Eltern und ihre Angestellten hier noch lebten, hatte es ein beständiges Gerangel um Parkfläche gegeben. Bis mein Vater sämtliche Fahrzeuge aus dem Burghof verbannt hatte. Er hatte gerne durchgegriffen, wie so ein Baron aus alten Zeiten. Alle mussten ab dem Zeitpunkt auf der anderen Seite der Burg parken. Nur er nicht. Und jetzt stellte ich mich einmal quer mitten in den Hof, einfach weil ich es konnte, und mir war durchaus bewusst, wie albern das war.

Ich stieß die Tür auf und stieg aus. Über mir sangen die ersten Vögel, die Luft roch würzig frisch. Die uralte Kletterrose Angelika Abendstern von Abbenrode stand in voller Blüte und verwandelte die Südseite des Burghofes, der von dicken Mauern eingefasst war, in ein Meer aus zartem Rosa und Weiß.

Diese Rose und ich hatten kein gutes Verhältnis. Als Kind war ich mal mit dem Roller frontal in sie hineingefahren und hatte bei dieser Auseinandersetzung eine Narbe auf der Stirn davongetragen.

An meinen Füßen wurde es unangenehm nass. Ich blickte nach unten. Ich stand in einer Pfütze. Der einzigen Pfütze auf dem ganzen Burghof. Vermutlich auch der einzigen Pfütze in ganz Norddeutschland.

»Echt jetzt?«, fragte ich und hob das Gesicht zum Himmel. Ich atmete tief durch, und mir fiel ein, dass ich nur dieses eine Paar Schuhe dabeihatte. In den durchnässten Sneakers stakste ich zum Kofferraum, um mir fluchend mein Gepäck zu schnappen. Die wuchtige, doppelflügelige Eingangstür der Burg war nicht abgeschlossen, und ich schob sie unter vollem Körpereinsatz auf, während ich mich innerlich wappnete.

Burg Heidenfeld roch – wahrscheinlich seit sie erbaut wurde – nach Staub, Moder und tendenziell immer etwas faulig. Ich trat ein, und die Tür fiel mit einem Krachen hinter mir ins Schloss.

Dunkelheit umfing mich, und wie erwartet war es kühl. Aber der Geruch nach tausend Jahren Staub und Einsamkeit blieb aus. Ich runzelte die Stirn. Es duftete dezent nach Sandelholz und Leder. Durchaus ansprechend. Dafür war es stockduster. Mit der linken Hand tastete ich nach dem Lichtschalter, bekam ihn zu fassen und drehte den Knauf, woraufhin der riesige Kronleuchter der Eingangshalle seine gefühlt hunderttausend Birnen entzündete.

Das sich mir bietende Bild war so erschreckend, dass ich erst mal wieder zum Schalter langte und ihn drehte. Dann atmete ich mehrmals tief durch, während mir meine eiskalten, nassen Füße überdeutlich ins Bewusstsein sprangen. Schlussendlich hatte ich genug Mut gefasst und machte das Licht wieder an.

Auf den uralten Steinfliesen lag die riesige Leiter unseres ehemaligen Burgverwalters. Sie hatte im Fallen eines der barocken Tischchen unter sich begraben, dessen Beine jetzt zersplittert zwischen den Trittstufen herausstachen.

Daneben stand ein geöffneter Werkzeugkasten, der großflächig mit Blut befleckt war. Knapp dahinter lagen noch ein paar vereinzelte Plastikverpackungen, und eine blutige Kompresse hatte sich unter dem Sessel versteckt. Das sah alles nach einem äußerst eiligen Aufbruch aus. Niemand schien Zeit gehabt zu haben, einen Gedanken an denjenigen zu verschwenden, der dieses Stillleben zu Gesicht bekommen würde.

»Du verdammte Scheißburg wolltest also meinen Bruder umbringen, ja?«, fragte ich in Richtung Decke, die sich zehn Meter über mir in ihrer vollen Pracht emporwölbte. Der monumentale Kronleuchter beschien die ganze Szenerie, und einen Moment lang betrachtete ich ihn, bis ich die kaputte Birne entdeckte. Eine einzige verdammte Glühbirne hatte das Leben meines Bruders in Gefahr gebracht. Das war doch verrückt.

Das Klingeln meines Handys riss mich aus meiner Erstarrung und brachte meinen Puls wieder auf Hochtouren.

»Was ist mit Onkel Simon?«, fragte meine Tochter ohne weitere Begrüßung. Sie nannte ihn immer Onkel Simon. Das war so, seitdem sie sprechen konnte, und es würde wohl für immer so bleiben, dabei war sie mittlerweile neunzehn.

»Alles okay«, erwiderte ich schnell. Die Kälte aus meinen Füßen kroch mir jetzt langsam die Beine hoch und ließ mich schlottern. In knappen Worten erklärte ich ihr, was passiert war. »Ich dachte, du schläfst bei Mila?«, beendete ich meinen kleinen Monolog.

»Wollte ich auch. Aber dann hatte ich doch mehr Lust auf mein eigenes Bett. Und dein Buch. Wird er wieder gesund?«, fragte Mona, und ich hörte ein feines Zittern in ihrer Stimme.

»Davon gehen wir jetzt einfach mal aus«, sagte ich fest.

»Und wie geht es dir?«, fragte meine Tochter. Sie klang besorgt.

»Ich bin sehr erschrocken und werde wohl eine Weile hierbleiben, um Simon zu unterstützen. So schnell lassen die ihn bestimmt nicht aus der Klinik raus.«

»Ich komme auch. Soll ich die USA absagen?«, fragte meine Tochter. Mona würde in wenigen Tagen zu ihrem leiblichen Vater und seiner Familie in die USA gehen, um dort im September ihr Studium anzufangen. Eine Tatsache, die mir seit Wochen, seit Mona ihr Abi in der Tasche hatte, wie der sprichwörtliche Stein im Magen lag. Liebend gerne würde ich rufen: *Ja, ja, ja, bitte bleib hier!*, denn ich konnte mir ein Leben ohne Mona nicht vorstellen, doch stattdessen sagte ich: »Bist du verrückt?« Die mütterliche Contenance zwang mich dazu.

»Aber wenn Onkel Simon uns braucht? Ich kann das alles absagen oder verschieben!« Monas Stimme zitterte jetzt hörbar, und ich wusste, dass sie wirklich sofort alles absagen würde, wenn ich sie darum bat. So war sie.

»Ich bin doch da!«, erklärte ich deswegen nachdrücklich.

Mona schwieg einen Moment, dann sagte sie: »Ja. Aber du

und die Burg … ihr seid nicht so kompatibel.« Freundlich ausgedrückt.

»Ich bin direkt bei meiner Ankunft in die einzige Pfütze im Umkreis von zehn Kilometern getreten, und vorher hat der alte Kasten versucht, Simon die Lebenslichter auszublasen. Sieh es mir nach, dass ich nicht gerade gut auf diese Hütte zu sprechen bin«, erwiderte ich.

Mona senkte die Stimme. »Du musst den Bann brechen, Mama.«

Ich räusperte mich, denn plötzlich saß ein fettes Kriechtier in meiner Kehle. Mona hatte einen Witz gemacht. Leider fühlte es sich nicht so an.

»Haha«, sagte ich sehr viel munterer, als mir zumute war, und vielleicht war es auch gar kein Witz gewesen.

»Und wer soll die Trauungen abhalten? Diesen ganzen Glitzer-Wahnsinn?«, fragte sie weiter, weil sie nun mal vom Stamme der Hartnäckigen war. Das hatte sie definitiv nicht von mir. Ich begnügte mich momentan damit, den Tatort anzustarren, während meine Hände inzwischen nicht mehr nur eiskalt, sondern auch noch schwitzig waren. Eine unangenehme Konstellation.

»Tja, ich jedenfalls nicht. Aber er hat ja schließlich Mitarbeiter«, erklärte ich fest. Meine Tochter setzte an, etwas zu sagen, sie würde das noch weiter diskutieren wollen, diskutieren war ihr großes Hobby, seit sie drei Jahre alt war, doch ich unterbrach sie. »Wir gehen jetzt beide schlafen. Morgen sehen wir weiter.«

»Es ist doch schon morgen! Ich komme jetzt«, rief Mona.

»Nein. Also ich meine Ja. Aber erst wird geschlafen. Jetzt können wir eh nichts ausrichten. Verstanden, Tochter?«

»Verstanden, Mutter«, antwortete sie und fügte hinzu: »Ich hab dich lieb.«

»Ich dich auch, so was von. Ab ins Bett.«

Ich drückte das Gespräch weg, steckte mir das Handy in die Hosentasche und gab mir große Mühe, meine jetzt arktisch kalten Füße zu ignorieren, um wenigstens noch die blutige Kompresse wegzuräumen. Ich stopfte sie kurzerhand in den ebenfalls blutigen Werkzeugkoffer, versuchte dabei, nicht allzu genau hinzusehen, und klappte ihn dann zu. Mit dem Fuß schob ich das Teil neben das Feuerholz, das dekorativ vor dem riesigen Kamin aufgeschichtet war. Hier fiel der Kasten wenigstens nicht auf den ersten Blick auf. Um alles andere würde ich mich später kümmern, damit Simons Mitarbeiter nicht auch so einen Schreck bekamen wie ich. Dann schulterte ich mein Gepäck und machte mich an den langwierigen Aufstieg in den Schlaftrakt.

Ursprünglich hatten hier überall im Treppenaufgang Wandteppiche gehangen. Es hatte auf jeder Etage Ritterrüstungen gegeben, uralte, riesige Truhen, an den Wänden Schwerter und vor jeder Nische und jedem Fenster dunkelrote, staubige Vorhänge. Alles war erdrückend und schwer gewesen. Sicherlich ein spannendes Erlebnis als Sonntagsausflug, wenn man aber in so einem Ambiente groß wurde, hatte das durchaus auch mal aufs Gemüt gedrückt. Zumal unser alter Burgverwalter Manfred Heimsen immer behauptet hatte, dass es auf Burg Heidenfeld spukte. Beim Gedanken daran beschleunigte sich automatisch mein Schritt. Ich war zwar nie einem Geist begegnet, aber die dicken Mauern hatten die negative Energie von so vielen Generationen gespeichert, dass ein Spuk fast schon unvermeidlich war.

Die Wandteppiche waren verschwunden. Das hölzerne Treppengeländer war auch nicht mehr in einem dreckigen Dunkelbraun lackiert, sondern erstrahlte in einem honigfarbenen Holzton.

Simon hatte das Anwesen nach dem Tod unserer Mutter übernommen und sich erst mal mit den Schulden herumschlagen müssen. Dann hatte er mit der Renovierung begonnen und gleichzeitig seine Kontakte als Eventmanager in der Musikbranche genutzt.

Burg Heidenfeld war um 1200 erbaut. Es gab einen Burgfried, große Stallungen und vor knapp einhundert Jahren war noch eine riesige Scheune hinzugekommen. Unzählige Möglichkeiten, um Events den perfekten Rahmen zu geben. Auf Burg Heidenfeld fanden nicht nur Hochzeiten statt, hier waren auch schon zahlreiche Musikvideos und sogar ein Film gedreht worden.

Und in all der Zeit renovierte Simon unverdrossen weiter. Vor wenigen Wochen hatte er auch die Gästezimmer im Westflügel fertiggestellt, die ich bisher nur von seinen Plänen und Fotos kannte. Ich bog also von der Treppe ab und betätigte den Lichtschalter, auch hier ganz klassisch mit einem Knauf in der Mitte, und blieb dann erstaunt stehen. Lichtspots erhellten den gesamten Flur. Der Boden bestand aus breiten, golden glänzenden Schiffsdielen, die Wände waren nur mit einem Lehmputz versehen.

Mit einer Hand zog ich einen der schweren Brokatvorhänge in Rosa auf und sah direkt hinaus auf die weitläufigen Wiesen, die sich in sanften Hügeln bis zum Wald erstreckten. Die Fenster waren allesamt neu, aber im alten Doppelflügel-Stil und aus unbehandeltem Holz. Die goldene Griffolive schimmerte in der Morgensonne.

Ich ging mit meiner geschulterten Tasche zur ersten Tür. »*Lucy*«, stand in geschwungenen Lettern darauf. Verdutzt lief ich weiter. Auf der nächsten Tür hing ein Schild mit der Aufschrift »*Isabella*«, und jetzt endlich verstand ich, dass Simon nicht im Schmerzmittelwahn vor sich hin fantasiert hatte, sondern allen Ernstes die Gästezimmer nach den vierbeinigen Lebensbegleitern unserer Kindheit benannt hatte.

»Ach Simon«, seufzte ich. Isabella war der Name unserer kleinen Dackelhündin, und Lucy war Simons erstes Kaninchen gewesen. Ich ging weiter. An der nächsten Tür stand dann tatsächlich »*Otto*«.

Ich schob sie auf, schlüpfte hinein und schloss sie direkt wieder. Danach drehte ich den Schlüssel. Das würde keine potenziellen Geister aufhalten, aber ich hatte hier schon mein Zimmer abgeschlossen, da glaubte ich auch noch, dass manche Dinge im Leben sich niemals ändern würden. Dabei war doch nichts beständiger als der Wandel. Für diese Erkenntnis musste ich aber erst die dreißig überschreiten, und nun näherte ich mich mit großen Schritten der Vier vor der Null.

Zimmer *Otto* war ganz in Blau und Hellgrün gehalten. Das riesige Himmelbett sah enorm verlockend aus, die Kissen waren aufgeschüttelt und die Bettdecke einladend an einer Seite umgeklappt. Ich wühlte nach meinen Schlafklamotten, wurde endlich die nassen Socken und Schuhe los und schlüpfte in dicke Wollsocken. Dann kroch ich ins Bett und rollte mich zusammen. Erst auf der linken Seite, da das aber irgendwie unbequem war, drehte ich mich nach rechts.

Die Decke war zu schwer.

Das Kissen zu flach.

Schlussendlich drehte ich mich auf den Rücken und starrte an die Decke. Mein Körper war müde. So müde, dass er sich kaum noch regen konnte. Aber mein Geist befand sich auf einer Raveparty, und er schien nicht gewillt zu sein, diese zu verlassen. Es war wie in den Nächten zuvor. Ich legte mich todmüde hin und war dann hellwach. Allerdings nur innerlich, äußerlich wirkte ich wie ein Faultier auf Betablockern.

Probehalber schloss ich wieder die Augen.

Ich musste jetzt verdammt noch mal schlafen. Um elf würden Simons Mitarbeiter hier auftauchen, es würde viel zu organisieren geben und ich musste Simon seine Sachen in die Klinik bringen. Ich musste topfit sein. Aber mein Geist zog es vor, weiterhin Bilder vor meinem inneren Auge vorbeiziehen zu lassen, untermalt von schnellen Beats und heftigen Bässen. Simons Verletzungen, die Angst in seiner Stimme, der aufgeklappte Koffer meiner Tochter, in dem sie seit Tagen schon Dinge sammelte, die sie mit in die USA nehmen würde, und zu guter Letzt bekam ich von meinem Unterbewusstsein auch noch ein Bild vom traurigen Gesicht meiner Chefin Rosa aus dem *La Calmvalera*, als sie mir letzte Woche gesagt hatte, dass sie mich zurzeit nicht bezahlen konnte. Und als ob das nicht reichte, tauchte nun auch noch die Erinnerung an meinen Vater auf. Wie er mit versteinerter Miene an mir vorbeimarschierte, mich gänzlich ignorierend, wie es seine Art gewesen war. Ich stöhnte auf. Und wo mein Gehirn schon mal dabei war, fiel mir auch direkt noch ein, dass ich dringend meinen nächsten Podcast aufnehmen musste. Ich veröffentlichte die Folgen in sehr regelmäßigen Abständen, und nun war ich seit einigen Tagen überfällig.

Hier half nur eins. Die zuverlässigste Methode, um wenigstens ein bisschen zur Ruhe zu kommen. Das einzige probate Schlafmittel waren die *Gilmore Girls*. Diese 90er-Jahre-Serie über das Leben der alleinerziehenden Lorelai Gilmore und ihrer Tochter Rory, die in der fiktiven Kleinstadt Stars Hollow lebten, begleitete mich seit Jahren, nun schon fast Jahrzehnte. Erst war die Serie im Fernsehen gelaufen, und ich hatte alles darangesetzt, um nur ja keine Folge zu verpassen, mittlerweile hatte ich alle möglichen Streamingdienste abonniert, damit ich immer und überall auf sämtliche Staffeln zurückgreifen konnte. Nach heutigen Maßstäben war die Serie schlecht gealtert. Das Frauenbild war überholt, es gab keinen diversen Cast, manche Dialoge strotzten vor Sexismus. Trotzdem war Lorelei Gilmore mein großes Vorbild geblieben, denn als es nichts und niemanden gegeben hatte, der auch nur ansatzweise mein Leben lebte, waren die *Gilmore Girls* aufgetaucht.

Lorelei war genau das passiert, was mir passiert war. Sie war so, wie ich immer hatte sein wollen. Sie hatte es geschafft, trotz der widrigen Umstände. Wie gut ich es geschafft hatte, stand in den Sternen. Ich hatte immer alles gegeben, aber in Nächten wie diesen war ich überzeugt davon, dass es mir nur mäßig gelungen war.

Kapitel 3

Ein Schrei weckte mich. Ich stand quasi senkrecht im Bett, eine Hand vor Schreck auf die Brust gedrückt.

Ich war also tatsächlich eingeschlafen. Staffel vier, Folge fünf schien mich dann trotz all der negativen Energie in den Schlaf befördert zu haben.

Zittrig atmete ich aus und schob die Bettdecke etwas beiseite. Ich hörte aufgeregte Stimmen, was bemerkenswert war, denn gefühlt befand ich mich Luftlinie hundert Kilometer von der Eingangshalle entfernt.

Schnell kletterte ich aus dem Bett und fiel dabei fast über meinen immer noch aufgeklappten Laptop, der auf dem Boden lag. Stolpernd lief ich weiter bis zu meiner Reisetasche und zerrte hektisch eine Jeans und einen Hoodie hervor. Dann fuhr ich mir mit allen Fingern durch die kurzen Haare, mehr war nicht drin. Meistens sah ich direkt nach dem Aufstehen aus wie ein Kobold, der in die Steckdose gefasst hatte, aber der Geräuschkulisse nach zu urteilen schien äußerste Eile geboten. Das Stimmengewirr hatte nämlich keinesfalls nachgelassen, weswegen ich mir das Zähneputzen schenkte. Kurzerhand steckte ich mir einen Kaugummi in den Mund, den ich beim Anziehen zufällig in der Hosentasche ertastet hatte.

Erst als ich schon in meine Schuhe geschlüpft war, erinnerte ich mich an das hinterhältige Pfützen-Attentat der Burg, aber da war es bereits zu spät. Die Sneakers hatten die Feuchtigkeit exzellent gespeichert und gaben sie jetzt gewissenhaft an meine frischen Socken ab.

Aber das konnte ich nicht mehr ändern, ich rannte aus dem Zimmer und eilte den langen Flur des Gästetrakts entlang. Von der Balustrade warf ich einen Blick in die Eingangshalle. Simons Mitarbeiter standen allesamt dort unten und redeten wild durcheinander. Eine dunkelhaarige Frau telefonierte lautstark.

Einen Moment blieb ich stehen. Meine nassen Füße befahlen mir, auf direktem Weg zurück ins Bett zu gehen. Ich befahl ihnen, sofort die Stufen hinunterzulaufen. Wir rangen kurz miteinander, und ich gewann. Konzentriert stieg ich die lang gezogene Treppe hinunter, die Holzstufen waren dabei so freundlich, mein Kommen durch unüberhörbares Knarren anzukündigen.

Die Treppe hatte schon immer geknarrt. Noch nie war es jemandem möglich gewesen, unbemerkt die Zimmer im Obergeschoss zu verlassen oder umgekehrt zu betreten. Die Treppe verriet einen immer. Vier Augenpaare blickten mir daher unvermittelt entgegen, und mein Herz überlegte kurz, ob es nicht stehen bleiben sollte. Meine Füße fanden, das sei eine hervorragende Idee und taten genau das. Sie rührten sich nicht mehr von der Stelle.

»Wer sind Sie?«, fragte die dunkelhaarige Frau, und ihre Stimme klang schneidend.

»Katharina. Simons Schwester«, antwortete ich, und meine Stimme klang komisch. Dünn und nervös. Der Grund dafür war, dass ich oben stand und mich von unten vier Personen anstarrten. Das war eine Bühne. Und Bühnen waren ausschließlich Simons Metier. Wenn ich einer Bühne nur zu nahe kam, erlitt ich einen Schock. So auch jetzt. Alle starrten mich an, ich starrte zurück.

»Wo ist Simon? Hier ist überall Blut!«, rief eine Frau in einer pinkfarbenen Kittelschürze. Sie hatte ein Küchenhandtuch über der Schulter liegen und sah mich derartig vorwurfsvoll an, dass es nur eine Interpretation zuließ: Sie dachte offenbar, ich hätte irgendetwas mit dem ganzen Blut zu tun. Mein Herz klopfte hektisch.

Ich musste mich zusammenreißen. Sofort. Ich war hier, um das zu regeln. Meine Hände schwitzten, und ich rieb sie mir möglichst unauffällig an der Jeans ab.

»Wollen wir in Simons Büro gehen?«, fragte ich schließlich mit dieser ungewohnt dünnen Stimme. Dem allgemeinen Gemurmel entnahm ich, dass dieser Vorschlag auf Zustimmung stieß. Die kleine Versammlung drehte sich um, und alle liefen nach rechts, in Richtung Simons Büro. Es erschien mir sinnvoll, den Ort des Geschehens zu verlassen. Es war auch so schon schwer genug für mich. Der direkte Blick auf den blutverschmierten Werkzeugkasten würde nichts besser machen. Mein Vorhaben, ihn neben dem aufgestapelten Holz zu tarnen, war grandios fehlgeschlagen.

Ich ging die Treppe weiter hinunter und folgte den Mitarbeitern von *Von-Weiden-Event-Management* in das Hauptquartier ihres Chefs.

Dieser Raum war der erste, den Simon damals fertiggestellt hatte. Er war ganz in einem pudrigen Altrosa gehalten und mit gemütlichen Sesseln und einem großen hölzernen Esstisch ausgestattet, der Simon als Arbeitstisch diente.

»Ich bin Katharina, Simons Schwester«, stellte ich mich nochmals vor, als ich hinter Simons Angestellten den Raum betreten hatte.

»Was ist mit Simon?«, fragte die Frau in der pinken Kittelschürze. Mir war nicht klar, dass es heutzutage noch Menschen gab, die so etwas trugen.

»Mein Bruder ist heute Nacht von der Leiter gefallen und hat sich verletzt. Er wird ein paar Tage ausfallen, und er hat mich gebeten, in dieser Zeit alles zu übernehmen.« Ich sagte das so leicht, dabei hatte ich überhaupt keine Ahnung, wie lange Simon wirklich ausfallen würde und was genau ich vorhatte, hier zu übernehmen. Was mich auf den Gedanken brachte, ihn sofort anzurufen, sobald ich das hier über die sprichwörtliche Bühne gebracht hatte.

»Oh mein Gott!«, rief die Dunkelhaarige und rang kurz die Hände.

»Vielleicht könnten Sie sich mir kurz vorstellen?«, fragte ich und spürte, wie meine eigenen Hände jetzt kalt wurden. Mein Kreislauf befand, dass das zu viel Aufregung für die frühe Stunde war. Hoffentlich wurde mir nicht auch noch schwarz vor Augen.

»Maria Glaubner«, sagte die Frau in der Kittelschürze und keuchte dabei, als hätte sie Schnappatmung. »Ich bin die Köchin für die Events. Ich habe von Simon die kleine Einliegerwohnung auf der anderen Seite der Burg gemietet. In der Remise. Ist er hier von der Leiter gefallen? Soll mich doch der Teufel holen, aber ich habe nichts davon mitbekommen.« Anklagend deutete sie in die Eingangshalle. Dann packte sie das Geschirrtuch über ihrer Schulter, zog es herunter und begann es zu kneten. Dabei fiel ihr ein graues Löckchen ins Gesicht, das sie sich mit einer fahrigen Handbewegung hinter das Ohr schob. Frau Glaubner sah zutiefst erschüttert aus. »Ich wohne ein paar Meter hinter ihm! Ich hätte doch etwas hören müssen.« Sie zog die Stirn kraus. Die andere Frau war zu ihr getreten und legte ihr einen Arm um die Schulter.

»Mach dir bitte keine Vorwürfe«, sagte sie energisch. »Ich bin Aysun Meyer. Zwei Y.« Sie musste in meinem Alter sein, und ich kannte sie aus Simons Erzählungen. Sie war seine Assistentin und tauchte auch auf dem Instagram-Account immer mal wieder auf. »Und jetzt muss ich mich kurz hinsetzen, sonst falle ich um.« Aysun Meyer, mit zwei Y, ließ die Köchin los und hockte sich auf die Kante des Sessels, der hinter ihr stand. »Er wird doch wieder?«, fragte sie dann mit bebender Stimme. Ich nickte.

»Davon gehen wir aus«, fügte ich hinzu. Ich wollte mich auch setzen. Dringend, denn meine Knie hatten begonnen, ungebührlich zu zittern, aber ich straffte die Schultern und blieb stehen.

Der junge Mann, der schon die ganze Zeit eine Schirmmütze in den Händen drehte, sagte: »Oleg. Ich bin der Hausmeister. Ich wohne im Ort. Facility Manager hat Simon gesagt. Das bin ich. Aber in echt bin ich Hausmeister«, erklärte er und wirkte alles in allem auch sehr zittrig.

Der Mann neben ihm hatte graue Schläfen, einen Vollbart, trug ein rosafarbenes Hemd und sah mehr aus, als wäre er ein Direktimport vom Prenzlauer Berg.

»Ich bin Janosch. Ich habe den landwirtschaftlichen Betrieb im Ort. Ich organisiere zu den Hochzeiten die Kutschen, die Pferde und die gesamte technische Ausstattung. Bühnen, Verstärker und so weiter. Wir wollten heute eigentlich die kommenden Termine besprechen. Können wir das vorziehen? Gleich kommt der Landmaschinen-Mechaniker. Die Melkmaschine ist defekt. Das ist wichtig. Da warten sehr viele Kühe drauf. Was brauchst du für die kommenden Hochzeiten? Musikanlage? Was genau steht an?« Ungeduldig trat er von einem Bein auf das andere. Im nächsten Moment kam ein Hund in den Raum. Er schlenderte einfach herein. Riesig groß und schwarz war er und machte den Eindruck, als könnte er jeden von uns mit einem Happs erlegen. Er würdigte uns keines Blickes, stattdessen ließ er sich in der Mitte des Raumes nieder und pupste. Nicht etwa leise und verschämt, sondern laut und derartig stinkend, dass die Köchin zum Fenster eilte und es aufriss, während Aysun Meyer sich die Nase zuhielt und alle anderen Anwesenden augenblicklich das Atmen einzustellen schienen. Der Gestank brachte meinen Kreislauf immerhin wieder etwas in Wallung.

»Das ist Hund. Er wohnt bei mir.« Als die Köchin mein entsetztes Gesicht bemerkte, fügte sie hinzu: »Er tut niemandem etwas. Er kann nichts dafür, dass er so aussieht. Und so riecht. Kommt aus dem Tierschutz.«

»Also?«, mischte Janosch sich wieder ein.

Ich konnte nur mit den Schultern zucken. »Lassen Sie mir Ihre Telefonnummer hier. Ich melde mich, sobald ich Ihre Fragen beantworten kann.«

Er winkte ab. »Simon hat meine Nummer. Wünschen Sie ihm gute Besserung von mir. Tut mir leid, aber die Maschine muss laufen, die Kühe müssen abgemolken werden. Tschüss.«

»Tschüss«, sagte ich mit leichter Verzögerung, aber er war schon um die Ecke verschwunden. »Die große Fußballerhochzeit ist ja zum Glück noch ein wenig hin. Vielleicht könnten wir erst mal über das sprechen, was in naher Zukunft ansteht?«, fragte ich an die Verbliebenen gewandt.

Oleg setzte sich die Mütze wieder auf. »Ich richte die Scheune und den Hof her, wenn etwas ansteht. Heute muss ich die Wiese mähen. Bestellen Sie Simon bitte meine besten Wünsche! Kann ich gehen?« Ich zuckte die Schultern, was er wohl als Zustimmung wertete, denn er verschwand so schnell, wie ich heute Morgen aus dem Bett gesprungen war.

Aysun Meyer schüttelte den Kopf.

»Eiskalte Fische«, sagte sie verächtlich. »Allesamt. Was ist denn jetzt genau passiert? Und wie geht es Simon? Und jetzt nicht nur sagen, das wird schon wieder, sondern eine richtige Auskunft, bitte.«

»Ich wollte ihn eh gerade anrufen«, murmelte ich und zog mein Handy aus der Tasche. Ich deutete zur Eingangshalle, ging hinaus und schloss die Bürotür hinter mir. Es klingelte ein paarmal, dann war Simon dran. »Bruder, wie geht es dir?«, fragte ich.

»Hast du meine Mails gecheckt? Passwort ist Isabella123«, rief er ins Handy, und irgendwie verhedderten sich die Worte dabei.

»Bist du jeck?«, fragte ich zurück.

»Nein. Es geht mir scheiße. Ich muss mich ablenken.« Er atmete abgehackt, als hätte er große Schmerzen.

»Wie wird der Oberarmbruch versorgt? Gibt es Neuigkeiten zu deinem Knie?«, fragte ich weiter.

»Am Arm machen die nichts. Wird ruhiggestellt. Für das Knie gibt es nachher noch irgendeine Untersuchung.« Wieder atmete er so komisch.

»Lass dir bitte was gegen die Schmerzen geben. Grüße von Janosch und Oleg. Frau Glaubner und Frau Meyer sind noch hier und warten auf Neuigkeiten.«

Simon pustete Luft durch die Lippen. »Ruf Oleg noch mal an. Sag ihm bitte, dass er keine Schuld hat.«

»Woran? Was?« Ich konnte meinem Bruder nur bedingt folgen.

»Wir wollten die Birne zusammen wechseln. Aber er hatte gestern keine Zeit. Er … hat noch einen Job auf Janoschs Hof. Da musste er helfen. Die Melkmaschine ist defekt.«

»Und dann bist du zu nachtschlafender Stunde allein auf die Leiter geklettert«, fasste ich zusammen.

»Ja. Eigentlich kein Problem.«

Jetzt pustete ich Luft durch die Lippen. Denn das, was *eigentlich kein Problem* war, hatte mir gestern Nacht einen mordsmäßigen Schrecken eingejagt und würde Simon wohl noch einige Zeit beschäftigen.

»Katha, ich muss Schluss machen. Die Chirurgin ist hier. Check bitte meine Mails. Da muss etwas von Department Firefox gekommen sein. Bitte mach ein Foto davon, und schick es mir. Meine Mails lassen sich zurzeit nicht weiterleiten.« Mit diesen Worten legte er auf, und ich ließ das Handy sinken. Als ich mich umdrehte, standen die Köchin Frau Glaubner und Aysun Meyer in der geöffneten Tür. Sie hatten mich gnadenlos belauscht. Sogar der Hund hatte sich aufgerappelt und betrachtete mich.

»Er hat sich den Oberarm gebrochen, eine Platzwunde und

Gehirnerschütterung, Prellungen und sein Knie wird noch untersucht«, fasste ich knapp zusammen.

»Scheiße«, sagte Frau Glaubner und steckte mit tief betrübter Miene die Hände in ihre Kittelschürze. »Und ich habe nichts mitbekommen.«

»Er wird doch nicht …«, setzte Frau Meyer an, doch Frau Glaubner zischte nur: »Nein.« Dann musterte sie mich eindringlich, und mir wurde ein wenig komisch. Was um alles in der Welt hatten die beiden Frauen damit gemeint? Völlig zusammenhanglos sagte die Köchin im nächsten Moment: »Simon hat die Küche hier nie benutzt. Wenn Gäste kommen, habe ich hier gekocht und alles vorbereitet. Aber normalerweise hat er bei mir gegessen. Das können Sie auch, wenn Sie wollen. Ich rufe Simon nachher selbst an.« Sie nickte mir zu und ging, das schwarze Ungetüm folgte ihr auf dem Fuß und ließ noch einen Pups da.

Aysun Meyer lehnte sich gegen den Türrahmen, als müsste sie Halt suchen.

»Wie kommt es, dass wir uns noch nie gesehen haben?«, fragte sie. »Ich arbeite immerhin seit vier Jahren für deinen Bruder.« Ja nun, dafür gab es sehr gute Gründe, aber die taten hier nichts zur Sache.

»Was meintest du eben …«, setzte ich unbehaglich an, blieb aber mitten im Satz hängen. Das schien für mich einfach unaussprechlich zu sein.

»Nichts«, sagte Aysun in einem Tonfall, der so gar nicht nach *nichts* klang. Einen Moment schwiegen wir, dann fügte sie hinzu: »Ist das Du okay?«

Ich nickte, doch bevor ich dazu kam, noch irgendetwas zu sagen, fuhr sie fort: »Wir haben aktuell eine Hochzeit am elften Juni, eine im Juli und dann natürlich noch die Fußballerhochzeit, das Event des Jahres. Hältst du die Traurede für die nächste Hochzeit? Danach ist Simon ja wohl hoffentlich wieder am Start.«

Ich lachte auf. »Nein. Sicher nicht. Ich werde eine freie Rednerin finden. Ist das alles? An Veranstaltungen?«, fragte ich ungläubig, doch Aysun schüttelte zum Glück direkt den Kopf. »Simon stellt gerade einen Mittelaltermarkt auf die Beine. Dann gibt es noch ein Musik-Festival, den aktuellen Stand kenne ich nicht, ich weiß aber, dass er seit Wochen über ein riesiges Firmen-Event verhandelt. Das soll ab Ende Oktober stattfinden und fast bis Dezember dauern. Schulungen zum Thema Solarenergie und Nachhaltigkeit von Department Firefox.«

»Checkst du auch Simons Mails?«, fragte ich hoffnungsvoll, doch Aysun schürzte nur die Lippen und schüttelte energisch den Kopf. »Ich kümmere mich um alles, außer um den Papierkram und das Putzen. Wenn du um Mitternacht eine zweistöckige Torte in Pink brauchst, die von einem nackten Footballspieler hereingetragen wird, während der Shanty Chor singt, bin ich deine Frau. Den Rest macht Simon. Und jetzt muss ich gehen. Ich habe noch einen anderen Job. Seit Corona habe ich gefühlt hundert Jobs, um irgendwie über die Runden zu kommen. Hier ist meine Nummer.« Sie reichte mir eine kleine Visitenkarte. »Ich werde den Instagram-Account weiter mit zweckdienlichen Dingen füllen und bin heute Abend wieder da, um die Kerzenleuchter zu polieren. Ich muss das jetzt auch erst mal verdauen.« Sie seufzte und kniff kurz die Augen zusammen. »Ich weiß übrigens nicht, wie weit Simon mit den Vorbereitungen für den elften Juni ist. Anna und Tobi. Schau mal in seinem Büro nach, ich rufe Simon aber eh nachher an!«

»Äh, warte mal!«, rief ich ihr hinterher, und Aysun legte praktisch eine Vollbremsung hin.

»Wer putzt denn? Hier allgemein und die Gästezimmer, wenn sie belegt sind?«

Aysun sah mich etwas irritiert an. »Bis Corona gab es eine Putzfrau, die jeden Tag kam, wenn die Zimmer belegt waren. Die ist jetzt aber in Rente, und aktuell macht Simon das.«

»Er putzt«, sagte ich, und mein Tonfall klang so fassungslos, wie ich mich in diesem Augenblick fühlte.

»Das männliche Chromosom schließt ja den Umgang mit einem Putzlappen nicht grundsätzlich aus, oder?« Aysun verkniff sich ein Grinsen, was ihr nur mäßig gelang, dann winkte sie und eilte zur Burgtür.

Und so blieb ich allein zurück und stand zunächst regungslos ein paar Minuten in der Eingangshalle. Ich hatte gedacht, dass all diese Leute hier stets und ständig arbeiteten. Wie sonst hatte mein Bruder all das in den vergangenen Jahren auf die Beine gestellt? Abgesehen davon war Simon im Umgang mit jeglichen Putzmitteln völlig hilflos. Zumindest hatte er das zeit seines Lebens behauptet.

Ich trug den blutigen Werkzeugkoffer in Simons Büro und entdeckte dort eine alte Decke, die ich vorsorglich darüberbreitete. Ich würde das Ding reinigen müssen, aber nicht jetzt. Jetzt musste ich erst mal den Boden wischen, mir einen Kaffee organisieren, Simons Mails checken und meine nassen Socken loswerden, dann seine Sachen packen und zu ihm fahren.

Putzzeug fand ich im Abstellraum hinter Simons Büro, und als diese unerfreuliche Aufgabe erledigt war, zog ich die Schuhe und Strümpfe aus, befand, dass es warm genug zum Barfußlaufen war, und tapste zur alten Burgküche.

Vor der Tür blieb ich einen Moment stehen. Ich hasste die Küche. Ich hatte sie immer gehasst, und zwar mit jeder Faser meiner Existenz. In dieser Küche hatte ich mit dem Schwangerschaftstest gesessen und auf das Ergebnis gewartet. Es war tief in der Nacht gewesen, ich hatte furchtbar gefroren, weil ich von September bis Juni in dieser Burg immer gefroren hatte. Der uralte Kasten war nicht warm zu bekommen. Dann hatte der Test ein Plus angezeigt, und mein Leben hatte eine Kehrtwende vollführt. Damals, als ich auf das lebensverändernde Plus gewartet hatte, war der Raum allerdings noch deckenhoch mit beigebraunen Fliesen versehen gewesen. Die Küche hatte ihre beste Zeit schon zu meiner Geburt hinter sich gehabt und der ganze Raum den Charme einer Kantine in einem Stahlwerk im Osten weit vor der Wende ausgestrahlt. Und das, obwohl unsere Eltern so unfassbar viel Wert auf Etikette, Prestige und Herkunft gelegt hatten. Sie waren in ihren elitären Kreisen gefangen gewesen und hatten sie niemals verlassen. Mein Vater hatte bis zu seinem Tod eine S-Klasse gefahren, dabei war das Geld schon aufgebraucht, als Simon und ich beide aus dem heimischen Burgverlies geflohen waren. Eine eigene Köchin, wie viele andere unseres Standes, hatten wir nie gehabt. Meine Mutter hatte gekocht und das in einer Küche, in der man depressiv geworden war, wenn man sich länger als fünf Minuten in ihr aufhielt. Dabei war es im Winter der einzige beheizte Ort gewesen, und wir hatten daher viel Zeit in dieser Küche verbringen müssen.

Simon hatte schon vor Jahren begonnen, sie zu renovieren, doch irgendwie war er nicht weitergekommen.

Ich straffte die Schultern, atmete tief durch und drückte die Türklinke zu dem Raum, der der Inbegriff meiner kalten Kindheit war.

»Oh«, sagte ich erstaunt und machte einen Schritt hinein. Es war richtig was passiert. Jetzt waren auch hier die Fenster neu und hatten die uralten, viel zu kleinen Plastik-Provisorien abgelöst. In der Mitte des Raumes stand nun ein neuer, mindestens vier Meter langer Holztisch. Die gesamte rechte Seite wurde von der Edelstahlküche eingenommen, die Simon gleich am Anfang hatte einbauen lassen. Neu war allerdings auch das Mintgrün der Wände. Das Ganze wirkte wunderbar durchkomponiert. Simon hatte ein Händchen für diese Dinge. Auf dem Tisch stand ein mintfarbenes Tablett mit vielen, farblich abgestimmten Kerzen, an Haken an der Wand hingen bunte Tassen. Und neben dem riesigen Edelstahlkühlschrank entdeckte ich eine nagelneue Siebträgermaschine.

Der Kühlschrank war natürlich, bis auf ein paar einsame Champagnerflaschen, gähnend leer, wie ich direkt darauf feststellte, aber die Kaffeemaschine lief einwandfrei. Ich war eine gute Barista, und mit einem köstlich duftenden doppelten Espresso lief ich kurz darauf barfuß zurück in Simons Büro.

Der Sandelholzduft von gestern Nacht hatte sich verflüchtigt. Jetzt roch der alte Kasten wieder wie in meiner Kindheit. Muffig und modrig.

Ich schnupperte als Ausgleich an meinem Espresso und fuhr Simons Computer hoch. Doch sein Postfach war bis auf eine Mail leer. Der Absender war Department Firefox.

Ich öffnete die Mail, las sie und trank meinen Espresso auf ex aus. Dann kratzte ich mich am Kopf, spielte kurz mit dem Gedanken, tatsächlich ein Foto von der Mail zu machen, beließ es aber bei dem Gedankenspiel. Mein Bruder hatte genug um die Ohren, er musste sich nicht auch noch mit der Tatsache befassen, dass Department Firefox ihm absagte, weil es in wirtschaftliche Schieflage geraten war und sämtliche Events und Veranstaltungen gestrichen worden waren. Ich sah den ellenlangen Schriftverkehr durch und stellte fest, dass das ganze Vorhaben äußerst konkret gewesen war. Es hatte detaillierte Angebote bis hin zur Menüplanung gegeben. Sprich: Simon hatte schon richtig Zeit und Mühen investiert.

»Krass«, murmelte ich und schloss das Mailprogramm. Lange musste ich allerdings nicht darüber nachdenken, denn mein Handy klingelte. Meine Chefin rief an. Ich nahm das Gespräch entgegen. »Hallo Rosa«, begrüßte ich sie.

»Ciao meine Liebe!«, sagte sie, sprach dann aber erst mal in rasendem Italienisch mit jemand anderem. »Bin wieder da. Ich muss mal kurz mit dir in mein Büro gehen. Hier ist so viel los.«

»Hm«, brummte ich unverbindlich. Rosa telefonierte immer und überall. Wenn sie nun ein Gespräch in Abgeschiedenheit führen wollte, war das kein gutes Zeichen. Ich hörte im Hintergrund Che, ihren Koch, herumbrüllen. In der Küche war also die Hölle los. Che brüllte nur, wenn die Luft brannte. Kein Wunder, es waren immer weniger Mitarbeiter geworden, und Che balancierte seit Jahren gekonnt am Rande eines Nervenzusammenbruchs. Rosa allerdings auch. Dem *La Calmvalera* ging es gar nicht gut.

»Da bin ich wieder. Ich bin im Kühlraum. In meinem Büro waren leider auch Leute«, verkündete meine Chefin.

»Hast du dir was übergezogen?« In der Kühlkammer waren konstant vier Grad.

»Ich bin in den Wechseljahren. Ich habe inneres Feuer. Katharina. Du weißt, warum ich anrufe«, begann Rosa, und ich presste die Lippen aufeinander. »Ich liebe dich wie eine Tochter! Aber es sieht zurzeit schlecht aus. Ich werde auf unabsehbare Zeit den Hotelempfang und das Frühstück selbst übernehmen müssen. Ich bräuchte dich für den Service, aber eben auch nur bei großen Veranstaltungen und spontan, also auf Abruf. Das ist für dich finanziell nicht kalkulierbar, mir klar, und das geht nicht. Außerdem haben wir beide festgestellt, dass der Service für dich nichts mehr ist.«

Das war freundlich ausgedrückt. Fakt war, dass mir letzte Woche ein Gast an den Hintern gegriffen hatte und ich ihm daraufhin einen vollen Teller Spaghetti aglio e olio über den Schoß gekippt hatte. Aus Reflex. Eine Reaktion auf den tätlichen Angriff eines bierbetrunkenen Mannes, der die bloße Anwesenheit einer Frau mit ihrer Verfügbarkeit verwechselt hatte. Rosa hatte ihn daraufhin am Schlips aus dem *La Calmvalera* gezerrt, während Che mich bewachen musste, damit ich nicht noch mal nachlegte. Bei übergriffigen besoffenen Männern verstand ich keinen Spaß. Der Gast hatte sich mit einer üblen Online-Bewertung revanchiert.

Rosa hatte recht: Ich hatte in diesem Bereich keinerlei Leidensfähigkeit mehr, meine Toleranzgrenze war weit überschritten. Jetzt fluchte meine Chefin, die nicht mehr meine Chefin war, auf Italienisch, und es klang, als würde sie weinen. Rosa konnte all diese Gefühlszustände im Bruchteil von Sekunden durchlaufen. »Rosa?«, fragte ich vorsichtig.

»Bin noch da«, schluchzte sie. »Es ist Anfang des Monats. Ich kündige dir zum Ende, und bis dahin bleibst du zu Hause, weil du sehr viele Überstunden hast. Ich liebe dich, Schätzchen. Es bricht mir das Herz. Ich möchte nicht ohne dich arbeiten.«

»Pass auf, Lieblingschefin. Ich bin aktuell bei meinem Bruder. Er hatte einen Unfall …« Weiter kam ich nicht, denn sie unterbrach mich.

»Was ist passiert?«, rief sie. Rosa war eine glühende Verehrerin meines Bruders. Sie schnitt sämtliche Schmonzetten-Berichte über ihn aus und hängte sie in der Küche an die Pinnwand.

»Er ist von einer Leiter gefallen, aber es ist nicht so schlimm«, log ich schnell. Es war schlimm, aber das musste zum jetzigen Zeitpunkt keiner wissen. »Kein Wort zu niemandem!«

»Ehrensache! Aber er wird wieder?«

Warum fragten mich das alle? »Ich gehe davon aus«, wiederholte ich das, was offenbar zu meinem Mantra geworden war.

»Und jetzt bist du für ihn da. Wie er immer für dich da gewesen ist«, stellte Rosa fest.

»Ja«, antwortete ich bloß. So war es. In den dunkelsten Abgründen meines Lebens war Simon immer für mich da gewesen.

»Raus hier!«, rief Rosa im nächsten Moment lautstark, meinte aber nicht mich, wobei ich trotzdem zusammenzuckte. »Man muss aufpassen, was man sich wünscht«, erklärte sie dann völlig zusammenhanglos.

Verwirrt fragte ich: »Was meinst du denn jetzt damit?«

»Du hast mir letzte Woche noch erzählt, dass du dir ein Abenteuer wünschst.« Verdammt. Das hatte ich tatsächlich.

»Ich meinte mehr einen Urlaub in der Sonne oder so!«, sagte ich.

»Tja. Das können das Universum oder Gott ja nicht wissen. Jetzt organisierst du halt Hochzeiten in der angesagtesten Location, die wir hier im Norden zu bieten haben. Oh, jemand schlägt mit der Faust gegen die Tür vom Kühlraum. Vermutlich Che. Vermutlich geht die Welt unter. Gib deinem Bruder einen Kuss von mir. Sag ihm beste Besserung. Lass von dir hören! Wir machen bald wieder was zusammen! Hotels leiten oder was Trinken gehen!« Und damit beendete sie das Gespräch.

»Hey, super«, murmelte ich und ließ das Handy sinken. »Job weg. Herzlichen Glückwunsch, Katharina.« Ermattet legte ich meinen Kopf auf die Tischplatte und schloss die Augen. Dieses Ende war absehbar gewesen. Auch wenn Rosa mich dringend brauchte, sie konnte mich nicht mehr bezahlen. Und ich lebte nicht von Liebe und guter Laune. Mein Gehirn fing vorsichtig an, darüber nachzudenken, dass ich mich arbeitslos melden musste, da gab die Burg ein Geräusch von sich. Es klang, als wäre ein sehr großer Ast durchgebrochen. Ich riss den Kopf wieder hoch und sah mich um. Alles wirkte unverändert, kein Putz rieselte von der Decke, nur dass es nun noch stärker nach Moder und Mief roch. Der Geruch schien sich langsam anzupirschen, als wolle er mich einlullen. Vielleicht brauchte die Burg Simons Anwesenheit und seine Energie, um nicht wie ein verschimmelter Kasten zu riechen. Nun war Simon weg, und alles war wieder beim Alten.

Ich ignorierte das vorerst und machte mich auf, mir einen zweiten Espresso zu holen. Ich versuchte, die unheimliche Stille in dem riesigen Gebäude zu ignorieren und huschte schnell zurück in Simons Büro, denn bevor ich zu ihm fuhr, musste ich noch zwei Dinge erledigen. Erst suchte ich nach freien Traurednerinnen aus der Nähe, erstellte eine Liste und nahm mir vor, heute Abend die vielen kleinen Selbstpräsentations-Videos, die man auf den jeweiligen Seiten fand, unter die Lupe zu nehmen. Und dann öffnete ich meinen eigenen Mail-Account. Da schlummerte nämlich noch eine Mail, die eine dringende Beantwortung erforderte. Seit einer Woche schlich ich darum herum und hatte es sogar geschafft, die Nachfassmail von gestern zu ignorieren.

Das Online-Magazin LEBEN wollte mich buchen. Für eine Podiumsdiskussion in München zu einer Tagung, in der es um die Vereinbarkeit von Kindern und Beruf ging. Man war über meinen Podcast *Frau Gilmore* auf mich aufmerksam geworden und würde sogar ein angemessenes Honorar bezahlen. Eine Bahnfahrt und das Hotel gab es noch obendrauf. Es war perfekt, und das Magazin war Feuer und Flamme für mein Thema. Diese Anfrage war wie für mich gemacht. Und jetzt hatte ich endlich einen Grund, sie abzusagen.

Kapitel 4

Ich irrte durch die einsame Burg und suchte Simons Zimmer. Sein altes Zimmer im Westflügel war zu einem Gästezimmer geworden, und er war umgezogen. In einen der gefühlt dreihundert anderen Räume. Nun galt es herauszufinden, in welchen.

Zwischendurch hatte ich mir frische Socken und meine Laufschuhe angezogen, die ich zum Glück im Wagen gefunden hatte. Ich wusste schon, warum ich mein Auto so selten aufräumte. Mona machte sich immer lustig darüber, dass ich ohne groß zu packen für drei Wochen verreisen könnte. Ich bräuchte nur in mein Auto einsteigen. Das war natürlich maßlos übertrieben, aber Gummibärchen, ein paar Klamotten und eine Packung Capri Sonne hatte ich immer dabei. Und eben meine Laufschuhe. Ein Hoch auf mein Chaos!

Die nassen Sneakers standen jetzt zum Trocknen auf der Fensterbank in der Sonne, denn die Heizung lief natürlich nicht.

Es war kalt. In der Burg war es immer eisig, gefühlt hatte ich deswegen meine gesamte Kindheit in einem roten Schneeanzug verbracht.

Ich spähte in ein weiteres Zimmer im Ostflügel, aber auch hier wurde ich nicht fündig. Dieser Raum war staubig und mit altem Krempel vollgestellt. Seufzend schloss ich die Tür und öffnete die letzte in dem Flur, und endlich: Simons Zimmer. Der Raum war unrenoviert und wirkte mit den halb abgerissenen Tapetenbahnen und dem Fenster mit der fast blinden Scheibe wenig einladend. Simons Klamotten hingen auf zwei fahrbaren Kleiderständern. Sein Bett war riesig und uralt. Er schien es auf dem Dachboden der Burg gefunden zu haben, vermutlich hatte es einem unserer Vorfahren gehört. Rechts neben dem Bett ersetzten Bücherstapel die Nachtschränke, links davon stand die alte Leselampe unserer Mutter. Alles war aufgeräumt. Simon hatte zwar das Glitzer-Gen abbekommen, neigte aber im Gegensatz zu mir zu erschreckender Ordentlichkeit. Trotzdem war es erstaunlich, dass er sich ausgerechnet dieses furchtbar hässliche Zimmer ausgesucht hatte, denn an Räumlichkeiten mangelte es in diesem alten Kasten nun wahrlich nicht.

Der ganze Raum roch vertraut nach Simon. Sandelholz. Sein Duft, den er seit Jahren benutzte. Auf der tiefen Fensterbank stand seine Nagellacksammlung. Immer passend zur aktuellen Haarfarbe. Daneben befanden sich zwei silberne, auf Hochglanz polierte Bilderrahmen. Ich trat näher und betrachtete die Fotos. Auf dem ersten Bild war Mona. Sie musste darauf acht oder neun gewesen sein und saß mit angezogenen Beinen auf der damals noch unrenovierten Treppe. Die Arme hatte sie um den Treppenpfosten geschlungen. Sie lachte über das ganze Gesicht und drückte ihre Wange gegen das Holz. Es sah beinahe aus, als umarme sie die Burg. Das Bild musste direkt nach dem Tod unserer Mutter entstanden sein. Mona wusste bis heute nicht viel über unsere Kindheit, und ich zog es vor, dass das so blieb.

Das andere Bild zeigte Simon und mich. Mein Bruder hatte den Arm um mich gelegt, wir waren vielleicht sechzehn. Er noch ohne bunte Haare und ungeoutet, ich noch nicht schwanger und ohne jeglichen Plan für die Zukunft, aber voller Abscheu gegen das Leben, in das unsere Eltern uns gezwungen hatten. Ich grinste zwar schief in die Kamera, wahrscheinlich hatte der Fotograf mich dazu aufgefordert, sah hinter dieser Fassade aber erschöpft aus. Ich hatte in dem Alter viel zu kämpfen gehabt. Simons Blick ruhte auf mir. Er lächelte ebenfalls, aber nicht ganz so aufgesetzt. Er wirkte abwesend, wie so oft in unserer Kindheit und Jugend. Simon hatte sich immer weggeträumt und es gut verstanden, den kleinen dunklen Schatten zu verstecken, der auf ihm lastete. Ein Foto von unseren Eltern gab es in seiner Sammlung nicht.

Ich riss mich von dem Anblick los und entdeckte unter seinem provisorischen Kleiderschrank eine Reisetasche. Schnell suchte ich ein paar Klamotten zusammen, die ich für einen Klinikaufenthalt für angemessen hielt. Es fühlte sich seltsam an, seine Sachen zu packen. Aber es half ja nichts, mein Bruder hatte im Krankenhaus schließlich nur seine blutbesudelten Klamotten und brauchte etwas Sauberes und Bequemes. Ich fand dicke Socken, T-Shirts, eine Strickjacke und eine ausgeleierte Jogginghose, die außerordentlich gemütlich aussah. Dann nahm ich einige Bücher von dem Stapel und legte sie auch noch in die Tasche. Bücher halfen ja bekanntlich in jeder Lebenslage.

Im gegenüberliegenden Bad, in original 80er-Jahre-Bahamabeige, fand ich Zahnbürste und Rasierzeug.

Mit der Tasche über der Schulter verließ ich Simons Zimmer und schloss die Tür hinter mir, dann marschierte ich weiter zur Treppe. Mir war kalt. Fröstelnd sah ich hinunter in die Eingangshalle. Vor den Fenstern strahlte die Junisonne, aber hinter den dicken Burgmauern fühlte ich mich völlig abgeschnitten vom Sommer und dem Leben.

Zum Glück riss mich mein Handy aus diesen düsteren Gedanken. Es gab ein freundliches Grunzen von sich – der spezielle Ton für Monas Nachrichten, von ihr persönlich eingestellt.

Meine Tochter hatte mir eine ausführliche Sprachnachricht geschickt. Exorbitant lang, um genau zu sein.

Ich hörte mir fünf Minuten und zwanzig Sekunden an, dass sie sich Sorgen um Simon machte, dass sie aber schon mit ihm telefoniert hatte, dass sie den ohnehin leeren Kühlschrank in Berlin ausstellen würde, um Strom zu sparen und sie mit dem

Packen fertig war. Die wichtigste Information wäre dabei fast untergegangen: Sie kam um sechzehn Uhr mit dem Zug in Bremervörde an.

Mein Herz machte einen kleinen freudigen Hüpfer. Dann konnte ich sie auf dem Rückweg von der Klinik gleich mitnehmen! Ich schickte ihr einen Daumen hoch. Fast war ich geneigt, eine kurze Sprachnachricht aufzunehmen, aber ich hasste Sprachnachrichten aus tiefstem Herzen, wohingegen Mona und ihre Freundinnen diese Form der Kommunikation abgöttisch liebten. Das musste so ein Generationending sein, denn meine Tochter und ihre Freundinnen schickten sich allen Ernstes Nachrichten, die länger als die Tagesschau waren. Ich mochte es immer schon lieber kurz und knackig. Sogar meine Podcast-Folgen waren auf den Punkt.

Ich lief endlich die Treppe hinunter und verstaute Simons Sachen im Kofferraum. Doch gerade als ich einsteigen wollte, knurrte mein Magen so laut, dass ich mich vor mir selbst erschreckte. In der Burg gab es nur Champagner und Kaffee. Der eine wäre der Situation angemessen, vom anderen hatte ich schon genug. Ich erinnerte mich an die Einladung der Köchin und fasste spontan den Entschluss, diese augenblicklich anzunehmen.

Ich schloss meinen Fiat wieder ab und folgte dem kleinen Weg links an der Burg vorbei.

Ursprünglich war die Burgmauer, die den Innenhof und die angrenzenden Stallungen umfing, komplett geschlossen gewesen. Doch als die Zeiten friedlicher wurden, hatte einer unserer Vorfahren einen Durchgang hineingebaut. Jetzt konnte man am Westflügel entlanglaufen und gelangte über einen schmalen Pfad auf die andere Seite der Burg, wo sich die Einliegerwohnung in der Remise, die Stallungen und die Scheune befanden.

Hier draußen war es herrlich warm, und langsam schmolz meine innerliche Kälte. Weiter entfernt, fast am Horizont der

Wiese, knapp vor dem Wald, entdeckte ich eine Schafherde. Simon musste die umliegenden Ländereien neuerdings verpachtet haben. Einen Moment blieb ich stehen und betrachtete das friedliche Bild.

Burg Heidenfeld war immer ein landwirtschaftlicher Betrieb gewesen, aber mein Vater hatte es in den Neunzigern nicht geschafft, das Unternehmen an die Anforderungen moderner Landwirtschaft anzupassen. Er hatte zwar immer größere Summen seines nicht unerheblichen Vermögens reingebuttert, allerdings bis zum Schluss nicht ein einziges Mal selbst auf dem Trecker gesessen. Im Gegensatz zu Simon und mir. Wir waren wegen völlig zugeschneiter Straßen sogar einmal im tiefsten Winter mit dem alten Fendt zur Schule gefahren. Als Kinder eines Landwirtes konnten wir damals schon mit fünfzehn den Führerschein für landwirtschaftliche Fahrzeuge machen. Eines der wenigen Dinge, die ich an meiner Jugend cool gefunden hatte.

Irgendwo in der Nähe schnaubte es. Erstaunt lauschte ich. Es hatte fast wie das Schnauben eines Pferdes geklungen, und ganz automatisch klopfte mein Herz schneller als noch vor einer Minute. Ich liebte Pferde so sehr. Ich atmete tief durch, roch aber nur die Schafe. Ich war im Erschnüffeln von Pferden exzellent. Pferde dufteten warm und würzig, ihnen fehlte die scharfe Strenge von Kühen oder eben Schafen.

Ich drehte mich zur Seite und wollte gerade weiterlaufen, als wie aus dem Nichts der riesenhafte Köter namens Hund vor mir auftauchte. Regungslos starrte er mich an.

»Bitte gehen Sie weiter, es gibt nichts zu sehen!«, sagte ich streng, aber er rührte sich nicht und versperrte mir den schmalen Weg. Sein haariger Gesichtsausdruck war neutral. Er machte nicht den Eindruck, als wolle er mich niederreißen und fressen. Sein großer Körper war entspannt, nicht wie bei unserer renitenten Dackelhündin, die uns damals mit Freude in die Füße gebissen hatte, wenn ihr etwas nicht gepasst hatte. Und Isabella hatte sehr viel im Leben nicht gepasst. Allerdings war ihr kleiner Wurstkörper vor jeder Attacke bretthart geworden, und die Rute hatte sich nur noch ganz langsam von links nach rechts bewegt. Dieser Hund sah entspannt aus.

Probehalber ging ich deshalb einen Schritt auf ihn zu. Er starrte mich nur weiter regungslos an. Ich machte einen weiteren Schritt, und das riesenhafte Tier seufzte, als wäre ihm meine vorsichtige Annäherung lästig.

»Ich will zu deiner Chefin«, erklärte ich und trat ein wenig zur Seite, um an ihm vorbeizugehen. Runzelte der Hund etwa die Stirn?

Ah, okay. Dann komme ich mit, schien er zu denken, atmete tief durch und lief neben mir her. Er war so groß, dass ich meine Hand bequem auf seinen Kopf legen könnte, wovon ich natürlich Abstand nahm. Es war trotzdem komisch, mit ihm gemeinsam um die Ecke zum alten Wirtschaftshof zu laufen.

Rechts davon befand sich die Remisen-Wohnung, in der lange Jahre der Burgverwalter gelebt hatte. Direkt gegenüber stand der aus Natursteinen gemauerte Stall.

Die alten Mauern der Remise, die geduckte grüne Eingangstür, die mich als Kind immer an ein Hobbithaus erinnert hatte, der Kieshof und die blühende Kletterrose am Eingang verliehen dem ganzen Ensemble einen südfranzösischen Touch.

Die neue Bewohnerin hatte viele Tontöpfe mit Kräutern und Lavendel in den tiefen Fensterbänken verteilt, was sehr hübsch war, und man konnte für einen Moment fast vergessen, dass man sich immer noch auf Burg Heidenfeld im Norden von Deutschland befand. Zaghaft klopfte ich an die Tür.

»Offen!«, brüllte die Köchin von innen, und ich schob die Tür langsam auf. Der Hund schlüpfte an mir vorbei und machte sich dabei ganz dünn, um mich ja nicht zu berühren. Was für ein merkwürdiges Tier.

Auch diese Wohnung war vor wenigen Jahren renoviert worden. Man gelangte durch die Eingangstür direkt in die heimelige Küche. Die dunkelroten Fliesen auf dem Boden passten perfekt zu dem zarten Blau der Wände, und die massive Holzküche wirkte wie einer Wohnzeitschrift entsprungen. Torpediert wurde das Ganze allerdings von überall aufgestellten Figürchen. Es gab Massen davon. Hühner, Elche, Katzen. Kleine Figuren, wohin das Auge blickte. Eine Sammlung von ausgesprochener Scheußlichkeit.

Die Köchin sah mir entgegen. Jetzt hatte sie sogar *zwei* Küchenhandtücher über der Schulter liegen. »Frau Baronin«, sagte sie steif und nickte mir zu.

»Katharina Weiden«, erklärte ich genauso steif. »Ich wollte auf Ihr freundliches Angebot zurückkommen, bei Ihnen zu essen. Es gibt in der Burg nur Kaffee und Champagner«, sagte ich, während der große Hund zu ihr ging und seine Nase an ihr Knie legte. Er tat nichts weiter, berührte nur ihr Bein. Vielleicht war er nicht ganz richtig im Oberstübchen?

Sie runzelte die Stirn.

»Rühreier, Brot und Butter kann ich Ihnen anbieten, Baronin von Weiden.«

»Nehme ich gerne«, antwortete ich und fügte dann hinzu: »Bitte ohne die Baronin.« Die Köchin blickte mich einen Moment lang prüfend an, und ich erwartete fast, dass sie mich gleich nach dem Grund fragen würde. Sie deutete aber nur auf den blank polierten Tisch, auf dem sich eine ganze lustige Hühnerschar tummelte, was ein klein wenig skurril war. Maria Glaubner zog ihre Kittelschürze glatt und machte sich schweigend ans Werk. Ich setzte mich und sah ihr aus Ermangelung an Alternativen bei der Arbeit zu.

»Ich fahre gleich zu Simon«, sagte ich irgendwann, weil ich keine ganz so passable Schweigerin wie Frau Glaubner war.

Die Köchin reagierte aber nicht, rührte nur stumm weiter in

der Pfanne und warf schließlich Salz und Pfeffer über das Essen, als ob es sich um Feenstaub handelte. Dann griff sie sich einen Teller und Besteck aus einer Schublade und stellte beides fein säuberlich vor mich auf den Tisch. Sie legte noch eine gefaltete Stoffserviette dazu, schob die Hühnerschar ein wenig zur Seite und endlich sagte sie doch etwas: »Ich habe Ihrem Bruder ein kleines Essenspaket gepackt. Ist im Kühlschrank. Im Krankenhaus bekommt man kein gutes Essen.«

»Das ist sehr nett«, erwiderte ich und nickte ihr dankbar zu, als sie das Rührei vor mich stellte. Sie schnitt Brot und legte die Scheiben sorgfältig auf ein kleines Brettchen, dann holte sie eine gläserne Butterdose aus dem Kühlschrank.

Ich fing an zu essen. Es war köstlich. Die Köchin lehnte mit versteinerter Miene an der Theke und sah aus dem Fenster, was den Genuss etwas schmälerte. Frau Glaubner war mindestens so seltsam wie ihr Hund.

Das Schweigen hing schwer im Raum, und während ich meine Essgeschwindigkeit erhöhte, betrachtete ich die Butterdose etwas genauer. Ich kam zu dem Schluss, dass es sich wohl um die alte meiner Mutter handeln musste. Ich kaute und beugte mich ein wenig näher. Ja, sie war es, klar erkennbar an dem kleinen Riss, der sich über ihre Rückseite zog. Mein Vater hatte sie in einem seiner legendären Wutausbrüche vom Tisch gefegt. Sie hatte überlebt, was erstaunlich war.

Ich riss schnell ein Stück vom Brot ab und wischte damit über den mittlerweile fast leeren Teller. Überall hier gab es Erinnerungen, und die waren einfach alle scheiße.

Frau Glaubner schien glücklich zu sein, als ich mit ihrem Care-Paket für Simon unter dem Arm wieder ging. Ich war allerdings auch erleichtert, die Figürchen-Küche, diese schweigsame Frau und die erinnerungslastige Butterdose wieder zu verlassen. Ich würde wohl den Kühlschrank in der Burg auffüllen müssen.

Endlich machte ich mich auf den Weg zur Klinik. Simon hatte mir zum Glück geschrieben, auf welcher Station er lag, sonst hätte ich ihn wohl nie gefunden.

Dieses Krankenhaus war wie Hogwarts bei Nacht. Als ich endlich auf der orthopädischen Station vor Zimmer zwölf stand, klopfte ich und trat dann ein.

Mein Bruder sah noch schlimmer aus als in der Nacht davor. Sein Gesicht war zugeschwollen, die Farbe changierte zwischen Blau, Grün und Lila, und die Naht an der Stirn stach dunkel hervor. Sein bis zur Schulter ruhiggestellter Arm lag auf einem Kissen, und trotz seines übel zugerichteten Gesichts, meinte ich erkennen zu können, dass Simon geweint hatte. Was unwahrscheinlich war. Simon weinte seit der Nacht im Schrank nicht mehr. Er war nicht allein. Auf einem Stuhl neben dem Bett saß Leonhard, meine nächtliche Bekanntschaft aus der Notaufnahme. Da er einen dunklen Anzug trug, schien er nicht die ganze Nacht hier verweilt zu haben. Jetzt sah er haargenau so aus, wie ich mir einen Leonhard von Bredow vorstellte. In dem perfekt sitzenden Anzug, mit der dicken Uhr am Handgelenk, erfüllte er leider sämtliche Klischees. »Kleider machen Leute!«, war nicht umsonst der Lieblingsspruch meiner Mutter gewesen. Mich machten sie misstrauisch.

»Hallo«, sagte ich und versuchte, meiner Stimme einen vollen Klang zu geben, dabei war das schwierig. Simons Anblick schmerzte mich bis tief in die Seele. Mein tatkräftiger, anpackender Bruder war selten in unserem Leben verletzlich gewesen, er hatte mich immer beschützt. Ich ging langsam zu ihm und gab ihm einen äußerst vorsichtigen Kuss auf die unverletzte Wange, die ganz offensichtlich tränennass war. Zweifelsohne.

Leonhard und er mussten sehr eng befreundet sein, wenn Simon vor ihm geweint hatte. Dass ich noch nie etwas von Herrn von Bredow gehört hatte, lag wohl daran, dass mein Bruder und ich uns liebten, reden aber nicht unsere Kernkompetenz war.

»Möchtest du dich setzen?«, fragte Leonhard sogleich und machte Anstalten, sich zu erheben, doch ich winkte ab. »Ich habe dir alles Mögliche mitgebracht, Simon. Unter anderem ein Care-Paket von Frau Glaubner. Soll ich die Klamotten in den Schrank räumen?«, fragte ich.

»Ja, bitte. Danke«, murmelte Simon. Etwas beklommen widmete ich mich der Reisetasche und sortierte die Sachen in einen der schmalen Schränke.

»Mona kommt heute Abend«, sagte ich über die Schulter hinweg.

»Wow. Das muss sie aber nicht«, sagte Simon und klang doch gleich ein klein wenig besser.

»Macht sie aber trotzdem. Du kennst sie«, fügte ich lächelnd hinzu und schielte zu Leonhard. »Was ist denn bei den weiteren Untersuchungen herausgekommen?«, fragte ich schließlich, stellte die leere Tasche neben den Schrank und lehnte mich an die Fensterbank.

»Keine OP, aber der Arm wird ruhig gestellt und im Knie ist eine Kapsel gerissen«, sagte Simon knapp. Dazu gäbe es doch sicher noch mehr zu sagen.

»Und wie geht es jetzt weiter?«, versuchte ich ihm auf die Sprünge zu helfen.

»Ich würde mit den Schultern zucken, wenn ich es könnte«, erwiderte er, und dann schloss mein liebreizender, offenbar völlig erschöpfter Bruder einfach die Augen. Als würde es uns nicht geben. Ich kratzte mich an der Nase.

»Sie haben ihm Schmerzmittel gegeben«, erklärte Leonhard und betrachtete Simon mit schräg gelegtem Kopf. »Die bekommen ihm nicht. Vorhin war er der festen Meinung, dass er mit dem Hund rausgehen muss. Hat sich allerdings auch ziemlich heftig den Schädel angeschlagen. Vielleicht sind es gar nicht die Drogen. Also für das Knie bekommt er eine Orthese, und sobald es möglich ist, muss er Physio machen, damit das Schultergelenk nicht steif wird. Alles in allem wird es wohl ein bisschen dauern, bis er wieder auf Leitern klettert.«

»Danke, Leonhard«, sagte ich und ignorierte das ätzende Gefühl des Ausgeschlossenseins, das sich bei seinen Worten anschlich. Ich war ja schließlich gerade erst durch die Tür gekommen, und Leonhard hatte offenbar die Gespräche mit der Ärztin mitverfolgt. Auch so ein dummes Kindheitsgefühl. Ich hatte nie dazugehört.

»Leon«, erwiderte mein Gegenüber, und ich musste kurz überlegen, wo wir stehen geblieben waren. »Leonhard ist ein Zungenbrecher. Ich fahre jetzt. Wenn was ist, kannst du dich jederzeit bei mir melden. Ich bin übrigens auch der Einzige, der die Internet-Router in der Burg bändigen kann. Nur so zur Info.« Er grinste mich an und stand auf. Dabei stützte er sich mit einer Hand an der Wand neben dem Stuhl ab, als würde er seinen Beinen nicht trauen. Für Alkohol im Blut war es allerdings noch ein wenig früh. Verwundert musterte ich ihn, während Leon meinem Bruder sanft auf die unverletzte Schulter klopfte, »Bis morgen!« murmelte und ging.

Ich nahm auf seinem Stuhl Platz und sah ihm hinterher. Leonhard von Bredow war erstaunlich nett. Etwas, was so gar nicht in mein Weltbild passte. Also in dieses spezielle Weltbild der Reichen, Schönen und vom Leben bevorzugten Menschen, zu denen meine Eltern gehört hatten. Diese Spezies war oft gar nicht so nett.

Mein Bruder regte sich und schlug die Augen so abrupt auf, als hätte ihn jemand gekniffen.

»Der Hund muss raus«, sagte er undeutlich, und ich beugte mich zu ihm, um ihm eine Hand auf den Arm zu legen. Sollte ich die Schwester rufen? Vielleicht war in seinem Kopf etwas nicht in Ordnung, das während der Untersuchung nicht aufgefallen war? Im nächsten Moment stellte Simon aber selbst fest: »Ich rede Blödsinn.«

»Macht nichts«, sagte ich und betrachtete die Tränenspuren auf seinem Gesicht. Vorsichtig, um dem intravenösen Zugang nicht zu nahe zu kommen, schob ich meine Hand in seine.

»Mein Handy hat einen Riss im Display. Vom Sturz. Leon will das reparieren lassen. Ist er schon weg?«, fragte Simon. Seine Worte klangen verwaschen.

Ich brummte zustimmend. »Den kenne ich gar nicht«, erklärte ich dann. »Seid ihr gute Freunde?«

»Ist mein bester Freund«, sagte mein Bruder.

»Aber er ist …«, setzte ich an. Ich wollte sagen, »einer von denen«. Einer von denen, die uns das Leben zur Hölle gemacht haben, doch dann klappte ich den Mund wieder zu. Simon nannte niemanden leichtfertig einen Freund.

»Er ist übrigens der Einzige, der den Internet-Router am Leben hält. Wenn das Internet nicht läuft, musst du ihn anrufen«, sagte er dann und klang plötzlich fast normal. Dankbar für diesen vollständig und klar formulierten Satz nickte ich.

»Wenn das Internet nicht läuft, werde ich den WLAN-Dompteur anrufen«, bestätigte ich, was Simon ein klitzekleines, einseitiges Lächeln entlockte.

»Kannst du ein paar Tage bleiben? Bitte! Ich bezahle dir auch den Verdienstausfall.«

»Simon. Natürlich bleibe ich, und Mona kommt ja auch«, erklärte ich, und wo wir beim Thema Geld waren, fiel mir die Absage von Department Firefox ein. Kurz spielte ich mit dem Gedanken, Simon davon zu berichten, aber ich tat es nicht. Simon hatte wirklich genügend andere Sorgen. Ich würde die Absage erst mal nicht erwähnen.

»Rosa braucht mich eh zurzeit nicht«, fügte ich hinzu.

»Hat sie dir jetzt doch gekündigt?«, wollte Simon wissen. Ich nickte langsam und kontrollierte dabei meinen Gesichtsausdruck. Simon wusste von Rosas Geldproblemen, und es war nicht nötig, ihm zu zeigen, wie tief mich das traf. Jetzt ging es nur um ihn.

»Ich weiß, dass du das alles hasst«, sagte Simon im nächsten Atemzug. »Die Burg. Das alles. Hochzeiten eh. Nach der Sache mit Sir Henry. Weiß ich.« Er nickte leicht, und während ich noch an einer Erwiderung arbeitete, schlief Simon wieder ein.

»Die Burg hasse ich. Das stimmt. Aber Hochzeiten doch nicht. Egal, was Sir Henry mit meinem Herz angestellt hat«, flüsterte ich und drückte seine Hand.

Als er wieder wach war, versorgte ich ihn mit einigen Köstlichkeiten aus dem Care-Paket von Frau Glaubner und machte mich dann auf, um Mona abzuholen. Wir würden Simon am nächsten Tag gemeinsam besuchen. Heute musste Simon sich ausschlafen.

Ich sammelte meine Tochter vor dem Bahnhofsgebäude ein und erfreute mich an ihrem Anblick, als sie mit einem Rucksack, der fast so groß war wie sie selbst, und dem Koffer im Schlepptau über den Vorplatz auf mein Auto zugerannt kam. Mona rannte noch genauso wie das kleine vierjährige Mädchen, das sie mal gewesen war. Egal ob sie Koffer und Rucksäcke schleppte oder nicht. Es fehlte nur noch, dass sie hüpfte. Ich musste lächeln.

»Mama!«, rief sie, kaum dass sie neben mich auf den Beifahrersitz geklettert war. Sie riss mich in eine warme, innige Umarmung, und ich umarmte zurück.

Meine Tochter war das erste Wesen, das mich mit absolut großzügiger Liebe überhäuft hatte. Von Anfang an war sie prall gefüllt mit explodierender Liebe gewesen.

»Wie geht es Onkel Simon?«, war ihre erste Frage, und ich erzählte ihr aus der Klinik, wobei ich meine eigene Sorge unter Kontrolle hielt. Auch wenn meine Tochter faktisch erwachsen war, sobald ein Drama über uns hereinbrach, war meine Contenance unabdingbar. So getestet bei diversen Mathe-Klausuren, Grippen, einem gebrochenen Arm, der Pandemie und politisch fragwürdigen Entwicklungen.

»Wir fahren übrigens noch zu McDonalds«, erklärte ich, hocherfreut, eine der Filialen verkehrsgünstig auf dem Weg entdeckt zu haben.

Meine Tochter gab ein grunzendes Lachen von sich. »Wir haben Brot zu Hause!«, rief sie dann.

»Hä? Was?«, fragte ich zurück, während ich ausparkte. »Es gibt nur Kaffee und Champagner auf der Burg. Brot wäre toll! Die Einzige, die Essen hat, ist eine sonderbare Köchin, die Simons Untermieterin in der Einliegerwohnung ist. Das Vergnügen hatte ich heute schon mal, morgen gehe ich einkaufen.«

»Mama, ich muss so lachen, dass du von dir aus mal zu McDonalds willst«, erklärte meine Tochter ihren Heiterkeitsausbruch. »Weißt du noch, was du immer gesagt hast, wenn wir an einem der gelben Schilder vorbeigefahren sind und ich unbedingt Pommes haben wollte?«

Ich schüttelte den Kopf, und Mona erklärte mit Grabesstimme: »Wir haben Brot zu Hause.«

»Hab ich nicht gesagt«, empörte ich mich.

»Jedes einzelne Mal«, sagte meine Tochter fröhlich.

Und so fuhren wir zu McDonalds, weil wir nun mal nur Champagner zu Hause hatten, und deckten uns mit Pommes und anderen Fast-Food-Grausamkeiten ein, die wir direkt im Auto verschlangen. Während Mona sich den Mund an einer Serviette abwischte und ihren Müll in eine der Papiertüten einsammelte, sagte sie plötzlich: »Mama. Dein Auto ist wie ein Gemischtwarenladen. Es liegt echt überall Kram herum. Ich habe hier schon ewig nicht mehr bei Tageslicht dringesessen.«

»Ich bin eben gerne auf alles Mögliche vorbereitet«, erklärte ich mit einem Bissen veganem Burger im Mund.

»Hier liegt eine Tüte Gummibärchen, die so alt ist, dass wahrscheinlich mittlerweile verbotene Farbstoffe drin sind«, sie deutete auf die Ablage der Beifahrerseite. »Und worauf vorbereitet? Um spontan mit dem Auto in die Karibik zu fahren? Darüber solltest du mal einen Podcast machen. Über Autos, die als Abstellräume und Mülleimer fungieren.«

Oh, verdammt! Ich schluckte runter. Meinen Podcast hatte ich ja total vergessen!

Kapitel 5

Podcast Frau Gilmore

Ihr Lieben, da bin ich endlich wieder! Die Unplanbarkeit des Lebens hatte mich fest im Griff, deswegen bin ich ein paar Tage später dran als geplant. Womit wir aber auch beim Thema dieses Podcasts wären:

Nichts hat mich mehr geschockt als die Tatsache, dass das Leben mit einem Kind nicht mehr planbar ist. Als ich Mutter geworden bin, wurde mir schnell klar, dass ich ab sofort den Tornados des Lebens mehr oder weniger hilflos ausgeliefert war. Das hat mich erschüttert. Das habe ich nämlich nicht kommen sehen. Vielleicht ist es anders, wenn man beim ersten Kind nicht erst siebzehn ist. Lebenserfahrung mag bei dieser Erkenntnis helfen, aber ich steckte damals ja noch mitten in der Pubertät.

Wer mir schon länger folgt, weiß, dass ich mein Abitur nach der Geburt meiner Tochter über die Abendschule nachgeholt habe. Wie Lorelai Gilmore in den Gilmore Girls, der Name meines Podcasts kommt schließlich nicht von ungefähr.

Ich hatte mich so auf diese Abschlussfeier gefreut, immerhin habe ich Jahre meines Lebens damit verbracht, tagsüber zu arbeiten, danach meine Tochter zu betreuen und dann, ab sieben, wenn sie im Bett lag, zu lernen. Oft bis tief in die Nacht. Aber die Mühen haben sich gelohnt. Ich hatte einen super Abi-Schnitt und war unglaublich stolz auf meine Leistung. Was in dieser Zeit viel zu kurz kam, waren die Dinge, die man auf einem normalen Gymnasium so machte: sich treffen, Lerngruppen bilden, Spaß haben, gemeinsam ausgehen. Keiner aus meiner Abendschulklasse hatte dafür Zeit. Fast alle hatten einen Vollzeitjob und Kinder. Für uns war diese Abschlussfeier schon deshalb so wahnsinnig wichtig, weil sie sich anfühlte wie das normale Leben. Wie eine großartige Belohnung für die ganzen Strapazen. Mein Bruder kam natürlich auch, und ich hatte schon mein Kleid angezogen, es war hellblau mit weißen Punkten drauf, die Babysitterin stand bereits im Flur, da fing meine Tochter an, sich zu übergeben. Schlagartig bekam sie Fieber. Die Babysitterin nahm Reißaus, während mein Bruder mich beschwor, trotzdem zu gehen. Er würde bei meiner Tochter bleiben, aber das konnte ich nicht. Denn wenn mein kleines Kind so krank war, musste es sich an mir festhalten. An der Mama. Was zu dem Zeitpunkt auch das einzige Wort war, das sie sprechen konnte.

Simon hat dann mein Zeugnis abgeholt, und wir sind noch in der Nacht in die Notaufnahme gefahren. Mona hat sich zum Glück schnell erholt, doch der Abend war vorbei. Sang und klanglos hatte ich mein Abi in der Tasche. Ohne Feier und Konfetti.

Unzählige Kinobesuche, Kurzreisen, Arbeitswochen und Geburtstagsfeiern sind meiner Tochter zum Opfer gefallen. Wer kennt es denn nicht? Man steht morgens auf, hat den ganzen Tag voll verplant und das Kind wacht mit Fieber auf. Dieses hektische Umplanen noch vor dem ersten Kaffee, eilige Kinderarztbesuche, um eine Krankschreibung zu bekommen, immer verbunden mit der Angst um das Kind, und die ist nicht zu unterschätzen. Ich hatte schon Angst, wenn Mona nur einen Schnupfen hatte.

Wenn man anderen Leuten erzählt, dass das Muttersein besonders in den ersten Jahren anstrengend und erschöpfend ist, kriegt man oft zu hören, man solle mal nicht so rumjammern. Das sei halt so. Lange dachte ich, es sei mit einem Partner einfacher, die Unplanbarkeit in Planbarkeit zu verwandeln, allerdings habe ich immer wieder andere Mütter getroffen, die trotz Ehegatten und eigenem Job ständig zurückgesteckt haben.

Heute denke ich: Wir Mütter dürfen alles sagen. Wir müssen Belastungen benennen und sollten sie nicht stillschweigend aushalten. Das macht auf Dauer krank. Ich empfand die Unplanbarkeit des Lebens mit einem kleinen Kind als furchtbar. Punkt. Ich bin nämlich ein verlässlicher Mensch, und wenn ich einen Termin zusage, tauche ich da auch auf. Aber plötzlich war meine Zuverlässigkeit von meinem Kind abhängig. Das konnte ich nur schwer akzeptieren.

Wir sind doch alle in dem Glauben aufgewachsen, dass wir mit guter Planung und Organisation alles bewältigen. Und dann werden wir Mütter, und dieses vermeintliche Wissen wird schlagartig hinfällig. Auch mit den größten Bemühungen bekommen wir unseren Plan nicht immer auf die Reihe.

Und jede, die das beim Namen nennt, wird mit einem »Das hast du dir doch so ausgesucht!« abgespeist? Eine Mutter muss sagen dürfen: »Ich kann nicht mehr!« »Ich bin erschöpft.« »Ich vermisse die Planbarkeit des Lebens.«

Der Wert einer Mutter bemisst sich doch nicht darin, wie leidensfähig sie ist. Wie viel sie lächelnd ertragen kann. Das ist die falsche Währung.

Und seien wir ehrlich. Zu glauben, im Leben irgendetwas im Griff zu haben, ist ohnehin nur eine Illusion. Das gilt es anzuerkennen, möglicherweise gehört diese Erkenntnis zum Reifungsprozess eines jeden Menschen. Denn auch wenn die Kinder größer werden, zu glauben, dass uns das Leben nicht ins Handwerk pfuscht, ist verrückt.

Ich saß in Simons Büro und linste nebenbei in meine Aufzeichnungen. Ich hatte ein ganz anderes Podcast-Thema vorgehabt, aber meine persönliche Reise in die Vergangenheit hatte mich dazu getrieben, genau dieses Thema zu machen. Letztlich war doch jede emotionale Bindung mit Unvorhersehbarkeiten gepflastert, denn auch von der Leiter fallende Brüder warfen Pläne über den Haufen.

Neben dem eng beschriebenen Blatt mit meinen Notizen lag ein Foto. Ich hatte es in der Schreibtischschublade auf der Suche nach einem Stift gefunden. Die Vergangenheit holte mich auf vielfältige Art und Weise ein, denn auf dem Bild waren Otto und ich. Das dunkelbraune Shetty hatte die Ohren gespitzt, ich saß auf seinem Rücken, hatte mich nach vorne gebeugt, mein Gesicht in seine struppige Mähne gedrückt.

Als ich das Bild unter dem Locher entdeckt hatte, meinte ich für einen Moment, die samtige Wärme von Otto in den Fingerspitzen fühlen zu können. Es war, als würde plötzlich der Duft von Zaumzeug, Sattelleder und Stroh in der Luft hängen. Die Pferdesehnsucht packte mich sofort, und ich schüttelte leicht den Kopf, um mich wieder auf den Podcast zu konzentrieren.

Irgendwie hatte ich jetzt komplett den Faden verloren. Er flog fröhlich durch die Gegend, und als die Tür sich auf einmal wie von Geisterhand öffnete und Hund hereinspaziert kam, löste er sich gleich ganz in Luft auf. Erstaunt betrachtete ich das große Tier, das mich keines Blickes würdigte. Es drehte sich auf dem Teppich vor dem Sofa mehrmals im Kreis und ließ sich dann fallen. Dazu pupste es. Sehr laut, geruchlich sehr dramatisch.

Der Pups war nun sicherlich auch auf meiner Aufnahme, und ich drückte schnell auf Pause.

»Echt jetzt?«, fragte ich den Hund, doch der Hund hatte keine Meinung und klopfte nur ein paarmal mit der Rute auf den Boden.

Ich atmete für einen Moment flach durch den Mund, dann rannte ich zum Fenster und riss es auf. Weil es draußen herrlich warm und drinnen furchtbar frisch war, ließ ich es gleich offen. Dann inspizierte ich die Tür, um herauszufinden, wie Hund sie so ganz ohne Hand aufbekommen hatte. Den Grund entdeckte ich schnell: Der Schnapper des Schlosses war abtrünnig. Die Tür war im geschlossenen Zustand zwar zu, ließ sich aber ganz einfach, ohne Betätigung der Klinke, aufschieben. Zum Beispiel mit einer Hundenase.

»Doch keine Magie«, sagte ich zu Hund, der jetzt wenigstens den Kopf auf dem Boden ein wenig in meine Richtung drehte.

Hund hatte ein Hobby und das hieß: Verfolge Katharina, egal wohin sie geht. Heute Morgen hatte er mich bei meinem ersten Kaffee in der Küche beobachtet und wollte sich danach beim Gang zur Toilette an meine Fersen heften.

»Gut, dann mache ich weiter«, erklärte ich und marschierte zurück zu Simons Schreibtisch. Die Folge war schließlich überfällig. Ich nahm Platz, las meine Notizen noch einmal durch, drückte auf Aufnahme und – tadaa! – meine Tochter kam ins Zimmer geschneit.

»Mama. Es riecht draußen nach Pferd!«, verkündete sie. Nach einer Sekunde fügte sie hinzu. »Tschuldigung. Nimmst du auf?«

»Ja. Ich *nahm* auf. Nun nicht mehr«, sagte ich, drückte erneut auf Stopp, lehnte mich zurück und betrachtete meine Tochter. Zauberhaft sah sie aus, in ihrer Jeans-Latzhose, den roten Chucks und dem hochgebundenen Pferdeschwanz. Zauberhaft und erschreckend erwachsen.

Meinen Podcast gab es zwar seit fast zehn Jahren, ich hatte schon gepodcastet, da hielten das andere Menschen noch für eine Chipssorte. Meine kleine Show rund um das Muttersein war mit meiner Tochter zusammen gewachsen. Alle Meilensteine hatte ich wie in einem Tagebuch verarbeitet. Die schlaflosen Nächte, die furchtbar anstrengende Grundschulzeit, die Sorgen, als Mona die ersten Male ohne mich unterwegs war, die Früh- und Spät-Pubertät. Doch während meine Tochter demnächst ihre Flügel ausbreiten würde, um die restliche Nestfeuchte abzuschütteln und loszufliegen, blieb ich allein zurück. Mona startete bald in ihr neues Leben, den Blick fest auf den Horizont der Möglichkeiten gerichtet, die die Welt bot. Und ich? Ich hatte keine Ahnung, wie es mit dem Podcast weitergehen sollte. Mein Hauptthema war im Begriff, flügge zu werden.

»Erde an Mama?« Mona fixierte mich mit zusammengekniffenen Augen. Ich sah sie wieder an. »Also: Der Grund meines Auftauchens. Simon hat mich angerufen, weil dein Handy lautlos zu sein scheint. Er hat sich erinnert, dass du in sein Postfach schauen wolltest. Hast du das gemacht?«

Schockschwerenot. Es war ihm wieder eingefallen. Wir waren bis jetzt täglich bei ihm gewesen, und weil es ihm einfach nicht gut ging, hatte ich die Hiobsbotschaft noch nicht verkündet.

So lange, bis es ihm in seinem medikamentenumnebelten Gehirn von selbst wieder eingefallen war. »Ja, das habe ich. Und ich würde diese Nachricht gerne noch für mich behalten«, erklärte ich deswegen.

»Ah. Schlechte Neuigkeiten also.« Mona runzelte die Stirn.

Ich nickte. »Ein großer Auftrag ist geplatzt.« Meine Tochter stützte sich auf dem Schreibtisch ab und beugte sich zu mir.

»Kann es sein, dass der Laden«, sie machte eine kreisende Handbewegung, »nicht so richtig gut läuft?«

Ich schüttelte den Kopf. »Der ganzen Branche steckt vielleicht Covid noch in den Knochen«, erwiderte ich, dabei war mir der Gedanke auch schon gekommen. Aber hätte Simon mir das nicht erzählt? »Simon scheint ziemlich angesagt zu sein, wenn ich mir die reichweitenstarken Social-Media-Posts von Burg Heidenfeld so ansehe«, fügte ich hinzu. Gleichzeitig schien mein Bruder aber an allen Ecken und Enden zu sparen. Seine Leute waren in Teilzeit, er hatte keine Putzfrau. Das gab zu denken.

»Ja, da sind aber auch viele alte Sachen dabei«, sagte meine Tochter, die das natürlich auch bereits abgecheckt hatte. Dann drehte sie sich ein wenig zur Seite und betrachtete Hund, der uns zwar ansah, aber weiterhin regungslos auf dem Teppich ausgestreckt lag. »Was macht der eigentlich schon wieder hier? Ständig ist er dort, wo du bist. Meinst du, der hat einen kleinen Hau? Finde nur ich diesen Hund komisch? Und warum hat der keinen Namen? Hund? Hättest du mich Mensch genannt, wäre ich wohl auch sonderbar geworden.«

Ich grinste. »Zum Glück habe ich einen Namen für dich gefunden.«

»Auch wenn er ein bisschen Achtziger ist.« Meine Tochter grinste auch. »Willst du heute Abend ein Käsebrot, oder wollen wir wieder zu der kauzigen Köchin gehen?«

»Käsebrot«, sagte ich. Wir hatten den Kühlschrank gut gefüllt und sahen davon ab, weiterhin Nahrung bei Frau Glaubner zu erbitten. Leider waren wir beide keine großen Köchinnen. Wir zelebrierten deswegen die längst vergessene Kunst des belegten Brotes.

»Ich überlasse dich wieder deinem Podcast. Mach deine Community glücklich, aber eins muss ich dir noch erzählen: Wusstest du, dass eine Öko-Bäuerin die gesamte hintere Wiese gepachtet hat und dort Schafe und Ziegen hält? Hat mir Oleg erzählt. Ich geh da gleich mal vorbei. Vielleicht hat sie auch ein Pony?« Frohlockend rieb sie sich die Hände. »Es riecht nämlich definitiv nach Pferd.«

Mona hatte meine Pferdeliebe geerbt. Als sie zehn war, durfte sie Reitstunden auf einem Islandhof in Berlin nehmen. Ich hatte sie an jedem Wochenende begleitet, und während ich an der Bande stand und ihr zusah, hatte ich davon geträumt, auch irgendwann wieder auf einem Pferderücken zu sitzen. Dabei konnte ich mir schon Monas Reitstunden damals kaum leisten. Ganz zu schweigen von der Tatsache, dass ich mittlerweile sogar ein wenig Angst vor den struppigen Ponys hatte.

Die Reitstunden waren irgendwann nicht mehr bezahlbar für mich gewesen. Wir hatten unsere sonntäglichen Ausflüge zu dem Hof beide sehr vermisst, zumal das kleine Pferde-Liebe-Feuer nun auch bei Mona brannte. Aber meine Tochter war schon damals ziemlich gut darin gewesen, unabänderliche Tatsachen zu akzeptieren. Das konnte sie manchmal sogar besser als ich.

Nachdem Mona gegangen war, fing Hund an zu schnarchen, und ich suchte den roten Faden in meinem Podcast. Als ich ihn endlich wieder eingefangen hatte, richtete ich mein Mikro neu und startete die Aufnahme. Ich setzte gerade an, hatte den ersten Satz in meinem Kopf schon formuliert, da ertönte auf dem Hof ein PS-starker Motor. Durch die hohen Mauern wurde das Geräusch massiv verstärkt, und mein Aufnahmeregler drehte umgehend durch. Ich drückte erneut auf Pause.

»Himmelarschundzwirn«, murmelte ich, doch mit Hund passierte etwas Erstaunliches. Er sprang auf und wuffte mehrmals hintereinander, was mich zusammenzucken ließ. Geräusche gab er sonst nicht von sich. Dann drehte er sich im Kreis, hielt inne und legte den Kopf schief. So viel Aktion hatte ich von ihm in den gesamten vergangenen Tagen nicht erlebt. Es war geradezu beängstigend. Als es an der Tür klopfte, drehte Hund, für seine Verhältnisse, förmlich durch. Er wedelte mit der Rute und rotierte mehrmals im Kreis. Verwirrt schaute ich von ihm zur Tür. Leonhard, oder Leon, wie er genannt werden wollte, damit niemand sich die Zunge brach, stand dort. Und er sah genau aus wie jemand, der mindestens einen Porsche fuhr, denn nichts anderes ließ die Geräuschkulisse vor dem Fenster vermuten.

Dunkler Anzug, dicke Uhr am Handgelenk, mit Gel bearbeitete, perfekte Frisur. Ich spürte Abwehr in mir. Und Leon konnte absolut nichts dafür.

»Hallo Katharina«, sagte er, blieb aber an der Tür stehen. Vielleicht spürte er die Bad Vibrations, die bei seinem Erscheinen von mir Besitz ergriffen hatten. Es war ein Automatismus. Etwas, was sich tief in meine DNA eingebrannt hatte. So, wie wenn man einmal von zu viel Tequila kotzen musste und einem danach nur beim Anblick der Flasche schon schlecht wird.

»Leon«, sagte ich und klang eindeutig abweisend.

»Simon schickt mich. Er braucht seine Powerbank, ohne die er angeblich nicht überleben kann, weil die Steckdose zu weit vom Bett entfernt ist. Ich finde, er sollte sein Handy gar nicht benutzen und sich erholen, aber er hängt die ganze Zeit auf Instagram rum. Da ich eh heute Abend noch mal hinfahre, wollte ich sie gleich abholen. Und da war noch irgendetwas mit einer Mail, aber das habe ich jetzt vergessen.« Hund hatte sich ihm genähert, und Leon streichelte das riesige Ungetüm, das sich sichtlich darüber freute. »Was machst du?« Er deutete auf das Mikro vor meiner Nase.

»Ich versuche, einen Podcast aufzunehmen.«

»Oh. Welches Thema?« Leon richtete sich wieder auf und lehnte sich gegen den Türrahmen. »Ich liebe Podcasts. Höre ich immer beim Training«, fügte er hinzu, weil ich nicht antwortete. Weil ich gewillt war, Leon doof zu finden. Aber wenn mein Bruder sagte, dass Leon sein Freund war, dann sollte ich verdammt noch mal ein klein wenig freundlicher zu ihm sein. Er war schließlich verdammt nett. Und er sah auch verdammt gut aus. Allerdings sollte mich besonders diese Tatsache rein gar nicht interessieren.

»Ich habe seit zehn Jahren den Podcast *Frau Gilmore*. Kennst du die *Gilmore Girls*?«, fragte ich.

Leon runzelte die Stirn. Dann schüttelte er mit einem entschuldigenden Lächeln den Kopf. »Die *Gilmore Girls* ist eine US-Serie. Es geht um eine alleinerziehende Mutter. Deswegen heißt auch mein Podcast so, weil es um das Muttersein geht. Ich habe eine recht große Community.«

»Respekt«, sagte er und wirkte tatsächlich so, als ob er sich nicht an den Eklat von damals erinnerte. Was unmöglich war. Ich war schließlich wochenlang Talk of the Town in den Kreisen gewesen. Die heiße Scham von jener Zeit versuchte, mir im Nacken hochzuklettern, dabei dachte ich, ich hätte sie schon lange beerdigt. Es musste an der Burg liegen, die all diese alten Gefühle in ihren staubigen Steinen gespeichert hatte und jetzt nach und nach wieder freigab.

»Kann man davon leben?«, fragte Leon dann, und ich fror mein Lächeln ein. Ich hätte so gerne Literaturwissenschaft studiert und als Lektorin für große Verlage gearbeitet. Aber wenn man mit siebzehn schwanger wird und sich dieser Sache nahezu allein stellt, löst sich der sorgfältig geplante Lebenslauf schnell in Luft und Konfetti auf. Ab dem Zeitpunkt war halt nichts mehr planbar, das hatten mir meine zahlreichen Hörerinnen der letzten zehn Jahre bestätigt. Mein Podcast-Thema kam nicht von ungefähr.

»Ich bin bei Patreon. Ich habe einige monatliche Unterstützer.« Aber leben konnte man davon nicht. Ob Leon wirklich nichts davon wusste?

Dass ich nach einer alkoholhaltigen Party auf Gut Weißensee einen kurzen Flirt mit Johannes gehabt hatte, der leider im Bett geendet war. Es schüttelte mich noch heute, wenn ich darüber nachdachte, dass es hinterher hieß, ich hätte mich von Johannes schwängern lassen. Als wäre das ein passiver Akt, als wäre ich allein dafür verantwortlich gewesen. Dabei hatte ich wegen meiner Traurigkeit von meinem Hausarzt Johanniskraut bekommen, das leider die Wirkung der Pille torpedierte. Glücklicher hatte mich das Johanniskraut übrigens auch nicht gemacht.

Aber ab diesem Moment war ich in meinem gesamten Umfeld wie eine Aussätzige behandelt worden.

Leon wirkte allerdings tatsächlich nicht so, als überfiele ihn da eine Erinnerung.

»Wolltest du hier nie einsteigen?«, fragte er stattdessen.

»Ich habe lieber mein eigenes Ding gemacht«, erklärte ich einsilbig. Es war doch glasklar erkennbar, dass ich das glatte Gegenteil von Simon war. Bei mir mangelte es am Glitzer-Gen.

»Mir fehlt einfach auch die passende Haarfarbe«, fügte ich hinzu, was Leon zum Lachen brachte. Sein Lachen hatte etwas unerwartet Unbeschwertes. Und es war ansteckend. Genauso unerwartet musste ich grinsen.

»Womit wir beim Thema wären: Schaust du mal in der Schreibtischschublade nach? Die Powerbank soll angeblich die gleiche Farbe wie der aktuelle Iro haben.«

Ich zog die Schublade links von mir auf und fand das Gewünschte in Grellpink sofort. Triumphierend hielt ich das Teil hoch, und Leon stieß sich vom Türrahmen ab, um auffällig langsam zu mir zu kommen. Er bewegte sich komisch, wirkte total unsicher auf den Beinen. Um ehrlich zu sein ganz genau so, als hätte er schon ein für diese Region so typisches Schnäpschen zu sich genommen. Ich hatte lange genug im Service gearbeitet, um das glasklar zu erkennen.

Ich drückte Leon die Powerbank in die Hand und schnupperte unauffällig. Ich roch keinen Alkohol. Seltsam war das alles trotzdem.

»Hm. Katharina, was ich noch sagen wollte«, murmelte Leon und ließ sich auf die Kante des Sessels vor dem Schreibtisch sinken. »Aysun ist wirklich großartig, aber auch sehr beschäftigt. Und alles, was mit jeglicher Form von Büroarbeit zu tun hat, lässt sie fluchtartig das Weite suchen. Die Frau ist in der Umsetzung genial, aber Planung und Orga sind nicht ihrs. Auch deswegen ist es so wichtig für Simon, dass du hier bist.« Er hielt einen Moment inne, suchte offenbar nach Worten. »Also wenn du Unterstützung brauchst, kann ich dir helfen. Ich arbeite zwar den ganzen Tag, aber davor oder danach mach ich das gern. Ich bin ja eh oft hier.«

Wie nett! Ich setzte schon zu einer Erwiderung an, wollte mich für das freundliche Angebot bedanken, doch da kam noch etwas von Leon: »Das ist hier ja vielleicht ein bisschen artfremd für dich.«

Ah. Gar nicht nett. Er traute es mir nicht zu. »Was arbeitest du denn?«, fragte ich nun statt eines Dankes.

»Äh. Ich bin Anwalt.«

Natürlich. Ich lächelte unverbindlich. Was sonst. Sie waren alle Anwälte, Unternehmensberater und CEOs geworden. Und nein, das war kein Klischee. Das waren sorgfältig durchkomponierte Lebensläufe, an deren Ende Macht und Geld standen.

»Simon hat mir sehr genau erklärt, was alles ansteht. Ich kümmere mich darum und schaffe das schon. Trotzdem danke. Sehr nett. Aber als Anwalt ist dieser ganze Hochzeitstüddelü für dich ja auch eher artfremd.« Ich versah das Wort artfremd mit den Fingern mit Gänsefüßen. »Ich hingegen komme aus der Gastronomie. Ich bin gelernte Hotelfachfrau. Von den Basics der Organisation von großen Veranstaltungen habe ich schon mal gehört.«

Leon blinzelte und kratzte sich am Kopf. »Okay«, sagte er dann gedehnt, als er die Spitze endlich verstand. »Du kannst dich ja melden, falls du doch Unterstützung brauchst.« Etwas umständlich erhob er sich und hielt sich dabei mit einer Hand am Schreibtisch fest, was rein gar nicht zu seinem sonst so jungdynamischen Auftreten passte. »Tschüss«, sagte er, und weg war er. Er klang dabei eindeutig indigniert, um es mal in seinen Worten auszudrücken.

Ich hätte gerne mit meinem Podcast weitergemacht, mein Sponsor war diesmal ein Bio-Babybrei-Anbieter und der erwartete, dass sein Name irgendwann auch mal fiel, aber während mein Finger noch über dem Aufnahmeknopf schwebte, gab es plötzlich Radau und aufgeregte Stimmen in der Eingangshalle.

Hund erhob sich vom Teppich und stellte die Ohren auf. Sehr interessant, weil ich die ganze Zeit dachte, seine doch recht voluminösen Ohren wären ausschließlich für das Hängen gemacht. Er lauschte und sah dann mich an, als ginge er davon aus, dass ich für Tumult jeglicher Art zuständig sei. Ich zuckte die Schultern. Es rumpelte jetzt nachdrücklich vor der Tür.

»Wir sollten nachsehen, was da los ist«, sagte ich und erhob mich. Hund folgte mir auf dem Fuß.

In der großen Halle traf ich auf Aysun, Oleg und einen unbekannten Mann, der mit der riesigen Leiter des ehemaligen Gutsverwalters hantierte. Offenbar beabsichtigte er, die Glühbirne in schwindelerregender Höhe zu wechseln.

»Katharina. Die Birne muss gewechselt werden. Und von uns wird niemand mehr auf eine Leiter steigen«, sagte Aysun bei meinem Auftauchen.

»Ah«, machte ich bloß und blickte hoch zu dem Mann, der offenbar nicht zu uns gehörte und deswegen problemlos geopfert werden konnte. Er wirkte ein wenig mürrisch, trug aber immerhin Arbeitskleidung, was mich hoffen ließ, dass er wusste, was er tat. Er stellte die unfassbar hohe Leiter auf, die Oleg, Simons Haus- und Hofmeister, mit festem Griff sicherte. Er sah allerdings ein wenig unglücklich dabei aus.

»Macht ihr alle ein Theater um diese verkackte Birne«, sagte der Mann, während Oleg das Gesicht verzog. Ich glaube, ihm war das peinlich.

»Ich kann das auch«, murmelte er, als der externe Handwerker seinen ersten Fuß auf die Stufe der Leiter setzte.

»Nein«, sagte Aysun nur und wedelte mit der Hand herum.

»So etwas ist mein Job«, brummte Oleg, doch Aysun würdigte ihn keines Blickes und beobachtete stattdessen den weiteren Aufstieg des Mannes auf der Leiter. Sie trat sogar einen Schritt zur Seite, vermutlich für den Fall, dass er abstürzte. An mich gewandt sagte sie: »Wenn eine Birne ausfällt, sind die anderen in kürzester Zeit solidarisch und das Ding leuchtet gar nicht mehr. Unser Motto ist aber: Immer perfekte Qualität. Ein hell erleuchteter Kronleuchter in der Eingangshalle gehört eindeutig dazu.« Oleg seufzte erneut, und der Mann, der mittlerweile ganz oben auf der Leiter angekommen war, wechselte die Birne. Aysun eilte zum Lichtschalter, betätigte ihn und schlagartig war die alte Halle in prachtvolles Licht getaucht.

»Geht doch«, sagte der Mann und stieg wieder von der Leiter, als wäre sie nur ein kleiner Schemel. Er schien völlig unbesorgt zu sein. Unten angekommen, drückte Aysun ihm einen Geldschein in die Hand. Er nickte ihr zu und ging.

»Echt. Aysun. Das hättest du dir sparen können«, sagte Oleg, der äußerst vorsichtig die Leiter zur Seite sinken ließ, um sie wieder zusammenzuklappen.

»Niemand steigt mehr auf diese Leiter. Da liegt ein Fluch drauf«, erklärte Aysun und meinte das absolut ernst. Mir war inzwischen klar geworden, warum Simon sie manchmal scherzhaft Feldwebelin nannte.

Ich seufzte. Hund seufzte. Und dann ging die Burgtür auf, und ein Mann wurde hereingeweht, wie ein Blatt, mit dem ein heftiger Herbstwind spielte. Er stolperte über seine eigenen Füße und schaffte es, vor Aysun stehen zu bleiben, die augenblicklich Haltung annahm.

»Die Eingangsstufe hat mir ein Bein gestellt«, sagte er zur Begrüßung.

»Herr de Luca«, erwiderte Aysun und klang plötzlich ein wenig steif. So wie die Köchin, wenn sie mich beharrlich Baronin nannte. »Hatten Sie einen Termin mit dem Baron?«, fragte sie, woraufhin Herr de Luca nun auch ein wenig steif wurde und sich durch das lockige Haar fuhr.

»Nein. Aber ich wollte noch ein paar Dinge besprechen. Ist er da?«

Aysun runzelte die Stirn und blickte an dem Besucher vorbei zu mir. »Baronin von Weiden ist seine Vertretung.«

Herr de Luca drehte sich so schnell zu mir um, dass ich erschrocken einen kleinen Schritt zurückmachte. Vielleicht auch, weil Aysun mein Titel so gekonnt von den Lippen sprang.

»Himmel. Sehen Sie Ihrem Bruder ähnlich«, sagte der Mann und blinzelte. Er sah gut aus. Hohe Wangenknochen, gepflegter Dreitagebart, durchtrainiert, lange Wimpern. Aysun machte hinter seinem Rücken eine leicht irre Pantomime, die mir rein gar nichts sagte. Irgendwas mit einem zusammengekniffenen Auge und zuckenden Schultern. Sie erinnerte mich entfernt an Quasimodo. Ich hob fragend die Augenbrauen.

»Ja. Äh. Wollen wir in Herrn von Weidens Büro gehen?«, fragte ich schnell, denn nachdem Oleg wortlos mit der Leiter über der Schulter abgezogen war, hatte ich einen Blick auf den Innenhof erhascht, und dort stand ein Ferrari. Das hier war Simons Zielgruppe und somit zahlende Kundschaft. Vielleicht beabsichtigte er, eine millionenschwere Party auszurichten.

»Wieder einen türkischen Tee, Herr de Luca?«, flötete Aysun, und der Mann nickte.

»Danke, liebe Frau Meyer«, sagte er formvollendet und folgte mir in Simons Büro. Genau wie Hund, der sich auch durch meinen bösen Blick nicht davon abhalten ließ.

Es fühlte sich merkwürdig an, in offizieller Funktion hinter dem Schreibtisch meines Bruders Platz zu nehmen, aber das war ja nun mal meine Aufgabe. In den vergangenen Tagen hatte ich mich in den Schriftverkehr eingearbeitet, gelernt, dass Ranunkeln Blumen waren, sie für die nächste Hochzeit bestellt, die Küche geputzt und versucht, aus Simons kryptischen Notizen schlau zu werden. Kundenkontakt hatte ich bisher keinen gehabt. Dementsprechend spürte ich eine leichte bis mittelschwere Aufregung in mir aufkeimen.

Herr de Luca ließ sich derweil auf dem brokatbezogenen Sessel vor dem Schreibtisch nieder und streckte die Beine von sich.

»Es tut mir leid, aber ich weiß gar nicht, wer Sie sind«, eröffnete ich das Gespräch und schickte ein Lächeln hinterher, das Herr de Luca umgehend erwiderte. Er hatte niedliche Grübchen auf den Wangen. In einer eleganten Bewegung beugte er sich nach vorne und reichte mir die Hand über den Tisch hinweg. »Matteo de Luca. Ich bin der Spielerbetreuer von Kilian McDowell. Ich wollte mit Simon die Geheimhaltungserklärung für das Servicepersonal durchgehen.« Aha. Es ging also um die große, fulminante Hochzeit im August.

»Ah, natürlich«, sagte ich, hoffte, dabei klug und wissend zu klingen, und angelte mir aus der Schublade links eine von Simons Akten, die passenderweise alle pink waren. »Das ist in der Tat sehr sinnvoll«, improvisierte ich und schlug eine der Akten auf. Auf dem Deckblatt stand in verschnörkelter Schrift »Hochzeit Anna & Tobi«.

Herr de Luca strahlte mich die ganze Zeit an, und ich musste zugeben, dass mir das ein wenig schmeichelte. Mein letzter Flirt lag gefühlt schon Dekaden zurück. Im nächsten Moment tänzelte Aysun mit einem hübschen Silbertablett in der Hand herein. Auf dem Tablett befanden sich kleine Gläschen mit einer dunklen Flüssigkeit.

»Türkischer Tee nach Art meiner Oma«, verkündete Aysun, stellte alles schwungvoll, aber äußerst präzise auf den Schreibtisch, bekam ein höchst charmantes Lächeln von meinem Besucher und verschwand so schnell, wie sie gekommen war.

»Also wenn ich ehrlich bin, muss ich mich noch ein wenig einarbeiten«, erklärte ich und klappte den Aktendeckel wieder zu. Ich würde Simon fragen, was es mit dieser ominösen Erklärung auf sich hatte. Das war nämlich wichtig. Ich konnte mir hier keinen Fehler erlauben.

»Wo ist Simon denn überhaupt?«, fragte Herr de Luca, der das kleine Tässchen gerade zum Mund führen wollte.

»Er hatte einen Unfall«, sagte ich, woraufhin Herrn de Luca schlagartig sämtliche Farbe aus dem Gesicht wich. Die Veränderung war so heftig, dass ich schnell hinzufügte: »Er ist bald wieder auf den Beinen. Spätestens zur Hochzeit im August. Da brauchen Sie sich keine Sorgen zu machen.«

»Was ist passiert?«, fragte Herr de Luca tonlos. Sein Charme war wie ausgeknipst. Zurückgeblieben war ein Mensch, dem ich offenbar den Teppich unter den Füßen weggezogen hatte, wenn ich auch keine Ahnung hatte, warum.

»Es ist nicht so schlimm«, sagte ich beruhigend. Es war sehr wohl schlimm, aber wir hatten uns darauf geeinigt, keine Details vom Unfall an die Öffentlichkeit dringen zu lassen. Wer wusste schon, was die Presse sonst daraus bastelte?

»Wenn er bis August ausfällt …«

Ich winkte ab. »Nein. Er kann nächste Woche aus dem Krankenhaus.«

Einen Moment musterte Herr de Luca mich. »Sie wollen mir nicht erzählen, was genau passiert ist«, stellte er dann fest. Ich schüttelte stumm den Kopf. Er räusperte sich, nickte knapp und stand auf. »Danke. Ich melde mich nächste Woche noch mal, wenn er wieder da ist.«

»Soll ich ihm noch etwas ausrichten?«, fragte ich und stand ebenfalls auf. Wieder räusperte er sich, als hätte es ihm nachhaltig die Sprache verschlagen.

»Nein. Es ist ja schon alles gut organisiert«, sagte er und klang jetzt wieder ein wenig gefasster. »Tschüss, Frau von Weiden.«

Er rannte förmlich aus meinem Büro. Hund hob den Kopf und sah ihm hinterher. »Danke, dass du nicht gepupst hast«, sagte ich zu dem Tier, und bevor ich dazu kam, mich noch weiter zu wundern, tauchte Aysun auf.

»Wie? Ist der schon wieder weg? Der bleibt sonst immer Stunden.« Sie deutete auf den Tee. »Hat er davon getrunken?«

Ich schüttelte den Kopf. »Verschwendung«, sagte sie, ließ sich in den Sessel sinken und nippte an der kleinen Tasse.

Ich setzte mich ebenfalls wieder. »Aysun. Es gibt in Deutschland keinen Adel mehr. Bitte … nenn mich nicht mehr Baronin, ja?«

»Aber es klingt unglaublich toll. Baronin Katharina von Weiden. Hätte ich so einen Namen, ich würde mir einen Zettel schreiben und ihn mir auf die Stirn tackern. Aysun Meyer. Die Leute wissen nie, ob ich super türkisch oder super deutsch bin. Manchmal weiß ich das selbst nicht.«

Es war andersherum. Katharina Baronin von Weiden. Aber das war völlig irrelevant, und so grinste ich nur über Aysuns Worte.

»Wie soll ich dich den Menschen denn vorstellen?«, fragte sie.

»Mit meinem Namen. Katharina Weiden.«

Aysun legte den Kopf schief. »Noch nicht mal das *von*? Warum?«

Weil ich mit dem ganzen Verein nichts mehr zu tun haben wollte. Darum. Aber ich schwieg. Weil mir wieder Ottos Foto auf dem Schreibtisch ins Auge sprang und es im Moment sehr viele »*Nie wieder*« in meinem Leben gab. Nie wieder würde ich Mutter werden. Mein Kind zog in die Welt, und ich blieb zurück. Nie wieder würde ich mit Mona zusammenleben. Nie wieder mit Rosa zusammen das Frühstücksbuffet im *Calmvalera* füllen. Nie wieder würde ich ein Pony haben und reiten. Vielleicht würde es auch nie wieder in meinem Leben einen Ort geben, der sich wie ein Zuhause anfühlte.

»Hat das damit zu tun, dass du so selten hier warst?«, fragte

Aysun, deutete meinen Gesichtsausdruck richtig und wechselte einfach das Thema: »Was wollte Herr de Luca denn?«

Ich zuckte die Schultern, dankbar für ihre Feinfühligkeit. »So genau kann ich dir das nicht sagen.«

»Mysteriös«, murmelte sie, und schweigend tranken wir unseren Tee.

Kapitel 6

Die Zeit verging wie im Flug. Simon war schon seit zehn Tagen in der Klinik, und heute würde ich ihn endlich abholen können. Und heute war ich ausnahmsweise auch mal vor meinem Frühaufsteher-Kind wach und saß mit einem heißen Cappuccino in der Hand in der Burgküche. Mir war kalt. Es hätte eigentlich schön sein können, denn der Raum hatte mich an diesem Morgen mit seiner eleganten Freundlichkeit begrüßt, die der Farbgebung und den so stimmig gewählten Materialien geschuldet war. Aber mir war trotzdem kalt, tief drinnen, denn die Schönheit dieses Ortes verbarg sich im Schatten der Vergangenheit. Es gab einfach zu viele offene Fragen in meinem Leben, die mir die Kapazität zum Frohsein raubten.

Denn was machte ich jetzt mit meiner Wohnung? Meinem ganzen Leben in Berlin? Mit meinem Leben überhaupt? Ich nippte an meinem Cappuccino, auf den ich nur für mich ein Kakaoherz gestreut hatte. Eventuell litt ich auch am vorauseilenden Schmerz des Empty-Nest-Syndroms. Vielleicht ein bisschen früh, aber ich hatte ja alles früh gemacht, warum nicht auch das.

Ich hörte Fußtapsen auf der Treppe, doch das übliche Knarren blieb aus. Erstaunt hob ich den Kopf. Mona schlenderte um die Ecke. Sie trug ihren äußerst schrillen pinken Ganzkörperanzug, um den ich sie jetzt kurz beneidete. Keine schlechte Wahl für einen Burgaufenthalt. Ein bisschen wie mein alter Schneeanzug früher, nur mit einer kleinen zeitgemäßen Glitzer-Attitüde.

»Bist du runtergeflogen?«, fragte ich.

Sie grinste. »Ich kann lautlos die Treppe runterlaufen.«

»Niemand kann das. Das hat es in der Geschichte der Burg noch nicht gegeben«, erklärte ich fest.

Sie grinste noch breiter, und ihre Anwesenheit schien die Kälte in mir ein wenig zu vertreiben. Meine Tochter schielte auf meine Tasse. »Ich bin da eine Ausnahme. Das ist das Ergebnis meiner langen, sehr speziellen Ahnenreihe.«

»Cappuccino?«, fragte ich, sie nickte und ich machte mich ans Werk.

»Immer wenn ich in den Ferien hier war, hat Simon unten in seinem Arbeitszimmer noch ferngesehen. Und ich wollte mitgucken, aber mein Onkel ist ein strenger Onkel und hat mich ins Bett gesteckt. Also habe ich mir diese Fähigkeit angeeignet. Denn glaube mir, ein falscher Tritt und Simon kam um die Ecke geschossen wie ein Bussard, der eine Maus erblickt hat. Da kannte der nichts.«

Ich schäumte die Milch auf und lauschte meiner Tochter über den Lärm der Maschine. Dann war sie tatsächlich die Erste der von Weidens, die diese Fähigkeit erlangt hatte. Die Worte lagen mir schon auf der Zunge, doch ich schluckte sie wieder hinunter. Ich erwähnte meine Familie nicht. Nie. Nur weil wir jetzt hier an diesem Ort waren, brauchte ich nicht damit anzufangen.

Dabei fiel mir gleich noch etwas ein, und ich musste mich kurz sehr auf das Milchaufschäumen konzentrieren. Mona würde in wenigen Tagen abreisen und in ein neues Leben starten. Als ich mich umdrehte, um ihr die Tasse zu reichen, riss ich mich sehr zusammen, damit meine Gefühle es nicht bis in mein Gesicht schafften.

Mona setzte sich mit dem Kaffee an den langen Holztisch und legte die Füße auf einen der Stühle. Ich tat es ihr gleich, denn nichts hatte meine Mutter mehr gehasst als Füße auf den

Stühlen. Vielleicht höchstens noch zu früh schwanger werdende Töchter, das war möglich.

»Mama, wie geht es denn jetzt weiter?«, fragte mein Kind und pustete über ihre Tasse.

»Ich hole Simon nachher aus der Klinik ab und greife ihm unter die Arme, bis er wieder fit ist. Und dann geht alles seinen normalen Gang.« Das klang doch alles locker-flockig. Ich schickte noch ein zuversichtliches Lächeln hinterher, dabei dachte ich schon den ganzen Morgen über all die ungelösten Fragen in meinen Leben nach, unter anderem auch, wie ich meinen zurzeit so unbeweglichen Bruder die Treppe in sein Zimmer hochbekommen sollte.

Mona legte den Kopf schräg. »Nee, Mama. Rosa kann deinen Job nicht mehr finanzieren. Das habe ich schon mitgekriegt. Was ist mit der Wohnung in Berlin? Kommst du klar?«

Um Zeit zu gewinnen, trank ich von meinem Cappuccino. Dann hatte ich mich so weit sortiert, dass ich antworten konnte. So wie man als Mutter zu antworten hatte: »Hör mal. Ich finde immer einen Job. Und natürlich komme ich klar …«

»Im Service? Du bist nicht mehr sehr Service-kompatibel«, unterbrach sie mich.

Ich schnaubte. »Du startest bald in dein großes Abenteuer. Mach dir mal keine Sorgen«, erklärte ich.

»Ist es sehr schlimm für dich? Dass ich bei Johannes und seiner Familie wohne?«, fragte sie im nächsten Moment ganz unvermittelt.

»Natürlich nicht. Das ist großartig«, erwiderte ich. »Und es ist viel schöner, ein fremdes Land zu erkunden, wenn man einen festen Hafen hat.«

»Ich werde dich schrecklich vermissen.«

Ich werde nicht atmen können, wenn du weg bist, schoss es mir durch den Kopf. *Du kannst doch nicht einfach weggehen. Wer bin ich denn ohne dich?*

Stattdessen sagte ich: »Ich dich auch. Aber ich schreibe dir, und du schickst Sprachnachrichten, die drei Stunden gehen.« Zufrieden nickte Mona.

»So, Mama, jetzt erzähle ich dir noch das Allerneuste: Es gibt ein Pony im Stall. Es ist nicht groß«, sie maß mit der Hand eine Höhe von knapp über einem Meter vom Boden ab, »aber es ist total puschelig. Meine Nase hat mich nicht getrogen.«

Also doch! Das weckte doch sofort meine Unternehmungslust. »Ist es jetzt im Stall? Oder schon auf der Weide?«

»Der Stall ist offen. Das Pony kann rein und raus, und die hintere Wiese hat es für sich. Wollen wir hin?« Mona grinste.

»Unbedingt!« Ich stellte meine Tasse auf den Tisch und erhob mich. Mona, in ihrem Ganzkörperschlafanzug, der sogar einen Bommel am Hintern hatte, war schon an der Tür. »Willst du etwa so …«, setzte ich an, doch sie sah mich nur verwirrt an. In Monas Leben konnte man problemlos mit einem Bommel am Po durch die Gegend laufen, und so marschierten wir gemeinsam an der Burg vorbei zum Stall. Es war ein wunderbarer kleiner Spaziergang, und die Luft war so früh am Morgen sommerfrisch. Ich hatte ganz vergessen, wie sich das anfühlte. Berlin war schon um diese Uhrzeit anstrengend.

Wir betraten den Stall, und es war nicht nur ein Pony anwesend. Neben dem struppigen kleinen Pferd stand ein Riese, der uns augenblicklich seine Aufmerksamkeit schenkte. Es war das schönste Pferd, das ich je gesehen hatte. Sein Fell glänzte hellbraun und weiß. Seine Mähne war lang und lockig, seine Hufe so groß wie Frühstücksteller, mit viel hellbraunem Fell drumherum. Das war kein hochgezüchtetes Warmblut, das an der Kandare in völliger Versammlung durch das Dressurviereck tanzte. Das hier war ein Pferd wie aus dem Bilderbuch mit einem Stockmaß von bestimmt 1,75 Meter.

»Wow«, flüsterte ich andächtig.

Mona hatte sich eine Hand auf das Herz gelegt. »Den hab ich

gestern gar nicht gesehen. Dabei kann der sich nur schwer verstecken.«

Der Riese steckte seine Nase über die hölzerne Trennwand, und ich hielt ihm meine Hand hin. Seine Nüstern waren samtweich.

»Auf den muss man ja mit einer Leiter aufsteigen«, sagte ich und fragte mich gleichzeitig, ob ich jemals wieder auf einem Pferd sitzen würde. Der intensive Pferdeduft und die weiche Pferdenase an meiner Hand ließen schlagartig meine Sehnsucht tanzen.

Aber selbst, wenn ich die Gelegenheit bekäme, würde ich mich das jemals wieder trauen? Früher war ich so sorglos gewesen. Ich streichelte sanft über den Pferdehals und musste mich dazu nach oben strecken.

Hinter uns rumpelte es, und beide Pferde spitzten die Ohren. Der Riese hob seine Nase von meiner Hand und gab ein tiefes Grummeln von sich. Ein warmes Kollern, das einen bis in den Magen kitzelte. Eines der wenigen Geräusche, die Pferde machten, und es erinnerte mich an Otto. Otto hatte mich jeden Tag genau so begrüßt.

Ich drehte mich um. Hinter mir stand Leon. Ausgerechnet Leon.

»Moin«, sagte er mit einem verhaltenen Lächeln. Leon sah nicht mehr aus wie ein erfolgsverwöhnter Anwalt, sondern wie jemand, der vorhatte, eine Box auszumisten. Er trug feste Stiefel und eine Cargohose. Dazu einen uralten Parka. Die Verwandlung hätte vollkommener nicht sein können.

Wir sahen allerdings auch sehr schräg aus. Ich trug noch meine Pyjamahose, und Mona war ja nun mal in ihr pinkes Ganzkörperdress mit Bommel am Po gewandet.

»Moin«, grüßte sie zurück. »Gehören die dir?«

Leon nickte, und ich kriegte das für einen Moment nicht zusammen. Sie hatten doch alle hochpreisige Leistungspferde aus bester Zucht, zumindest wenn sie aus dieser Pferdegegend kamen. Hier hatte jeder etwas mit Pferden, Reitsport und Zucht zu tun.

Allerdings nicht mit so einem Droschkengaul, wie mein Vater den hübschen Riesen wohl abfällig genannt hätte. Wieder kollerte das Pferd, und Leon machte einen Schritt nach vorne, um den Eimer in seiner Hand in den Futtertrog zu leeren.

»Wie heißt er?«, fragte ich.

»Götterfunke«, sagte Leon todernst, doch da war ein belustigtes Glitzern in seinen Augen, das mir gut gefiel. »Aber ich darf ihn Hermann nennen«, fügte er nach einem Moment hinzu. Ich musste grinsen.

»Und das Pony?«, fragte Mona.

»Ist ein Isländer. Ich kann seinen Namen nicht aussprechen. Irgendwas mit vielen Js und Os. Ich nenne ihn Joris. Ich muss jetzt hier weitermachen und dann zur Arbeit. Holst du heute Simon ab?« Leon stand seltsam unbewegt neben der großen Box, in der Hand den leeren Eimer. Es wirkte fast, als wäre er plötzlich ungeduldig. Vielleicht störten wir seinen gewohnten Tagesablauf.

»Ja, ich wollte gleich losfahren. Wir mussten nur vorher noch bestaunen, dass hier jetzt Pferde stehen. Reitest du denn auch?« So leicht ließ ich mich nicht abschütteln. Nicht, wenn ich Pferde entdeckt hatte. Ich deutete auf Hermann, der so gar nicht zu Leon zu passen schien.

»Gelegentlich«, murmelte der. Er machte jetzt eindeutig den Eindruck, als würde er darauf warten, dass wir endlich gingen.

Aus Prinzip hätte ich das gerne ignoriert, aber unsere Tagewerk-Liste war lang und mit unangenehmen Dingen gefüllt. Es schien also ratsam, langsam mal damit zu starten.

Zurück in der Burg teilten wir uns auf. Mona würde anfangen, die Gästezimmer vorzubereiten, die am Wochenende zur Hochzeit vollständig ausgebucht waren, und ich musste erst die Eingangshalle saugen, die Kaffeemaschine reinigen und dann Simon abholen, der sich vorzeitig aus der Klinik entlassen hatte. Er hatte entschieden, dass er genauso gut auch hier herumliegen könnte. Ich sah das anders, aber wir entstammten einer Gebärmutter und waren uns in einem Bereich sehr ähnlich: Wir konnten stur sein wie die Hornochsen.

Wobei ich ihn durchaus verstehen konnte. Er hasste Krankenhäuser und hatte seit vier Tagen einen Zimmergenossen, dessen Familie groß genug war, um das Saarland zu bevölkern. Ein nicht unbeträchtlicher Teil dieser Familie wich seinem Bettnachbarn nicht mehr von der Seite. Mein Bruder brauchte jetzt Ruhe und Physiotherapie, und beides würden wir hier vermutlich besser hinkriegen. Vorausgesetzt, er schaffte es mit seinem lädierten Knie die Treppe hoch.

Ich zog mich um, brachte meine viel zu langen kurzen Haare halbwegs in Form und traf in der Eingangshalle auf Aysun, die Berge an Utensilien um sich herum auf dem frisch gesaugten Boden ausgebreitet hatte. Tischkarten, Kerzenständer, Federn und allerlei Kisten, aus denen rosafarbene Dinge hervorquollen.

»Ich fahre Simon abholen«, verkündete ich und angelte mir meinen Autoschlüssel aus der alten Schale, die auf dem Beistelltisch unter dem riesigen Spiegel stand.

Aysun blickte auf. »Wunderbar«, sagte sie. »Ich werde bis dahin alles in einen rosafarbenen Sahnebonbon verwandeln. Hast du Oleg gesehen?«

Ich schüttelte den Kopf. »Ich brauche Oleg, weil wir die Hussen auf die Stühle verteilen müssen. Das kann ich nicht allein …« Der Rest ihres Satzes verlor sich in einem Murmeln, und ich sah zu, dass ich schleunigst zu meinem Auto kam, bevor sie mir auch noch irgendeine Aufgabe aufdrückte. Meine To-do-Liste war auch so schon gut gefüllt.

Keine Stunde später stand ich bei Simon im Zimmer auf der orthopädischen Station und packte seine Sachen. Bis gestern fand ich sein Ansinnen, früher nach Hause zu kommen, verständlich. Wenn ich ihn aber jetzt so betrachtete, war es vielleicht doch ein wenig wagemutig. Er hatte den bandagierten Arm in der festen Schlinge dicht am Oberkörper. Sein linkes Knie steckte in einer Orthese und sein Gesicht schillerte in sämtlichen Farben des Regenbogens.

»Hast du mein Käppi mit?«, fragte er und krümmte sich ein wenig, als wäre sein Kreislauf gerade am Abschmieren, während er auf der Kante des Bettes hockte und sich mit der freien Hand am Bettrand festklammerte. Ich zog das Gewünschte aus der Tasche, reichte es ihm und hielt ihn gleichzeitig an der Schulter fest, bis er wieder sicher saß.

Als ich dann allerdings bemerkte, wie er sich abmühte, die Mütze mit einer Hand aufzusetzen, nahm ich sie ihm ab und erledigte das für ihn. Wir hatten auch versucht, ihm die Haare zu waschen, waren aber am viel zu kleinen Waschbecken im Bad der Klinik gescheitert. Schlimm für Simon, der doch so viel Wert auf ein gepflegtes Äußeres legte.

»Kannst du mir zu Hause die Haare auch neu färben? Das ist alles rausgewachsen.« Er klang ein wenig kläglich.

»Wenn ich dir die Haare färbe, fallen sie dir alle hinterher aus«, erklärte ich. Es gab da gewisse Erfahrungswerte, und von Haaren hielt ich mich tunlichst fern, nachdem ich meiner Tochter mal bei so einer Aktion einen orangefarbenen Schopf verpasst hatte.

»Department Firefox hat abgesagt, oder?«, fragte er als Nächstes, und es klang fast beiläufig. Ich atmete tief durch. Ich hatte es ihm immer noch nicht gesagt. Er hatte aber auch nicht mehr gefragt. Also jedenfalls nicht mich direkt. Ich nickte langsam, und Simon kniff die Augen zusammen.

»Wie schlimm ist das?«, fragte ich vorsichtig.

»Eine Katastrophe«, murmelte Simon, wurde aber vom Klingeln seines Handys unterbrochen. Er nahm es vom Bett, warf einen Blick darauf und reichte es mir. »Ich kann da jetzt nicht rangehen. Das ist Anna. Hochzeit am Sonntag«, sagte er erstickt.

Ich räusperte mich und nahm das Gespräch entgegen. »Hundertprozentige Regenwahrscheinlichkeit!«, rief eine Frau in mein Ohr. Offenbar besagte Anna. Offenbar im Zustand der völligen Auflösung. Simon legte sich die flache Hand an den Kopf und schloss die Augen. Dann flüsterte er: »Hast du das Wetter nicht gecheckt?«

»Anna, beruhigen Sie sich«, sagte ich mit fester Stimme, doch Anna beruhigte sich nicht.

»Das wird alles ins Wasser fallen!«, rief sie stattdessen.

»Scheune«, sagte Simon, jetzt nicht mehr so leise. »Sag ihr …«

Ich nahm das Handy vom Ohr. »Willst du mit ihr sprechen?« Simon rollte die Augen.

»Anna. Atmen Sie! Mit Wetter muss man immer rechnen. Wir sind hier im Norden von Deutschland. Aber wir bekommen das alles hin. Ich rufe Sie in einer Stunde zurück. Bis dahin: Atmen Sie!«

Ich drückte das Gespräch weg, und mein Bruder schielte mich von unten her an. »Ich wusste, dass du das kannst«, sagte er, und zum ersten Mal, seit seinem Unfall, lächelte er. Und immer, wenn er lächelte, machte mich das froh, weil er so ein ernster kleiner Junge gewesen war und ich früher ständig versucht hatte, ihn zum Lachen zu bringen. Einige Dinge würden sich nie ändern.

»Du musst immer das Wetter checken«, erklärte er.

»Woher soll ich das wissen?« Fragend hob ich die Augenbraue.

»Du weißt doch sonst auch immer alles.«

»Idiot. Was machen wir jetzt?«, fragte ich zurück.

»Nach Hause fahren. Oleg und Aysun müssen die Scheune

vorbereiten. Und du musst Anna möglichst schonend beibringen, dass ihre Traumhochzeit anders verlaufen wird. Mach ihr das schmackhaft. Die Traurednerin hat dir ihre Rede geschickt? Ist sie gut?« Ich nickte.

»Sehr gut«, bekräftigte ich, weil Simon skeptisch guckte. Dass die Dame ernsthaft brüskiert gewesen war, als ich sie gebeten hatte, mir ihre Rede vorab zu schicken, behielt ich für mich.

Simon seufzte. »Was nimmt die eigentlich?« Die Traurednerin war nicht im Hochzeitsbudget enthalten. Eigentlich war es sogar so, dass sie exorbitant teuer war. Schwindelerregend nahezu. Aber sie musste immerhin Simon ersetzen, und das hatte seinen Preis.

»Ich bezahle die. Spielt keine Rolle«, sagte ich.

Simon sah mich fassungslos an. »Ich bezahle das natürlich. Wie bescheuert bist du? Was soll das?«

»Du kannst nicht. Ich kann nicht.« Ich zuckte die Achseln.

Simon ließ sich von der Bettkante gleiten und richtete sich langsam auf. Mit einer Hand hielt er sich an meiner Schulter fest. »Du könntest. Du willst nicht.«

»Ich kann nicht«, zischte ich und lehnte mich gegen ihn, um ihm Halt zu geben. »Und du weißt, warum.«

Als Simon endlich auf seinem Bett im hässlichsten Zimmer der Burg lag, war ich nass geschwitzt. Die Treppe war eine der größten Herausforderungen seit Monas Geburt gewesen.

»Ich hasse die Welt«, brummte Simon, und ich ließ mich neben ihn auf die Bettkante sinken.

»Ich auch«, sagte ich keuchend. »Was mache ich jetzt mit Anna?«

»Wer ist Anna?« Simon hatte die Augen geschlossen, entsetzt blickte ich ihn an.

»Spaß. Ruf sie wie verabredet an, sie soll vorbeikommen und sich die Scheune anschauen. Das ist die perfekte Alternative, die habe ich ja nicht umsonst komplett renoviert. Sprich langsam, und wiederhole alles. Menschen vor der Hochzeit sind in einem emotionalen Ausnahmezustand. Wie bei einer Geburt. Und lass Aysun nicht in ihre Nähe. Aysun steigert sich total gerne und ausgiebig in solche Sachen hinein und reißt alle mit sich ins Verderben. Wenn du Leon siehst, nimm den mit. Leon macht alles besser, einfach weil er gut aussieht und sehr sympathisch gucken kann.« Alles an dieser Aussage verwirrte mich, allerdings gab ich mich der Freude hin, dass mein Bruder mehrere vollständige Sätze von sich gegeben hatte und sein altbekannter Humor langsam wieder durchblitzte.

Ich rief also Anna an, die schon im Auto saß und keine fünf Minuten später auf den Burghof bretterte. Kurz bevor sie die Wagentür aufriss, tauchte Leon neben mir auf. Jetzt wieder im äußerst schicken Zwirn.

»Simon hat mich angerufen. Ich bin im Bilde«, sagte er. »Bevor ich die Pferde füttere, könnte ich dich also begleiten.«

»Ich werde das wohl auch allein hinbekommen«, erwiderte ich. »So artfremd ist das nicht für mich.«

»Zweifelsohne, Frau Gilmore. Aber ich habe Fotos auf dem Handy, wie die Scheune im Sonntagsstaat aussieht. Das könnte hilfreich sein.«

Er hatte recht. Bis Anna die Scheune gesehen hatte, balancierte sie dicht an der Kante zur Hysterie. Es wurde nur ein bisschen besser, als wir in dem alten Bauwerk standen und den aufwendig renovierten, hallenartigen Raum mit seinem weiß gestrichenen Ständerwerk betrachteten. Es wurde gut, als Leon sein Handy zückte und Anna Bilder zeigte, die offenbar ein Profifotograf aufgenommen hatte. Lange und perfekt eingedeckte Tafeln standen in dem riesigen Raum, sämtliche Kerzen waren entzündet, deren Licht sich in kristallenen Vasen brach, in denen opulente Sträuße wie Diamanten glitzerten. Fast wäre mir ein »Oh!« entfleucht, aber ich konnte es im letzten Moment zurückhalten.

Anna nickte anerkennend. »Hätte ich mir nicht vorstellen können. Sieht toll aus. Aber wo wird dann die Trauung stattfinden, wenn nicht im Pavillon?«

»Die kann man zur Not unter dem Vordach abhalten. Da stehen sonst die Trecker und Hänger«, erklärte Leon, als würde er den lieben langen Tag nichts anderes machen, als Hochzeiten zu organisieren. »Oleg baut dort ein Podest, das mit denselben Blumen wie auf den Tischen geschmückt wird.«

Anna nickte und runzelte dann die Stirn. »Ich will trotzdem im Pavillon heiraten. Auch bei Regen. Um jeden Preis. Und Simon kann die Trauung definitiv nicht machen? Ich meine, wir sind ja eigentlich nur wegen ihm hier.«

Ich hätte fast nach Luft geschnappt, aber auch das schluckte ich wieder runter. »Wäre es irgendwie möglich, würde er das natürlich tun. Aber es geht nicht«, erklärte ich mit so viel Freundlichkeit, wie ich noch aufbringen konnte.

Anna kratzte sich am Kopf. Dann nickte sie. »Gut. Wenn es regnet, gehen wir in die Scheune. Wenn nicht, machen wir alles wie gehabt. Ja?« Ich nickte, Anna hauchte ein »Danke!« und verschwand, zusammen mit ihren exakten Vorstellungen, zu ihrem Auto.

»Das war ein fataler Fehler«, murmelte Leon. Erstaunt sah ich ihn an, sodass er zu einer Erklärung ansetzte. »Es geht nur das eine oder das andere. *Wenn* gibt es in der Hochzeitsplanung nicht. Du kannst nicht zehn Tische erst auf der Wiese aufbauen und dann mal eben so reinschlüpfen, wenn es regnet. Aysun und Oleg brauchen für den kompletten Aufbau mindestens einen Tag. Vom Buffet mal ganz abgesehen. Maria bekommt einen Herzinfarkt, wenn man ihr Essen durch den Regen trägt.«

»Dann bauen wir das Essen unter dem Vordach auf. Da steht es sicher. Mona und ich sind auch noch da. Mit dir sind wir schon fünf.«

Er blickte mich ein wenig schräg von der Seite an. »Ich kann nicht helfen«, sagte er dann knapp und verschwand ebenfalls, allerdings weit langsamer als unsere aufgeregte Braut.

Was er damit meinte, ergründete ich an diesem Tag nicht mehr, denn kaum war ich zurück in der Burg, musste ich Papierkraniche falten. Vielleicht waren es auch Seekühe, zumindest musste ich Dinge aus Papier zusammenbauen. Zwischendurch sah ich mehrmals nach Simon, und gegen acht befand ich, dass mein Bruder nicht ganz allein am anderen Ende der Burg in seinem Zimmer hocken sollte. Wenn er allein war, hatte er nämlich den Laptop auf dem Schoß und arbeitete oder starrte trübsinnig an die Decke. Also machte ich uns einen kleinen Abendsnack und trug das ganze Arrangement nach oben. Ich legte mich neben ihn und stellte das Tablett vor uns. Schweigend aßen wir alles auf.

»Morgen kannst du uns wieder was von Maria holen, ja?«, fragte Simon danach hoffnungsvoll.

»Was gab es an meinem Rührei auszusetzen?«, fragte ich zurück.

»Alles«, sagte Simon. »Ich bin Marias Küche gewohnt. Und wir haben diesen Deal.« Ich schaute ihn an. »Sie zahlt nicht so viel Miete, ich bekomme etwas zu essen. Und bei jeder Hochzeit macht sie das Catering. Hast du hier die ganze Zeit selbst gekocht?«

Ich runzelte die Stirn. »Belegte Brote und so«, sagte ich.

»Warum bist du nicht zu Maria gegangen?« Simon drehte den Kopf auf dem Kissen in meine Richtung.

»Ich finde sie ein bisschen komisch«, gab ich zu.

»Ist sie nicht. Sie ist sehr nett«, sagte er im Brustton der Überzeugung. Dann fügte er hinzu: »Sie versteht vielleicht die Art, wie du lebst, nicht so richtig.« Doch bevor ich anfangen konnte, über diesen Satz nachzudenken, sagte er: »Kannst du mir eine von den Schmerztabletten geben? Die sind in der Tasche.«

»Klar«, murmelte ich und stand auf. Ich reichte ihm den Blister und zog den Beipackzettel heraus. Noch während ich das umfangreiche Schriftstück studierte, beobachtete ich aus dem Augenwinkel, wie Simon zwei Tabletten nahm und mit einem Schluck Wasser herunterspülte.

»Himmel. Das ist sehr viel«, rief ich und brachte erst mal die restlichen Tabletten in Sicherheit. »Hier steht eine bei Bedarf. Eine! Zwei sind die Maximaldosis am Tag. Machst du das immer so? Einfach rein damit?«

»Hmpf«, sagte mein Bruder nur und lag regungslos auf dem Bett. Ich legte mich dazu, froh, dass Simon wieder da war. Mit ihm zusammen konnte ich die Burg irgendwie besser ertragen, als wäre er ein Bollwerk gegen all die schlimmen Gefühle, die die alten Steine gespeichert zu haben schienen.

Hinter den Fenstern wurde es dunkler. Der Abend pirschte sich heran, und die Stimmung im Raum veränderte sich. Wir lauschten dem Singen der Treppe, als Mona ins Bett ging und starrten beide an die hohe, unrenovierte Decke.

»Warum hast du mir nicht erzählt, dass Leon hier zwei Pferde stehen hat? Dass es auf Burg Heidenfeld wieder Pferde gibt?«, fragte ich irgendwann.

»Weil du Leon total scheiße findest«, murmelte Simon mit geschlossenen Augen.

»Was? Habe ich das gesagt?« Entsetzt starrte ich ihn im Halbdunkeln an.

»Ja. Nach der Party von Wiebke auf Hennfelden. Gott, hast du ihn in der Luft zerrissen.« Er grinste sogar leicht.

»Ich erinnere mich nicht daran. Außerdem ist das hundert Jahre her!«, rief ich entrüstet.

»Doch, klar! Ich glaube, er hat dich angeflirtet und einen sehr dummen, frauenfeindlichen Spruch gemacht. Ich glaube, du warst sehr betrunken. Am Ende hast du ihm auch noch auf die Schuhe gekotzt.«

»Ich habe noch nie in meinem ganzen Leben jemandem auf die Schuhe gekotzt. Daran könnte ich mich definitiv erinnern.«

Simon grinste etwas schief. »Ganz offensichtlich nicht. Leon ist großartig«, sagte er dann unvermittelt. »Katha. Echt. Ich glaube, du leidest, was unsere Jugend betrifft, unter partieller Amnesie. Als ob du Teile aus deinem Hirn ausradiert hast.«

Vielleicht stimmte das. Ich wollte mich nicht erinnern, an das Ausgeschlossensein, an die Intrigen, die bösartigen Kommentare, die Hilflosigkeit unserer Mutter. »War einfach nicht schön.«

»Nein«, murmelte mein Bruder, und dann schwiegen wir wieder. So, wie das alte Adelsgeschlecht der von Weiden es tat, wenn es ans Eingemachte geht.

Doch diesmal war etwas anders, denn Simon flüsterte nach einem Moment: »Du musst aufhören, die Burg zu hassen. Sie kann nichts dafür. Das kostet so viel Energie. Und die Burg wird noch da sein, wenn wir schon lange weg sind.«

Ich lag regungslos und starrte an die Decke in schwindelerregender Höhe. Ich wollte wenigstens ein zustimmendes, unverbindliches Brummen von mir geben, aber mein Mund blieb geschlossen. Weil die Erkenntnis, dass mein Bruder recht haben könnte, irritierend war. Simons Atem hatte sich verändert, war abgehackter geworden, und ich drehte den Kopf, um ihn im Halbdunkel anzusehen.

»Alles okay?«

»Katha. Es tut so weh.« Erschrocken richtete ich mich auf. »Der Arm? Das Knie?«

»Alles. Irgendwie alles«, murmelte Simon.

»Sollen wir zurück ins Krankenhaus fahren?«

Er schüttelte den Kopf. »Es wird abends immer schlimmer. Alles wird abends schlimmer.«

»Ist es wegen der Absage von Fox …«

Simon atmete tief durch, und das klang so schmerzvoll. Zittrig. Nicht wie mein anpackender Bruder, der immer wusste, was zu tun war, der keine Furcht mehr hatte, weil er es so entschieden hatte. Der seine innere Dunkelheit immer wohlgehütet hatte und so perfekt verstecken konnte.

»Alles«, sagte er dann. »Können wir das *Angst-vor-Spiel* spielen? So wie früher? *Angst vor*? Ich kann jetzt keine Stille ertragen.«

Ob er meine Gedanken gelesen hatte? Wir sprachen nie von früher. Niemals. Es gab kein Früher in unserem Leben. Vielleicht lag es an den Schmerztabletten? Zwei waren eine hohe Dosis.

Angst vor … Als kleine Kinder hatten wir lange in einem Bett geschlafen, damit die Burggeister uns nicht in die Finger bekamen. Im Dunkeln haben wir dann oft gespielt: *Ich habe Angst vor*. Einer musste es laut rufen, der andere aufzählen, wovor er Schiss hatte, und dann hatten wir beide überlegt, warum man ausgerechnet davor ganz sicher keinerlei Bedenken haben brauchte. Es war ziemlich sinnfrei gewesen, wie diese ausgedachten Kinderspiele es oft waren. Es hatte gutgetan, die Angst laut auszusprechen und sie dann gemeinsam kleinzureden. Aber irgendwann war Simon furchtlos geworden und hatte sich geweigert, das Spiel zu spielen.

»Nein«, sagte ich fest. Ich würde nicht über meine Angst reden. Danach stand mir nun gar nicht der Sinn. Ich war keine acht mehr, und meine Sorgen ließen sich auch nicht kleinreden. »Aber ich lese dir etwas vor.« Ich stand vorsichtig auf, schlug die Decke wieder zurück und lief in mein Zimmer, um meinen Roman zu holen. Mona, die wegen der Hochzeit zu mir gezogen war, damit das Gästezimmer frei war, lag schon auf dem Bett und surfte auf meinem Rechner im Internet. Unser verdoppeltes Chaos hatte dazu geführt, dass auf jeder freien Fläche irgendetwas herumlag.

»Was macht ihr?«, fragte Mona, ohne aufzusehen.

»Ich glaube, ich schlafe heute Nacht bei Simon. Es geht ihm noch nicht so gut.«

Alarmiert hob meine Tochter den Kopf. »Er hätte noch im Krankenhaus bleiben sollen.«

Ich zuckte die Schultern. »Vielleicht. Ich lese ihm was vor.«

»Ja, das wird ganz toll. Gestaltwandler, die sich gegenseitig durch ganz Amerika jagen und blutrünstig totbeißen. Gute Idee. Das wird ihm guttun.«

»Hast du eine bessere Idee?«

»Wir gucken die *Gilmore Girls.* Lass mich das hier fertig machen, dann komme ich. Hast du deinen Podcast eigentlich hochgeladen? Hab noch gar nicht geschaut.«

»Verdammt. Vergessen«, murmelte ich. Er war geschnitten, und ich hatte auch das Coverbild fertig, und dann hatte ich einfach nicht mehr daran gedacht. Ich hatte definitiv den Überblick verloren.

Mona robbte kurz darauf zwischen uns in Simons altertümliches Bett, das wenigstens groß genug für uns alle war. Ganz vorsichtig schob sie sich an Simon entlang, um mich dann weit unsanfter zur Seite zu schieben. »Möchtest du schlafen, Onkel Simon? Dann sind wir ganz leise. Aber wir könnten auch die *Gilmore Girls* gucken. Das entspannt.«

Er brummte. »Euch. Mich nicht«, murmelte er dann. »Die reden zu viel und zu schnell. Aber macht ihr mal.«

Zufrieden drehte Mona sich auf den Rücken und klappte den Laptop auf. Sofort erwachte Folge fünf aus Staffel vier zum Leben. Simon fing umgehend an zu schnarchen, und ich legte meinen Kopf an Monas Schulter. Ich ließ mich berieseln, von der rasend schnell sprechenden Lorelai, deren Leben auf so vielfältige Art meinem ähnelte. Und für einen kurzen Atemzug dachte ich darüber nach, wie ungewöhnlich schön es war, mit der ganzen klitzekleinen Familie, die ich hatte, hier zu sein. Eine kleine Genugtuung der Burg gegenüber. *Sieh her, du alter Kasten. Ich habe es auch ohne dich geschafft.*

Aber dann linste ich zu meinem Bruder hinüber und entdeckte unter seinen geschlossenen Augen Schatten, die vor seinem Sturz von der Leiter nicht dort gewesen waren. Möglich, dass er sie sonst überschminkt hatte, trotzdem sah ich deutlich, dass es ihm nicht gut ging. Armbruch hin oder her, aber da war mehr. Unter dem körperlichen lauerte ein seelischer Schmerz, und der war neu.

Meine Gedanken schweiften zu der Leiter und den vier Metern Höhe ab, aus denen er heruntergestürzt war. Sie wanderten weiter zu Aysuns entsetztem Gesicht und ihrer halb ausgesprochenen Frage an die Köchin, er würde doch nicht … Ich sah ihn noch einmal an und erlaubte mir jetzt, die Frage wenigstens in meinem Kopf zu stellen: Er würde sich doch nichts angetan haben? Unter Simons bunter und schillernder Fassade lauerte die gleiche Sehnsucht, geliebt zu werden, wie bei mir. Er konnte nicht umsonst Traureden schreiben, die einen ganzen Saal zum Weinen brachten. Es ging immer darum, geliebt zu werden.

Mona unterbrach gnädigerweise meine düsteren Gedanken. Sie klappte den Laptop zu und reichte ihn mir.

»Ich kann mich nicht bewegen. Ich bin eine Ölsardine«, flüsterte sie.

»Gehst du wieder rüber?«, fragte ich ebenso leise zurück und legte den Laptop neben das Bett.

»Nein. Wir müssen Onkel Simon bewachen. Lass uns schlafen. Wenn wir zu dritt sind, können uns die Burggeister nichts anhaben.« Ich verschluckte das trockene Lachen. Wie recht sie doch hatte.

»Ich habe euch lieb«, sagte meine Tochter, und mein Herz machte einen wuchtigen Doppelschlag. Weil sie das Beste war, was mir jemals passiert ist, und weil sie die Einzige in dieser klitzekleinen Familie war, die einfach so über ihre Gefühle sprechen konnte. Und damit hatte ich rein gar nichts zu tun. Das konnte sie schon immer.

Kapitel 7

Die Sonne hatte es gerade über den Horizont geschafft, und ich war dem warmen Kokon von Simons Bett entschlüpft. Meine Tochter und mein Bruder hatten einträglich im Duett geschnarcht. Das Ölsardinenfeeling und die Geräuschkulisse hatten mich lange wachgehalten.

Seit Sir Henry aus meinem Leben verschwunden war, war ich es nicht mehr gewohnt, mit anderen Menschen ein Bett zu teilen. Da ich eh so schlecht schlief, war diese Nacht meiner Tiefschlafphase nicht zuträglich gewesen, und endgültig aufgewacht war ich gegen halb sechs, weil sich irgendwo eine Horde Spatzen gestritten hatte. Also hatte ich mich aufgerafft und mich in Simons Arbeitszimmer gesetzt, um endlich den geschnittenen Podcast in die Welt zu schicken. Aber das WLAN hatte Ladehemmungen. Das Internet lief zwar, aber die Datei wurde und wurde nicht hochgeladen. Ich versuchte es über mein Handy, doch mein Datenvolumen reichte gerade noch aus, um die Seite meines Hosts aufzurufen. Dann war Schluss. Ich kletterte zum Router, der ganz bedienerfreundlich unter dem Sideboard angebracht war, und zog einmal den Stecker. Meistens half das, aber hier nicht, wie ich nach einigen Minuten feststellte. Vermutlich musste ich tatsächlich Leon um Hilfe bitten.

Die Tür der Eingangshalle fiel geräuschvoll ins Schloss, und hohe Absätze schmetterten über die alten Steinfliesen. Dann polterte es sehr durchdringend. Zum Glück war es schon hell, sonst hätte ich wohl den Burggeist vermutet. Aber es war nur Aysun, die ins Büro gestürmt kam, bei meinem Anblick kurz aufschrie und mitten im Raum stehen blieb.

»Warum schläfst du zu dieser Unzeit nicht, wie normale Menschen es tun?«, fragte sie mit bebender Stimme.

»Was machst du hier?«, fragte ich zurück.

»Alles? Es ist W-Day. Wedding-Day. Blumen und Handtücher in den Gästezimmern verteilen, Deo und Tampons in die Bäder legen, die gesamte Tischdeko. Um acht kommt Oleg, dann räumen wir die Tische aus dem Lager. Was ist jetzt: Drinnen oder draußen?«

Ich nahm mein Handy und linste auf die Wetter-App. »Ist eine 50 %-prozentige Regenwahrscheinlichkeit gut oder schlecht?«

»Drinnen. Egal, was die Braut sagt. Drinnen. Niemand hält es nervlich aus, wenn wir alles stundenlang eindecken und dekorieren, das Buffet aufgebaut ist und es dann anfängt zu regnen.« Ich nickte ergeben. Anna würde mich wohl einen Kopf kürzer machen, falls es doch nicht regnete. Ich würde für Regen beten.

»Kann ich jetzt schon was tun?«, fragte ich, woraufhin Aysun entsetzt den Kopf schüttelte. »Ich fange extra so früh an, damit mir niemand reinpfuscht. Ab zehn brauche ich jede Hand. Dann kommen die Blumen. Die Hochzeit beginnt um vier. Sektempfang, Trauung, Reden, Essen, Tanzen.« Sie kniff ein Auge zusammen und schien komplizierte Berechnungen im Kopf anzustellen. »Verhalte dich bitte bis zehn unauffällig. Und bringe mir in der Küche und in der Halle nichts durcheinander. Ab neun darfst du die Küche auch nicht mehr betreten, da ist dann Maria.«

»Aye aye, Mam«, antwortete ich. Die Maschinerie Von-Weiden-Event-Management war offenbar angelaufen.

Aysun marschierte zur Tür, blieb aber im Rahmen noch einmal stehen. »Wie geht es Simon?«

Eine komplizierte Frage. Es gab keine richtige Antwort. »Öh. Okay«, versuchte ich deshalb.

»Was heißt denn bitte okay?« Simons Assistentin sah mich fragend an.

»Es wird«, probierte ich einen weiteren Allgemeinplatz. Sie runzelte die Stirn.

»Ich muss nachher einiges mit ihm besprechen.«

Ich zögerte, und sie deutete das genau richtig. »Ich werde ihn vorher anrufen. Oder eine Nachricht schicken. Damit er sich die Frisur richten kann.« Sie holte schon Luft, vermutlich um noch mehr zu erzählen, aber da kam Hund um die Ecke getapert. Er würdigte Aysun keines Blickes, blieb aber vor dem Schreibtisch stehen und sah mich eindringlich an.

»Was will er?«, fragte Aysun auch prompt und trat demonstrativ einen Schritt von ihm weg.

»Man weiß es nicht«, erwiderte ich und stand auf, um mir in der Küche noch schnell einen Kaffee zu holen, bevor Maria dort das Regiment übernahm.

Mit der Tasse in der Hand stand ich schließlich unschlüssig in der Halle herum, aber das war sehr ungemütlich, denn Aysun hatte überall Dinge hingelegt. Also trat ich hinaus in den Burghof.

Am Himmel hingen dunkle Wolken. Hin und wieder blitzte ein wenig Blau hinter ihnen hervor. Hund hatte mich begleitet und setzte sich jetzt abwartend neben mich. Ich atmete tief durch. Trotz der dunklen Wolken war die Luft warm. Der Temperaturunterschied zwischen drinnen und draußen war wie immer eklatant. Hund sah mich irgendwie auffordernd an. Als gäbe es etwas, was ich dringend erledigen müsste. Er stand sogar auf und deutete ein Schwanzwedeln an. Dann drehte er sich abrupt um und lief los. Da ich nichts Besseres zu tun hatte, folgte ich ihm neugierig.

Er nahm den schmalen Pfad links an der Burg vorbei, schnüffelte mehrfach ausgiebig an einigen Sträuchern, pinkelte gegen einen morschen Zaunpfahl, wobei ich respektvoll den Blick abwandte, und spazierte dann weiter quer über den Hinterhof der Remise, auf dem sich schon diverse Kisten und Kästen stapelten, bis zum Stall.

»Keine schlechte Idee!«, murmelte ich anerkennend. »Wir besuchen die Pferde.«

Ehrfürchtig betrat ich das alte Gebäude. Die nächtliche Wärme der Tiere hing wie eine sanfte Glocke in den Mauern. Das Pony döste, das linke Hinterbein angewinkelt und nur mit der Hufspitze am Boden abgestellt in der Ecke, Hermann fraß Heu aus der Raufe. Als er mich sah, hob er kurz den Kopf, spitzte die erstaunlich sichelförmigen Ohren und ... kollerte. Mir wurde schlagartig warm ums Herz.

»Du verwechselst mich«, sagte ich zu ihm, aber die Wärme im Herzen blieb. Er antwortete mir noch einmal mit diesem tiefen, grollenden Ton, dann widmete er sich wieder seinem Frühstück. Ich beobachtete ihn einen Moment und setzte mich schließlich auf einen Strohballen, der vor der Wand stand. Es war so behaglich und ruhig.

Otto hatte in dem großen Reitstall St. Georg gestanden. Dort war es nie behaglich gewesen. Es war um Leistung gegangen, um Optik, um Erfolg. Die stillen Momente waren rar gewesen.

Ich streckte die Beine aus und nippte am Kaffee. Mit welcher Selbstverständlichkeit ich als Kind auf mein Pony gestiegen war. Ich hatte keine Angst gehabt. Selbst als Otto mich mal sehr gekonnt im vollen Galopp durch einen Schlenker von seinem Rücken befördert hatte, war ich mit blutendem Knie und einem dicken Arm direkt wieder aufgestiegen. Heute unvorstellbar.

Hund nieste, drehte sich um und verschwand zurück auf den Hof. Weit entfernt hörte ich einen leistungsstarken Motor näher kommen, und Hermann hob erneut den Kopf von seinem Heu. Angespannt lauschte er. Der Wagen fuhr von hinten an den Stall heran, das Motorengeräusch erstarb und Hermann trat einen Schritt näher an die hölzerne Absperrung.

Pferde waren leise Geschöpfe. Wenn man in Filmen ständig ein Wiehern und Schnauben hörte, ärgerte mich das. Pferde drückten sich selten so aus. Was es wahrscheinlich auch so leicht machte, ihnen schlimme Dinge anzutun, wie es im Reitsport tagtäglich passierte. Sie schrien nicht.

Allerdings gehörte Hermann zu den Gesprächigeren seiner Art, denn er wieherte jetzt. Verhalten, aber mit einem sehnsuchtsvollen Unterton. Ich hörte die Autotür ins Schloss fallen und spielte kurz mit dem Gedanken, lautlos zu verschwinden, aber da stand Leon schon im Stall.

»Na, mein Großer?«, begrüßte er sein Pferd, und Hermann antwortete erneut auf seine Weise. Erst dann sah Leon mich auf dem Strohballen und erschreckte sich genau wie Aysun vorhin. Irgendwie hatten sie mich hier alle noch nicht auf dem Schirm.

»Sorry. Ich wurde der Burg verwiesen«, sagte ich und zuckte die Schultern.

Leon grinste. »Ist an W-Days immer ein bisschen hektisch da drüben.« Ich blickte ihn an und grub in meinem Kopf nach Erinnerungen an ihn. Wie konnte es sein, dass ich nichts fand? Wenn ich ihm auf die Sneaker gekotzt hatte, wüsste ich das doch sicherlich noch.

Leon schob das hölzerne Tor auf und betrat mit langsameren Schritten die großzügige Box. Er legte Hermann eine Hand an die Mähne. »Hoch«, sagte er, und Hermann hob erstaunlicherweise sofort sein linkes Vorderbein. Gebeugt und gegen das Pferd gelehnt, tastete Leon über das Bein und den Huf. »Er hatte in den vergangenen Tagen eine Schwellung an der Fessel. Scheint aber besser zu sein«, erklärte er mir.

Ich hatte meine Tasse zur Seite gestellt und war aufgestanden. Jede Faser in mir wollte auch zu dem Pferd in die Box. Es berühren. Seine Wärme unter den Handflächen spüren. Den würzigen Duft tief einatmen. Es war so lange her …

Hermann hatte seinen Huf wieder abgestellt, und Leon drehte sich zu mir um. »Willst du mal fühlen? Du hattest doch damals das Pony. Otto?« Ich nickte stumm. Vielleicht war mit meinem Hirn etwas nicht in Ordnung. Partielle, dauerhafte Festplattenlöschung. Leon kannte sogar Ottos Namen. Aber vorerst konnte ich nicht weiter darüber nachdenken, denn ich wurde wie magisch von Hermann angezogen. Ich trat in die Box und legte dem großen Tier eine Hand an den Hals. Ich wollte mich an ihn lehnen, meine Nase in sein Fell vergraben und tief einatmen. Aber ich hielt mich zurück und ließ nur meine Hand weiterwandern, bis sie knapp über dem Vorderfußwurzelgelenk war.

»Hoch«, sagte ich, und Hermann hob das Bein. »Hast du ihm das beigebracht?«, fragte ich und sah seitlich nach oben zu Leon, der nickte. Ich umfasste mit rechts den Huf und fuhr mit links über das Röhrbein und die Fessel. Das Gewebe fühlte sich kühl und normal an.

»Scheint wieder weg zu sein«, sagte ich und ließ nur widerwillig das Pferdebein los. Ich spürte die Wärme des Pferdes, während ich mich wieder aufrichtete. Und Leon war mir ganz nah. Einen unerwarteten Moment blickten wir uns in die Augen. Seine waren hellbraun, wie Hermanns Flecken auf dem weißen Grund. Er roch nach Acqua di Gio und einem Hauch Kaffee. Kein Alkohol. Der Nachhall einer Erinnerung schoss mir durch den Kopf. Ein Gefühl. Etwas Tragisches. Ich versuchte, den Fetzen zu packen, aber er verschwand wieder.

»Es hat mich beeindruckt«, sagte Leon plötzlich und blinzelte ganz unerwartet, als wäre ihm meine intensive Musterung unangenehm gewesen. »Dass du einfach alles hinter dir gelassen hast. Du hast dich nicht darum geschert, was die Leute gesagt haben.« Aha. Wenigstens er hatte keine partielle Amnesie. Er erinnerte sich doch an den Eklat.

Ich versuchte ein Lächeln. Er hatte ja keine Ahnung. Nächtelang hatte ich in dem fremden Bett der Jugendherberge in Berlin gelegen und vor emotionalem Schmerz nach Luft gerungen. Nicht, weil ich plötzlich völlig mittellos dastand, sondern weil ich verstanden hatte, dass niemand, außer meinem Bruder, mich um meinetwillen geliebt hatte. Dass es mein ganzes Leben lang nur darum gegangen war, was die Leute dachten. Ich war ganz allein auf der Welt. Es hatte nur noch Simon gegeben. Und das winzige Wesen in meinem Bauch.

Simon war klar gewesen, dass wir ohne Schulabschluss nicht weiterkommen würden. Er hatte mit seinem öffentlichen Outing gewartet, bis er das Abi in der Tasche hatte.

»Tut mir leid. Ich wollte das eigentlich nicht ansprechen«, sagte Leon steif, da ich nicht reagierte. Schnell schüttelte ich den Kopf. »Dein Podcast hat mich darauf gebracht.«

»Alles lange her«, sagte ich, und wieder tauchte dieser Erinnerungsfunke auf. Da war irgendetwas, an das ich mich erinnern sollte, und es hatte nichts damit zu tun, dass ich Leon angeblich auf die Schuhe gekotzt hatte.

»Hast du Hund gesehen?«, fragte Leon, und ich war zutiefst dankbar für diesen Themenwechsel.

»Er war eben noch hier«, sagte ich schnell und deutete zur Tür.

»Ich muss ihn gleich suchen. Er bleibt bei Hochzeiten immer bei den Pferden. Er ist ja ein bisschen sonderbar. Und wir schließen den Stall ab. Sonst kommen manche Leute auf die Idee, die beiden mit Torte zu füttern.«

»Nein!«, sagte ich ehrlich erschüttert.

»Oh, doch«, sagte Leon, und ein Grinsen schlich sich in seinen Mundwinkel. Wir waren wieder auf sicherem Terrain.

»Kommst du auch? Zur Hochzeit?«, fragte ich weiter und stellte fest, dass ich es mochte, wenn Leon lächelte. Leider hatte ich keine Ahnung, warum. Vielleicht lag es daran, dass Leonhard von Bredow absolut mein Typ war. Zumindest solange er mich nicht daran erinnerte, dass er aus einer Welt kam, in die ich keinen Fuß mehr setzen wollte. Im Anzug und mit der dicken Uhr am Handgelenk war mir das leichtgefallen, jetzt in Jeans und Sneakers, mit dem alten Parka, der unverkennbar nach Pferd und Stall und meinem Lieblingsmännerparfum duftete, wurde es fast zu einer kleinen Herausforderung, wie ich mir eingestehen musste.

»Ich komme heute Abend, um die Pferde zu füttern. Und die Reste zu essen«, sagte er.

»Cool«, sagte ich. *Cool.* Ich hatte cool gesagt. Ich war sechsunddreißig. Ich sagte nie cool. Ich war ja schließlich kein Boomer. Aber hier war eben irgendetwas passiert, und das hatte mich durcheinandergebracht. »Ich muss jetzt Aysun helfen. Papierseekühe falten oder so.«

Leon grinste immer noch. Offenbar amüsierte ich ihn. »Cool«, sagte er, und ich suchte schleunigst das Weite.

Bevor ich allerdings dazu kam, meine nicht vorhandenen Fähigkeiten beim Papierfalten einzusetzen, oder auch nur ansatzweise über meine eigentümliche Faszination für Leon nachdenken konnte, musste ich Herrn de Luca daran hindern, die alte Burgtreppe nach oben zu laufen.

»Stopp!«, rief ich, weil mich die Treppe freundlicherweise mit einem durchdringenden Knarren gewarnt hatte. Herr de Luca blieb ertappt auf der vierten Stufe stehen, ein Bein noch in der Luft. Er trug Chucks, deswegen war er flüsterleise an mir vorbeigeschlichen, weil ich auf dem Boden hockte und mich mit dem Falten abmühte.

»Wo wollen Sie denn hin?«, fragte ich, dabei war mir das schon klar. Er drehte sich zu mir, ein strahlendes Lächeln im Gesicht. Mit dem Zeigefinger deutete er nach oben. »Ich wollte Simon besuchen.«

»Wie schön«, sagte ich und lächelte ebenfalls. »Weiß Simon das?«

Mein Bruder pflegte sein Image in der Öffentlichkeit. Das bestand aus Gehröcken, knöchelhohen Stiefeln, gebundenen Plastrons und einem perfekt frisierten Irokesenschnitt in Grellbunt mit den entsprechend lackierten Nägeln dazu. Wenn ihm danach war, schminkte er sich auch noch die Augen in einem dramatischen Schwarz, und das besser, als es jede Beauty-Influencerin hinbekommen würde. Aktuell hatte er es geschafft zu duschen, wobei wir seinen bandagierten Arm in einer spektakulären Aktion mit Plastikfolie abgeklebt und aus einem alten Wasserkasten einen Duschhocker gebaut hatten. So roch er nun zumindest angenehm, aber der Rest von ihm war nach wie vor derangiert. Von seiner Laune gar nicht zu sprechen.

»Ich dachte …«, setzte Herr de Luca an, was wohl ein klares Nein war. Er wollte sich einfach hier vorbeischleichen, während ich Frösche faltete. (Doch keine Seekühe, die Braut hatte ein Faible für Frösche.)

»Sie können alles mit mir besprechen«, sagte ich freundlich. Herr de Luca schnaubte.

»Vielleicht kann Simon mich einfach mal zurückrufen«, sagte er dann und kam langsam die Treppe runter. Da lag eine Dringlichkeit in seiner Stimme.

»Wirklich, Herr de Luca. Sie können alles mit mir besprechen«, wiederholte ich.

»Wenn dem so wäre, würde ich es tun, Frau von Weiden«, sagte er und ließ mich damit ratlos zurück.

Er ging, Mona kam. Bepackt mit gleich drei riesigen Kisten.

»Küche!«, ächzte sie, und ich sprang auf, um ihr wenigstens eine der Boxen abzunehmen. Wir wuchteten die schweren Teile auf den Edelstahltresen. Mona sah mich mit großen Augen an.

»Die Frau ist eine KI. Ich schwöre«, flüsterte sie.

»Hä?«, flüsterte ich zurück, dabei waren wir allein. Aysun

rannte im Stechschritt durch die Scheune und bellte Oleg Befehle zu.

»Maria Glaubner. Die Köchin. Hast du gesehen, was sie gemacht hat?« Ohne eine Antwort abzuwarten, sprach sie weiter. »Sie hat das hier vorbereitet, das ist das Frühstück für die zwanzig Leute, die hier übernachten, und drüben steht ein Buffet für hundert Leute, das ist der Hammer! Also ich habe so etwas noch nicht gesehen. Und der warme Gang kommt erst noch. Es ist ein bisschen wie das Schlaraffenland.«

»Macht sie das alles allein?«

»Ja!«, rief Mona und klang fassungslos. »Nachher kommen Leute für den Service, aber sie kocht das alles allein. Und sie singt dabei. Und sieht fröhlich aus.« Verwundert sahen wir uns an. Wenn wir kochten, waren wir dabei nie fröhlich, eher verzweifelt. Als Mona klein gewesen war, hatte ich die Erfinderin der Baby-Gläschen jeden Tag in meine Gebete eingeschlossen.

»Sachen gibt's«, murmelte ich, und dann verschluckte uns endgültig der Hochzeitswahnsinn. Wir bekamen Befehle, führten sie aus, rannten quer durch die Burg, an der Burg vorbei, durch die Scheune und wieder zurück. Aysun lief bestimmt zehn Mal zu Simon, bekam in seinem Burgturm Instruktionen und Beratung und eilte dann weiter. Janosch kam, lieferte große Boxen und ein Mischpult und schloss alles an.

Ich hatte zusammen mit Rosa Veranstaltungen geplant und durchgeführt, aber diese Choreografie beeindruckte mich. Jeder wusste, welcher Handgriff als Nächstes kam. Aysun, Oleg und Frau Glaubner waren ein eingespieltes Team.

Ich machte mich gerade daran, noch die letzten drei Frösche zu falten, als jemand mit energischen Schritten in die Burghalle kam.

»Können Sie mir tragen helfen?« Eine zartgliedrige Frau mit roten Locken stand hinter mir. Ich schob die Frösche zur Seite und folgte ihr auf den Burghof, wo ein grüner Lieferwagen parkte. »Ich bin Luise. Ich nehme an, Sie sind Katharina, Simons Schwester?« Sie nickte mir zu und drückte mir eine riesige Box in die Hand, die mich fast in die Knie zwang. »Sie waren ja noch nie dabei, deswegen folgen Sie mir einfach. Wir schmücken jetzt den Pavillon. Das ist immer der letzte Akt.« Sie marschierte, den Arm voller Blumen, vorneweg und ich folgte ihr, wie angeordnet. Luise war zwar klein, hatte aber etwas Unbeugsames an sich.

Der Hochzeitspavillon war 1880 von einem romantisch veranlagten Ahnen erbaut worden. Angeblich für seine Frau, damit sie in dem zauberhaften Holzbauwerk unbehelligt von Sonne und Regen lesen konnte. Der Pavillon war recht groß, sah lustigerweise exakt so aus wie der in Stars Hollow bei den *Gilmore Girls* und hatte über all die Jahre schon Schweine, Gerümpel und Feuerholz beherbergt, um schließlich von Simon höchstpersönlich renoviert zu werden. Das kleine Bauwerk stand strahlend weiß inmitten der grünen Wiese und bot einen wunderbaren Rundumblick auf die Burg und die angrenzenden Ländereien. Er war Simons Wahrzeichen. Auf dem Foto auf seiner Homepage stand Simon mit Gehrock, Plastron und schrillpinkem Irokesenschnitt seitlich an den Pfeiler des Pavillons gelehnt, die Beine lässig gekreuzt, und lächelte breit in die Kamera. Das Bauwerk hatte sogar einen eigenen Hashtag und schien für viele heiratswillige Paare im Land ein Sehnsuchtsort zu sein.

Luise fing an, mit flinken Fingern weißes Schleierkraut und rosafarbene Wicken zu verflechten und befestigte den Schmuck dann mit dem zarten Blumendraht an der hölzernen Konstruktion. Sie zeigte mir, wie ich die Blumen am besten nahm, und ich reichte ihr alles an. Aysun kam dazu, und in rasender Geschwindigkeit verwandelte sich der Pavillon in eine traumhafte Hochzeitslocation. Oleg schleppte noch zwei zarte Metallstühle und ein weiß gestrichenes Pult hinzu, dann arbeitete er in der Scheune weiter. Aysun und Luise sprachen in der ganzen Zeit nur das Nötigste. Als der letzte Handschlag getan war, verschwand Aysun, und Luise sammelte ihre Utensilien zusammen. Dann griff sie in ihre Hosentasche und zog etwas hervor. »Das ist für Simon. Ich würde ihn gerne besuchen, aber das möchte er jetzt noch nicht. Was völlig okay ist.« Ich nahm den Umschlag. »Ich gebe es ihm.«

Ich wollte schon gehen, doch Luise hielt mich leicht am Arm fest. »Es gibt vor jeder Hochzeit ein kleines Ritual. Vielleicht möchten Sie teilnehmen? Aysun ist gleich wieder hier.«

Ich zuckte abwartend die Schultern. »Klar«, sagte ich schließlich.

»Ich habe meine Frau hier geheiratet«, sagte die Floristin und lächelte. »Die Burg kann nämlich auch sanft und zart. Sie ist nicht nur ein wuchtiges, beängstigendes Bollwerk. Simon hat mit seinem Projekt die Liebe Einzug halten lassen, und ich finde, das merkt man hier an jeder Ecke.« Sie sprach von den alten Mauern, als wären sie lebendig. Sie hatte den Kopf etwas schief gelegt und betrachtete mich. Es schien, als erwarte sie eine Antwort, etwas Zustimmendes. Als ginge sie davon aus, dass ich das doch sehen müsste. Als wüsste sie, warum ich so selten hier war. Vielleicht hatte Simon ihr von unserer Kindheit erzählt. Aber das war unwahrscheinlich.

Aysun rannte im nächsten Moment auf uns zu. Sie machte an einem W-Day vermutlich hunderttausend Schritte, dabei hatte es noch nicht mal angefangen.

»Die Braut ist losgefahren«, verkündete sie atemlos. »Hat grad angerufen. Auf den allerletzten Drücker heute.«

Und dann setzte Aysun sich auf den Holzboden. In ihrem dunklen Anzug. Was allerdings Absicht zu sein schien, denn Luise hockte sich auf die Knie daneben. Ich folgte den beiden eine Etage tiefer. »Wir hocken uns hin, weil sonst irgendwer denkt, wir machen ein Kaffeekränzchen«, erklärte Aysun und zauberte aus dem Korb an ihrem Arm drei kleine Tässchen hervor. Dann zückte sie eine schmale Thermoskanne und goss ein. »Salep.

Nicht von meiner Oma, sondern aus der Tüte. Direktimport aus der Türkei.«

Aysun drückte mir eine Tasse in die Hand. »Mögen die, die sich hier und heute die Ehe versprechen, ihr Glück auf ihrem gemeinsamen Weg finden. Mögen sie auch den Stürmen standhalten.« Erst wollte ich lachen, doch Aysuns Stimme war ruhig und eindringlich. Sie meinte das ernst, und plötzlich war ich tief berührt. Ich hatte mich über diese pompösen Hochzeiten immer lustig gemacht und mir gedacht, dass niemand so etwas freiwillig machen konnte. Das tat man nur für alle anderen.

Aber letztlich würden sich heute zwei Menschen, die sich liebten, ein Eheversprechen geben. Das war verdammt noch mal groß. »Wünschen wir ihnen, dass sie sich immer mit Liebe im Blick begegnen und mit Liebe im Herzen berühren können. Lasst uns eine wunderbare Hochzeit feiern. Auf die Liebe!« Aysun hob ihre Tasse. Luise ebenfalls, auch sie sagte: »Auf die Liebe!« Verdutzt hob ich meine Tasse. »Auf die Liebe«, sagte ich, und es klang sehr lahm. Ich und die Liebe. Haha. Aber weil Aysuns Zauberspruch magische Kräfte gehabt zu haben schien, räusperte ich mich und wiederholte, jetzt mit kraftvoller Stimme: »Auf die Liebe, verdammt!« Ich nippte am Inhalt des Tässchens und war erstaunt über die warme sahnige Süße. »Salep. Keine Ahnung, warum Deutsche das nicht kennen.« Aysun grinste, kippte den Rest aus ihrer Tasse auf ex und war dann schon wieder auf dem Sprung.

Ich übernahm kurz darauf das gesamte Servicepersonal, das in Cremeweiß mit pinkfarbenen Schürzen ausgestattet war, glücklich und zutiefst dankbar darüber, dass Aysun das Briefing bereits gemacht hatte. Vor zwölf fremden Menschen sprechen zu müssen, hätte mich zur Salzsäule erstarren lassen.

Die Gäste trudelten langsam ein, die Burg glich einem Ameisenhaufen. Keine halbe Stunde später fuhr die Braut vor. Und während es die ganze Zeit über trocken gewesen war, öffnete der Himmel seine Schleusen genau in dem Augenblick, als sie in einem Traum aus Tüll und Spitze aus dem Wagen stieg.

»Schirme«, brüllte Aysun, und es sah für einen Moment so aus, als wolle sie auf die Braut springen, um sie vor den herabstürzenden Wassermassen zu schützen. Es war dann allerdings Mona, die mit einem aufgespannten XXL-Schirm zur Rettung eilte. »Da sind noch mehr im Wandschrank in der Halle!«, rief sie, und wir statteten in Windeseile die gesamte Hochzeitsgesellschaft aus. Gleichzeitig tauchte die Traurednerin auf, verlangte nach einem Soundcheck, die Gäste suchten die Toiletten, brauchten Kaffee und die Hochzeitstorte wurde geliefert. Und langsam wurde mir klar, warum Simon der unumstößlichen Meinung war, mich hier zu brauchen. Denn er tat sonst all das, was ich jetzt tat, vermutlich noch viel mehr und sah dazu jederzeit blendend aus. An Letzterem würde ich arbeiten müssen. Mir hingen die nassen Haare kreuz und quer auf dem Kopf, mein Mascara dürfte verlaufen sein und nachdem ich den ganzen Tag schon gerannt war wie eine Wüstenrennmaus auf der Flucht, hatte irgendwann auch mein Deo versagt. Aysun bändigte die Massen, indem sie alle in die alte Scheune lotste, die in einer Pracht erstrahlte, dass selbst Anna nichts zu meckern hatte. Die Hochzeitsgäste konnten nicht mit zum Pavillon, das war völlig ausgeschlossen, denn der norddeutsche Himmel hatte sich heute für Regen Typ Niagarafälle entschieden.

Die Braut war mittlerweile in einem derartigen emotionalen Ausnahmezustand, dass sie gar nicht bemerkte, wie Aysun und ich sie in pinke Gummistiefel steckten, ihr Kleid rafften und sie freundlich, aber bestimmt zum Pavillon bugsierten. Die Gesellschaft versammelte sich unter dem Vordach und im weit geöffneten Tor der Scheune.

»Wo ist der Bräutigam?«, fragte ich Aysun, als wir uns dicht an den Pavillon drückten, um den Wassermassen zu entgehen und der Fotografin nicht im Weg zu sein. Aysun zog eine Augenbraue hoch. Dann bekam ihr Gesicht einen leicht panischen Ausdruck.

»Der sollte doch schon hier stehen!«, zischte sie und wollte grade losrennen, als die Trauednerin erschien. Oleg begleitete sie und hielt ihr einen der riesigen Schirme über den Kopf, wodurch er selbst nass bis auf die Haut wurde.

Und endlich stand da der Bräutigam. Im dunklen Anzug, mit klitschnassen Haaren, war er vor die Menge getreten und blickte zu Anna hinüber. Im nächsten Moment setzte die Musik ein. *River flows in you* von *Yiruma* erscholl so laut, dass wir es auch im Pavillon exzellent hören konnten. Ich sah zu Anna hoch, die sich umgedreht hatte. Und plötzlich spielte es gar keine Rolle mehr, dass der Bräutigam nicht schon hier war, dass es einen Monsun gab, dass alles ein klein wenig anders ablief als geplant. Voller Erstaunen sah ich in Annas Gesicht die Liebe aufglühen. Tobi kam ohne Schirm zu uns. Er schritt einfach durch den Vorhang aus Wasser, und auch in seinem Gesicht lag ein derartig liebevoller Ausdruck, dass ich blinzeln musste. So verdammt viel Liebe war ich gar nicht gewohnt.

Aysun flitzte von dannen und kam wenige Minuten später mit einem dicken Handtuch zurück, das sie Tobi geschickt über die Balustrade reichte.

Und dann begann die Trauung. Die Rednerin machte ihre Sache wunderbar. Sie sprach elegant und schnörkellos von der Liebe und den Unabwägbarkeiten, die ein Paar zu bewältigen hatte. Sie sprach von der Liebe, als würde sie sie kennen.

Ich hatte nicht erwartet, dass mich eine Hochzeit zum Weinen brachte. Tat sie aber. Aysun reichte mir mit konzentrierter Miene ein Taschentuch, und ich drehte mich ein wenig zur Seite, um mir möglichst lautlos die Nase zu putzen. Ich steckte das Taschentuch in meine Hosentasche und verharrte dann einen Moment regungslos, während Tobi und Anna sich gegenseitig ihre Ehegelöbnisse gaben. Mein tränenverhangener Blick blieb an der Burg hängen, die sich prachtvoll und mächtig hinter uns erhob. Die alten Mauern schienen seltsamerweise im Grau des regnerischen Tages zu strahlen.

Diese Festung stand hier seit über tausend Jahren. Menschen hatten ihre Leben in ihr verbracht, waren gekommen und gegangen, Kinder waren hinter den sicheren Burgmauern geboren worden. Auch sie hatten gelacht und Feste gefeiert.

Am obersten Fenster konnte ich eine Bewegung ausmachen. Simon stand dort und sah hinunter auf den Hochzeitspavillon. Selbst aus der Entfernung erkannte ich, dass er Schmerzen hatte. Ich konnte sie fühlen. Das war dieses verrückte Zwillingsding. Er lehnte am Fensterrahmen und hielt sich mit der unverletzten Hand am Mauerwerk fest. Für ihn war die Burg ein Zuhause. Und irgendwie war Simon mein Zuhause. Das einzige Zuhause, das es in meinem Leben gab.

Kapitel 8

Überall waren Menschenhorden. Sie befanden sich in der Küche und im Burghof, wo plötzlich kleine pinkfarbene Tische aufgetaucht waren. Die Übernachtungsgäste von Burg Heidenfeld hatte ich völlig vergessen. Früher war die Burg eine hermetisch abgeriegelte Festung gewesen. Es gab unsere Eltern und uns. Gäste kamen nur selten, und dann hatte alles nach festgelegten Regeln ablaufen müssen. Gespeist wurde im Rittersaal, der jetzt Simons Büro und für einen echten hochherrschaftlichen Saal eigentlich mickrig klein war. Simon und ich durften maximal guten Tag sagen und mussten dann auf unsere Zimmer verschwinden.

Jetzt stand ich in der großen Eingangshalle und sah hinaus in den völlig veränderten Burghof. Die Luft summte vor fröhlichen Unterhaltungen. An einem der Tische war Aysun in ein intensives Gespräch vertieft. Ein kleines Mädchen rannte hüpfend an mir vorbei nach draußen.

Ich spähte in die Küche. Es war neun. Ich hatte letzte Nacht noch beim Abbau geholfen, war dann gegen halb vier in mein Bett geklettert, hatte mir den Wecker auf halb neun gestellt und dabei völlig vergessen, dass die Gästezimmer ja nicht nur zur Zierde da waren.

In der Küche war ein opulentes Buffet aufgebaut. Frau Glaubner stand in einer pinkfarbenen Schürze am Herd und pfiff vor sich hin.

»Guten Morgen«, grüßte ich verhalten und schlüpfte schnell in den Raum.

»Baronin!«, rief Frau Glaubner erstaunlich munter, dann kniff sie umgehend die Lippen zusammen.

»Sagen Sie doch einfach Katharina«, erwiderte ich bestimmt und lächelte, woraufhin sie eine Augenbraue hochzog und aufhörte, in der Pfanne zu rühren.

»Nein«, sagte sie dann knapp.

»Okay«, murmelte ich ergeben. Frau Glaubner war sonderbar. Ich würde das wohl nicht mehr ändern. Sollte sie mich doch nennen, wie sie wollte. Baroness oder Baronin oder Frau Sonnenschein.

»Bringen Sie Ihrem Bruder das Frühstück?«, fragte sie knapp und drückte mir im selben Moment einen vollgepackten Teller in die Hand. Pancakes, Obstsalat, ein Vollkornbrot mit Käse, liebevoll mit Gurkenscheiben und Paprikaschnitzen verziert, und ein kleiner Muffin.

»Brauchen Sie mich hier nicht? Für den Service?«, fragte ich überrascht.

»Wir sind ja schon fast fertig«, antwortete sie kurz angebunden. Wortlos nahm ich den Teller und lief hinaus in die Halle. Aysun kam mir von oben entgegen.

»Ihr müsst mir sagen, wenn ihr mich braucht«, sagte ich sofort statt einer Begrüßung. Sie winkte ab.

»Oleg hat heute Morgen um sechs, vor dem Melken, noch die Tische und Stühle im Burghof aufgestellt. Den Rest macht Maria, und die Leute bedienen sich ja selbst.«

»Hast du auch irgendwann geschlafen?«, fragte ich sie entgeistert.

»Ja. Zwischen fünf und sieben.« Sie grinste und sah dabei überhaupt nicht müde aus. »Bei Simon war ich auch schon. Er hat mich telefonisch nach oben beordert, weil das WLAN nicht richtig läuft. Nimm dich in Acht, er ist äußerst übellaunig.«

Ich servierte meinem Bruder sein Frühstück, der es immerhin schon allein ins Bad geschafft hatte, um sich einhändig die Zähne zu putzen und eine Mütze aufzusetzen.

»Ich brauche dringend jemanden, der was mit meinen Haaren macht«, murmelte er zwischen Muffin und Käsebrot.

»Wir werden Mona fragen. Die kann gut mit Haaren«, sagte ich. Einen Moment schwiegen wir, weil uns gleichzeitig eingefallen war, dass Mona bald abreisen würde. Simon schob den Teller auf der Bettdecke zur Seite.

»Mir ist schlecht«, verkündete er.

»Könnte an den Schmerzmitteln liegen, die du wie Smarties konsumierst«, erwiderte ich und schnappte mir den Rest des kleinen Kuchens. »Gibt es einen konkreten Grund für deine schlechte Laune?«, erkundigte ich mich dann.

»Das ist gestern zu glatt gelaufen. Das war die Generalprobe für die Fußballerhochzeit, und alles hat geklappt. Generalproben müssen schieflaufen«, sagte er düster.

»Simon. Echt. Du hast dir wirklich dolle den Kopf gestoßen.« Ich dachte kurz nach. »Der monsunartige Regen gilt nicht? Und mir ist gegen halb eins ein Glas runtergefallen. Außerdem ist da doch noch eine Hochzeit dazwischen. Also viel Potenzial, dass was schiefläuft.«

»Die Hexenhochzeit zählt nicht. Das sind Freundinnen von mir. Außerdem läuft der verfickte Internetrouter schon wieder nicht. Die Leute haben kein WLAN. Ich habe Leon schon angerufen, er kommt nachher. Wie viele Techniker ich jetzt schon hierhatte, geht auf keine Kuhhaut. Niemand bekommt das Problem in den Griff. Nur Leon.«

Ich lächelte unverbindlich und sagte: »Prima. Dann kann ich gleich noch meinen Podcast hochladen.«

Simon schloss die Augen und murmelte: »Ich bin dir so dankbar. Das hier würde ohne dich nicht gehen. Ich bezahl dir den Ausfall bei Rosa, ja?«

»Rosa hat sich doch erledigt«, erinnerte ich ihn und biss schnell noch einmal in den Muffin. »Die Zeiten sind schlecht«, fügte ich mit vollem Mund hinzu.

Mit Grabesmiene sah Simon mich an. »Hab ich vergessen. Fuck!«

Ich grinste. »Immer das passende Wort zur passenden Zeit.«

Er kniff die Augen zusammen. »Ich stelle dich an. Bis es mir besser geht und du was Neues hast. Und der Podcast? Kannst du das nicht ausweiten? Du bist da doch echt eine vielgehörte Stimme.«

Ich zuckte die Schultern und überlegte, es dabei zu belassen. Ich könnte weiterschweigen. Doch dann öffnete sich mein Mund, als müssten die folgenden Worte dringend ausgesprochen werden. »Ich werde immer wieder zu Panels und Diskussionen eingeladen. Damit könnte man sicherlich auch irgendwie Geld verdienen.« Ich räusperte mich. »Aber ich kann es halt leider nicht. Und seien wir doch mal ehrlich«, ich atmete tief durch und wappnete mich. »Meine Tochter startet gerade in ihr eigenes Leben. Wie sinnvoll ist dieser Podcast noch?«

»Aber du bleibst doch ihre Mutter.« Simon wirkte richtiggehend entsetzt.

»Na klar, doch ich habe ja mit den Dingen, die meine Hörerinnen den lieben langen Tag beschäftigen, gar nichts mehr zu tun.« Ich zuckte die Schultern, und die Worte lagen mir wie kleine, kantige Kieselsteine im Magen. Simon seufzte. Und wo wir schon mal dabei waren, fragte ich: »Wie sieht es denn mit Von-Weiden-Event-Management aus? Diese Absage von Fox …«

»Ich bekomme das schon hin«, unterbrach mein Bruder mich sofort, aber hinter seiner Gefasstheit lauerte ein gut versteckter Schmerz. »Sollte nur keine neue Pandemie oder Inflation kommen. Viele Kunden hatten danach Reiselust und wollten nur noch auf irgendwelchen italienischen Landgütern heiraten. Oder sie hatten schlicht und ergreifend kein Geld mehr für eine große

Hochzeit. Aysun und Oleg mussten sich beide einen zweiten Job suchen.« Er pustete Luft durch die Lippen. »Bekomme ich aber hin. Mach dir keine Sorgen«, sagte er leichthin, und erfahrungsgemäß war das der Moment, wo man sich ernsthafte Gedanken machen musste. Denn Simon war ein Geheimniskrämer. Er redete nicht von den Dingen, die sich in seinem Innersten abspielten. Über die Ängste und Nöte. Die stopfte er einfach irgendwo auf den Grund seiner Seele und trat sie fest. Ich wusste das so genau, weil ich es auch so handhabte.

»Guten Morgen, liebe Familie!«, holte uns Mona aus unserem geschwisterlichen Jammertal. Sie kam ins Zimmer gerauscht und war das blühende Leben. Simons Miene hellte sich schlagartig auf.

»Hast du dir schon Frühstück geholt?«, fragte er und klang völlig normal. »Die Muffins sind mit Blaubeeren. Die bescheren dir einen Geschmacksorgasmus.«

»Ich habe schon vor Stunden gefrühstückt«, erklärte Mona grinsend und lehnte sich an den Türrahmen. »Das war so toll gestern. Wenn ich mal heirate, dann hier. Und du machst die Trauung, Simon. Und ihr seid beide meine Zeremonienmeiste*rinnen*.«

»Man muss nicht direkt heiraten«, sagte ich streng, weil die Kinder heute alle viel zu früh vom Heiraten sprachen. Es war wie eine neue Pandemie. Wie in den Sechzigerjahren. Und je größer und pompöser, desto besser.

»Man muss sofort heiraten, wenn man jemanden gefunden hat, den man liebt. Ohne Umwege«, meinte Simon und sah mich strafend an.

»Das musst ausgerechnet *du* sagen!«, erwiderte ich.

»Leon ist übrigens unten. Er wurde von Maria eingefangen und dazu genötigt, Muffins zu essen. Ich helfe Aysun noch ein wenig mit den Gästinnen, und morgen muss ich noch mal einkaufen, bevor ich fliege. Kommst du mit, Mama?«

»Klar!«, sagte ich und gab meiner Stimme jeglichen positiven Schmiss, den ich noch in mir fand. Mona verschwand und mit ihr die ganze warme Stimmung, die sie mitgebracht hatte.

»Sie gendert fließend. Ist das nicht erstaunlich?«, sagte Simon, und nach einer Pause fragte er: »Kann man ihr das nicht verbieten? Dass sie einfach so weggeht? Johannes hat einfach kein Anrecht auf sie. Er hat doch erst entdeckt, dass er schon eine Tochter hat, als er neue Kinder bekommen hat. Du hattest die ganze Arbeit, und jetzt zieht sie, so wunderbar wie sie ist, zu ihm. Ich finde das unfair.«

Ich räusperte mich. »Ich auch«, sagte ich dann mit gesenkter Stimme, falls Mona noch irgendwo in der Nähe war. Simon hatte recht. Während Johannes' Familie zwar wenigstens monatlich Unterhalt für Mona gezahlt hatte, hatte Johannes sein Ding durchgezogen. Er hatte erst ein Interesse an ihr entwickelt, als sie in die achte Klasse kam. Scheiß auf mütterliche Contenance. Die Tatsache, dass meine Tochter in die USA zu ihrem leiblichen Vater zog, brach mir fast das Herz.

Eine halbe Stunde später hatte ich mich von meinem mütterlichen Contenance-Verlust erholt und lief in die Küche, wo ich Leon fand, der in Trainingsklamotten herumstand und einen überladenen Teller mit Köstlichkeiten vor sich balancierte.

»Ich bin underdressed«, sagte er zur Begrüßung. »Ich wollte nämlich nur schnell den Router reparieren und dann zum Training.«

Das »Haha« konnte ich mir nicht verkneifen. Leon trug eine schwarze Jogginghose irgendeiner kostspieligen Marke, Nike Airs und einen hellgrauen Sweater von Prada. Das Logo war unübersehbar. Er sah aus wie aus dem Sportkatalog und duftete unverschämt köstlich nach seinem After Shave. Unauffällig schnupperte ich.

Wenn ich Sport machte, trug ich eine uralte hellblaue Jogginghose, die fünf Löcher an zum Teil prekären Stellen hatte. Ich turnte allerdings auch nur zu Hause, ein Fitnessstudio war mir zu teuer.

»Willst du was abhaben?« Er hielt mir den Teller hin. »Übrigens kommt meine Physiotherapeutin Ronja nächste Woche. Simon muss endlich die Therapie anfangen und wieder in Schwung kommen.«

»Das ist gut. Ich hoffe, sie ist hart im Nehmen«, erklärte ich düster, dankbar, dass ich mich um diesen Punkt nicht auch noch kümmern musste. Aber dass jemand wie Leonhard von Bredow über eine eigene Physiotherapeutin verfügte, war ja wieder klar. Vermutlich um den verspannten Anwaltsrücken zu massieren. Leon nickte und kaute energisch auf seinem Muffin. »Ist sie.« Als Maria Glaubner zurück in die Küche kam, hielt er den Teller hoch. »Es ist köstlich, aber ich kann das unmöglich alles aufessen. Was hast du dir dabei gedacht, sehe ich verhungert aus?«

»Tust du!«, meinte sie und fing an, äußerst flink sauberes Besteck zu sortieren. »Trinkst ja immer nur diese Shakes. Das ist nicht gesund.« Sie hielt inne und warf ihm einen strafenden Blick zu. Leon runzelte die Stirn.

»Packst du mir das ein?«, fragte er schließlich. Maria nickte.

»Aber auch essen«, sagte sie mahnend. »Nicht wieder im Kühlschrank vergessen!«

»Ich esse alles, was du kochst«, erwiderte Leon hoheitsvoll. Die Köchin ließ das Besteck liegen und nahm ihm den Teller aus der Hand.

»Ich repariere fix mal den Router«, sagte Leon und verließ die Küche. Ich folgte ihm in Simons Büro. Ich glaube, ich folgte ihm nur, weil er so gut roch. Und weil die Alternative aus einem Haufen glücklicher Hochzeits-Übernachtungsgäste bestand, die anscheinend den ganzen Burghof in Beschlag genommen hatten. Aysun war allerdings sehr zufrieden, denn sie durchquerte die Halle mit einem seligen Lächeln auf dem Gesicht und flötete

Leon entgegen: »Guten Morgen, mein Lieber!«, dann küsste sie ihn auf die Wange und schwebte weiter.

Leon setzte sich an Simons Schreibtisch und fuhr den iMac hoch. »Niemand weiß, warum der Router regelmäßig die Segel streicht. Man muss ihn über das Dashboard neu starten, alles löschen und die gespeicherten Daten wieder neu einspielen. Simon kann das nicht. Er stellt sich furchtbar dämlich an, wenn es darum geht. Es mangelt wohl an Interesse.« Er blickte kurz auf und lachte.

»Ja, das trifft es«, sagte ich und musste auch grinsen. Was Simon nicht interessierte, bekam keinen Platz in seinem Leben. Er ignorierte es.

»Vielleicht sind es die Burggeister, die ständig alles zum Absturz bringen«, murmelte Leon und tippte auf der Tastatur herum. »Ist es eigentlich komisch für dich, wieder hier zu sein?«, fragte er dann übergangslos, und erstaunt sah ich ihn an. Als ich nicht antwortete, hob er den Kopf.

»Sehr komisch«, sagte ich. »Das mit den Burggeistern habe ich auch schon gedacht«, fügte ich hinzu.

»Hat sich viel verändert, seitdem du weggegangen bist.«

»Alles«, erwiderte ich, und einen Moment lang sahen wir uns in die Augen.

Leon runzelte die Stirn. »Ich habe deinen Podcast gehört.«

Schockschwerenot! Bitte nicht! »Du bist nicht meine Zielgruppe!«

Wie kam er denn bitte dazu? Meine Zielgruppe waren Frauen. Frauen, viele Frauen, die ungewollt schwanger geworden waren, aber auch Frauen, die das Muttersein überforderte und die sich fragten, wie es weitergehen sollte, wie um alles in der Welt das Leben mit einem Baby zu bewältigen war.

Erfolgsverwöhnte männliche Anwälte schloss dieses Thema kategorisch aus. Außerdem war alles, was ich erzählte, sehr persönlich, auch wenn ich es öffentlich teilte. Es hatte mit mir zu tun, und das war mir jetzt irgendwie unangenehm. Dass Leon aus Versehen so viel über mich erfahren hatte.

All meine Gedanken las Leon offenbar in meinem Gesicht, denn er zuckte die Schultern.

»Habe ich etwas Verbotenes getan?«, fragte er, und ein belustigtes Funkeln erschien in seinen Augen. »Es ist öffentlich bei Spotify. Außerdem hast du ungefähr sieben Millionen Follower bei Instagram.«

»Zwanzigtausendvierhundertunddrei«, erklärte ich.

Leon lachte auf. »Ich habe gehört: ›Es ist nur eine Phase, Hase!‹ und dein ›Plädoyer für das Muttersein‹. Letzteres musste ich aus beruflichen Gründen natürlich zuerst hören. Hat mir sehr gut gefallen.«

»Schön«, sagte ich knapp. Ein subtiler Ärger machte sich in mir breit. Er war unangemessen und gehörte hier nicht her. Ich versuchte, ihn herunterzuschlucken, aber er verklemmte sich in meinem Hals. Die Frauen, die meinen Podcast hörten, waren oft in echter Not. In existenzieller Not, die einem Mann in dieser Form niemals passieren würde. Leon von Bredow hörte sich das also an und fand es gut. Wie nett von ihm. Dabei standen Typen wie er gesellschaftlich am anderen Ende von den Frauen, die mutterseelenalleine mit einem Säugling um ein menschenwürdiges Leben kämpften. Begleitet von Geldnot, Schlafmangel und Angst, während die Väter sich oft weigerten zu zahlen und ihr Leben einfach weiterlebten. Kein Bruch im Lebenslauf, keine Einschränkungen, alles tutti. Und Leon, der einen perfekt designten Lebenslauf mit viel Konfetti und Sonnenschein sein Eigen nennen durfte, guckte da drauf und sagte: *Hat mir gefallen.*

Ja, danke für nichts. »Diese Themen haben sehr viel mit mir zu tun. In den erlauchten Kreisen ist eine ungewollte Schwangerschaft nach wie vor nicht gerne gesehen. In der restlichen Gesellschaft übrigens auch nicht. Überhaupt gebärden sich viele, als hätten sie ein Recht darauf, über den weiblichen Körper und die Mutterschaft zu bestimmen. Das habe ich am eigenen Leib erfahren, und diese ständige Debatte um Schwangerschaftsabbrüche macht das auch deutlich«, erklärte ich, und meine Stimme klang eisig.

»Entschuldige, aber ich habe nur deinen Podcast gehört. Ich habe nicht gewertet oder bewertet«, sagte Leon mit zusammengekniffenen Augen. Natürlich hatte er das.

Aysun rettete uns aus dieser Situation, denn sie steckte den Kopf durch die Tür. »Wir machen ein Foto. Du musst mit drauf, Katharina!«, verkündete sie, und ich stand schnell auf, um ihr zu folgen, erleichtert, meinem unangemessenen Ärger zu entkommen.

Die Hochzeitsgesellschaft hatte sich auf dem Hof versammelt, und Oleg stand auf einem der Stühle, eine Profikamera im Anschlag. Die Braut sammelte mich zielsicher ein und zog mich neben sie.

»Das war die geilste Hochzeit der Welt«, flüsterte Anna mir zu und grinste dann breit in die Kamera. Ich grinste auch, obwohl mir nur bedingt danach war.

Kaum waren die Fotos fertig, begann die Gesellschaft sich aufzulösen. Viele gingen bei der Köchin vorbei, um ihr persönlich zu danken. Maria Glaubner stand strahlend neben der Küchentheke, die Hände in die Taschen der pinken Kittelschürze versenkt und nahm lächelnd die Huldigungen entgegen. Sie lächelte überhaupt das erste Mal, seitdem ich sie kannte. Sie bekam Anerkennung für ihre Leistung.

Nichts anderes hatte Leon eben getan. Ich war bei diesem Thema nur leider immer direkt auf hundertachtzig. Mich hatte niemand aus diesen Kreisen unterstützt. Im Gegenteil. Ich hatte das ungewollte Kind bekommen und war dafür verurteilt worden.

Und jetzt sah Leon mich an und erklärte gnädig, dass ich das ja doch ganz gut gemacht hatte.

Ich war so doof. Und ungerecht. Ich atmete tief durch. Leon fand meinen Podcast gut. Er hatte sich in keinster Weise über meine Entscheidungen und mein Leben geäußert.

Mein Gehirn arbeitete so intensiv, dass mir ganz warm wurde. Ich schien manchmal nicht altersgerecht entwickelt zu sein. Mein Verhalten war kindisch gewesen.

Ich grüßte noch einmal in die Runde und lief dann zurück ins Büro, wo Leon auf dem Boden neben dem Internetrouter hockte. Er warf mir einen Seitenblick zu und drückte mehrere Knöpfe an dem widerspenstigen Gerät. Ich überlegte, wie ich meine ganzen Gedanken in Worte fassen konnte, doch Leon kam mir zuvor. »Müsste wieder laufen. Guck mal nach«, sagte er und lehnte sich mit dem Rücken gegen das Sideboard. Ich zückte mein Handy, und das WLAN war tatsächlich wieder da.

»Läuft«, verkündete ich.

Leon atmete einmal tief durch. »Katharina«, sagte er dann. »Du musst mir jetzt hochhelfen.« Ich brauchte einen Moment, bis ich seine Worte richtig identifiziert hatte. Etwas verdattert sah ich ihn an.

»Oh, äh, klar«, murmelte ich, ging zu ihm und reichte ihm die Hand. Er brauchte wirklich meine Hilfe. Ich musste kräftig gegenhalten, damit er hochkam. Aber hatte er nicht gerade zum Sport gewollt? War er verletzt?

Leon stand jetzt vor mir, eine Hand an der Wand. »Du erinnerst dich wirklich gar nicht an mich, was?«, fragte er, und da lag ein Hauch von Bitterkeit in seinen Worten. »Ich hatte mal einen Unfall, deswegen laufe ich nicht ganz rund. Das sage ich dir lieber gleich, weil mir klar ist, dass du dir sonst deinen Teil denkst. Ja?«

Ich nickte. »Ja, äh, okay.« Ich wollte noch etwas sagen, nachfragen, irgendetwas Vernünftiges beitragen, aber da war Leon schon gegangen.

Nichts war so, wie es schien. Und ich musste wohl dringend

mal meine Annahmen über die Welt und die Menschen meiner Vergangenheit überprüfen. Und mich irgendwann bei Leon dafür entschuldigen, dass mein Ärger so ungefiltert über ihn hereingebrochen war.

Zusammen mit Aysun, Oleg und Mona räumten wir die Überreste der Hochzeit weg. Mona war in ihrem Element. Sie war furchtbar gut organisiert und hatte tatsächlich Spaß daran, Dinge zu sortieren und zu ordnen. Zu Hause tat sie das allerdings nie! Im Gegenteil!

Hochzeitsorganisation schien genau das Richtige für sie zu sein. Ständig musste alles sortiert werden. Die Tischdeko, Besteck, Teller, Stoffservietten, Vasen. Unendlich viel Kram, der zurück in das Lager neben dem Stall getragen werden und dann in die fein säuberlich beschrifteten Regale geräumt werden musste.

Ich war gedanklich nicht bei der Sache. Ich hing noch bei Leon fest und wie dämlich ich mich ihm gegenüber benommen hatte. Und was hatte er für einen Unfall gehabt? Statt konkret nachzufragen und Interesse zu zeigen, hatte ich unsicher herumgestammelt. Ich schüttelte den Kopf, um das blöde Gefühl loszuwerden. Denn tief in meinem Innersten hing dieser Erinnerungsfetzen fest, und er kam einfach nicht heraus. Ich würde Simon nachher fragen.

»Warum machst du das denn nicht einfach?«, fragte Aysun mich im nächsten Moment. Sie hielt eine der unzähligen Kisten an ihre Brust gedrückt und betrachtete mich mit gerunzelter Stirn.

»Was?«, fragte ich und wickelte weiter das Schleifenband zu einem Knäul auf.

»Ich habe ihr gerade von deinem Podcast erzählt. Und dass du Fachfrau bist und oft zu Interviews eingeladen wirst«, erklärte Mona. »Wo bist du mit deinen Gedanken, Mama?«

»Ich bin hier«, sagte ich und lächelte. Zumindest bemühte ich mich. »Also ich weiß nicht, ob Aysun sich für meinen Podcast interessiert. Und was soll ich einfach machen?«

»Die Traurede halten!« Aysun schien sehr angetan von ihrem Einfall. Mir verrutschte das Lächeln ein wenig. »Bestimmt ist Simon bald wieder fit. Aber du hast so eine schöne Energie! Etwas Beruhigendes und sehr Zugewandtes. Dann könnten die Paare wählen zwischen dir und Simon. Und du siehst ja, was hier an W-Days abgeht.«

Mona grinste mich an, und ich verstand endlich, was hier los war. Meine Tochter versuchte, mir einen neuen Job zu besorgen. Ich räusperte mich. »Ich spreche nicht gerne vor Menschen.« *Gelächter!* Ich erstarrte zu einer Salzsäule, sobald ich vor mehr als zwei Personen sprechen sollte.

»Ihr seid Zwillinge. Ich bin mir sicher, dass du genau das gleiche Talent hast wie dein Bruder«, erklärte Aysun im Brustton der Überzeugung. Sie hatte ja keine Ahnung, aber da ich heute schon einmal frontal und mit Anlauf sehr schlechte Stimmung verursacht hatte, lächelte ich nur unverbindlich. »Lieber nicht. Ich gehe zurück nach Berlin, sobald Simon wieder voll einsatzfähig ist.«

»Schade«, sagte Aysun nur, und es klang, als ob sie das wirklich so meinte. »Ich arbeite sehr gerne mit dir zusammen.« Sie nickte mir zu und widmete sich wieder den Aufräumarbeiten.

»Mama. Echt. Du bist doch eine Wortfinderin. Deine Aufnahmen sind immer so auf den Punkt. Du könntest das perfekt.«

»Nein«, sagte ich bloß und kümmerte mich weiter um das Schleifenband.

Es war erstaunlich. Niemand war mir näher als meine Tochter, und doch hatte ich es geschafft, dass sie mein größtes Defizit, das, was mir am meisten Angst machte, nicht kannte. Ich wusste nicht, ob das gut oder schlecht war.

Als wir fertig waren, bekamen wir bei Maria Glaubner ein

leckeres Abendessen kredenzt, und da ich hundemüde war, ließ ich danach Mona, Aysun und Oleg in der Küche der Remisenwohnung sitzen und lief um die Burg herum, um ins Bett zu kommen. Leons riesenhafter Luxus-SUV war verschwunden. Stattdessen stand dort jetzt ein alter Geländewagen, der aussah, als könnte er Oleg gehören. Etwas abgeschrammelt und mit vielen Nieten im Blech.

Ich betrat die Eingangshalle, in der nichts mehr auf die gestrige Großveranstaltung hindeutete. Die Tür fiel hinter mir ins Schloss, und sogleich machte meine Seele sich daran, eine kleine Beklemmung heraufzubeschwören. Ich atmete tief durch und rief sie zur Ordnung.

Mein Vater saß nämlich nicht an seinem Schreibtisch und verbreitete schlechte Stimmung. Er würde mich nicht lauthals brüllend rufen, damit ich ihm Bericht vom Tag erstattete. Meine Mutter hockte nicht weinend in ihrer depressiv stimmenden Resopalküche. Und Simon hatte sich nicht in seinem Zimmer eingeschlossen, weil unser Vater ihn einen dämlichen Nichtsnutz genannt hatte.

Ich ballte kurz die Fäuste und presste die Lippen zusammen. Dieser ganze Kacksdreck lag mir immer noch auf der Seele. Aber – und das war etwas, was wirklich völlig neu war – es hatte auch niemals in der Burg nach frisch gebackenen Muffins mit Blaubeeren geduftet. Und genau dieser Duft hing noch zwischen den alten Steinen und verströmte ein zartes Wohlbehagen.

Ich schüttelte verwirrt den Kopf und sprang energisch die Stufen nach oben. Die alte Treppe sang unter meinen lauten Schritten ihr Lied. Dann putzte ich mir die Zähne, schlüpfte in die Schlafanzughose und zog mir meine graue Strickjacke über. Barfuß tapste ich über den jetzt wieder leeren Flur, bis ich Simons Stimme aus der geöffneten Tür seines Schlafzimmers hörte. Als ich allerdings auch Leons Stimme ausmachte, blieb ich wie angewurzelt stehen. Ich konnte noch umdrehen. Ich war bisher unentdeckt geblieben. Die beiden sprachen eindringlich miteinander, doch dann brach das Gespräch abrupt ab.

»Wie alt bist du? Vier?«, rief mein Bruder. Ich war aufgeflogen. Seufzend fuhr ich mir einmal durch die Haare und ging langsam um die Ecke in sein Zimmer.

»Ich wollte euch nicht stören«, sagte ich betont lässig. Simon hatte einen Berg Kissen hinter sich aufgetürmt, gegen die er gelehnt lag. Leon hatte den alten Ohrensessel dicht neben das Bett geschoben und seine Füße auf die Heizung gelegt. Er trug jetzt Jeans und ein schwarzes Hemd, also war er nicht immer noch hier, sondern schon wieder. Die beiden wirkten für einen Moment sehr vertraut miteinander. Leons Blick streifte mich beiläufig.

»Hast du die Pferde gefüttert? Hab dein Auto gar nicht gesehen«, fragte ich, um die Stille zu füllen. Ich hatte das Gefühl, in irgendetwas hineingeplatzt zu sein.

»Ich bin mit dem Land Rover da«, erwiderte Leon knapp. Ich lächelte verkniffen. Simon gab einen grummelnden Laut von sich. Er war ein Detektor für Missstimmung.

»Gummibärchen?«, fragte er dann und hielt mir die Tüte entgegen.

»Ihr fresst euch hier heimlich mit Süßigkeiten voll? Aber mich fragen, ob ich vier bin«, sagte ich und trat ans Bett. »Nein, danke. Hab schon Zähne geputzt«, sagte ich.

»Meine Schwester ist sehr streng«, erklärte Simon an Leon gewandt. »Niemals nie würde sie nach dem Zähneputzen etwas essen. Sie hat ihr Leben nämlich im Griff.«

»Haha«, murmelte ich und setzte mich zu ihm auf die Bettkante.

»Die Strenge habe ich bereits zu spüren bekommen«, sagte Leon und sah mich mit undeutbarem Blick an. »Wie spät ist es eigentlich? Wenn du schon ins Bett willst?«, fragte er.

»Halb zehn? Eine Schätzung. Vielleicht auch schon zehn«, antwortete ich. Ich hatte wirklich keine Ahnung.

»Okay. Dann sollte ich auch mal zusehen, heimzukommen.« Leon stand auf und hielt sich dabei an der Armlehne des Sessels fest. »Und Simon«, er drehte sich noch mal zu meinem Bruder um. »Reiß dich zusammen. Du bist in wenigen Wochen wieder voll hergestellt. Es ist nur eine Phase, Hase«, sagte er, schenkte mir ein kurzes Grinsen und ging.

»Elendiger Klugscheißer«, sagte mein Bruder ungerührt und hielt mir jetzt energisch die Gummibärchentüte vor die Nase. Ich schaute hinein, wunderte mich über die Abwesenheit grüner Bären und schüttelte dann den Kopf.

Wir lauschten dem Geräusch der Treppe, als Leon langsam hinunterlief. Es klang so abgehackt und unmelodisch, dass ich mich fragte, wieso mir sein unsicherer Gang nicht direkt schon bei unseren ersten Begegnungen aufgefallen war.

Simon sah mich von der Seite an. »Könntest du bitte aufhören, so arschig zu meinem besten Freund zu sein?«

»Hat der etwa alle grünen Gummibärchen gegessen?«, fragte ich. Simon nickte. Dann legte er die Tüte auf die Decke und kratzte sich am Kopf. »Du musst damit aufhören«, sagte er, als hätte er erst eine ganze Weile darüber nachdenken müssen.

Ich öffnete schon den Mund, doch er kam mir zuvor. »Du kannst nicht alle scheiße finden, die ein Von im Namen haben. Er hat sich nur deinen Podcast angehört, dafür machst du ihn doch. Dass Menschen ihn anhören. Ich höre den auch. Jede Folge.«

»Das ist ja wohl auch etwas anderes«, erwiderte ich. Simon schüttelte den Kopf.

»Hör auf wegzulaufen. Stell dich dem ganzen alten Kram. Das alles hier ist Teil deiner Geschichte.« Auf seinem Gesicht zeichneten sich dunkle Schatten ab, und das lag nicht an der spärlichen Beleuchtung im Raum. Einen Moment lang schwieg ich.

»Ich habe vielleicht eine kleine Krise«, sagte ich dann. Nach einem Atemzug nahm Simon wortlos meine Hand. Das Wort

Krise brachte uns immer erfolgreich zum Schweigen. Aber aus irgendeinem Grund war heute alles anders, denn plötzlich sagte Simon völlig unerwartet: »Ich auch.«

Ich rutschte neben ihn auf das Bett. »Du hast gesagt, dass die Absage von Department Firefox eine Katastrophe ist«, murmelte ich.

»Ich will nicht drüber reden«, antwortete er knapp.

»Ich auch nicht«, sagte ich.

Wir lagen nebeneinander und hielten uns an den Händen, wie wir es getan hatten, als wir sechs waren. Reden ging nicht gut. Aber trotzdem waren wir uns körperlich immer nah gewesen. Wir hatten uns ja schließlich auch eine Gebärmutter geteilt.

»Sei ab jetzt bitte nett zu Leon. Er ist ein ganz wunderbarer Mensch«, sagte Simon dann unvermittelt. Ich drehte den Kopf und sah ihn an. Vielleicht hatte ich die beiden tatsächlich gestört?

»Was hatte Leon eigentlich für einen Unfall?«, fragte ich, doch bevor ich eine Antwort bekam, sang die Treppe ihr Lied, und Mona kam wenige Sekunden später um die Ecke gedüst, in den Händen drei kleine Marmeladengläser und Löffel. »Grießbrei mit Zimt und Zucker!«, verkündete sie und setzte sich zu uns aufs Bett. Sie klemmte Simons Glas in ein Kissen, weil er ja einhändig löffeln musste, und dann verputzten wir einträchtig diese unerwartete Köstlichkeit. Anschließend sagte ich zu Simon: »Ich hab übrigens gar nichts im Griff.«

Er lächelte. »Ja, ich weiß. Und vor allen Dingen musst du jetzt noch mal Zähne putzen.«

Kapitel 9

Noch in der Nacht lud ich endlich den Podcast hoch. Den nächsten müsste ich auch schon in Angriff nehmen, mein Redaktionsplan war sehr streng. Es machte mir großen Spaß, meine Community zu bespielen, nur konnte ich grad nicht darüber sprechen, wie man die richtige Schule für das Kind findet. Auch Schulabschlüsse und der Umgang mit dem Unterhaltsvorschuss lagen mir schwer im Magen. Die halbe Nacht wälzte ich mich im Bett hin und her und hatte das Gefühl, dass die Burg mich absichtlich wachhielt. Sie knarrte und knackte alle fünf Minuten, und das führte dazu, dass in meinem Kopf wieder eine legendäre Raveparty stattfand.

Mona würde in drei Tagen abreisen. Ich zog mir die Bettdecke über den Kopf, aber das half kein Stück, denn die Frage, die sich in mir anstaute, war so groß. Ich wurde dieses Jahr siebenunddreißig, ich war länger Mutter, als ich nicht Mutter gewesen war. Für das Muttersein war ich Expertin, für das Nichtmuttersein keinesfalls. Wer war ich, wenn Mona nicht mehr da war?

Irgendwann im Morgengrauen musste ich dann doch eingeschlafen sein. Ich wurde geweckt, weil es stank. Gestank hatte mich in meinem ganzen Leben noch nicht geweckt. Ich schlug die Augen auf und fand mich wieder im Angesicht mit einem schwarzen Hundegesicht, das mich aufmerksam musterte.

»Nein«, murmelte ich. »Wie kommst du denn hier rein?«

Hund pupste und lächelte. Also er hob die Lefzen und wedelte ein wenig mit der Rute, was bezaubernd war. Es war normales Hundeverhalten, aber da Hund das sonst nicht machte, war es besonders. Die Tür stand einen Spalt weit offen, doch ich war mir sicher, dass ich sie geschlossen hatte, wenn ich auch vergessen hatte, sie abzuschließen.

Ich rieb mir über das Gesicht und setzte mich auf die Bettkante. Hund ließ sich auf dem Hintern nieder und blickte mich erwartungsvoll an. Und dann legte er seinen nicht unerheblich großen Kopf auf mein Knie. Ich harrte einen Moment aus, falls er die Absicht hatte, mich zu fressen, aber er sah mich nur an, und so strich ich mit meiner Hand ganz vorsichtig über seinen Kopf. Hund machte immer einen struppigen Eindruck, war aber unerwartet weich. Äußerst sanft streichelte ich ihn weiter.

»Ich muss aufstehen«, sagte ich. »Nach Simon schauen. Und mit Mona einkaufen fahren. Sie fliegt in drei Tagen.« Ich sah einen Moment aus dem Fenster. »Drei Tage«, sagte ich dann erstickt. »Und weißt du, was unfassbar anstrengend ist?« Hund schaute mich erwartungsvoll an, was ich daran erkannte, dass er den Kopf leicht zur Seite neigte. Es schien ihn wirklich zu interessieren. »Ich muss so tun, als würde ich das ganz toll finden. Das ist meine Mutterpflicht. Ich muss das Kind, das kein Kind mehr ist, ermutigen in die Welt zu ziehen. Sonst wird sie verhaltensgestört und sonderbar und erwartet noch mit vierzig, dass ich ihr das Bett aufschüttle.« Ich seufzte, Hund seufzte und ich stand endlich auf, um mich meinem Tagwerk zu widmen.

Kaum war ich bei Simon, wurde meine To-do-Liste noch um einige Punkte erweitert.

»Ist nicht dein Ernst!«, rief ich.

»Ich bezahl dir das«, sagte Simon und wirkte dabei, als würde er gerne eine siebenköpfige Peitsche suchen, um sich selbst zu geißeln.

»Du hast echt keine Putzfrau mehr«, stellte ich fest, dabei hatte Aysun mir das ja schon erzählt. Ich hatte nur nicht den direkten Rückschluss gezogen, dass ich dann putzen würde. Also alles, was dreckig wurde. Einschließlich der Gästezimmer mit den dazugehörigen Bädern. Irgendwie hatte ich diese, ja auf der Hand liegende Tatsache, ausgeblendet. Simon rieb sich die Stirn und schloss ergeben die Augen.

»Können wir über diese Situation sprechen?«, fragte ich.

»Nicht jetzt.«

»Gut«, sagte ich und suchte meinen Gleichmut. »Ich habe ja lange in der Gastro gearbeitet. Das ist, wie in Drachenblut zu baden«, erklärte ich, und dann endlich nahm ich mir ein Herz. Wenigstens das musste ich in Erfahrung bringen. »Sag mal, Bruder. Ist Leon dein Freund? Also dein Partner?«

Simon riss die Augen auf. Fassungslos starrte er mich an.

»Warum können schwule Männer keine besten Kumpel haben?«, fragte er mich und richtete sich ein wenig auf. »Ständig munkeln alle, man würde ficken.«

»Argh!«, rief ich. »Ich munkele aber nicht, ich frage dich direkt. Aber offenbar bin ja nicht nur ich auf diesen Gedanken gekommen?«

»Göttin, noch eins.« Simon verdrehte die Augen. »Leon ist stockhetero. Weißt du, was mich nervt, Schwester?« Fragend sah er mich an, ich zuckte die Schultern. »Sobald ich einen Mann auch nur länger als sieben Sekunden angucke, habe ich was mit ihm. Du guckst Männer doch auch an? Und? Hast du sofort und umgehend was mit denen am Laufen?«

»Es ist komplizierter, als du denkst«, antwortete ich. »Wenn ich im *Calmvalera* normal freundlich zu einem Gast war, was nun mal zu meinem Job dazugehörte, konnte es passieren, dass er davon ausging, dass ich ihn unheimlich heiß fand. Und da spielte es keine Rolle, dass er Anfang siebzig war, auf dem Kopf keine, dafür in der Nase viele Haare hatte.«

»Ja. So geht es mir auch. Ich spreche zweimal mit demselben Kerl, und er denkt, ich will ihm an die Wäsche. So geht Selbstüberschätzung.«

»Wir sind echt arm dran«, sagte ich. »Ich allerdings mehr als du, weil ich gleich putzen muss. Wann geht denn eigentlich die Physio los? Du musst wieder in Schwung kommen«, sagte ich und war mir dabei durchaus bewusst, dass das Leons Formulierung gewesen war.

Simon seufzte formvollendet. »Ich hasse die Welt«, sagte er und schloss wieder die Augen.

Ich putzte, dann half ich Mona, Simon die Haare in einem satten Pink zu färben und danach machten wir uns auf den Weg nach Klein Boistedt, um alles für ihre große Reise einzukaufen.

»Wir müssen Brot kaufen. Ich muss Brot mitnehmen«, sagte meine Tochter, die seit heute Morgen eine spürbare Aufregung umgab. Ich bildete mir ein, es sogar leicht summen zu hören.

»Du fliegst nach Amerika. Dort gibt es Brot.«

»Kein gutes Brot«, erklärte sie, seufzte und schwieg. *Dann bleib doch hier. Ich würde sogar für dich backen!* Nicht, dass ich das konnte, aber für meine Tochter würde ich es lernen.

Wir erstanden im Supermarkt allerlei Kleinigkeiten, ich kaufte auch direkt noch für den Burgkühlschrank ein und dann fuhren wir weiter zu einem riesigen Drogeriemarkt. Mona suchte für Simon einen neuen Nagellack aus und stand schließlich gedankenverloren vor den Spielwaren. Sie hatte ihre Halbbrüder noch nicht kennengelernt. Sie waren zwei und drei Jahre alt. Johannes lebte seit drei Jahren in Amerika und war noch nicht mal in den Semesterferien zurück nach Deutschland gekommen. Seine Frau Meike kam ursprünglich aus München, und Mona hatte wenigstens sie schon ein paarmal gesehen. Ich hingegen kannte sie nur aus Erzählungen.

»Ich nehme zwei Kuscheltiere«, entschied Mona und wühlte

sich durch die verschiedenen Plüschtiere. »Unterschiedliche oder die gleichen?« Sie hielt zwei Teddybären hoch, die zugegeben niedlich waren.

»Gleich. Sonst gibt es Streit? Ich habe keine Erfahrungswerte, du bist ein Einzelkind«, mutmaßte ich, und dann fiel mein Blick nach links zu einer Frau, die mir entfernt bekannt vorkam. Sie schob einen Einkaufswagen vor sich her, in dem ein Kleinkind im Korb saß und greinte, während ein Baby im Maxi-Cosi im Wagen lag. Aus ihrem langen Zopf hatte sich eine Strähne gelöst, und sie wirkte hektisch und gestresst. Ich kannte sie … allerdings musste ich sehr scharf nachdenken. Und endlich fiel es mir ein: Wiebke Hohenzeller! Ihr Vater war ein stinkreicher Banker, der Schloss Hennfelden vor Jahrzehnten gekauft hatte. Auf ihrer Party hatte ich angeblich Leon auf die Schuhe gekotzt. Zumindest behauptete das Simon.

Ich versuchte unauffällig, mich hinter Mona zu verstecken, aber ihr Vater war zwei Zentimeter kleiner als ich, womit meine Tochter bezüglich der Körpergröße nicht sonderlich gut ausgestattet war. Mein Versteckspiel misslang dementsprechend. Wiebke sah in unsere Richtung, und plötzlich riss sie die Augen weit auf. Vermutlich hatte sie die Erkenntnis überfallen, wer sich da versuchte, hinter der hübschen, jungen Frau zu verstecken.

»Achtung. Da kommt jetzt eine Schreckgestalt meiner Vergangenheit«, warnte ich meine Tochter.

»Die Blonde? Mit den Kindern?«, fragte die direkt interessiert.

»Ja, sie ist ein Monster.« Zumindest war sie das mal gewesen. Sie hatte mit Jungs geknutscht, nur um die Freundinnen der Jungs eifersüchtig zu machen. Sie hatte über jeden gelästert, der nicht mindestens fünf Millionen auf dem elterlichen Konto hatte, und ohne Porsche oder S-Klasse in der Garage war man in ihren Augen ein Nichts. Da war sie auch immer sehr deutlich. Sie hatte die Welt schon mit siebzehn exzellent verstanden. Mir war damals zugetragen worden, was sie zu meiner Schwangerschaft zu sagen hatte. Nämlich: »Warum lässt sie das nicht wegmachen?«

Ebendieses *Das* stand jetzt neben mir und war strahlend schön und unfassbar schlau. Ich straffte die Schultern und war froh, dass ich meine müdigkeitsbedingten Augenringe heute Morgen noch gewissenhaft weggeschminkt hatte.

»Katharina Baronin von Weiden!«, rief sie auch im nächsten Moment, was furchtbar albern war, und steuerte mit dem kleinkindbesetzten Einkaufswagen auf uns zu. Sie hatte Adelstitel schon damals geliebt.

»Hallo Wiebke«, sagte ich und ließ mein Gesicht lächeln.

»Du mal wieder hier?« Wiebke blieb stehen und schob den Einkaufswagen vor und zurück wie einen Kinderwagen. Ich erinnerte mich, das auch ständig getan zu haben, als Mona noch klein war. Wiebke sah furchtbar müde aus. Das konnte auch ihr perfektes Make-up nicht kaschieren.

»Das ist meine Tochter Mona«, sagte ich, und Mona reichte die Hand, lächelte und fing umgehend ein freundliches Gespräch an, in dem sie mit Lob für den Nachwuchs nicht geizte. Ich explodierte fast vor Stolz. Aber nur innerlich, äußerlich blieb ich cool, um dieses 80er-Jahre-Wort noch einmal zu bemühen.

»Süß«, sagte ich schließlich auch mal etwas und deutete auf Wiebkes Kinder. »Wie alt sind sie denn?«

»Äh. Drei Monate und zwei Jahre.« Sie schien ernsthaft darüber nachdenken zu müssen.

»Oh. Wie sind die Nächte?« Ich konnte mir die Standardfrage nicht verkneifen. Wiebke verzog das Gesicht, und für einen Moment stand da nur eine sehr müde Mutter vor mir.

»Schwierig«, sagte sie dann unerwartet ehrlich. »Klara-Sophie hat Neurodermitis, und schon deshalb sind die Nächte kurz. Sie kratzt sich ständig und weint viel.«

»Das tut mir leid«, sagte ich und lächelte dem schüchternen Mädchen zu, das mich von der Seite her anlugte. Wie furchtbar.

»Und Bent-Erol hat Koliken«, fuhr sie fort. Ich beschwor mich, nicht zu lachen, denn das war nicht lustig. Also außer dem Namen des armen Jungen.

»Ich habe einen Podcast. Er heißt *Frau Gilmore*. Wenn du Zeit hast, beim Stillen oder so, hör doch mal rein. Da hatte ich vor ein oder zwei Jahren eine Kinderärztin im Interview, die hat eine Menge zu Neurodermitis erzählen können. Sie sitzt in Hamburg. Falls du also noch eine spezialisierte Kinderärztin brauchst, melde dich.«

»Das … äh, werde ich tun. Beides. Danke.«

»Wir müssen weiter. Mona fliegt in drei Tagen zu Johannes in die USA, um ihr Studium anzufangen.«

»Ja. Klar. Wow. Du bist so groß.« Wiebke kam ins Stottern, und Mona hakte mich mit einem strahlenden Lächeln unter und schob mich zur Kasse.

»Ein Monster. Wahrlich, ein Monster, Mama«, flüsterte sie und kniff mich in die Taille.

Als wir zurückkamen, war ein Wunder geschehen. Simon hatte sich erhoben und war mit seiner frischen Frisur auf dem Hintern die Treppe hinuntergerutscht, um Matteo de Luca zu empfangen. So berichtete es mir Aysun, die mit argwöhnischem Blick in der Burgküche stand und Kaffee trank.

»Da stimmt etwas nicht«, erklärte sie mir mit zusammengekniffenen Augen.

»Was genau?«, fragte ich zurück und begann, meine Einkäufe in der Küche zu verstauen.

»Wenn ich das nur wüsste«, murmelte Aysun, und dann packte sie mit an. Weil organisieren, wegräumen und Menschen helfen für sie wie atmen war. Danach machte sie sich auf zu ihrem Zweitjob, und Herr de Luca schickte sich an, zu gehen. Zumindest polterte etwas im Büro, wenig später wurde die Tür aufgerissen, und Herr de Luca marschierte raus. Er sah mich aus dem Augenwinkel, blieb kurz stehen und nickte mir zu. Er wirkte derangiert. Offenbar hatte er nicht damit gerechnet, irgendjemandem in der Eingangshalle zu begegnen. Ich nickte zurück, und er ging wortlos.

Vorsichtig näherte ich mich der geöffneten Tür. Simon saß mit geschlossenen Augen in einem der Sessel, hatte das Bein mit der Orthese auf den Couchtisch gelegt und den Kopf angelehnt.

Ich blieb im Türrahmen stehen. »Alles gut?«

Simon öffnete die Augen.

»Klar«, sagte er und klang matt. Die Blutergüsse in seinem Gesicht waren verblasst, die Naht auf seiner Stirn sah nicht mehr ganz so brachial aus, aber aus irgendeinem Grund fehlte jegliche Gefühlsregung in seiner Mimik. Er wirkte wie versteinert.

»Hilfst du mir hoch?«, fragte er, und ich stieß mich vom Türrahmen ab, um ihm die Hand zu reichen. Schweigend und sehr langsam erklommen wir die Treppe bis nach oben. In seinem Zimmer angekommen, legte er sich hin und schloss direkt wieder die Augen.

»Musstet ihr was klären? Für die Hochzeit?«, fragte ich vorsichtig. »Er hat ja schon die ganzen Tage versucht, sich an mir vorbei in deine Kemenate zu schleichen.«

»Ja«, sagte er dumpf und machte im selben Moment dicht wie eine Auster.

Unten schlug die schwere Tür ins Schloss. Ich erkannte Mona an ihren schwungvollen Schritten. Die Treppe knarrte freundlich unter ihren Füßen, und sie bog nur Sekunden später um die Ecke.

»Hallo ihr beiden. Ihr werdet es nicht glauben: Maria hat mir Vollkornbrot gebacken und es eingeschweißt. Sie sagt, es hält sich vier ganze Wochen!« Sie hielt einige kleine verpackte Gegenstände hoch. »Simon, ich hab dir ein Abschiedsgeschenk mitgebracht.« Mona legte die Brote auf die tiefe Fensterbank und setzte sich vorsichtig neben Simon. Dann zog sie einen pinken Nagellack hervor und hielt ihm das kleine Fläschchen entgegen.

»Oh.« Schlagartig sortierte mein Bruder sich und brachte dann sogar ein Grinsen zustande. »Passt perfekt zur Farbe.« Er deutete auf seinen Kopf. »Du weißt aber schon, dass ich schon sieben Millionen Lacke habe?«

Mona nickte. »Aber dieser ist mein Abschiedsgeschenk. Er ist einzigartig. Er glitzert nämlich auch. Willst du?« Simon lachte leicht auf und hielt ihr die unverletzte Hand entgegen. »Wir machen auch nur rechts. Ich habe gelesen, dass man bei einer Knochenverletzung die Nägel nicht lackieren soll. Damit man erkennt, wenn es ein Problem mit der Durchblutung gibt«, sagte Mona.

»Oh mein Gott. Sie ist so eine Klugscheißerin«, murmelte Simon und klang dabei unglaublich stolz.

Simon hätte auch gerne Kinder gehabt. Er liebte Kinder, und Kinder liebten ihn. Aber er hatte diesen Weg kategorisch für sich ausgeschlossen und sich voll und ganz seiner Nichte und seinem Unternehmen gewidmet.

Gekonnt lackierte Mona Simon die rechte Hand. Der Lack war großartig und schimmerte farbenfroh.

»Mama, du auch.« Gehorsam streckte ich ihr meine Hand hin. Ich trug fast nie Nagellack. Als sie fertig war, bewegte ich die Finger und betrachtete sie. Stand mir erstaunlich gut. Gedankenverloren hielt ich ihr die andere Hand hin.

»Nur rechts, Schwester. Das ist jetzt so ein Familiending«, erklärte Simon ernst, und Mona begann auch direkt sich selbst die Nägel zu lackieren. Simon zückte sein Handy und schaffte es, unsere Hände nur durch strenges Gucken neben seine zu dirigieren. Dann machte er ein Foto. Weil er das neuste, einzigartigste und allerbeste Smartphone der Welt besaß, war das Bild perfekt. Unsere drei Hände, meisterhaft in Szene gesetzt: die zarten Finger von Mona, Simons und meine in nahezu gleicher Form nur in unterschiedlicher Größe.

»Willst du es für Instagram?«, fragte er sofort und hatte es mir im nächsten Moment schon geschickt.

Noch bevor er das Handy zur Seite legen konnte, klingelte es. Simon nahm das Gespräch entgegen. »Bist du unten?«, fragte er statt einer Begrüßung. »Komm hoch. Sind alle im Schlafzimmer.«

Ein paar Minuten später spähte Leon um die Ecke. »Ich will nicht stören.«

»Wie solltest du stören?«, fragte Simon zurück.

»Was tut ihr?« Leon kam in den Raum. Er trug wieder seine Stallklamotten, und ein unerhört angenehmer Duft ging von ihm aus. Sattelleder und Heu. Mmh.

»Ich fliege in drei Tagen in die USA und habe schnell noch mal meiner Familie die Nägel lackiert. Damit sie mich nicht vergessen«, erklärte Mona.

»Halte ich für ausgeschlossen. Also, dass sie dich vergessen«, erwiderte Leon und grinste sie an.

»Willst du auch?« Mona betrachtete ihn plötzlich sehr genau, dann zog sie den Nagellack aus ihrer Hosentasche.

»Äh. Nee. Das ist ja eher so ein Familiending.«

»Du *bist* Familie«, knurrte Simon in seiner besten Marlon-Brandon-Stimme. Leon hob eine Augenbraue. »Der Pate, ja? Was genau soll ich morgen in der Kanzlei sagen?«

»Nichts. Trag es mit Würde«, erwiderte Simon.

»Dein glitzernder Kumpel Simon hat dich dazu genötigt? Oder dass du eine Wette verloren hast?«, schlug Mona vor. Die Vorstellung, dass Leon mit fünf in Pink lackierten Nägeln in seinem feinen Anzug dem Porsche entstieg, um in einer nicht minder luxuriösen Kanzlei seinen Tag zu verbringen, war absurd. Ich lachte.

»Sie traut es mir nicht zu«, sagte Leon und sah mich dabei direkt an. In seinen hellbraunen Augen lag Belustigung, dann beugte er sich ein wenig nach vorne und sagte mit gesenkter Stimme: »Ich habe noch einen Podcast von *Frau Gilmore* gehört.«

»Ach«, machte ich nur.

»Was Mütter und das HB-Männchen gemein haben«, sprach er weiter. »Ich sage es nur sehr ungern, und vielleicht wirst du wieder ungehalten, aber ... es war sehr unterhaltsam. Es hat mir gefallen. Wirst du jetzt wieder wütend auf mich?«

Mona und Simon verfolgten dieses kleine Geplänkel zwar schweigend, aber mit unverhohlenem Interesse. Sie saßen nebeneinander, und ihre Blicke sprangen förmlich zwischen Leon und mir hin und her.

»Wie du schon erkannt hast, ist mein Podcast eine öffentliche Angelegenheit. Auch wenn dieses Thema nicht deine persönlichen Lebensumstände widerspiegelt, ist es doch schön, dass du dich mit einer artfremden Thematik auseinandersetzt«, erwiderte ich.

Wortlos hielt Leon meiner Tochter seine rechte Hand hin, und sie lackierte ihm zügig jeden einzelnen Fingernagel. Dann brach Leon – mit frischer Farbe an den Fingern und somit optisch der Familie von Weiden zugehörig – auf, und Mona ging ins Bett.

»Schwester. Du merkst schon, dass da was knistert?«, sagte mein Bruder, nachdem sie verschwunden war. Dabei blickte er mich mit einem Röntgenblick an.

»Hier knistert gar nichts«, sagte ich spitz. »Und wenn, solltest du dir Sorgen machen, dass das die Holzwürmer sind, die den alten Kasten demnächst zusammenbrechen lassen.«

»Der alte Kasten ist aus Stein«, sagte Simon trocken.

Ich ging in mein Schlafzimmer und fuhr den Laptop hoch. Ich war furchtbar müde, spürte aber die altbekannte Unruhe in mir. Je näher Monas Abreise kam, desto stärker wurde sie. Ich würde eh nicht schlafen können. Also konnte ich die Zeit genauso gut auch sinnvoll nutzen, mich erst den vielen Kommentaren bei Instagram widmen und dann mit dem nächsten Podcast weitermachen.

Ich sollte dringend etwas über das Problem des Loslassens machen. Es gab dazu auch schon ein grobes Skript. Loslassen war existenziell für Mütter. Es war vielleicht sogar *das* Thema schlechthin, und Mütter waren meistens grottenschlecht darin. Trotzdem verschob ich das Dokument mit dem Titel *Loslassen* in den Ordner »Demnächst« und öffnete stattdessen »Das größte Stück Torte für Mutti!«.

Das war das unangefochtene Lieblingsthema meiner Hörerinnen. Ich hatte vor vier Jahren schon mal einen Podcast zu diesem Thema gemacht, und er war bis heute der meistgehörte und -geteilte. Loslassen konnte ich immer noch machen. Vielleicht dann, wenn mir nicht mehr nur schon bei dem Gedanken daran übel wurde.

Podcast Frau Gilmore

Ich werde so oft gefragt, ob man sich als Mutter dies oder jenes herausnehmen kann. Die Yogastunde. Das Treffen mit Freundinnen. Ein Wochenende ganz allein, um Kraft zu tanken. Ich finde schon diese Fragen beklemmend. Sich etwas herausnehmen suggeriert ja, etwas zu tun, was völlig unpassend zu sein scheint. Weil es Müttern vielleicht qua Status einfach nicht zusteht?

Die ersten Jahre mit einem Baby und Kleinkind ist es normal, die eigenen Bedürfnisse zu ignorieren. Als Alleinerziehende steht das eh außer Frage.

Doch irgendwann habe ich bei mir persönlich eine Veränderung bemerkt. Da war eine tiefe Sehnsucht nach Selbstbestimmung, die sich langsam den Weg zurück in die Freiheit bahnte: Hätte ich vorher meinem Kind zuliebe auf alles verzichtet, war da plötzlich wieder die Lust, mit nichts und niemandem zu teilen. Etwas ganz allein für mich zu haben, und dieses Etwas durfte ruhig groß sein.

Bei mir war es eine Geburtstagstorte. Ich hatte sie gekauft. Frau Gilmore kann leider kein bisschen backen, und dieses gekaufte Ungetüm war wirklich teuer gewesen. Ich hatte die Torte extra beim Bäcker bestellt, sie war rosa und mit bunten Streuseln versehen, drei Stockwerke hoch und bestand aus Sahne und Erdbeeren. Mona feierte ihren achten Geburtstag, und die Torte ging weg wie geschnitten Brot. Und irgendwann habe ich mir still und heimlich das letzte, sehr große Stück auf einen Teller getan und ihn nach ganz oben in den Kühlschrank gestellt. Weit weg aus der Sichthöhe aller Achtjährigen in meiner Wohnung. Und dann, als eines der Kinder fragte, ob noch Torte da wäre, sagte ich: »Nope! Tut mir leid! Alles weg!«

Nachdem alle gegangen waren und mein Kind glücklich und überzuckert in seinem Bett lag, habe ich mich auf den Küchenfußboden gesetzt, mir ein Glas Wein eingegossen und die Torte aufgegessen. Ohne schlechtes Gewissen. Wir müssen uns nämlich klarmachen, dass wir der Fixstern im Universum unserer Kinder sind. Wir sind der Dreh- und Angelpunkt. An uns hängt alles. Jede Kindheitserinnerung, jeder Impftermin. Das ist wahnwitzig anstrengend. Es muss uns verdammt noch mal gut gehen. Es ist Priorität eins, dass wir in unserer Mitte sind. Aber wir sind meist Priorität achtundneunzig, knapp hinter der Steuererklärung und der Dreckwäsche. Deswegen plädiere ich: Das größte Stück Torte immer für Mutti! Denn wenn es uns gut geht, geht es allen gut.

Ich hielt die Folge an und starrte aus dem dunklen Fenster. Meine eigenen Worte klangen hohl und nichtssagend. Frau Gilmore brauchte dringend eine Pause.

Mit einem Fingerstreich löschte ich die Aufnahme.

Kapitel 10

Es war ein Abschiedskomitee, das sich im Burghof versammelt hatte. Simon stand neben mir und hatte einen Arm um mich gelegt. Er schien sich aus diversen Gründen an mir festhalten zu müssen. Aysun war auch da, wie immer auf dem Sprung. Oleg stand ein wenig abseits und hantierte mit einem Schraubenzieher und einem Stück Holz herum. Frau Glaubner wartete neben ihrem alten Passat. Sie würde meine Tochter bis nach Hamburg zum Flughafen fahren. Sie wollte eh einkaufen, und daher hatte es sich angeboten. Es war total sinnvoll, dass ich dann nicht auch noch fuhr. Mona hatte selbst den Vorschlag gemacht, und ich hatte genickt. Ressourcen sparen. Klar. Dabei hatte ich am Flughafen stehen, meiner durch die Sicherheitskontrolle eilenden Tochter hinterherwinken wollen, um dann wie im Film in Tränen auszubrechen. Aktives Loslassen sozusagen. Aber wir mussten Ressourcen sparen.

Oleg hatte Monas Gepäck schon in den Kofferraum gewuchtet. Nur ein großer Koffer und ein Rucksack begleiteten sie in ihr neues Leben. Sie selbst war eben zum achten Mal aufs Klo gerannt, und so wartete das Komitee allein auf dem sonnenbeschienenen Burghof.

»Sie kommt zu spät«, murmelte Simon.

»Ja. Hoffentlich«, erwiderte ich. Simon drehte den Kopf und sah mich strafend an.

Und dann betrat Mona die Bühne. Sie sprang aus der Burgtür, den Rucksack nachlässig über die Schulter geworfen und strahlte Aufregung und jugendliche Schönheit aus. Ihr ganzer Organismus vibrierte. Sie rannte zum Wagen, warf den Rucksack hinein, dann eilte sie zu Aysun und die beiden umarmten sich. Auch Oleg drückte sie an sich. Schließlich drängelte sie sich zwischen uns, sodass ich Simon loslassen musste. Vorsichtig und nur von einer Seite umarmte sie ihren Onkel, der dabei den Kiefer so fest zusammenbiss, dass die Muskulatur ganz weiß wurde. Seine Art, sich bis auf das Äußerste zusammenzureißen. In meinem Magen zuckte es. Das war wieder dieses verrückte Zwillingsding. Ich spürte seinen Abschiedsschmerz in mir brodeln und biss ganz automatisch auch die Zähne zusammen. Dabei hatte ich schon mit meinem eigenen Schmerz genug zu tun.

Mona ließ Simon los und drehte sich zu mir.

»Mama. Los jetzt!«, sagte sie. Ich lächelte krampfhaft. Und dann bemühte ich die *Gilmore Girls*, so wie es bei uns bei Abschieden Tradition war. So machten wir es, seitdem auch Mona ihre Liebe für Lorelai und Rory für sich entdeckt hatte.

»Okay, du bist übrigens meine Lieblingstochter«, sagte ich mit ganz leicht bebender Stimme.

Mona hob eine Augenbraue und grinste. »Das sagst du zu all deinen Töchtern«, raunte sie.

»Ja, aber bei dir meine ich es ernst«, flüsterte ich und nahm sie in den Arm. Ganz fest. So fest, dass sie vermutlich keine Luft mehr bekam. Früher hätte sie gezappelt, jetzt umarmte sie mich genauso fest zurück.

»Hab eine wunderbare Zeit«, flüsterte ich ihr ins Ohr. »Probier alles aus. Ergreife jede Chance. Ich liebe dich.« Meine Stimme zitterte, aber sie hielt.

Mona ließ mich los, wischte sich schnell über das Gesicht, dann atmete sie tief durch und hechtete förmlich in das Auto von Maria Glaubner, die mit ihr vom Hof preschte.

Simon legte wieder den unverletzten Arm um mich, und wir winkten dem Wagen hinterher. Aysun trabte in die Burg, und auch Oleg verschwand um die Ecke. Wir winkten unverdrossen weiter, als der alte Passat vermutlich schon fast auf der Autobahn war. Es schien, als wären wir in dieser Bewegung eingefroren.

Und dann brachen wir beide in Tränen aus. Völlig synchron. Wie auf Knopfdruck. Ich hatte vergessen, wie bitterlich mein Bruder weinen konnte. Wie ein kleiner Junge.

Wir standen beide eine ganze Weile auf dem Burghof herum. Verloren und verlassen. Die Tränen versiegten irgendwann, aber wir rührten uns nicht vom Fleck, als würde das alles erst wahr werden, wenn wir unser Tagesgeschäft wieder aufnahmen. Wenigstens winkten und weinten wir nicht mehr.

»Kinderkriegen ist allergrößte Scheiße«, sagte Simon irgendwann erstickt. »Erst reißt man sich den Arsch für die Gören auf, dann hat man Gefühle, von denen man noch nicht mal erahnen konnte, dass es sie gibt, und dann hauen die Kids einfach ab. Und man steht dumm rum und fühlt sich, als würde das eigene Herz explodieren. Gut, dass ich keine eigenen Kinder habe. Das ist schon als Onkel unerträglich.«

Ich sah ihn düster von der Seite an. »Deine melodramatische Seite wird mit jedem Lebensjahr schlimmer.«

Er seufzte. Ich seufzte. Und dann fuhr ein kleines Auto schwungvoll auf den Burghof. Es war grün und trug die Aufschrift »Ronja Bergmann! Physiotherapie!«

»Das sind sehr viele Ausrufungszeichen«, murmelte Simon.

»Hast du jetzt deinen ersten Termin?«, fragte ich ihn und beobachtete die Fahrerin, die irgendwas im Fußraum der Beifahrerseite zu suchen schien, zumindest war sie abgetaucht.

»Möglich. Ich habe den Überblick verloren«, sagte er und klammerte sich einarmig an mich. »Die ist von Leon. Ich habe Angst.« Er deutete mit dem Kinn auf das Auto, wo jetzt die Fahrertür aufschwang. Ronja Bergmann war eine dieser Personen, die als Kind in irgendeinen Zaubertrank gefallen sein musste und ab dem Moment weder schlief noch ruhte. Das war auf den ersten Blick klar.

»Hallo!«, grüßte sie nämlich total energisch, dann eilte sie zackig zum Kofferraum und wuchtete eine zusammengeklappte Liege heraus, die fast so groß war wie sie selbst.

»Hallo Simon! Leon hat ja schon so viel von Ihnen erzählt!« Strahlend kam sie vor uns zum Stehen, sah in unsere Gesichter und kniff die Augen zusammen.

»Ist etwas passiert?«, fragte sie und stellte die Liege auf den Boden.

»Meine Nichte ist gerade abgereist. Sie geht zum Studium in die USA«, sagte Simon, und seine Stimme klang schon wieder belegt.

»Das ist ja wunderbar«, rief Ronja Bergmann.

»Das ist furchtbar«, erwiderte Simon, offenbar tief gekränkt, dass seine Gefühle derartig übergangen wurden.

»Es ist natürlich wunderbar«, sagte ich. »Ich bin Katharina. Simons Schwester.«

Ronja nickte mir zu, schien aber weit größeres Interesse an meinem Bruder zu haben. »Also: Wann war der Unfall?«

»Vor ungefähr zwei Wochen«, antwortete ich, weil Simon jetzt schwieg. Der Feigling.

»Und was haben Sie bisher gemacht? Physio? Bewegung? Irgendwas?«

»Ich habe geatmet«, sagte Simon hoheitsvoll, und Ronjas Lächeln fror ein wenig ein.

»Na. Dann wollen wir mal loslegen«, erklärte sie und deutete zur Burg. »Sie gehen vor, Simon.« Und so humpelte Simon mit Leidensmiene voran zur Burg, während seine neue Physiotherapeutin ihm mit Argusaugen folgte und jede seiner Bewegungen zu analysieren schien.

Ich warf einen Blick auf mein Handy, falls Mona sich gemeldet hatte. Hatte sie aber nicht. Sie war ja auch gerade mal fünfzehn Minuten unterwegs. Unschlüssig sah ich mich um.

Es gab für den Moment nichts zu tun. Hund kam gemächlich um die Ecke gelaufen. Er blieb vor mir stehen und schnüffelte. Einige Sekunden später fing seine Rute an zu wedeln. Er brauchte immer ein wenig. Sein Gehirn verarbeitete all die Dinge des normalen Lebens in einer langsameren Art und Weise, wobei das keinesfalls nachteilig sein musste.

»Hallo«, sagte ich. Hund setzte sich. »Schon was vor?«, fragte ich. Hund legte den Kopf schief, als würde er dem Klang meiner Stimme intensiv lauschen. »Ich brauche ein wenig Ablenkung. Ich bin sehr traurig. Wir könnten in den Stall gehen«, schlug ich vor. Hund dachte nach, stand auf und ging vor. Er war nur ein Hund, aber zwischendurch beschlich mich das Gefühl, dass er jedes menschliche Wort verstand.

In trauter Zweisamkeit liefen wir an der Burg vorbei, wie so oft in den letzten Tagen. Wir überquerten den Kieshof hinter dem Gemäuer, wichen der ausladenden Kletterrose aus, die wie ihre große Schwester auf dem Burghof immer mehr Raum einnahm, je weiter der Sommer voranschritt, und schließlich öffnete ich die Stalltür. Der Stall war wie zu erwarten leer.

Leons Pferde führten ein sehr schönes Leben. Sie konnten rein und raus, wie es ihnen beliebte. Hinter dem Stall und der überdachten Scheune hatten sie einen Teil der riesigen Wiese für sich. Daneben weideten die Schafe der Bio-Bäuerin. Es gab viele große Bäume, die Schatten spendeten, und ganz am Ende schlängelte sich ein kleiner Bach durch das hohe Gras. Es war ein Paradies.

Ich öffnete die Boxentür, stapfte durch das dicke Einstreu zum hinteren Ausgang und lugte um die Ecke. Hermann stand im Schatten unter dem Vordach und verscheuchte gerade mit einer trägen Kopfbewegung einige Fliegen. Als ich hereinkam, spitzte er die Ohren. Das Pony stand etwas weiter weg neben einem großen Busch und döste in der Nachmittagshitze.

Ich atmete tief den Pferdeduft ein. Warm und wohlig sank er

mir wie ein Pflaster auf die wunde Stelle meiner Seele. Vorsichtig trat ich näher an das große Tier und streichelte einmal über seine Mähne, dann ging ich zu der schlichten Bank, die an der Stallmauer stand und ließ mich erschöpft darauf fallen. Hund folgte mir und sprang doch tatsächlich neben mich. Er drehte sich, ein wenig umständlich, weil die Bank schmaler war als er, um die eigene Achse und ließ sich niedersinken. Genau so, dass sein Kopf auf meinem Bein landete.

Erstaunt sah ich zu ihm herunter. Dann legte ich äußerst vorsichtig eine Hand zwischen seine Ohren. Hund seufzte tief. »Gut. Dann … äh. Gut. Nähe. Ist ja auch nicht schlecht.« Ich streichelte den so struppig aussehenden Hund, der sich immer sehr weich anfühlte. Nähe war sogar ziemlich ausgezeichnet. An Nähe mangelte es mir schon eine ganze Weile. Eigentlich, seitdem ich mich von Sir Henry getrennt hatte. Wobei es in Wahrheit andersherum gewesen war. Sir Henry hatte sich von mir getrennt.

»Habe ich dir schon von der Blitz-Theorie erzählt?«, fragte ich Hund und streckte die Beine ein wenig aus. Hunds Schädel wog einiges. Er war nun mal ein sehr großer Hund. »Davon weiß nur Simon. Mona habe ich damit nicht behelligt. Meine Tochter steht übrigens gerade in der Schlange der Passkontrolle und wird ab sofort bei ihrem Vater leben. Was sehr schön ist.« Ich schwieg einen Moment. »Na ja. Eigentlich ist es scheiße. Weil Johannes an ihrer Aufzucht nicht beteiligt war. Aber ich muss natürlich dankbar sein, dass seine Familie für seinen Fauxpas aufgekommen ist. Okay. Er hat sich angeblich bemüht. Aber wenn du dir seinen Lebenslauf anschaust … der arme Kerl hatte leider zu wenig Zeit für ein Kind. Aber zum Glück hatte ich ja so viel Zeit. Verstehst du Ironie, Hund?«

Ich sah auf seinen Kopf herunter, und er sah mich mit einem Auge an. »Also die Blitztheorie willst du wissen? Ich glaube, dass dich die Liebe wie ein Blitzschlag treffen muss. Wie bei Sir

Henry, der eigentlich Heinrich heißt. Mit dem Namen kann man natürlich keinen großen Staat machen, deswegen nennt er sich Henry. Weil er leicht überkandidelt war, nannte ich ihn *Sir* Henry. Ich habe Henry gesehen, und es hat Bam gemacht. Bei uns beiden. In Berlin. Im Supermarkt bei der Butter. Wir waren drei Jahre zusammen. Und dann hatte er eines Tages die bittere Erkenntnis, dass das Leben mit einem Kind doch sehr entbehrungsreich ist, und er hat mich verlassen. Er hat das so natürlich nicht gesagt. Dafür erfindet man Ausreden, es möchte wirklich niemand offiziell ein Problem mit Kindern haben. Aber Mona hat ihn genervt.« Ich schüttelte leicht den Kopf, um die unangenehmen Erinnerungen zu vertreiben. »Mona war zwölf, als wir zusammengekommen sind. Ich habe lange gezögert, ihn ihr überhaupt vorzustellen. Sie war fünfzehn, als Henry beschloss, dass er mit einem Pubertier nicht unter einem Dach leben konnte.« Die Erinnerung tat immer noch weh, obwohl es schon so lange her war. »Henry wollte reisen. Immer wollte er reisen. Er hat Online-Kurse konzipiert und verkauft. Zu den unglaublichsten Themen, die die Welt zum Teil wirklich nicht brauchte. Diesen Job konnte er allerdings von überall erledigen, und so regte er sogar an, dass Mona mit dreizehn doch schon mal eine Woche allein bleiben könne.« Ich lachte auf. »Was für ein Idiot. Meine Tochter brauchte mich in diesem Alter mehr als jeder andere. Leider habe ich Sir Henry trotzdem sehr gerne gehabt.« Hund atmete schwer. Der Thematik angemessen, wie ich fand. »Da standen die Interessen einfach diametral gegeneinander. Ich wollte für Mona da sein, in jeder Lebenslage. Ich war schließlich ihre einzige Verbündete. Sie hat keine große Familie. Nur mich und Simon. Und Henry wollte reisen, Spaß haben, in teuren Hotels absteigen, die ich mir eh nicht leisten konnte. Das hat er dann einfach ohne mich gemacht.« Hund drehte ein wenig den Kopf und lugte zu mir hoch. »Ja, gut, dass du fragst. Ich habe ihn natürlich online gestalkt. Wie man das mit gebrochenem Herzen so macht. Er hat seit zwei Jahren eine neue Freundin, die jetzt Zwillinge von ihm bekommen hat. Interessant ist, dass das Großziehen von Zwillingen ja nicht ganz einfach ist, Henry aber, wenn man seinem Instagram-Feed Glauben schenkt, einfach weiterreist wie bisher. Offenbar allein. Kann auch sein, dass er die Kinder und seine Frau nicht zeigt. Aber irgendwie habe ich das Gefühl, dass sie zu Hause bleibt und er reist. Also Sir Henry war jedenfalls der letzte Blitz in meinem Leben. Jetzt kennst du die Blitz-Theorie.«

Ein schwerer Motor riss mich aus meinem Monolog, der so ganz unerwartet über mich gekommen war. Hund war ein exzellenter Zuhörer, es war mir leichtgefallen, mir alles von der Seele zu reden. Er blieb zwar liegen, klopfte aber mit der Rute ein paarmal auf das Holz. Hermann hob den Kopf und kollerte leise.

Ich hörte die Autotür klappen, und wenige Sekunden später kam Leon um die Ecke. Er trug noch seine Anzughose und ein weißes Hemd, hatte aber die Lederschuhe gegen Arbeitsstiefel getauscht. Er durchquerte den Unterstand und zuckte zusammen, als er mich auf der Bank entdeckte.

»Du bist wie so ein Springteufel aus der Box. Genau da, wo man dich nicht erwartet«, begrüßte er mich.

Er hatte immer noch pinke Nägel an der rechten Hand. Er hatte es echt durchgezogen. Die Erkenntnis war irgendwie erfreulich.

»Dir auch ein freundliches Hallo«, erwiderte ich und merkte, dass ich mich tatsächlich freute, ihn zu sehen. Was daran lag, dass ich ihn mochte. Er hatte einen ähnlichen Humor wie ich. Aber darüber hinaus war ganz klar weit und breit kein Blitz zu sehen. Simon fantasierte sich da etwas zusammen. Da knisterte nichts. Außer vielleicht doch die Holzwürmer.

»Bist du heute früh dran? Oder habe ich einfach einige Stunden in einem Zeitloch verloren?«, fragte ich. »Sonst fütterst du doch immer erst gegen sieben. Es ist doch hoffentlich noch nicht sieben?«

»Es ist halb vier. Hab heut früher Schluss gemacht«, sagte Leon und setzte sich zu mir auf die Bank. »Ist Mona gut losgekommen?«

Ich nickte. Leon sah müde aus. Er blinzelte mich von der Seite an. Auf seiner Stirn war eine tiefe Falte, die gestern noch nicht dort gewesen war. Ob diese Müdigkeit mit seinem Unfall zusammenhing? Ich würde ihn gerne fragen, tat es aber nicht.

»Geht es dir gut?«, fragte dann ausgerechnet er mich und klang dabei äußerst vorsichtig.

»Hervorragend«, sagte ich.

»Du weißt schon, dass wir dich damals Satans Prinzessin genannt haben?« Er grinste. Ich starrte ihn mit großen Augen an.

»Das lag daran, dass du bei jedem Gespräch irgendwann furchtbar sarkastisch wurdest. Manchmal auch ein wenig bösartig. Du warst immer dagegen. Gegen alles. Aus Prinzip«, erklärte er ernst.

»Satans Prinzessin? Bitte!« Ich unterdrückte ein Grinsen. Ich war damals wirklich nicht ohne gewesen und hatte krasse Ansichten vertreten, aber das Leben hatte mich sehr erfolgreich gebändigt.

»Na ja«, er zuckte die Schultern. »Hervorragend ist nicht die richtige Antwort, oder? Du hast so eine enge Beziehung zu deiner Tochter, dass es dich doch nicht kaltlässt, wenn sie in die USA geht.« *Mann, du hast ja keine Ahnung*, dachte ich, schwieg aber. »Man wusste schon damals nicht so recht, woran man bei dir war. Und du willst offenbar auch heute nicht, dass andere Menschen wissen, wie es dir geht.«

»Doch. Will ich. Kacke geht's mir«, sagte ich, völlig unerwartet für mich selbst. Kein Wunder, dass Leon der beste Freund meines Bruders war. Er schien ein Von-Weiden-Flüsterer zu sein.

Leon lehnte den Kopf gegen die Stallwand und sah mich weiter an.

»Das tut mir leid«, sagte er dann.

»Aber es darf mir so nicht gehen, weil Mona doch jetzt in die Welt fliegt und das toll ist. Sie geht zu Johannes und seiner Familie. Sie hat dort Geschwister! Zwei kleine Jungs. Sie liebt Kinder. Das wird bestimmt großartig.« Ich blickte ihn an, direkt in die Augen und erkannte dort, dass ich nicht weitersprechen musste, denn Leon verstand mich. Aus irgendeinem Grund verstand er meinen Schmerz.

»Bestimmt wird es das«, sagte er. »Es wird sich einspielen und sich dann irgendwann normal anfühlen. Alles spielt sich mit der Zeit ein und wird zur Normalität. Aber es braucht Zeit. Die muss man sich geben.«

»Ja?«, fragte ich, weil es schien, als wäre das eine unumstößliche Wahrheit. Als wüsste Leon so etwas. Ich klang verzagt, und es war unerwartet tröstlich, dass er lächelte und mir versicherte: »Das kann ich mit absoluter Gewissheit sagen.«

Ich musste einmal tief durchatmen. Dann fragte ich: »Und wie geht es dir?«

»Nur ein bisschen müde. Ich habe schlecht geschlafen. Ich dachte, ich mache das Futter schon mal fertig und frage Maria, ob sie später die Pferde füttert.«

Ich legte Hund eine Hand auf den Kopf und warf Hermann einen Blick zu. »Ich kann die Pferde nachher füttern.«

»Das wäre super«, erwiderte er.

»Mache ich gerne«, sagte ich. »Ich bin doch wie der Schachtelteufel eh immer da.« Leon lachte auf.

»Ich stelle dir zwei Eimer hin. Gelb ist für Hermann, grün für das Pony. Gegen sieben?«

»Leon?«

»Hm?«

Ich wollte fragen, was er für einen Unfall gehabt hatte. Was für Auswirkungen das auf sein Leben hatte. Womit er zu kämpfen hatte, denn dass es da etwas gab, war unübersehbar, aber ich brachte die Worte nicht über die Lippen. Es kam mir indiskret vor. Als wäre es das Einzige, was wissenswert war. Also tat ich stattdessen endlich das, was ich die ganze Zeit hatte tun wollen. »Es tut mir leid, dass ich dich so dumm angemacht habe, als du meinen Podcast gehört hast.«

Er grinste. »Satans Prinzessin halt.«

Und so trennten sich unsere Wege schon wieder. Leon fuhr nach Hause, dabei hätte ich gerne noch eine ganze Weile neben ihm gesessen.

Auf dem Weg zurück zur Burg traf ich Maria Glaubner, die sich damit abmühte, Wasserkisten aus ihrem Auto zu heben.

»Kann ich Ihnen helfen?«, fragte ich sofort, und sie trat tatsächlich zur Seite. Ich wuchtete die Kisten nacheinander raus und trug sie ihr dann in die Küche. »Danke, dass Sie Mona gefahren haben. Hat alles gut geklappt? War ja doch ein Umweg.« Die Köchin war mir mit einem Sack Hundefutter im Arm gefolgt, den sie jetzt auf die Küchentheke legte.

»Ein neuer Versuch. Vielleicht verträgt Hund das Futter besser«, sie deutete auf den Sack. »Mona ist sehr nett. Ich habe mich angenehm mit ihr unterhalten«, fuhr sie dann fort und klang, wie gewohnt, etwas steif.

»Ja, man kann sich wunderbar über alles mit ihr unterhalten«, sagte ich und schob die letzte Kiste in die Ecke. Ich lächelte Frau Glaubner an, sie lächelte nicht zurück. Stattdessen schien sie über etwas nachzudenken, denn sie kniff leicht die Lippen zusammen und betrachtete mich intensiv. Wir wurden einfach nicht warm miteinander.

»Mona hat mir schon vor einiger Zeit erzählt, dass Sie in der Burg frösteln«, sagte sie schließlich. Etwas belämmert stand ich vor ihr.

»Äh. Ja. Ist ein alter Kasten«, sagte ich.

Frau Glaubner spitzte die Lippen, dann drehte sie sich um, lief zum Herd, öffnete daneben eine Schublade und zog etwas heraus.

»Die habe ich für Sie gestrickt. Sie halten sehr warm, und ich habe kleine Gummipads auf die Unterseite gemacht, damit Sie auf den Holzdielen nicht ausrutschen.« Sie hielt mir ein Paar Socken hin. Gestrickt aus hellgrauer Wolle, abgesetzt mit Pink. Auf einem kleinen Etikett am Bündchen stand in schwungvollen Lettern »Katharina«.

»Oh«, sagte ich ergriffen. »Das ist … äh, wow!« Ich nahm die Socken entgegen. Sie waren samtweich. Frau Glaubner räusperte sich, dann sagte sie: »Ich wäre dann jetzt auch bereit, Sie Katharina zu nennen. Sie können Maria zu mir sagen.«

»Cool, äh, ja, Maria«, stammelte ich. Maria nickte mir ernst zu.

»Ich wollte Ihnen noch etwas sagen«, sagte sie. »Ich finde es sehr gut, dass Sie endlich hier sind.« Das *endlich* betonte sie gedehnt. Das schien wichtig zu sein. »Simon ging es in der letzten Zeit nicht gut.« Die Worte kamen ihr ein wenig holprig von den Lippen.

»Wie meinen Sie das?«, fragte ich und hielt mich vorsichtshalber an den Socken fest.

»Simon redet ja nicht«, erklärte sie und sah mir dabei tief in die Augen, was mich ein wenig verwirrte. »Man weiß es also nicht genau. Vielleicht hat es mit der Burg zu tun. Vielleicht läuft nicht alles so, wie es sollte.« Sie senkte die Stimme. »Vielleicht hat es aber auch mit der Liebe zu tun.« Dann straffte sie die Schultern. »Katharina. Mir war nicht klar, warum Sie ihn nicht unterstützt haben und so selten hier waren. Nun habe ich das aber verstanden und Sie sind ja letztlich da. Ich möchte anregen, dass Sie Simon ansprechen. Sie sind immerhin Zwillinge.«

»Ja«, sagte ich, ergriffen von dieser Rede. »Danke, Maria.« Ich hielt die Socken hoch und begriff, dass Maria Glaubner sich wirklich und wahrhaftig Sorgen um meinen Bruder machte.

Ich lief, die Socken an die Brust gedrückt, zurück zur Burg. Zur fast leeren Burg. Mein Kind saß schon im Flieger. Ich checkte schnell noch meine Nachrichten. Ein Foto von Mona, wie sie vor dem Boarding einen Kaffee trinkt. Ich antwortete knapp mit einem Herz-Emoji und betrat dann die Burg, um mich auf die Suche nach Simon zu machen. Ich entdeckte ihn in seinem Büro. Er lag auf dem Sofa, den unverletzten Arm theatralisch über den Kopf gelegt.

»Wie war die Physiotherapie?«, wollte ich wissen und setzte mich in den Sessel neben ihn.

»Furchtbar. Ich halte das nicht jeden Tag aus«, erwiderte er deprimiert, ohne die Augen zu öffnen. Ich streichelte meine Socken. »Ich habe Angst vor Ronja. Ich habe Angst vor dem, was sie sagt. Bei den Worten *Lymphdrainage* und *faszielle Strukturen* gruselt es mich. Und ständig redet sie von Kapseln. Kapseln sind so gefährdete Objekte im Körper. Man muss sie ständig bewegen, sonst verkleben sie und dann ist alles schlimm. Offenbar noch schlimmer als jetzt schon.«

»Simon, wir müssen reden«, sagte ich, was meinen Bruder den Arm sinken ließ, um mich von der Seite her anzuschielen. Mein Bruder war ein gut aussehender Mann. Er war richtig hübsch. Markante Züge, volle Lippen, lange Wimpern. All diese Attribute hatte ich auch, doch bei mir wirkten sie sehr viel durchschnittlicher. Ihm stand unser genetisches Erbe einfach besser.

»Wie steht es finanziell um die Burg und dein Unternehmen?« Direkt zur Sache kommen. Worauf warten?

»Ich will …«, setzte er an, und ich unterbrach ihn.

»Nicht darüber reden«, vollendete ich seinen Satz. »Hilft aber nicht. Du musst jetzt darüber reden. Also los!«

Verdutzt sah Simon mich an und richtete sich ein wenig auf.

»Ich bekomme das hin«, sagte er.

»Bruder, ich bin jetzt hier, und ich stehe dir vollumfänglich zur Verfügung. Aber dafür verlange ich, dass du mir die Wahrheit sagst.«

Simon war blass. Das war er vorher schon gewesen, jetzt wurde er allerdings weiß wie die getünchte Wand hinter ihm. Er zog sich mit dem gesunden Arm zum Sitzen hoch.

»Papas Schulden hören nicht auf«, sagte er nach einem Moment und musste sich dann räuspern.

»Was heißt das?«

»Es sieht finanziell nicht gut aus.«

»Simon«, rief ich und rutschte an die Kante des Sessels. Er schloss gequält die Augen.

»Die Coronazeit hat mir das Genick gebrochen. Ich konnte die Einnahmeausfälle fast nicht kompensieren. Die Jahre danach wurde es leider nicht besser. Da war nichts, was das Loch füllen konnte. Plötzlich wollten alle im Ausland heiraten. Und als dann alles endlich wieder anlief, kam die nächste Welle. In dem Herbst wurden acht Hochzeiten storniert. Ich musste meine Leute losschicken, dass sie sich neue Jobs suchen, und ich bin zutiefst dankbar, dass sie wenigstens in Teilzeit geblieben sind.« Er schluckte und verzog leicht das Gesicht. »Und nebenbei zahle ich immer noch Papas Schulden ab. Ich ringe um Aufträge. Mehr als nur Hochzeiten. Wir brauchen Events, Festivals und Firmenveranstaltungen, aber es ist grad alles schwierig. Wenn diese Hochzeit im August nicht gelingt, wenn wir nicht die öffentliche Aufmerksamkeit bekommen, die wir benötigen, wenn das nicht die erhofften Aufträge nach sich zieht, war es das.«

Erschüttert schwieg ich einen Moment. »Warum hast du mich nicht um Hilfe gebeten?«

Simon runzelte die Stirn, als wäre das völlig abwegig. »Mona hat Abi gemacht. Du warst beschäftigt. Sir Henry, der Arsch, möge ihn der Blitz beim Scheißen treffen, hat dich so unsäglich verletzt. Ich weiß, dass du sofort gekommen wärst, aber ganz ehrlich …«, er rieb sich kurz das Gesicht, »du hasst das alles hier.

Das wollte ich dir nicht zumuten. Es ging dir anschließend immer schlecht, wenn du hier warst.«

»Das stimmt nicht.«

»Doch, Katha. Es stimmt. Weil du damals mit Schimpf und Schande vom Hof gejagt wurdest und dich jeder Stein, jede Tür und jeder Strauch daran erinnert. Sagt man doch so, oder? Schimpf und Schande.«

»Sagt man so«, bestätigte ich und dachte dabei an meinen Vater, der laut brüllend im Burghof gestanden hatte. Ich solle abhauen und nie wiederkommen. Ich sei eine Schande für die Familie. Seine Worte rieselten durch mein Gedächtnis. Sie taten noch immer weh.

»Simon. Wir müssen mehr miteinander reden. Wir sind nicht mehr acht. Wir sind erwachsen«, sagte ich.

Er prustete Luft durch die Lippen. »Sagt die Frau, die alles ablehnt, was mit ihrer Kindheit und Jugend zu tun hat. Die selbst über gar nichts redet. Was hast du da eigentlich?«

»Socken«, antwortete ich, und Simon kniff die Augen zusammen.

»Von Maria?«, vermutete er. Ich nickte. »Sie hat nicht verstanden, dass du nie da warst. Sie sieht uns irgendwie als baronische Einheit. Ich habe immer viel von dir erzählt, aber sie hat dich nie zu Gesicht bekommen. Wenn du am Wochenende mal hier warst, war sie meistens auch unterwegs.«

»Ich habe das gemerkt«, erklärte ich. »Sie war immer so kurz angebunden zu mir.«

»Nun hat sie dir Socken gestrickt. Quasi eine Liebeserklärung. Maria hat vor einigen Jahren ihren Mann verloren. Sie hat als Köchin in Hamburg gearbeitet, und ich habe sie oft für Events und Hochzeiten gebucht. Sie war so verloren ganz allein in der Stadt und konnte sich die Miete der Wohnung nicht mehr leisten. Also habe ich sie gefragt, ob wir den Deal eingehen können, dass sie hier wohnt, wenig Miete bezahlt und bei allen Veranstaltungen und für mich persönlich kocht. Natürlich bezahle ich sie dafür.«

»Oha, du gibst freiwillig Informationen preis«, sagte ich überrascht.

»Ja. Und wo wir schon mal dabei sind. Zu Leon kann ich dir auch was sagen. Weil du in dem Punkt offenbar unter partieller Amnesie leidest. Aber«, er hob einen Finger, »ich habe das zeitlich rekonstruiert. Es ist sehr wahrscheinlich so, dass er vom Pferd gestürzt ist, während du den Schwangerschaftstest gemacht hast. Zeitliche Überschneidung. Womit das völlig an dir vorbeigegangen ist. Verständlich. Du hattest andere Sorgen.«

»Er hatte also einen Reitunfall«, sagte ich langsam.

»Ich habe es dir erzählt. Damals, als es passiert ist.« Er zuckte fragend eine Schulter, und plötzlich war da der kleine Erinnerungsfetzen wieder.

»Du hast es mir erzählt. Als du nach Monas Geburt in Berlin gewesen bist«, sagte ich und lehnte mich nach vorne. Ich erinnerte mich wenigstens vage.

»Es hat hier alle furchtbar schockiert. Am Anfang war nämlich nicht klar, wie das für ihn ausgehen würde. Warum hast du ihn nicht einfach gefragt? Er macht da kein Geheimnis draus. Kann er ja auch nicht. Es ist ja unübersehbar.«

»Rosas Schwester sitzt im Rollstuhl«, erklärte ich. »Seit einem Skiunfall. Sie macht Rosas Buchhaltung, dabei haben wir uns immer getroffen. Sie hat mir mal erzählt, dass es sie unfassbar ankotzt, dass jeder den sie kennenlernt, direkt ungeniert fragt, was passiert ist. Als ob nur der Rollstuhl sie ausmacht. Ich fand es irgendwie …«, ich suchte nach dem richtigen Wort, »unangemessen, ihn zu fragen.«

»Verstehe ich. Also es war ein M-Springen. Das Pferd ist bei einem Oxer gestürzt, er lag drunter.« Ich zuckte bei seinen Worten zusammen. Pferde wogen üblicherweise um die siebenhundert Kilo. »Er erzählt das durchaus, wenn man ihn fragt, wobei er aber sämtliche Details weglässt. Allerdings ist er auch ein klein wenig stur, was das alles nicht leichter macht.« Simon sah mich sehr ernst an.

»Wie meinst du das?«

Simon zuckte die Schulter. »Ihm würde ein Stock helfen, weil er oft Probleme mit der Balance hat. Wenn wir länger zusammen unterwegs sind, hält er sich an mir fest. Was dazu führt, dass alle denken, dass er auch schwul ist.« Er kratzte sich am Kopf. »Er ist empfindlicher, als er tut. Und furchtbar stur ist er auch.«

»Dann hat er ja viel mit dir gemeinsam. Und übrigens hat mich nicht der Blitz getroffen«, erwiderte ich.

»Scheiß auf deinen dämlichen Blitz. Zwischen euch knistert es. Er interessiert dich. Und umgekehrt genauso.«

Blödsinn. Es machte allerdings keinen Sinn, mit Simon über diese Dinge zu diskutieren. Ich verzog deswegen nur das Gesicht, aber wo wir schon mal dabei waren, offen und ehrlich zu sprechen, schob ich direkt noch eine Frage hinterher: »Und wie sieht es bei dir mit der Liebe aus?«

Er atmete tief durch. »Mehr geht jetzt nicht, Katha. Sonst werde ich einen emotionalen Zusammenbruch erleiden. Gefühls-Overload. Wir hätten Mona übrigens in den Burgkeller sperren sollen«, fügte er dann noch hinzu, und ich konnte ihm nur recht geben. »Ihre Anwesenheit auf einem anderen Kontinent kann ich nur schwer aushalten.«

»Ja. Hätten wir tun sollen«, bestätigte ich düster. »Mindestens, bis sie dreißig ist.«

Kapitel 11

»Gott, sind die süß«, murmelte ich und starrte auf das Foto, das Mona mir heute Nacht geschickt hatte. Sie hielt darauf ihre kleinen Brüder im Arm und strahlte mit ihnen um die Wette.

»Furchtbar!«, sagte ich, legte das Handy auf die Bettdecke und seufzte bleischwer. Und dann ging die Tür auf, und Hund kam ohne jegliche Gefühlsregung in seinem haarigen Gesicht herein. Er prüfte, ob ich die Augen aufhatte, legte den Kopf schief, wedelte kurz mit der Rute und sprang dann allen Ernstes auf mein Bett.

»Entschuldigung?«, fragte ich und verharrte regungslos. »Wie machst du einfach so die Tür auf, und wie kommst du dazu, dich auf mein Bett zu legen?«

Hund klopfte als Antwort mehrmals mit der Rute auf die Decke und schloss dann die Augen. Sein großer Körper lag behaglich schwer auf meinen Beinen, sein Kopf ruhte auf meinem Bauch. Angst vor Körperkontakt hatte dieses Tier definitiv nicht. Dabei kannten wir uns ja kaum.

Ich legte das Handy zur Seite und spürte einen Moment dieser unerwarteten Nähe nach. Ich konnte Hunds Herzschlag fühlen. Es war seltsam beruhigend.

Hund gab ein wohliges Brummen von sich, und ich ließ vorsichtig meine Hand nach unten wandern, bis sie auf seinem Kopf zum Liegen kam. Sanft streichelte ich die samtige Stelle zwischen seinen Ohren.

»Ist gar nicht schlecht, wenn du mich besuchst. Vielleicht erklärst du mir aber bei Gelegenheit, wie du die Tür aufmachst?«, fragte ich ihn und schloss behaglich für einige Minuten noch mal die Augen.

Eine halbe Stunde später begann der Tag. Die Sonne schien ins Zimmer, ich hörte ein Auto auf den Burghof fahren, dann schlug das schwere Burgtor gleich zweimal ins Schloss. Ich blieb vorerst liegen. Ohne mich zu rühren, genau wie Hund. Zwischendurch schrieb ich Mona, wie außerordentlich zauberhaft ihre Brüder aussahen, und das fühlte sich gleichzeitig falsch und richtig an. Es waren ja genau genommen nur ihre Halbbrüder, aber würde dieses Wort die beiden kleinen Jungs nicht degradieren? Sie hatten alle drei denselben Vater, und nun waren sie zusammen. Für Mona zumindest spielte es keine Rolle. Ihr Familiensystem hatte sich schlagartig erweitert, und nur das zählte. Theoretisch. Also wenn ich perfekt wäre, wäre das so. War ich aber nicht. Eigentlich reichte es als Mutter aus, stets außerordentlich bemüht zu sein. Aber in diesem Fall schien das eben nicht zu reichen. Für meinen Podcast übrigens auch nicht. Ich musste sehr dringend eine neue Folge machen.

Hund konnte eventuell meine Stimmung riechen. Ich hatte irgendwo gelesen, dass Hunde dazu in der Lage waren. Und wer konnte ihm schon in den haarigen Schädel schauen, zumindest schien er meine Missstimmung zu spüren, denn er erhob sich, streckte sich, wobei er entfernt an eine Katze erinnerte, dann machte er einen Schritt auf mich zu und brach förmlich auf mir zusammen. Seinen Kopf schmiss er energisch auf meine Brust, und wieder brummte er. Es klang behaglich und wohlig. Ich schloss wieder die Augen. Hund roch ein wenig streng, aber sein Kopf auf meinem Herzen hatte so eine beruhigende Wirkung, dass ich das ignorierte. Ich war nicht allein mit meinen vielen Gedanken.

Wir lagen eine Weile so herum. Hund und ich. Ich hätte mir so etwas nicht träumen lassen. Immerhin war er mir bei seinem ersten Auftritt äußerst suspekt gewesen. Groß und gefährlich. Doch der Schein hatte getrogen. Vermutlich war das sehr viel häufiger im Leben der Fall.

»Also … Frau Gilmore hat ihre Rory verloren«, sagte ich irgendwann und tippte Hund mit der Fingerspitze an den Kopf. »Wir müssen trotzdem aufstehen. Uns unseren Aufgaben widmen. Es steht einiges an. Heute ist die Hexenhochzeit. Soweit ich mich erinnere, hat Simon gerade Physio bei Ronja Ausrufungszeichen. Und heute Abend will Leon auch kommen.« Hund atmete ein wenig tiefer. »Ich freue mich auf ihn«, sagte ich. »Er ist so ganz anders, als ich es erwartet hätte.« Der Hundekopf lag schwer auf meiner Brust. »Leon kann ja nichts dafür, dass er da herkommt, wo ich dringend wegwollte. Wo man mich auch dringend weghaben wollte. Und er sagt kluge Dinge. Männer, die kluge Dinge sagen, kann ich gut leiden.«

Hund hob langsam den Kopf. »Ja. Keine Ahnung, aus welchem Winkel meines Gehirns das jetzt herkam.« Ich zuckte die Schultern, und dann schob ich Hund sanft zur Seite und ging ins Bad.

Frisch geduscht und mit einem Sommerkleid angetan lief ich runter in die Burgküche. An den Füßen trug ich die dicken Socken von Maria Glaubner. Ich trug diese Socken jetzt ständig. Es waren die besten Socken, die ich je gehabt hatte, und das erste Mal schaffte es die Eiseskälte der alten Steine nicht, über meine Fußsohlen bis hoch in mein Herz zu klettern.

Voller Elan bog ich um die Ecke, Hund war mir dicht auf den Fersen. Dann allerdings bremste ich abrupt. Maria stand in der Burgküche und kochte. Mit zwei Pfannen auf dem Herd, köstlichen Wohlgerüchen um sich herum und einem Berg Blaubeeren in einer Schüssel, die vor ihr stand.

»Guten Morgen, Katharina«, begrüßte sie mich knapp. »War

Hund bei Ihnen, ja?« Sie blieb beim Sie, nannte mich aber wenigstens bei meinem Vornamen.

»Ja«, antwortete ich und fühlte mich sofort schuldbewusst. Vielleicht durfte er das nicht. Frau Glaubner sah von ihren Pfannen auf.

»Er mag Sie«, sagte sie, und es klang, als wäre das ungewöhnlich. »Simon hat Physio. Der muss danach was Richtiges essen. Und Sie auch. Man kann doch nicht immer nur belegte Brote essen«, fügte sie hinzu, nachdem sie irgendetwas kross Gebratenes in der Pfanne gewendet hatte, das köstlich aussah.

Ich lächelte und stand dumm rum. Das tat ich in Anwesenheit von Maria Glaubner immer. Als wäre ich ungefähr fünf.

»Sie können den Tisch decken«, sagte sie gnädig.

Und ich deckte den Tisch. Verdammt konnte ich gut Tische eindecken. Das war ja auch mein Job. Ich ging sogar auf den Burghof und schnitt eine der widerspenstigen Angelika-Rosen ab, die sich in einer kleinen weißen Vase vortrefflich ausnahm.

Kaum war ich fertig, tauchte mein Bruder auf. Mit tiefen Augenringen, weißer Gesichtsfarbe und übelster Laune. Ihm folgte Ronja, die im Gegensatz zu ihm das blühende Leben zu sein schien. Die vielen Ausrufungszeichen an ihrem Wagen passten hervorragend zu ihrer Persönlichkeit.

Wir nahmen Platz, und ich beobachtete Simon, der heute offenbar wieder starke Schmerzen hatte. Die Therapie war sehr wichtig, aber sie setzte ihm ganz schön zu. Frau Glaubner stellte jedem von uns einen fertig angerichteten Teller vor die Nase. Goldbraun gebratene Brotscheiben, mit Ahornsirup übergossen und einem Klecks Schmand und frischen Blaubeeren garniert. Schon der Anblick ließ mir das Wasser im Mund zusammenlaufen.

»Jenny-Frühstück«, erklärte sie und setzte sich zu uns.

»Jenny-Frühstück? Was ist das? Ein Geheimrezept?«, fragte Ronja und nahm sich noch ein paar Blaubeeren.

Frau Glaubner tupfte sich vornehm den Mund mit der Serviette ab, dann sagte sie: »Jenny ist meine Tochter. Es ist ihr Lieblingsessen.«

Wir schwiegen alle einen Moment, dann fragte Simon vorsichtig: »Was ist mit Jenny? Du hast noch nie von ihr erzählt?« Er klang irritiert.

»Sie lebt in Australien. Ich sehe sie leider nur selten«, erwiderte Frau Glaubner. »Eigentlich nie. Wir skypen einmal die Woche«, sagte sie und starrte einen Moment auf ihren Teller. Dann sah sie auf, und unsere Blicke trafen sich für den Bruchteil einer Sekunde.

Ich musste tief durchatmen. Auch Frau Glaubner war eine Frau Gilmore ohne ihre Rory. Es war doch verdammt noch mal nichts so, wie es schien.

Ich hatte keine Vorstellung von einer Hexenhochzeit gehabt. Ich dachte halt, ein paar Frauen in weit schwingenden Röcken würden irgendwelche Lieder singen. Oder so. Es war aber alles *oder so*.

Gegen halb fünf tauchten viele Menschen auf und nahmen die ganze Wiese hinter der Burg in Beschlag. Das Wetter war wie gemacht für eine Hochzeit im Freien. Es war herrlich warm, fast heiß, aber ein sanfter Wind brachte immer wieder Abkühlung. Unter den Bäumen wurde ein großes Buffet aufgebaut. Jemand kletterte sogar in die Baumkronen und verteilte Lichterketten und wehende Wimpel in den Ästen.

Aysun kam und trug ihre obligatorische Thermoskanne unter dem Arm. Gemeinsam setzten wir uns auf die oberste Stufe des Hochzeitspavillons, der heute einen freien Tag hatte. Die Hochzeit würde direkt auf der Wiese, neben der großen Feuerstelle, stattfinden. Strohballen mit Decken darauf waren in einem großzügigen Kreis verteilt, überall lagen Blütenblätter und gebundene Sträuße aus Sommerblumen standen in Einmachgläsern neben den Sitzgelegenheiten. Langsam trudelten die restlichen Gäste ein. Ich entdeckte Ronja und auch die Floristin aus dem Ort, nun mit ihrer Frau. Aysun und ich tranken Salep und beobachteten das außerordentlich bunte Treiben. Die Stimmung war ausgelassen und heiter.

»Was sind denn jetzt Hexen?«, fragte ich Aysun irgendwann, während ich meinen letzten Rest Salep schlürfte. Aysun schien einen langen Moment darüber nachdenken zu müssen.

»Wenn ich ehrlich bin, kann ich dir das nicht so genau sagen. Ronja ist eine. Das weiß ich.«

»Ronja Ausrufungszeichen?«, fragte ich erstaunt, und Aysun grinste.

»Guter Name«, sagte sie anerkennend. »Sie feiert die Jahreskreisfeste und arbeitet mit Kräutern. Sie hat mir mal erklärt, dass ihr Glaube sich um die Natur dreht. Alles ist beseelt. Jedes Blatt, jedes Tier.« Sie dachte nach. »Gleichzeitig ist sie aber immer auf dem neusten Stand der Technik. Also nicht so eine Verrückte, die dir erzählt, dass du selbst schuld an deiner Krankheit bist und nur ordentlich positive Gedanken haben musst. Ich war mal wegen einem Hüftproblem bei ihr in Behandlung, und sie ist wirklich großartig. Aber auch ein bisschen komisch.« Aysun grinste mich an. Ich grinste zurück. »Leon geht auch zu ihr. Schon sehr lange. Sie ist aber auch mit Mimi, der Braut, befreundet, die wiederum Simon gut kennt. Die Welt ist ja letztlich sehr klein, und so findet die Hochzeit von Mimi und Kay heute hier statt. Finde ich super. Ich brauche mal wieder eine richtig tolle Party, bei der ich nicht dafür verantwortlich bin, dass die Party richtig toll wird.«

Es fühlte sich herrlich an, das bunte Treiben zu beobachten. Mein Handy riss mich irgendwann aus meiner trägen Entspannung, und ich zog es aus der Hosentasche. Simon. In einem Tonfall aus Verachtung und Galgenhumor bat er darum, dass ich ihm beim Anziehen seines Hemds helfe. Mona hatte ebenfalls eine

Nachricht geschickt. Ein Foto von einer schwarz-weißen Katze, die auf ihrem Bett lag: »Ich habe eine neue Freundin gefunden!«

»Wie schön!«, antwortete ich umgehend. War das die Katze von Johannes? Seiner Frau? Wie war seine Frau? War sie nett zu Mona? War Mona für sie eine Belastung? Johannes hatte sein Angebot, dass Mona bei ihm leben konnte, nur ihr persönlich unterbreitet. Was okay war. Sie war schließlich volljährig. Trotzdem fühlte es sich ungewohnt an, plötzlich so außen vor zu sein. Er hätte auch zuerst mit mir sprechen können. Ich hatte allerdings nur eine sachliche Mail bekommen, als alles schon in trockenen Tüchern war. Ich steckte das Handy wieder weg.

»Sie loszulassen muss furchtbar schwer sein«, sagte Aysun, die mich beobachtete und die richtigen Rückschlüsse gezogen hatte. Ich nickte. »Ja. Das Schwerste.«

»Ich habe übrigens deinen Podcast gehört. Beim Putzen. Du bist eine sehr kluge Frau, und du kannst so gut reden wie Simon. Ihr habt beide offenbar als Kinder in der Buchstabensuppe gebadet.« Sie grinste.

»Danke. Ich kann es nur, wenn ich allein in ein Mikro spreche«, sagte ich dann leise. »Wenn es aufgenommen wird und ich es schneiden kann.«

»Warum?« Erstaunt sah Aysun mich an.

»Wenn alle Blicke auf mich gerichtet sind, werde ich stumm wie ein Fisch.«

Aysun runzelte die Stirn. »Das kann ich mir bei dir gar nicht vorstellen! Gibt es einen Grund dafür? Es liegt ja nicht daran, dass dir die Worte fehlen würden. Oder ist es einfach Redeangst?«

Ottos liebes Gesicht kam mir wieder in den Sinn. Er hatte damit zu tun. Mein Pony war dunkelbraun gewesen mit einer schwarzen, dicken Mähne, die sich kaum bändigen ließ. Mitten auf der Stirn hatte es einen kleinen weißen Halbmond gehabt. Die Gedanken an jenen Sonntag im August schlichen sich in meine Seele und quetschten sie zusammen. Ich wollte schweigen, zu Simon gehen, das Thema auf sich beruhen lassen. Aber ich sagte: »Ich habe mich mal furchtbar in der Öffentlichkeit blamiert. Ich glaube mittlerweile, es liegt daran.«

Aysun schwieg, wartete, dass ich weiterreden würde. Und plötzlich war da eine Sehnsucht, es einfach zu erzählen, es auszusprechen. Doch der Moment verstrich, und ich sagte stattdessen: »Ich muss Simon helfen. Bis gleich.«

In Simons Zimmer lagen sehr viele ungeöffnete Briefe auf der Fensterbank. Mein Bruder saß mit nacktem Oberkörper auf dem Bett und umklammerte eins seiner Rüschenhemden. Er folgte meinem Blick zur Fensterbank. »Die mache ich auf, wenn ich mich emotional stabil fühle.«

»Ach ja? Und wann wird das sein?«, fragte ich zurück und nahm ihm das Hemd aus der Hand, um es erst mal provisorisch zu glätten.

»Vielleicht nächstes Jahr«, erwiderte er. Beim Anblick meines entsetzten Gesichtes fügte er hinzu: »War nur Spaß. Ich bin morgen wieder ganz normal im Büro und widme mich dem ganzen Mist.«

Gemeinsam schafften wir es, ihn in das Hemd zu manövrieren. Dann befestigten wir den hochkomplizierten Verband erneut, der seinen Oberarm eng am Körper fixierte. Ich bürstete seinen Iro, rasierte vorsichtig seinen Nacken noch einmal aus und fuhr dann mit etwas Gel an den Fingerspitzen über seine Haare. Simon sah mich von unten her an. Wir hatten beide die veilchenblauen Augen unserer Mutter geerbt, und ich war beim Blick in den Spiegel immer verwundert, wie blau meine Augen tatsächlich waren. Ich beugte mich ein wenig weiter vor und entdeckte auf Simons Stirn ein feines Netz aus Linien. Erstaunt betrachtete ich diese neue Entdeckung. Wir wurden beide offenbar älter. Was irgendwie erschütternd war.

Ich setzte mich neben ihn, und er legte seinen Kopf auf meine Schulter. Seine Haare kitzelten mich, und ich pustete eine pinke Strähne aus meinem Gesicht. Ob es allen Zwillingen auf der Welt so ging? Dass diese Nähe so einfach war? Ich lehnte meine Wange an seinen Kopf. Ich wollte ihn fragen, ob es ihm gut ginge, wusste aber, dass das nicht der Fall war. Meinem Bruder ging es nicht gut, er wirkte auf subtile Art und Weise zerbrechlich. Vielleicht hatte er eine Depression. Die Familie von Weiden neigte dazu. Vielleicht war er auch einfach nur erschöpft. Seitdem wir im Schrank gehockt hatten, und er damals beschlossen hatte, keine Angst mehr zu haben, hatte er sein Leben in die Hand genommen. Er hatte wahnwitzige Kämpfe ausgefochten, so zu sein, wie er war.

»Greif mal unter das Bett«, sagte Simon in meine Gedanken hinein. Ich richtete mich auf und beugte mich vor. Unter dem Bett stand ein Schuhkarton. Vorsichtig öffnete ich den Deckel und schloss ihn sofort wieder, als ich erkannte, was sich darin befand.

»Das sind die letzten alten Bilder aus dem Schlafzimmer von Mama. Den Rest habe ich weggeschmissen. Auf denen bist du mit drauf. Guck bei Gelegenheit mal rein, was du behalten willst.«

»Den kannst du komplett so in den Müll werfen«, erwiderte ich und schubste den Karton von meinem Schoß.

»Jetzt benimm dich mal erwachsen«, sagte mein kindisch veranlagter Bruder mit den pinken Haaren. Ich wusste nicht, was ich erwidern sollte. »Guck dir die Bilder an. Stell dich deiner Vergangenheit. Du negierst sonst auch alles, was gut gewesen ist. Und es war durchaus einiges gut. Das Beste ist doch wohl, dass wir uns haben und dass wir so verdammt normal geworden sind.«

»Hmpf«, antwortete ich.

»Und jetzt hilf mir die Treppe runter. Wir haben schließlich eine Party zu feiern«, verkündete mein Bruder gebieterisch.

Auf der Wiese duftete es verheißungsvoll nach dem aufziehenden Abend. Die ersten Lichterketten leuchteten in den Bäumen, aber noch sah man ihren Schein in der untergehenden Sonne kaum. Holz war auf der Feuerstelle aufgeschichtet und wartete darauf, entzündet zu werden. Das Publikum war gänzlich anders als bei der letzten Hochzeit. Die meisten Leute trugen Jeans, T-Shirts oder Sommerkleider, einige allerdings auch kunstvolle Roben mit aufgestickten Halbmonden und anderen mystischen Symbolen. Im Hintergrund lief die Musik einer isländischen Sängerin. Ich glaube, ihr Name war Eivør. Eine Frau stand mit erhobenen Armen auf der Wiese und wiegte sich zu den Klängen.

»Skurril«, sagte ich, während ich neben Simon auf einem der Strohballen saß und an meinem Rotwein nippte. Ständig kam jemand zu uns, Simon schien fast alle der Anwesenden zu kennen. Ronja Ausrufungszeichen war auch da. Sie trug ein langes schwarzes Kleid und hatte die braunen Haare zu einem hohen Zopf gebunden. Beladen mit irgendwelchen Kisten eilte sie ständig hin und her.

Am anderen Ende der Wiese entdeckte ich zwischen all den Menschen Leon. Ronja sah ihn auch und ließ ihre Kisten im Stich, um ihn zu begrüßen. Die beiden umarmten sich sehr innig, wobei Leon sich bücken musste, denn Ronja war wesentlich kleiner als er. Ich beobachtete die Szene mit gerunzelter Stirn, sie wirkten sehr vertraut miteinander.

Simon folgte meinem Blick, sagte aber keinen Ton. Was auch besser war. Mein außerordentlich klopfendes Herz ging ihn mal gar nichts an.

»Wolkenloser Himmel. Gibt keinen Blitz«, sagte ich lapidar und widmete mich wieder der Betrachtung der wuselnden und gut gelaunten Menschen.

»Du bist so bescheuert«, erwiderte mein Bruder.

»Selber«, antwortete ich, und dann ging es plötzlich los. Als hätte es einen Startpfiff gegeben, versammelten sich die Gäste um die Strohballen, die Musik verstummte. Jemand trug in eiliger Hast einen kleinen Tisch herbei, auf dem er einige Utensilien balancierte. Den Tisch platzierte er in der Mitte, zwischen den Strohballen, ein anderer Mann trug einen ausladenden Sommerstrauß in einem großen Einmachglas hinterher und stellte ihn dazu. Eine Frau trat in den so entstandenen Kreis.

»Willkommen«, rief sie und hob die Hände. Bunte Perlenarmbänder glitzerten in der untergehenden Sonne an ihrem Handgelenk. Die Leute klatschten und johlten.

»Ist das die Zeremonienmeisterin?«, fragte ich Simon. Er warf mir einen knappen Blick zu.

»Die Oberhexe«, sagte er und zeigte ein Grinsen. Eins, das mich an früher erinnerte. Die gute Stimmung hatte ihn eindeutig angesteckt.

Alle um uns erhoben sich von den Strohballen, und auch ich stand auf, wobei ich Simon eine Hand reichte. Er zog sich hoch und lehnte sich leicht gegen mich. Ich ließ den Blick schweifen, um Leon zu suchen, entdeckte ihn aber nicht. Als ich das nächste Mal zu Simon sah, stand er auf einmal direkt neben uns. Er grinste mich an. Verdutzt grinste ich zurück, und mein Herz bescherte mir einen heftigen Doppelschlag. Als hätte es ernsthaft auf Leon gewartet. Ich hatte keine Möglichkeit mehr, mich mit dieser Tatsache auseinanderzusetzen, denn im nächsten Moment marschierte ein kleines Mädchen in einer Jeanslatzhose herbei. Sie war vielleicht vier oder fünf und hielt mit stolzer Miene ein Schild hoch: »Hier kommt die Braut!«, war darauf zu lesen, und die Leute fingen an zu johlen und zu applaudieren. Das kleine Mädchen strahlte ob dieser wichtigen Aufgabe.

Die Menge teilte sich, und die Braut wanderte mit wiegenden Hüften und angetan mit einem cremefarbenen Traum aus Seide und Spitze über den Pfad, der sich gebildet hatte. Ihr folgten ihre lachenden Freundinnen. Das war alles so was von skurril. Und zauberhaft.

Auf der anderen Seite tauchte jetzt ein kleiner Junge auf. Auch er trug ein Schild. »Hier kommt der Bräutigam!« Der Junge irrte ein wenig orientierungslos durch die Menge, hilfreiche Hände schoben ihn in die richtige Richtung. Der Bräutigam und ein älterer Herr irrlichterten dem Jungen hinterher. Etwas verwirrt suchte der zukünftige Hexengatte den Eingang in den Kreis, wo seine Frau und die Hexe auf ihn warteten. Die Leute klatschten begeistert. »Man hätte mich schon vom Hof gejagt«, sagte Simon und lachte.

»Du hättest einen derartig komplizierten Weg mehrfach beschildert. Mit Beleuchtung«, antwortete Leon. Ich verkniff mir einen Kommentar. Das war schon alles äußerst lustig.

»Können wir mal Plätze tauschen? Ich kann mich mit meinem kaputten Arm nicht an dich lehnen, Katha«, murmelte Simon und schob sich ein wenig umständlich und ohne eine Antwort abzuwarten, an mir vorbei. Was dazu führte, dass ich nun direkt neben Leon stand. Sehr dicht, weil alle sich wie die Ölsardinen quetschten. An der einen Seite lehnte mein Bruder, bei dem schon wieder eine Hochzeitsrührung zu vermelden war, auf der anderen Seite spürte ich Leons Oberarm. Diese Nähe verwirrte mich, und so verpasste ich fast den ersten Teil der Zeremonie.

Die Frau in der Mitte drehte sich im Kreis, schwenkte ein wenig melodramatisch ein Messer, pustete Luft durch die Lippen und tat diverse andere merkwürdige Dinge, während ich den Blick über alle Köpfe gerichtet hatte und Leons Nähe sich überdeutlich in mein Bewusstsein drängte. Auch, weil er offenbar die Tendenz hatte, sich ebenfalls gegen mich zu lehnen. Es fühlte sich an, als würde er dagegen ankämpfen, was ihn ein wenig zum Schwanken brachte. Ich dachte an den Unfall, von dem Simon mir erzählt hatte und wie ich ihm vom Boden hochgeholfen hatte, als er den Router repariert hatte.

Aus einem Reflex heraus griff ich nach seiner Hand, und im selben Atemzug durchzuckte es mich.

Verdammt, er hatte mich nicht um Hilfe gebeten.

Leon durchzuckte es genauso, das konnte ich spüren. Er warf mir einen schnellen Blick zu, dann aber umfassten seine Finger meine fester. Für einen Moment sahen wir uns in die Augen.

»Ich kann mich auch hinsetzen«, sagte er. »Du musst das nicht tun.« Er klang abgeklärt, furchtbar nüchtern. Als hätte es schon Menschen gegeben, die das Halten seiner Hand als Zumutung empfunden hatten. Vielleicht hatte er aber auch zu viele Menschen schon um Halt und eine Hand bitten müssen.

Ich sah ihm weiter in die Augen, und mein Mund sagte ohne mein Zutun: »Ich weiß, aber ich mag es sehr gerne.«

Kapitel 12

»Ich auch«, sagte Leon, und die Wärme seiner Hand spürte ich bis in mein Herz hinein. Ich versuchte, mich wieder auf die Zeremonie zu konzentrieren, so wie alle anderen. Es war so still um uns geworden. Die Menschen lauschten der Hexe im Kreis, die über die Liebe sprach.

»Eine Beziehung zu einem Menschen baut man nicht in Tagen, Wochen oder Monaten auf, sondern in Momenten«, sagte sie. Und obwohl ich die ganze Zeit doch bemüht war, diese Hochzeit weiterhin ein wenig sonderbar zu finden, berührten mich diese Worte tief, denn es waren wirklich die Momente, die einem im Gedächtnis blieben. In jeder Beziehung. Darüber hatte ich noch nie nachgedacht.

Mein Blick wanderte zu meiner Hand, die fest von Leons Fingern umschlossen war. Vorsichtig drehte ich den Kopf zur anderen Seite und sah zu Simon hoch. Er hatte den Kiefer fest zusammengepresst. Seine Lippen waren ganz weiß. Das war sein »Ich weine nicht«-Gesicht. So hatte er auch mit zehn ausgesehen, wenn er sich mit aller Macht die Tränen verkniffen hatte. Mit meiner freien Hand griff ich seine und drückte sie. Das war keine übliche Hochzeitsrührung, die ihn so oft überkam. Meinen Bruder quälten Dinge, von denen ich keine Ahnung hatte. Und das lag nicht nur an den Schulden unseres Vaters.

Und dann rief auf einmal ein großer Vogel am Himmel. Fast gleichzeitig blickten alle Gäste in den dunkel gewordenen Nachthimmel, ein Raunen ging durch die Menge. Eine weiße, prachtvolle Schleiereule drehte eine lang gezogene Kurve über die Hochzeitsgesellschaft. Auch die Hexe im Kreis hielt inne, das Gesicht wie alle anderen zum Himmel gehoben.

Ich aber schloss die Augen, und für einen Herzschlag lang war ich nur im Hier und Jetzt. Als hätte jemand den Schleier der Alltäglichkeiten weggezogen und mich mitten in mein Leben hineingestellt, das ich sonst nur vom Seitenrand aus beobachtete. Ich atmete tief durch und lauschte dem neuerlichen Ruf des großen Vogels. Leons Stirn streifte meine Haare. Er hatte sich zu mir gebeugt.

»Sie lebt im Gebälk des alten Stalls. Hast du sie noch nie gesehen und gehört?«, flüsterte er mir ins Ohr. Mir lief ein heißer Schauer den Rücken hinunter. Ich vergaß darüber sogar, als Antwort den Kopf zu schütteln. Ich konnte nur mit geschlossenen Augen dastehen und Leons Nähe spüren, bis er sich aufrichtete. Als ich mich endlich wieder im Griff hatte, waren die weiteren Worte der Hexe und des Brautpaares einfach an mir vorbeigewabert. Ich riss mich zusammen und atmete tief durch.

»Ich segne euch mit dem heiligen Element Erde. Der Schoß der Göttin, der Basis allen Lebens. Möge Mutter Erde euch Trost und festen Stand in der Welt spenden. Möget ihr einen fruchtbaren Garten finden, in dem ihr gemeinsam wachsen könnt«, sagte die Hexe jetzt, und in ihrer Stimme lag eine wunderbare Wärme. Ich reckte den Kopf, um besser sehen zu können. Braut und Bräutigam standen sich gegenüber, ihre Hände fest umschlungen. Kay hatte getrocknete Tränen auf der Wange. Simon neben mir seufzte tief, aber wenigstens klang er nicht so, als würde auch er gleich in Tränen ausbrechen.

»Ich segne euch mit dem heiligen Element Wasser. Möge es unsere erhitzten Gemüter kühlen, uns durch die glatte Oberfläche des Sees unser Spiegelbild zeigen und so ermöglichen, in die Tiefen unserer Selbst zu blicken. Möge das Wasser uns Zugang zu unseren verborgenen Gefühlen geben, unsere Intuition stärken und uns die Kraft verleihen, auch in schweren Zeiten voller Liebe auf unseren Partner zu sehen«, sagte die Hexe.

In den schweren Zeiten meines Lebens hatte ich bisher allein dagestanden. Als ob er Gedanken lesen konnte, fuhr Leons Daumen einmal sanft über meinen Handrücken. Ich blickte erneut auf unsere Hände. Vielleicht war das nur ein Versehen gewesen. Ich schaute hoch in sein Gesicht, er lächelte. Kein Versehen. Eindeutig nicht. Dann deutete er mit dem Kinn zum Kreis und dem Brautpaar. Die Hexe hatte die Hände von Mimi und Kay mit einem leuchtend roten Tuch fest umwunden.

»Der Knoten ist gebunden und eure Liebe schützend umwunden. Mit dem Segen der alten Göttin, erkläre ich dich Mimi und dich Kay, erkläre ich euch zu Frau und Mann, solange ihr in Liebe zusammenlebt. So sei es!«

»So sei es!«, brüllte die Menge, und ein tosender Applaus folgte und brandete über mich hinweg. Ich musste lachen. Die Stimmung war so ausgelassen, und das war verdammt ansteckend. Die Braut rief: »Und jetzt lasst uns feiern!«

Die Antwort war ein einstimmiges und lautes: »JA!«

Die Hexe im Kreis drehte sich noch ein paarmal schwungvoll um die eigene Achse. Sie schien irgendwelche wichtigen magischen Dinge vollziehen zu müssen, aber der Rest der Gesellschaft hatte sich schon verteilt und das Feuer wurde entzündet.

Mittlerweile war es Nacht geworden. Die Bäume leuchteten mit ihrem Lichterschmuck in der Dunkelheit, und die Musik war schlagartig lauter geworden. Offenbar war Feiern eine Kernkompetenz von Hexen. Der Rhythmus der Musik war ansteckend, etwas Wildes, mit Trommeln und ungestümen Geigen. Um uns herum war so viel los, dass wir drei erst mal einfach stehen blieben, aber am Rande dieses Ereignisses fiel mir im nächsten Moment ein Mann im dunklen Anzug auf. Er stach mir sofort ins Auge, weil er dermaßen overdressed war, dass man ihn absolut nicht übersehen konnte.

Der Mann war Matteo de Luca. Simon entdeckte ihn zeitgleich mit mir, und ohne ein Wort zu uns zu sagen, ließ er mich los und humpelte durch die Menge in seine Richtung. Leon und ich blickten ihm hinterher, während wir immer noch Hand in Hand inmitten der feiernden Menschen standen. Ich schaute wieder auf unsere Finger herunter, die sehr viel stärker verschlungen waren, als sie es sein mussten. Es war eine ganz erstaunliche Nähe. Mein Herz klopfte plötzlich aufgeregt.

»Soll ich uns was vom Buffet holen?«, fragte ich, um diesem Moment der Erkenntnis zu entkommen. Leon sah mich einen Augenblick lang an, dann ließ er mich los und drehte sich seitlich, um sich auf dem Strohballen abzustützen und sich hinzusetzen. »Kommst du wieder?«, fragte er statt einer Antwort.

»Natürlich komme ich wieder«, antwortete ich erstaunt. Das mittlerweile hoch lodernde Feuer spiegelte sich in seinen braunen Augen.

»Gut«, war seine Antwort, und ich wusste nicht genau, worauf sich das bezog.

Ich bahnte mir einen Weg zum Buffet. Dabei traf ich das Brautpaar und wollte nur freundlich gratulieren, fand mich aber in einer herzlichen Umarmung der beiden wieder.

»Wer bist du?«, fragte der Bräutigam lachend, als er mich losließ.

»Simons Schwester! Katha! Mach die Augen auf!«, rief seine Frau über die Köpfe weiterer Gratulanten hinweg.

»Stimmt. Ich bin etwas reizüberflutet. Schön, dass du da bist! Dein Bruder hat so viel von dir erzählt.« Vor Freude drückte er mich gleich noch einmal, und ein wenig trunken vor so viel Freundlichkeit landete ich schließlich doch endlich beim Buffet.

Ich belud einen der Porzellanteller mit allerlei Köstlichkeiten. Muffins, Bratkartoffeln, ein Stück alter Cheddar, ein Klecks

Mango-Chutney und noch eine Ecke veganer Käsekuchen dazu. Ich wusste ja nicht, was Leon gerne mochte. Auf dem Rückweg traf ich Ronja Ausrufungszeichen, die mich direkt zu einem wilden Tanz animieren wollte. Meine Beine wollten auch umgehend lostanzen. Ich hatte so verdammt lange nicht mehr getanzt, dass mein ganzer Körper nun versuchte, dieses Defizit auszugleichen, indem er mir die Kontrolle entzog, aber ich riss mich auf das Äußerste zusammen.

»Ich kann nicht!«, rief ich und lief weiter zu Leon, der die Hände hinter sich auf den Strohballen gestützt und wahrscheinlich schon auf mich gewartet hatte. Ich ließ mich neben ihn plumpsen und hielt ihm den Teller entgegen.

»Das ist ja wie eine bunte Tüte aus unserer Kindheit«, sagte er. Dann fragte er: »Ist das alles für mich?« Ich nickte und kontrollierte meine Füße. Sie wollten immer noch tanzen.

»Und du isst nichts?« Zögernd nahm mir Leon den Teller und das Besteck aus den Händen.

»Äh«, sagte ich und grinste. »Vergessen.«

»Hat man Satans Prinzessin eine Gehirnwäsche verpasst?« Leon zog eine Augenbraue hoch.

»Was?«, fragte ich verwirrt.

»Bist du jetzt völlig selbstlos geworden?«, verfeinerte Leon seine Frage, dazu zog er eine Augenbraue hoch. Sein Humor brauchte ein paar Sekunden, bis er bei mir ankam. Dann musste ich lachen und sagte anerkennend: »Verdammt. Der war gut!«

Leon sah mich auf einmal so intensiv an, dass ich mich nur mit Mühe davon abhalten konnte, mir eine verirrte Haarsträhne hinter das Ohr zu streichen und meine Bluse zu richten. Aber es war keine dieser männlichen Musterungen, die die weiblichen Attribute abcheckten. Es schien vielmehr, als wolle Leon einen Blick hinter die Kulissen erhaschen. Was ihm offenbar gelang, denn er lehnte sich ein wenig nach vorne und sagte: »Du musst unbedingt tanzen gehen.«

»Nein«, antwortete ich reflexhaft.

»Dein Körper zuckt. Im Takt der Musik. Ich vermute, dass du dich gleich in eine kleine Rauchfontäne auflöst, wenn du nicht tanzen gehst.« Okay. Vielleicht musste er keine große Gedankenleserei dafür veranstalten, und man sah es mir wirklich an.

Ich schüttelte den Kopf. Ich wusste nichts über Leon, nur, dass er mit großer Sicherheit nicht tanzen konnte. Ich würde ihn hier nicht sitzen lassen und Spaß haben, während er bloß zuguckte.

»Satans Prinzessin. Du bist ganz anders, als ich dich in Erinnerung hatte«, sagte Leon, und jetzt grinste er, was seine Augen zum Strahlen brachte. Das Licht des Feuers brach sich tausendfach darin und erschuf eine außergewöhnliche Tiefe, die mich in ihren Bann zog. Ich fühlte mich ein wenig betrunken, und das kam nicht von den drei Schlucken Wein, die ich vor der Zeremonie getrunken hatte. Es musste an den tobenden Endorphinen in der Luft liegen, an der Musik, an der Freude, die wie verrückt um uns herumsprang. Und an Leon. Scheiß auf den Blitz. Ich schluckte trocken.

Leon teilte mit der Gabel ein Stück von dem Cheddar ab, tupfte einen kleinen Klecks Chutney darauf und hielt mir die Gabel hin. Ich öffnete den Mund und zog den Käse mit den Zähnen ab. Es schmeckte köstlich.

»Den Rest dieser speziellen Kombination werde ich allerdings allein essen«, erklärte Leon, und dann stolperte Ronja förmlich über uns, fing sich wieder und hielt sich an meiner Schulter fest, um nicht hinzufallen.

»Hier bist du!«, rief sie. »Leon, ich muss mit Katha tanzen gehen.«

»Ich passe hier auf alles auf«, sagte er mit vollem Mund.

»Los!« Ronja zerrte mich förmlich vom Strohballen hoch und schob mich vor sich her in Richtung Feuer.

»Ich finde es nicht okay, dass Leon …«, setzte ich an, und

Ronja blieb vor mir stehen. Sie umfasste meine Schultern mit beiden Händen. Das war näher als nah. Irritiert blinzelte ich.

»Aber Leon findet das okay. Sonst hätte er das gesagt. Wenn du dir bei einer Sache sicher sein kannst, dann ist es die, dass Leon die Dinge beim Namen nennt.« Vermutlich zog ich bei ihren Worten die Augenbrauen bis zum Haaransatz. Doch dann vollzog sich ein Wandel in ihrem Gesicht. Sie schien eine Erkenntnis zu haben, und aus dem Nichts sagte sie plötzlich: »Tu ihm nicht weh.« Ihr Blick war eindringlich, doch bevor ich dazu irgendetwas sagen konnte, rief sie: »Das ist Egil Saga von Faun. Wir müssen leider tanzen!« Und dann tanzte sie mit dem Einsetzen des Basses und der Trommeln. Ihr Kleid flog um ihre Beine, als hätte ein Wirbelsturm sie erfasst.

Meine Füße übernahmen die Kontrolle. Mein Herzschlag passte sich den immer schneller werdenden Trommeln an, und mein Körper folgte diesem Rhythmus.

Alles um mich herum verschwand. Ronja tanzte dicht neben mir, völlig versunken in der Musik. Ich brauchte nur wenige Minuten, bis jeder Gedanke aus meinem Kopf verschwunden war, bis es nur noch mich, meinen Körper und die Musik gab. Ich fing an zu glühen, wie ich es schon als Teenie getan hatte, wenn ich tanzen war. Bis ich schwanger wurde, war ich jedes Wochenende unterwegs gewesen. Danach gefühlt nie wieder.

Nach drei weiteren Liedern von einer mir unbekannten Band, die so wilde Trommeln ihr Eigen nannte, dass ich völlig außer Puste war, musste ich eine Pause machen. Schwer atmend stellte ich mich ein wenig abseits und stützte die Hände auf die Oberschenkel, um wieder Luft zu bekommen.

Wenn, dann richtig, egal was lief. Das war schon immer mein Motto gewesen.

Die Musik ging weiter, aber jetzt wurde der Rhythmus etwas langsamer. Ich fühlte mich, als wäre ich in der Sauna gewesen und war der inneren Kernschmelze nahe. Ich drehte mich um und ließ den Blick schweifen. Die Menge tanzte ausgelassen. Am Rand standen einige Leute und unterhielten sich oder plünderten das Buffet. Simon war immer noch verschwunden. Ich trat ein wenig zur Seite und merkte erst jetzt, dass meine Augen Leon suchten. Als wäre er ein offensichtlicher Bezugspunkt.

Leon saß immer noch auf dem Strohballen, hatte den Teller neben sich gestellt und den Kopf ein wenig schräg gelegt, damit er mich um die herumstehenden Menschen ansehen konnte. Offenbar war auch ich sein Bezugspunkt, unsere Blicke trafen sich nämlich. Ich stolperte ein wenig ungelenk durch die Strohballen hindurch in seine Richtung. Kaum saß ich neben ihm, hielt er mir eine Flasche Wasser hin.

»Hab schon draus getrunken.«

Ich nahm die Flasche, setzte an und trank in gierigen Zügen. »Macht nichts«, sagte ich dann atemlos. Achtlos stellte ich die Flasche neben uns auf die Wiese. Ich sah Leon in die Augen, und mein Körper schien noch nicht gewillt zu sein, mir die Kontrolle zurückzugeben. Er beugte sich ein wenig nach vorne. So weit, bis meine Lippen dicht vor Leons Mund waren. Leons Blick ließ mich nicht los. Er verharrte regungslos. Ich schloss die Augen und küsste ihn. Während die Musik lief, die Menschen tanzten, das Feuer brannte und ich mir nichts sehnlicher wünschte, als mehr von diesem Mann zu spüren. Seine Lippen waren erstaunlich weich, und er schmeckte köstlich nach den Mangos im Chutney.

Leon verharrte weiterhin wie erstarrt, und mein Geist brachte meinen Körper endlich unter Kontrolle. In dem Moment, als ich mich zurücklehnen wollte, umfasste Leon mein Gesicht mit einer Hand und küsste mich zurück. Sehr vorsichtig, als könne er nicht glauben, was gerade passierte. Konnte ich ja selbst nicht.

Ich lächelte und öffnete die Augen wieder. Leons Hand berührte weiter meine Wange. In seinem Blick lag ein Ausdruck, den ich nicht einordnen konnte. Der mich jedoch schlagartig ernüchterte. Vielleicht war ich in meinem vom Himmel fallenden Überschwang ein wenig über das Ziel hinausgeschossen.

»Sollte mir das leidtun?«, fragte ich schnell. Leon ließ seine Finger sinken und griff nach meiner Hand. Er sah verwirrt aus, und das war keine Koketterie. Er machte den Eindruck, als hätten die Ereignisse ihn völlig überrumpelt. Vielleicht sollte ich mich tatsächlich entschuldigen? Ich öffnete schon den Mund, während ich noch nach Worten sann, aber Leon kam mir zuvor. Er kniff die Augen zusammen, und dann hob er wieder die Hand zu meinem Gesicht. Er legte den Zeigefinger auf meine Lippen, was sie zum Prickeln brachte, und es schien, als müsse er noch kurz nachdenken. Doch dann beugte er sich vor und küsste mich.

Meine Finger wanderten an seiner Kinnlinie weiter, bis zu seinem Hals, einen Moment später spürte ich die kräftigen Muskelstränge in seinen Schultern, in die ich meine Finger graben konnte. Leon atmete tief durch und gab einen erstickten Laut von sich, aber nun gingen auch seine Hände auf Wanderschaft, und er strich mir sanft mit den Fingerspitzen über das Dekolleté. Nur bis zum Ansatz der Brust, keinen Millimeter weiter, als würde er sich selbst zur Ordnung rufen, aber diese Berührung reichte aus, um meinen ohnehin schon überhitzten Organismus fast zum Überkochen zu bringen. Ich war so verdammt lange nicht mehr berührt worden. Ich war so ausgehungert nach Nähe, und Leon küsste so ausgezeichnet, trotzdem nahm ich all meine Selbstdisziplin zusammen, die ich noch aufbringen konnte, lehnte mich zurück und legte Leon beide Hände auf die Brust.

Mein Herz raste, und meine Seele zitterte vor überschüssiger Energie. Er sah mich mit leicht erhobenem Kopf durch halb geschlossene Lider an. Dann fuhr er mit den Fingern durch meine Haare, versuchte, sie in eine Ordnung zu bringen, und seine Fingerspitzen glitten hinab bis zu meinem Kinn.

Dort verharrte seine Hand, und für ein paar Herzschläge saßen wir da, ohne uns zu rühren. Vielleicht hatte ich noch nie jemandem so lange in die Augen geblickt, aber dieses Gefühl, das da in mir gluckste, war so unerwartet. Für diesen einen Moment war ich nämlich glücklich.

»Tut mir leid, euch zu stören«, sagte da eine Stimme in dringlichem Tonfall zu uns. Wir fuhren beide ertappt zusammen. Hinter uns stand Ronja.

»Katha. Kannst du bitte mal nach Simon schauen?« Ihre Worte waren wie eine kalte Dusche.

»Was ist mit ihm?«, fragte ich zurück und drückte mich an Leons Schulter nach oben.

»Er hat irgendetwas durch sein Büro geworfen und ist dann abgehauen. Vermutlich in sein Zimmer.« Sie räusperte sich. »Wenn mich nicht alles täuscht, hat er geweint. Und zu mir gesagt, ich solle mich verpissen.«

»Oh«, sagte ich erschüttert und rannte los. Das war schlecht. Wir hatten in unserer Kindheit das gesamte Kontingent an übelsten Schimpfworten abbekommen, und Simon sagte normalerweise zu niemandem, er solle sich verpissen. Es sei denn, ihm fehlten alle anderen Worte, nur dann griff er auf die fatale Konditionierung unseres Vaters zurück. Es musste irgendetwas passiert sein.

Kapitel 13

Ich rannte über den Burghof, wich der übergriffigen Rose aus und machte kurz Halt in Simons Büro. Sein Handy lag zerschmettert neben dem großen steinernen Kaminsims. Anscheinend hatte er es mit voller Wucht gegen die Wand geschmissen. Verdammt. Simon ging mit seinem Handy ins Bett. Er liebte es. Erst kam Mona, dann kam ich und dann sein Handy. Eilig nahm ich gleich zwei Stufen auf einmal nach oben. Ich hatte einen Stein im Magen. Nein, einen ganzen Felsbrocken.

Das war dieses verrückte Zwillingsding. Ich spürte Simons Schmerz und riss, ohne anzuklopfen, die Tür zu seinem Schlafzimmer auf.

Mein Bruder lag auf der Seite zusammengerollt auf seinem Bett. Simon weinte. Bitterlich. Sein ganzer Körper wurde von Schluchzern geschüttelt. Eiseskälte durchfuhr mich.

»Was ist passiert?«, fragte ich und kroch neben ihm auf das Bett, darauf bedacht, seinen verletzten Arm nicht zu berühren. Simon antwortete nicht. Er weinte weiter.

»Simon. Was ist passiert?«, fragte ich erneut und drückte ihn an mich.

Er schüttelte den Kopf, holte aber wenigstens einmal kurz Luft.

»Atme tief durch. Ich bin bei dir«, sagte ich sanft und streichelte seinen Kopf. »Es wird alles gut.« Zittrig atmete mein Bruder ein und wieder aus.

»Glaube ich nicht«, flüsterte er, und nach einem Moment fügte er hinzu: »Kannst du Ronja bitte eine Nachricht schreiben? Ich habe gesagt, sie soll sich verpissen. Sag ihr, dass es mir leidtut.«

»Klar. Mache ich.« Ich zog mein Handy aus der Hosentasche. Leon hatte mir geschrieben. Ich rief seine Nachricht ab. »Was ist mit Simon?«

»Weiß ich noch nicht. Ich bleibe bei ihm«, schrieb ich zurück. Und nach einem Augenblick des Nachdenkens fügte ich hinzu: »Das war sehr besonders für mich. Danke.«

Leon tippte. Er tippte noch länger. Die Kreise drehten sich, und in der Zwischenzeit schrieb ich an Ronja, die mir zum Glück gestern nach dem Frühstück ihre Nummer geschickt hatte. Als ich zurück in den Chat mit Leon kam, waren die Kreise weg. Leon hatte nicht geantwortet. Oder das, was er geschrieben hatte, nicht abgeschickt. Ich atmete kurz durch und warf das Handy dann hinter mich auf das Bett. Damit hatte ich nicht gerechnet.

»Finden die Hexen allein raus?«, fragte ich meinen Bruder.

»Sind Hexen. Ich gehe davon aus.«

»Also. Was ist passiert? Rede jetzt bitte endlich mit mir.«

Als Antwort fing mein Bruder wieder an zu weinen. Was auch immer passiert war, es hatte die Akutphase eines emotionalen Dammbruchs ausgelöst. Er sprach keinen Ton, hielt sich aber an meiner Hand fest, als wäre sie ein Rettungsboot in schwerer See.

Ich wusste auch am nächsten Morgen nicht, was geschehen war. Simon war wie eine fest verschlossene Auster. Es war zum Kotzen. Aber immerhin stand er auf, richtete sich die Haare und ging in sein Büro, um zu arbeiten. Den Stapel Briefe von der Fensterbank nahm er mit.

Ronja kam, quälte ihn eine Stunde, danach arbeitete er weiter. Frau Ausrufungszeichen war noch da, als ich auf den Burghof hinaustrat. Sie wuchtete gerade ihre Liege zurück ins Auto. Ich musste an ihre Worte vom Abend zuvor denken. *Tu ihm nicht weh.* Leon hatte sich immer noch nicht gemeldet. Momentan sah es wohl eher andersherum aus. Vielleicht wusste Ronja mehr?

»Willst du noch einen Kaffee?«, fragte ich sie schnell, da sie schon im Begriff war, einzusteigen.

»Ich habe gleich den nächsten Termin«, sagte sie bloß und warf schwungvoll den Kofferraumdeckel zu.

»Äh«, sagte ich. »Also …«

»Leon ist wirklich ein guter Freund von mir«, antwortete sie auf mein Gestammel. »Er hat eine harte Zeit hinter sich und ein wenig Glück mehr als verdient.« Ich zog eine Augenbraue hoch. »Das heißt?«, fragte ich, weil ich mir darauf wirklich keinen Reim machen konnte.

»Dass Satans Prinzessin vielleicht nicht das Richtige für ihn ist.« Sie zuckte die Achseln, und ich zuckte förmlich zurück.

»Entschuldige?«, entfuhr es mir. Ronja sah mich eine Weile wortlos an.

»Ja. Sorry«, sagte sie schließlich. »War nicht böse gemeint.« In ihrer Handtasche klingelte ihr Handy. Es hörte für einige Sekunden auf und fing kurz darauf direkt wieder an zu klingeln. Ich bemerkte, dass ihre Halsschlagader hektisch pochte. Endlich verstummte das Gebimmel.

»Du kennst mich doch gar nicht«, sagte ich.

»Nein«, stimmte sie mir zu. »Aber ich kenne Leon.« Sie steckte die Hände in die Hosentaschen. Ihr Handy begann wieder zu klingeln. »Fuck Teil!«, sagte sie aus tiefstem Herzen und warf ihre Handtasche mit Nachdruck durch die geöffnete Fahrertür auf den Beifahrersitz.

»Kommt da noch was?«, fragte ich. Ronja grinste. Zaghaft, aber immerhin.

»Leon will es immer allen recht machen. Dabei muss er sich auf sich konzentrieren.«

Ich zuckte fragend die Schultern. »Und was hat das mit mir zu tun?«, wollte ich wissen. Ronja atmete tief durch.

»Tut mir leid. Es steht mir nicht zu, das zu bewerten«, sagte sie und klang dabei ein wenig steif. Und dann fügte sie völlig zusammenhanglos hinzu: »Dein Bruder macht nicht mit. Er ist zu passiv. Wir kommen nicht weiter. Er muss auch ohne mich seine Übungen machen. Sonst dauert das alles noch sehr viel länger. Und jetzt habe ich genug Unheil gestiftet und muss wirklich los. Ein Schlaganfall wartet auf mich.«

Ich sah ihr hinterher und spürte dem fiesen Gefühl nach, das Ronja in mir ausgelöst hatte. Sie war anscheinend der Ansicht, dass ich nicht gut genug für Herrn von Bredow war. Das ließ mich, zugegeben, etwas fassungslos zurück.

Und wo ich schon mal in dieser unangenehmen Stimmung war, konnte ich auch noch tiefer sinken. Ich machte also einen kurzen Abstecher in die Küche, schnappte mir einen Kaffee und ging damit nach oben. Aus Simons Zimmer holte ich mir kurzerhand den Karton mit den alten Fotos und verzog mich damit in mein Schlafzimmer. Ich schob den ausladenden Sessel mit dem gelben Bezug dicht ans Fenster und stellte meine Tasse auf die Fensterbank. Dann ließ ich mich nieder, kreuzte die Beine, hielt den alten Schuhkarton einen Moment lang fest und sah hinaus. Dichte Wolken hatten die Sonne der vergangenen Tage abgelöst, und der Himmel changierte zwischen einem bleiernen Eisgrau und der Farbe von schmutzigem Pfützenwasser.

Die Pferde standen auf der Wiese hinter dem alten Stallgebäude. Hermann hatte den Kopf gesenkt und graste, das Pony dicht neben ihm döste, ein Hinterbein auf die Spitze des Hufes gestellt.

Trotz des ganzen Dramas um mich herum musste ich feststellen, dass das ein schöner Anblick war. Das satte Grün der umliegenden Wälder und die blühenden Wiesen mit den einzelnen großen Bäumen darauf wirkten wie ein Postkartenmotiv. Auch ohne Sonne.

Langsam öffnete ich den Deckel des Kartons. Obendrauf befand sich eine ausgeschnittene Traueranzeige. Hildegard Baronin von Weiden. Sieben Jahre war unsere Mutter jetzt schon tot. Vor sieben Jahren hatte ich Mona für einige Tage bei einer Schulfreundin gelassen und mich mit Simon hier getroffen, um sämtliche Nachlassdinge zu erledigen. Dazu gehörte auch der große rote Ordner, in dem wir alle Schulden fanden, mit denen Burg Heidenfeld belastet war. Dass unser Vater Schulden hatte, wussten wir. Dass er quasi den Stammsitz der Familie von Weiden verpfändet hatte, hingegen nicht. Unsere Mutter hatte es entweder nicht gekümmert oder sie hatte die ganze Situation, wie die immer dringlicher klingenden Schreiben der Bank, schlicht ignoriert. Simon war alleiniger Erbe, was mein Vater in seiner testamentarischen Verfügung auch noch einmal deutlich betont hatte. Schwul sein war dann wohl doch nicht so schlimm, wie eine Frau zu sein und mit siebzehn Mutter zu werden. Obwohl ich faktisch die Ältere war, hätte ich nach dem Willen meines Vaters nichts geerbt. So war das in der engstirnigen Aristokratie. Da der Adel aber abgeschafft war, hätte mir wenigstens der Pflichtteil zugestanden, auf den ich dann allerdings dankend verzichtet hatte. Im Gegensatz zu Simon hatte ich das Weite gesucht. Mein Bruder hatte sich der Sache gestellt.

Irgendwo in der Burg polterte es. Es klang erstaunlicherweise zustimmend und gar nicht, als ob dem alten Hausgeist etwas aus der Hand gefallen wäre. Ich legte die Todesanzeige zur Seite und fischte ein paar Bilder heraus. Direkt das erste zeigte mich auf Otto. Ich hatte eine hübsche Zahnlücke, war also vielleicht sieben. Ich saß kerzengerade auf meinem dicken Pony und strahlte in die Kamera. Kurz schloss ich die Augen. Otto hatte immer leicht staubig gerochen. Das musste an seinem dicken Shetty-Pelz gelegen haben. Wenn ich mich konzentrierte, konnte ich den Geruch heraufbeschwören. Sattelseife. Stroh. Wärme. Ich öffnete die Augen wieder und erinnerte mich daran, wie ich mit

Otto über die Wiesen galoppiert war. Ohne Sattel, nur mit einem Knotenhalfter. Freiheit pur. Heute hätte ich Angst. Auch wenn man sagte, dass Reiten wie Fahrradfahren war, glaubte ich nicht daran. Man verlernte im Laufe des Lebens so viel.

Ich legte das Foto beiseite und griff das nächste. Simon und ich als kleine Kinder. Vielleicht vier oder fünf Jahre alt, dick eingepackt mit einem Schlitten auf dem verschneiten Hügel hinter dem Hochzeitspavillon, der damals noch eine heruntergekommene Abstellmöglichkeit gewesen war. Auf dem Foto konnte man meinen, er würde jeden Moment unter den Schneemassen auf seinem Dach zusammenbrechen. Ich hob den Kopf und sah hinaus auf das Anwesen. Heute strahlte der Pavillon weiß und wirkte mit seinen hölzernen Schmuckornamenten ein wenig so, als wäre er direkt einem Märchen entsprungen.

Ich zog das nächste Bild heraus. Es war ein Foto von Simon mit Mona auf dem Arm. Sie war noch ganz klein. Überrascht betrachtete ich die Aufnahme. Wer hatte sie gemacht? Wie kam das Foto hierher? In diesen Karton? Simon hatte mich damals kurz nach Monas Geburt in Berlin besucht. Mein Bruder sah das Kind in seinem Arm an, als wäre sie ein Weltwunder. Was sie ja auch war. Und immer bleiben würde. Wie aufs Stichwort klingelte mein Handy.

»Tochter!«, begrüßte ich Mona und klappte den Deckel des Kartons kurzerhand wieder zu.

»Mama! Wie geht es dir?« Meine Tochter klang atemlos. Wie immer in den letzten Tagen, wenn wir gesprochen hatten. Als würde ihr neues Leben sie auf Trab halten und kaum zu Atem kommen lassen.

»Gut«, sagte ich und stellte den Karton zur Seite. »Mir geht es gut. Erzähl. Was ist alles passiert?«

»Ich habe den Campus gesehen und fange jetzt mit Rudern an. Das machen hier alle. Und gestern waren wir in einem Nationalpark. Einem kleinen. Hier um die Ecke. Und abends war ich unterwegs. Das Nachtleben hier ist definitiv nicht zu verachten.« Sie lachte, und ich verkniff mir mühsam all die vielen Ratschläge und Warnungen, die mir sofort auf der Zunge lagen.

Lass niemals dein Getränk unbeaufsichtigt. Gehe niemals allein los. Fahre niemals mit Fremden mit.

Mona plapperte wie ein sprudelnder Wasserfall, und ich war dankbar für jedes Wort. Jedes ihrer Worte vervollständigte das Puzzle für mich, ich bekam ein Bild ihres unbekannten Lebens in den USA. Ihres Lebens, in dem ich jetzt nicht mehr der Mittelpunkt war, sondern nur noch an der Seitenlinie stand.

»Jetzt bist du auf dem neuesten Stand. Mama, geht es dir wirklich gut?«, fragte meine Tochter noch mal, und ich blinzelte erstaunt, weil sie offenbar spürte, wie es in mir aussah. Das war so nicht vorgesehen.

»Mir geht es super«, log ich deshalb eloquent. »Die große Hochzeit steht kurz bevor. Und die Hochzeit mit den Hexen war zauberhaft. Im wahrsten Sinne des Wortes. Simon geht es übrigens besser.« Zumindest körperlich stimmte das. Von Leon erzählte ich natürlich nichts. Da gab es auch nichts zu erzählen. Der Kuss schien eine einmalige Angelegenheit gewesen zu sein. Vielleicht war Leon betrunken gewesen und bereute die ganze Sache mittlerweile. Das würde einiges erklären.

»Manchmal besucht mich der komische Hund der Köchin, und ich habe noch nicht herausgefunden, wie er die Türen aufmacht«, erzählte ich munter weiter, genaustens darauf bedacht, die vielen trüben Gedanken nicht in meine Stimme gelangen zu lassen.

»Magie?«, fragte Mona.

»Nicht ausgeschlossen«, erwiderte ich lachend. Sie versprach, noch mehr Fotos zu schicken und Johannes von mir zu grüßen. Es war eigenartig, dass wir so gar keinen Kontakt hatten, obwohl doch Mona nun bei ihm lebte. Oder besser: Ihr eigenes Leben führte, denn sie kam rum und hatte unglaublich viele neue Leute kennengelernt. Sein Haus nutzte sie offenbar nur, um mit ihren kleinen Brüdern zu spielen, ihre Wäsche zu waschen und zu schlafen.

Ich verabschiedete mich von Mona, drückte das Gespräch weg und schob den Karton mit den Fotos unter mein Bett. Egal, was da noch drin war, es spielte keine Rolle. Das war alles Vergangenheit.

Stattdessen holte ich meinen Laptop aus der Tasche, klappte ihn auf und schloss das Mikro an. Es war besser, die unerledigten Dinge in Angriff zu nehmen. Auch wenn Frau Gilmores Schuhe mir nicht mehr perfekt passten, sie hatte mehr Aufmerksamkeit verdient. Genau wie meine Community.

Gerade als ich auf Aufnahme drücken wollte, piepte mein Handy. Ich wischte über den Sperrbildschirm, und mein Herz machte ungewollt einen Hüpfer. Die Nachricht war von Leon.

»Guten Morgen«, hatte er geschrieben, dabei war mittlerweile Mittag. Ich wartete, ob da noch was kam, aber seine Nachricht an mich bestand nur aus diesem *Guten Morgen* zu völlig unpassender Zeit. Ich betrachtete die Worte einen Moment, las sie mehrmals, wie um herauszufinden, ob sich vielleicht eine geheime Botschaft in ihnen verbarg. Denn sie waren ein bisschen spärlich für das, was vergangene Nacht zwischen uns gewesen war. Für jemanden, der doch laut Ronja die Dinge immer beim Namen nannte. Für jemanden, der all meine Unsicherheit getriggert hatte und sich jetzt freundlicherweise dazu herabließ, sich doch einmal zu melden. Ich schippte die Nachricht mit einem Fingerstreich zurück in die App, startete endlich den Podcast und stellte mein Handy auf lautlos.

Podcast Frau Gilmore

In dem Augenblick, wo die kleine Eizelle es befruchtet in deinen Uterus geschafft hat, und das allein ist schon ein sehr weiter und außerordentlich beschwerlicher Weg, beginnt es: Du machst dir Sorgen. Ab diesem Moment ist jeder Tag gepflastert mit dem verdammten Thema »Loslassen«. Wir bereiten unsere Kinder schließlich jahrelang auf die Welt vor, und dann müssen wir sie da auch hinlassen.

Jede selbst in den Mund gesteckte Nudel ist ein Erfolg, weil sie zur Autarkie führt. Jede nicht benutzte Windel ein Fortschritt. Jeder Schritt ganz allein, ohne deine helfende Hand, ein Grund für grandiose Feiern. Es ist alles ein einziges, großes Loslassen, und leider erklärt dir keiner, wie das gehen soll.

Denn Loslassen verursacht Sorgen. Das Kind könnte es nicht schaffen, es könnte sich wehtun, keinen Anschluss finden, einsam sein, es könnte ihm etwas zustoßen … Wie man mit diesen ganzen Sorgen im Hirn noch Platz für andere Dinge haben soll, ist mir schleierhaft.

Wie zum Beispiel soll eine Mutter es einfach so schaffen, ihr winziges Kind in der Kita zu lassen? Allein! Die gesamte Eingewöhnung in der Kita habe ich weinend im Auto vor dem Gebäude gesessen. Bild und Ton waren nicht synchron. Meine Seele befahl mir, mein Kind in diese wunderbare Kinderbetreuung zu geben, damit ich Geld verdienen konnte. Mein Herz führte sich hingegen auf, als hätte ich meine Tochter inmitten einer Horde wilder Wölfe im Wald ausgesetzt. Fühlen Väter das nicht? Vermutlich nicht, denn sie überlassen diese emotionale Schwerstarbeit in der Regel den Müttern.

Nach der Kita folgt die Grundschule. Da stand dann mein klitzekleines Kind mit der großen Schultüte auf einem echten Schulhof, und ich durfte nicht mit ins Klassenzimmer. Was ja logisch ist, aber in diesem Moment doch sehr verstörend für mich war. Ich hatte ernsthaft überlegt, heimlich über das Schultor zu klettern und durch das Fenster ins Klassenzimmer zu spähen. Nur mein Bruder konnte mich mit vereinten Kräften davon abhalten. Ein Hoch auf meinen Bruder! Meine Tochter würde diese Anekdote wohl sonst noch ihren Kindern erzählen.

Muttersein bedeutet Loslassen, und es bedeutet auch, die Vergänglichkeit des Augenblicks zu spüren. Eben noch waren unsere Kinder klein, dann sind sie plötzlich groß. Alles, was wir ihnen beibringen, führt sie in die Welt hinaus, und genau das wollen wir!

Trotzdem ist das Gefühl, sie niederzuringen und in den Keller sperren zu wollen, manchmal sehr mächtig. Man möchte die Zeit anhalten, den Augenblick konservieren, in dem sie ihre erhitzte Wange an die eigene drücken und flüstern, dass man die beste Mama der Welt ist. Man möchte diesen Moment noch einen Herzschlag länger mit jeder Faser der Seele spüren.

Vielleicht ist aber auch der Blick zurück beängstigend. Da gibt es nämlich diese Leerstelle, die sie hinterlassen, wenn sie in ihr eigenes Leben aufbrechen. Denn die Lücke ist groß, weil unsere Kinder auf die Welt kommen und jeden Quadratmillimeter unseres Lebens ausfüllen. So sehr, dass manchmal für uns selbst gar kein Platz mehr ist. Das eigene Ich muss mühsam in die hinterletzte Ecke gequetscht werden, nachlässig zusammengefaltet, damit es nicht zu viel Raum einnimmt.

Und dann kommen diese vielen kleinen Momente des Loslassens, und je weiter unsere Kinder in die Welt hin-

ausmarschieren, desto mehr Platz entsteht wieder in unserem Innersten. Wir müssen irgendwann anfangen, das zusammengeknautschte Etwas auseinanderzufalten und abzustauben.

Nichts macht uns so angreifbar wie die Mutterschaft. Nichts hat mich so glücklich gemacht. Nichts hat mich so zerknautscht zurückgelassen. Mag sein, dass es anderen Frauen anders ergangen ist. Aber ein großer Teil meines Lebens bestand darin, Mutter zu sein. Es war ein harter Weg, eine Mutter zu werden. Nun muss ich langsam aus diesem Labyrinth wieder herausfinden.

Ich stoppte die Aufnahme, öffnete mein Schnittprogramm und ließ meine Worte durchlaufen. Konzentriert sammelte ich ein paar »Ähs« ein, löschte sie und verfasste einen knappten Text für die Shownotes. Dann erstellte ich eine Grafik mit den typischen goldenen Luftballons im Hintergrund und schrieb »Folge 121: Loslassen. Nichts für Feiglinge.« Ich rief meinen Hoster auf, legte die Folge an und lud sie hoch. Zumindest versuchte ich es. Doch kaum zeigte mein Laptop mir einen Fortschrittsbalken an, tauchte eine Warnmeldung auf. »Bitte überprüfen Sie Ihre Internetverbindung«.

»Leck mich«, sagte ich und klickte ungeduldig auf der WLAN-Verbindung herum. »Ich brauche da nichts überprüfen. Du bist online. Aber so was von.« Fünf Balken. Was wollte der verdammte Computer mehr? Ich versuchte es ein zweites Mal, mit dem gleichen Erfolg.

»Mann!«, rief ich und speicherte erst mal alles ab. Ich würde Leon, den Internet-Router-Bändiger, fragen müssen, ob er erneut zu Hilfe eilte. Aber Leon hatte sich offenbar verschreckt zurückgezogen oder fand mich vielleicht ganz und gar sonderbar. Oder seiner nicht würdig.

Ich atmete einmal tief durch und ignorierte dabei, dass mein

Atem zittrig klang. Simon war noch unten in seinem Büro. Es konnte doch nicht sein, dass nur Leon diesen verdammten Router in den Griff bekam. Ich würde einfach noch mal den Stecker ziehen.

Ich klappte meinen Laptop zu, klemmte ihn mir unter den Arm und eilte die große Freitreppe hinunter. Vor den Fenstern arbeitete sich endlich die Sonne ein wenig durch die Wolken und schickte ein paar ihrer Strahlen auf die ausgetretenen Holzstufen. Die Treppe knarrte und ich begann, den singenden Stufen auszuweichen. Mittlerweile hatte ich es ganz gut drauf. Stufe 23, 17 und 5 knarzten mehr als die anderen. So erreichte ich erstaunlich lautlos die große Eingangshalle.

Die doppelflügelige Tür zu Simons Büro stand offen. Er war nicht allein. Die zweite Stimme konnte ich im ersten Moment nicht identifizieren, und so blieb ich auf der untersten Treppenstufe stehen, den Laptop fest an meine Brust gedrückt. Ich sollte mich bemerkbar machen. Diesen Drang hatte ich allerdings nur, bis ich klar und deutlich Leons Stimme vernahm. Er war offenbar wieder mit seinem fast geräuschlosen Pferdeauto angereist und parkte hinten am Stall.

»Und was mache ich jetzt?«, fragte er gerade.

»Was ist das für eine dämliche Frage?«, fragte Simon zurück.

»Ich mache das nicht noch mal mit! Das kann ich nicht«, erklärte Leon. Starr stand ich da und lauschte. Was machte er nicht noch mal mit?

»Du kannst aber nicht mit meiner Schwester rumknutschen und dann so eine Kacke erzählen! Meine Schwester ist zuverlässig und zäh. Auf sie kann man immer zählen. Wir tragen alle alte Verletzungen mit uns herum. Irgendjemand hat uns wehgetan, aber darüber muss man irgendwann auch mal hinwegkommen«, fuhr Simon ihn an. Aus Loyalität zuckte ich direkt zusammen. Mein Bruder konnte sehr deutlich sein, wenn er wollte.

»Aha. Das sagt der Richtige. Sie hat übrigens angefangen. Mit dem Küssen«, sagte Leon, und plötzlich meinte ich, den Ansatz eines Lächelns in seiner Stimme zu hören.

Oh ja, ich hatte definitiv angefangen, aber es war nicht so, dass ich ihn hatte zwingen müssen. Und dann sagte er so leise, dass ich es kaum verstand: »Ich kann nicht klar denken, wenn sie in der Nähe ist.«

Mein Herz hörte für einen Moment auf zu schlagen.

Oh.

Ich umklammerte meinen Laptop wie einen Rettungsanker.

»Hmpf«, sagte mein Bruder, und dann schwiegen beide, bis Leon irgendwann fragte: »Und was ist mit dir? Ist das die nächste Absage?«

Simon brummte. Das tat er tatsächlich. Wie ein sehr großer übellauniger Hund knurrte er und sagte dann: »Ich … es läuft nicht so gut aktuell.«

Wieder schwiegen sie. Echte Kerle, die sich wunderbar anschweigen konnten. Ganz langsam und rückwärts kletterte ich Stufe um Stufe wieder nach oben. Mein Erkenntnisgewinn war enorm. Leon konnte nicht klar denken, wenn ich in der Nähe war, und meinem Bruder war die Burg entglitten. Vermutlich mehr, als er mir gegenüber zugegeben hatte. Und ich war zuverlässig und zäh. Das war ich tatsächlich, auch wenn es nicht die attraktivsten Attribute waren.

Aber all das bedeutete auch, dass Leon Gefühle für mich hatte. Gefühle, die ihn nicht klar denken ließen. Also war sein spärliches *Guten Morgen* keine pure Arroganz, sondern Unsicherheit. Damit kannte ich mich aus.

Ich schlich weiter hinauf. Die Treppe war kooperativ und gab keinen Mucks von sich.

Ich wartete in meiner Kemenate und lauschte sehr genau, wann ich Leons Auto wegfahren hörte. Ich hatte sogar das Fenster geöffnet, damit ich besser lauschen konnte. Als er verschwunden war, eilte ich die Treppe wieder hinunter. Simon war in der Burgküche und starrte unschlüssig in den geöffneten Kühlschrank.

»Ich gehe zum Abendessen zu Maria. Hier gibt es nichts zu essen.«

»Erstaunliche Erkenntnis, Bruderherz. Es ist nur Essen da, wenn man es kauft.« Er sah mich an und blinzelte. Dann schloss er die Tür und lehnte sich gegen die Küchenzeile.

»Geht es dir besser?«, fragte ich und nahm auf einem der Stühle Platz.

»Super«, antwortete Simon, klang aber durchaus argwöhnisch.

»Können wir über die Situation der Burg sprechen?«

»Können wir darüber sprechen, dass du meinen besten Freund geküsst hast? Trotz deiner abwegigen Blitz-Theorie, oder hat der inzwischen eingeschlagen?«

Ich zuckte die Schultern und spürte dem Aufruhr in meinem Herzen nach, den Leons Worte ausgelöst hatten.

»Wie küsst er?«, fragte Simon unvermittelt und ließ sich auf dem Platz mir gegenüber nieder.

Ich musste grinsen, dankbar für diese typische Simon-Frage. Simon küsste mindestens genauso gerne wie ich.

»Wunderbar«, antwortete ich. »Aber er hat sich den ganzen Tag nicht gemeldet. Außer einem schnöden *Guten Morgen* heute Nachmittag. Wahrscheinlich war er einfach betrunken und hat sich hinreißen lassen.«

Simon massierte sich das Handgelenk des verletzten Arms. »Leon trinkt nie Alkohol.« Er schüttelte den Kopf. »Wir haben doch alle Angst«, sagte er dann unvermittelt. »Angst, abgewiesen zu werden. Angst, nicht so akzeptiert zu werden. Unzulänglich und unperfekt, wie wir nun mal sind.« Erstaunt sah ich ihn an, und Simon zuckte eine Schulter. »Er hat eine verdammt schlimme Trennung hinter sich«, sagte er und ergänzte: »Du allerdings auch. Du brauchst einen Mann, der großzügig ist mit allem. Ganz besonders mit der Liebe. Der dich mit Liebe überhäuft, dir Sicherheit gibt und nicht in engen Bahnen denkt und handelt.«

»Ich brauche gar keinen Mann. Du klingst wie ein personifizierter Hochzeitsredenschreiber«, erwiderte ich nüchtern, aber das beeindruckte Simon nicht im Geringsten. Er fuhr einfach fort: »Und Leon braucht eine Frau, die mit den Wunden, die das Leben gerissen hat, umgehen kann. Eine, die die Narben anschaut, mit den Achseln zuckt und weitermacht. Er braucht nämlich genauso viel Liebe. Brauchen wir alle.«

»Gut, dass du deinen Lebensunterhalt mit Trauungen verdienst«, sagte ich. »Ronja findet übrigens, ich sei nicht gut genug für Leon«, fügte ich hinzu. Entsetzt sah Simon mich an. »Jeder Mann dürfte dem lieben Gott hundertmal am Tag danken, dich als Frau zu bekommen.«

Ich musste lachen. »Danke, Bruder.«

»Ronja ist echt ein Monster. Aber sie hat Leons Trennung damals hautnah mitbekommen. Die beiden sind sehr eng befreundet. Vermutlich will sie ihn beschützen.«

»Vor mir?«

»Du kannst sehr beeindruckend sein. Der Name Satans Prinzessin kommt nicht von ungefähr.«

»Da war ich siebzehn! Das Leben hat mich gebändigt. Ich bin ein anderer Mensch geworden …«, setzte ich an, doch Simon unterbrach mich.

»Irgendwann muss man wieder in den Sattel steigen«, er hielt inne und kniff die Augen zusammen. »Wow. Diese Metapher passt auf so vielen Ebenen perfekt.« Als ich ihn nur verwirrt ansah, sagte er: »Weil Leon vom Pferd gefallen ist. Und du auch mal wieder in den Sattel steigen müsstest.« Ich verdrehte die Augen.

»Und du? Wie sieht es bei dir aus?«

Für einen Moment hatte es den Anschein, als wollte Simon

wieder dichtmachen. Als wollte er abwinken und seine Gefühle fein säuberlich gestapelt an den Grund seiner Seele zurücklegen, wo sie Staub ansetzten und den Platz wegnahmen für die guten Gefühle.

»Man kann diese alten Kästen nur halten, wenn sie Geld erwirtschaften und sich tragen. Das geht nicht nur Burg Heidenfeld so. Einige schaffen es besser, andere schlechter. Ich habe einige Dinge angeleiert, aber … mir fehlt grad die Kraft, das alles umzusetzen.« Das war gnadenlos ehrlich.

»Warum fehlt dir die Kraft?«, fragte ich.

Simon öffnete den Mund und schloss ihn wieder. Ich räusperte mich. »Ronja hat auch gesagt, dass du nicht gut mitmachst. Dass die Therapie wichtig ist, du aber deine Übungen nicht oft genug machst.«

»Vielleicht habe ich eine Depression?«, sagte er dann, und das Fragezeichen am Ende des Satzes war mir nicht entgangen. Ich langte über den Tisch und nahm seine Hand.

»Gibst du mir die Unterlagen mal mit? Ich schaue sie mir an. Vielleicht kann ich meine zuverlässige Zähigkeit dafür nutzen.«

»Du hast uns belauscht«, stellte er fest.

»Die Treppe hat mich nicht angekündigt. Die Burg wollte also, dass ich euch höre und ihr mich nicht.«

»Ist die Drecks-Burg jetzt deine Verbündete?«, fragte er, und ich musste grinsen. »Du bleibst also noch ein paar Tage? Ich hatte irgendwie Angst, dass du wieder nach Berlin zurückfährst, sobald ich mich von meinem Krankenlager erhebe.«

»Ich bleibe, solange du mich brauchst.«

Simon räusperte sich. Und dann noch einmal. Mit erstickter Stimme sagte er: »Ich brauche dich sehr viel mehr, als ich sagen kann.«

Wir verbrachten den restlichen Abend bei Maria in ihrer mit Figürchen vollgestellten Küche. Es gab Kartoffelgratin, Salat aus dem Burggarten und köstlichen Pfefferminztee, auch aus eigener Herstellung. Simon entspannte sich etwas. Hund lag unter dem Tisch, den Kopf auf meinem linken Fuß gebettet. Simon und Maria tranken nach dem Essen noch einen Espresso, und ich verabschiedete mich schon mal, weil ich noch arbeiten wollte. Vorher machte ich aber noch gemeinsam mit Hund einen Abstecher zu den Pferden.

Behutsam schloss ich die Stalltür hinter uns beiden und blieb dann dicht an der Wand stehen, weil die Pferde jetzt unter keinen Umständen gestört werden durften. Ich umfasste sogar todesmutig Hunds Halsband, um ihn bei mir zu halten.

Hermann hatte sich nämlich hingelegt. Das Pony stand dicht neben ihm, den Kopf gesenkt und Hermann blieb liegen, obwohl ich aufgetaucht war.

Pferde waren Fluchttiere. Sie waren grundsätzlich auf dem Sprung, immer in Alarmbereitschaft. Wenn sie sich hinlegten, zeugte das von großem Vertrauen. Ich atmete tief den köstlichen Stallgeruch ein und betrachtete das Pony, das jetzt den Kopf in meine Richtung gedreht hatte. Interessiert sah es mich an. Der Isländer hatte eine gute Größe. Für ein Pony war er sogar eher klein geraten, ganz im Gegensatz zu Hermann, der ein Stockmaß von mindestens 1,70 Meter hatte. Aber vielleicht würde ich mich auf das Pony trauen? Es hatte die Statur von Otto. Falls ich mich überhaupt jemals wieder auf ein Pferd setzen sollte.

»Gute Nacht, ihr zwei«, flüsterte ich und verließ den Stall. Ich lieferte Hund bei Maria ab und lief zurück zur Burg.

Hier schnappte ich mir die Unterlagen, die Simon auf seinem Schreibtisch ausgebreitet hatte, und nahm sie mit nach oben, um mich mit den Papieren auf mein Bett zu legen.

Ich brauchte ungefähr eine Stunde, um das Rätsel zu lösen. Simon hatte viele großartige Ideen und manche davon bereits in der Umsetzung. Die Projekte waren in unterschiedlichen Stadien der Entwicklung, und einige erschienen mir tatsächlich extrem sinnvoll und gewinnbringend. An Kreativität und Charme hatte es Simon nie gemangelt. Aber ich konnte in den Unterlagen auch deutlich den Zeitpunkt erkennen, an dem ihm die Kraft ausgegangen war. Plötzlich hatte er Mails nicht mehr beantwortet, Schriftverkehr nicht nachgefasst und keine Notizen mehr angefertigt. Alles war zum Stillstand gekommen. Ich nahm mir vor, gleich morgen einzusteigen und alles neu aufzurollen. Jedes einzelne Projekt, für das mein Bruder schon so großartige Vorarbeit geleistet hatte.

Dann googelte ich Depressionen, und weil ich nach derartig vielen Erkenntnissen nicht schlafen konnte, schaltete ich meinen Laptop an und verbrachte noch ein paar Stunden in Stars Hollow bei den *Gilmore Girls*.

Was dieses Mal leider auch nicht half.

Kapitel 11

Der nächste Tag begann mit einer bleiernen Müdigkeit, die mich die ganzen kommenden vierundzwanzig Stunden nicht verlassen sollte. Meine Augen wollten automatisch zuklappen und dann geschlossen bleiben. Die Sehnsucht nach meinem Bett wuchs mit jeder Minute, die ich mehr oder weniger wach herumstolperte.

Ständig musste ich an Mona denken. Und an Simon. An den verdammten Schuldenberg, mit dem er sich seit Jahren allein abmühte. Und wenn ich mit all diesen Gedanken fertig war, kam Leon mit einem Affenzahn in mein eh schon übervolles Hirn geplatzt. Der Kuss auf der Wiese, seine braunen Augen, die so gekonnt hinter meine exzellent sitzende Fassade geschaut hatten. Seinen so eigenen Duft nach Acqua di Gio, immer mit einer leichten Nuance nach warmem Stroh im Abgang. Und der Schmerz in seiner Stimme. Ein Schmerz, der ihn gestern dazu gebracht haben musste, Simon zu sagen, dass er das nicht noch mal mitmachte.

Ich stand in der Küche und trank meinen dritten Kaffee. Tiefschwarz. Ein hochkonzentriertes Gebräu mit dem Koffeingehalt von drei Kannen Filterkaffee. Es half aber leider nichts. Ich blieb müde. Für einen kleinen Moment gab ich mich der tiefen Sehnsucht hin, die Augen zu schließen. Es war eine Wohltat, nur war es mit geschlossenen Augen noch schwieriger, meinen Körper davon abzuhalten, sich auf den Boden zu legen und ein Nickerchen zu halten.

»Schläfst du etwa im Stehen?«, riss mich Simons Stimme aus meiner Trance, und ich öffnete widerstrebend die Augen.

Mit zusammengekniffenen Brauen musterte er mich. Er sah gut aus. Blendend geradezu. Wenigstens einer von uns. Die Physio hatte er schon hinter sich, er hatte gerötete Wangen und sich die Augen mit einem tiefschwarzen Kajalstift umrandet. War total 80er, stand ihm aber hervorragend. Der Iro glänzte und war ordentlich in Form gegelt, er trug ein enges schwarzes Shirt und Jeans. Wie konnte es sein, dass er derart gut aussah, wo in ihm drin alles so dunkel war?

»Boah. Siehst du gut aus!«, sagte ich deshalb, und es störte mich gar nicht, dass meine Stimme neidvoll klang.

»Der Schein trügt. Wie so oft. Bist du bereit? Hast du alles vorbereitet? Und hast du Leon wegen des Routers geschrieben?«, fragte er streng.

»Hab ich«, antwortete ich. Hatte ich tatsächlich. War ja schließlich keine private Nachricht, sondern etwas Geschäftliches. Es ging um das Unternehmen. Von-Weiden-Event-Management brauchte WLAN. Simons Absicht war natürlich klar ersichtlich gewesen. Er wollte, dass wir Kontakt hatten. Er hätte ihm auch selbst schreiben können, aber um mich zur Wehr zu setzen, war ich zu müde. Deswegen hatte ich ohne zu murren eine Nachricht getextet und umgehend eine Antwort erhalten.

»Er kommt um fünf, um ihn zu reparieren«, erklärte ich.

»Und weiter?«

»Hä?«

»Nach müde kommt blöd, was?« Simon hob eine Augenbraue. »Die sind in einer halben Stunde hier. Kaffee? Tee? Bio-Limonade? Ich hab nur einen Arm. Zumindest nur einen, der funktioniert.«

Ich wiegte den Kopf, was nicht gut war, weil mir davon schwindelig wurde. Seufzend machte ich mich ans Werk. Heute kamen der Fußballer und seine künftige Gattin zur Lagebesprechung. Also sah ich zu, alles Gewünschte an den Start zu bekommen.

Pünktlich auf die Minute fuhr erst der Ferrari von Matteo de Luca auf den Burghof, gefolgt von einem unfassbar großen SUV. Beide Fahrzeuge hielten mit grollenden Motoren.

»Drei Personen. Fünf Tonnen Stahl«, sagte ich beim Anblick dieser Umweltsünden. Mein Bruder warf mir einen warnenden Blick zu. Er war ganz vollendet in seinen Part als Burgherr geschlüpft. Jetzt war er Simon Baron von Weiden. Es spielte keine Rolle, dass er immer noch nicht wieder fit war, es war egal, wie es in ihm aussah: Das hier war das Parkett, auf dem er sich zu bewegen wusste. Ich setzte ein Lächeln auf. Was er konnte, konnte ich auch. Wenn ich musste. Und um diese verdammte Burg zu retten, blieb mir jetzt wohl nichts anderes übrig.

Ich kannte den Profispieler Kilian McDowell nicht. Woher auch. Ich kannte mich mit Fußball ungefähr so gut aus wie mit Stricken und ETFs. Ich wusste nur, dass die meisten Fußballer eher schnell als schlau waren.

Kilian war erstaunlich klein, nicht viel größer als seine angehende Frau Kira, die zwar das riesenhafte Auto gefahren war, jetzt aber ein wenig im Windschatten ihres Verlobten stehen geblieben war. Kilian McDowell hatte ein gewinnbringendes Lächeln und wilde Locken, die er in einem Man Bun gebändigt hatte.

»Mann, ich bin froh, dass es dir besser geht«, sagte er zu meinem Bruder und gab ihm eine Gettofaust. Simon grinste zurück, nicht minder gewinnbringend. Wie so ein Dude auf der Sonnenseite des Lebens. Ich war davon so abgelenkt, dass ich jetzt erst zu Matteo de Luca blickte, der ebenfalls etwas abseitsstand, da er der Begrüßung von Simon und dem künftigen Paar offenbar nicht im Weg stehen wollte. Herr de Luca sah äußerst mitgenommen aus. Er hatte tiefe Augenringe. Außerdem schien er in den vergangenen Tagen abgenommen zu haben. Er wirkte sogar erschreckend krank. Er schenkte mir keinerlei Beachtung, sein Blick ruhte auf Simon, der nun auch der zukünftigen Braut die Hand schüttelte. Dann wandte Simon sich Matteo zu.

»Hallo Matteo«, sagte er, und eine unerwartete Kälte lag in seiner Stimme. Herr de Luca nickte nur knapp. Die ganze Situation war merkwürdig.

»Das ist meine Zwillingsschwester Katharina von Weiden«, stellte Simon mich vor. »Sie hat mir während meiner Zeit im Krankenhaus unter die Arme gegriffen und wird auch bei unserem Highlight des Jahres helfend zur Seite stehen. Sie ist Gastrofachfrau, weiß also sehr genau, wie man zum Gelingen einer solchen Veranstaltung beitragen kann. Außerdem ist sie Head of *Frau Gilmore*, einem höchst erfolgreichen Social-Media-Format.« Ich nickte, lächelte, sagte *Hallo* und schaffte es, bei Simons Worten nicht laut aufzulachen. Mein Bruder konnte wohl auch Pinguinen Kühlschränke in der Arktis verkaufen.

Wir begaben uns in Simons Büro, wo ich schon alles vorbereitet hatte. Es gab Macarones, Tee aus der silbernen Kanne unserer Vorfahren und Bio-Limonade, die ich in einen Kristallkrug umgefüllt hatte, um sie mit frischer Minze und Eiswürfeln zu pimpen. Mit einer gewissen Faszination folgte ich dann Simons Gesprächsführung. Er wusste, wovon er sprach, und klopfte jedes Detail ab. Immer wieder band er Kira mit ins Gespräch ein, die anfangs mindestens so still war wie Herr de Luca.

Kira kam durch Simons geschickte Fragen dann aber doch ein wenig ins Plaudern, weil mein Bruder fix verstanden hatte, dass ihr Herzensthema Kinder waren. Sie war Schirmherrin für die SOS-Kinderdörfer und hatte mit ihrem sozialen Engagement schon einiges bewegt. Dabei war sie locker fünf Jahre jünger als ich. Ich hatte ja eigentlich gedacht, dass Spielerfrauen mehr darauf erpicht waren, ihre eigene Kosmetiklinie zu vermarkten. Aber ich war ja auch eine große Freundin von Schubladendenken und Vorurteilen, wie die vergangenen Wochen gezeigt hatten. Nichts war, wie es auf den ersten Blick schien.

»Wie habt ihr euch kennengelernt?«, fragte ich, während ich allen Tee einschenkte.

»Ich habe Sozialpädagogik studiert und in einer Brennpunktschule als Sozialarbeiterin gearbeitet«, erklärte Kira mir, und ich beobachtete aus dem Augenwinkel, wie Kilian ihr dabei an den Lippen hing. Er war so offensichtlich bis über beide Ohren verliebt, dass es mich berührte.

»Sie hat Matteo angeschrieben, weil sie einen Schüler hatte, der ein großer Fan war«, sagte Kilian. »An Matteo kommt eigentlich keiner vorbei, außer Kira. Sie hat ihn um den Finger gewickelt. Wir haben den Jungen getroffen, ohne Presse. Ganz privat. Und da habe ich mich schlagartig in Kira verliebt. Man könnte sagen, mich hat der Blitz getroffen.«

»Wie schön!«, sagte ich, vielleicht etwas zu laut. Simon hob nämlich erstaunt eine Augenbraue. Aber Blitzschlagereignisse in Bezug auf die Liebe waren wunderbar und viel zu selten. Wie ich ja aus eigener Erfahrung wusste.

»Der Junge heißt Vlad und kommt aus der Ukraine. Er ist ganz allein nach Deutschland gekommen und hat sich ziemlich einsam gefühlt. Fußball ist sein Ein und Alles, und Kilian sein absoluter Lieblingsspieler. Sein Idol. Daraus hat er Kraft geschöpft. Er wollte so werden wie Kilian, der auch keine so einfache Familiengeschichte hat«, erzählte Kira. Ich konnte mir einen fragenden Blick in Kilians Richtung nicht verkneifen.

»Ich habe meine Eltern früh verloren, und schwarz sein macht nichts einfacher. Zumindest nicht in einem streng katholischen Ort in Bayern, wo ich bei meinen Pflegeeltern aufgewachsen bin und im Umkreis von gefühlt tausend Kilometern der einzige Schwarze war«, erwiderte Kilian.

»Das tut mir sehr leid«, murmelte ich.

»Ich hab Kira gesehen und BÄMMM!« Kilian hob beide Hände

zum Kopf und deutete eine Explosion an. »Erst dachte ich, so eine Frau kann sich niemals in mich verlieben. Sie hat so viel vom Leben verstanden. Sie hat schon so viel bewegt. Aber sie hat mir eine Chance gegeben, und sie hat auch mich so gut verstanden. Es war wunderbar. Ich liebte sie einfach, mein Herz wollte es so.« Kilian grinste mich an, wurde dann aber ernst. »Weniger wunderbar war die Tatsache, dass sich die Presse auf sie gestürzt hat. Wir haben eine harte Zeit hinter uns. Die ganzen Klatschblätter haben in ihrer Vergangenheit gestochert und versucht, irgendetwas zu finden, was man zum Aufhänger machen kann.«

»Sie haben nichts gefunden und immer, wenn mich einer dieser Reporter abgefangen hat, habe ich über die SOS-Kinderdörfer geredet. Konsequent.« Kira grinste. »Was sie sich ausgedacht haben, konnte ich natürlich nicht beeinflussen, aber Matteo war da eine große Stütze. Wir haben beide gelernt, es so gut es geht zu ignorieren, was die Medien schreiben. Das Wichtigste ist, dass wir uns haben, und ich staune heute noch, dass Kilian wirklich dachte, ich könne mich nicht in ihn verlieben. Er ist doch einfach so großartig.«

Kilian nickte bekräftigend und nahm Kiras Hand.

»Was macht Vlad jetzt?«, fragte ich.

Kira lächelte. »Er hat Abitur gemacht und studiert Sport in Köln.« Sie zuckte die Schultern. »Wir sind immer noch in Kontakt. Vorbilder können etwas sehr Gutes sein. Ich bin aus meiner Familie die Einzige mit Abitur und Studium. Ich komme aus wirklich sehr kleinen Verhältnissen und bin auch nicht auf einer Burg aufgewachsen. Mein Nachname ist Schulze.« Wieder lachte sie. »Der häufigste Nachname in Deutschland. Absoluter Durchschnitt.«

»Oh. Auf einer Burg aufzuwachsen ist vor allem die meiste Zeit ziemlich kalt«, sagte ich, immer noch erstaunt über ihre Offenheit. »Gefühlt habe ich meine gesamte Kindheit in so einem puscheligen Schneeanzug verbracht.« Ich erntete Gelächter.

»Aber es ist schon besonders, mit so einem Haus verbunden zu sein, oder?«, fragte Kira. »Alle deine Vorfahren haben hier gelebt.«

»Es ist der Stammsitz der von Weiden, das stimmt. Ja, es ist besonders. Dass die Burg mittlerweile so hübsch ist, liegt aber nur und ausschließlich an Simon.«

»Sie ist hübsch?«, fragte Simon interessiert.

»Wunderhübsch«, erwiderte ich. Er runzelte die Stirn, und dann verließ er für einen kurzen Moment seine Rolle als Baron und kniff mich zärtlich in die Seite.

»Das verrate ich ihr heute Abend. Dass du sie hübsch findest«, raunte er. »Das wird Geschichte schreiben.« Er grinste und schlüpfte zurück in den Baron, der absolut professionell alle weiteren Punkte besprach, seine Gesprächspartner mit seiner einnehmenden Art zum Lachen brachte und Matteo de Luca dabei gekonnt ignorierte. Es war ein ganz und gar erstaunlicher Termin.

Als das künftige Ehepaar gefahren war, schlug die große Standuhr sechs. Wir blieben in Simons Büro sitzen. Mein Bruder lehnte sich zurück und schloss die Augen. Seine Energie verpuffte, und auch meine Müdigkeit sprang mich förmlich an.

»Wenigstens sind sie nett«, murmelte Simon. »Manche von diesen Fußballtypen und ihre Frauen sind wahre Biester, die glauben, sie und der liebe Gott sind ungefähr auf einer Ebene. Aber die sind beide so unfassbar nett.« Ich lehnte den Kopf gegen das Polster des Sessels. »Stell dir vor, du lebst ein ganz normales Leben, und plötzlich jagen dich die Paparazzi, nur weil du einen Menschen liebst. Kira macht das toll und nutzt ihre neu gewonnene Reichweite sehr geschickt. Die lieben sich wirklich und wahrhaftig.«

»Das merkt man«, erwiderte ich. »Herr de Luca sah aber irgendwie krank aus«, fügte ich dann hinzu, doch Simon zuckte nur die Schultern.

Mein Bruder spielte mal wieder die Auster, daher wechselte ich das Thema und sagte: »Leon wollte um fünf kommen, um den Router zu reparieren.« Ich sah hinaus in den immer noch sonnigen Burghof. »Er ist nicht gekommen.« Die Enttäuschung darüber schnitt mir kurz und schmerzhaft in den Magen.

»Arsch«, sagte Simon knapp. »Kannst du uns von Maria was zu essen holen? Ich muss dringend heute noch die Steuer machen.«

»Du musst jetzt die Steuer machen?«, fragte ich entsetzt. Allein die Vorstellung war grauenhaft.

»Sonst schlachtet mich das Finanzamt.«

»Ich hole dir Essen«, erklärte ich und erhob mich langsam. Ich hatte Blei in den Gliedern und konnte mich nur wie eine Schnecke bewegen. Hoffentlich konnte ich wenigstens heute Nacht schlafen.

Ich betrat den Hof und blieb einen kleinen Moment stehen. Die Rose Angelika blühte überreich. Majestätisch streckte sie ihre dornigen Äste an der alten Burgmauer empor. Das zarte Rosa ihrer Blüten hob sich strahlend vor dem blauen Himmel ab. Ich machte einen Bogen, um mich außerhalb ihrer Reichweite zu bewegen, und schlüpfte durch den Durchgang an der Burg vorbei. Ich war keine drei Schritte gelaufen, als mein Handy klingelte. Es war Mona.

»Hallo«, begrüßte ich sie freudig. »Wie spät ist es bei dir?«

»Fast Mitternacht«, antwortete Mona, und in ihrer Stimme lag etwas, was ich nicht einordnen konnte. Alarmiert blieb ich stehen.

»Was ist passiert?«

»Was soll passiert sein?«

Alles?! Unfälle, Erdbeben, Vulkanausbrüche, Entführungen, Infektionskrankheiten. Aber ich sagte nichts, atmete nur tief durch und wartete.

»Ich kann nicht schlafen. Weil ich über etwas nachdenke.«

Also keine Katastrophen. Das war gut. Außerordentlich gut. »Mach es nicht so spannend«, erwiderte ich.

»Mama. Ich bleibe immer dein Kind, aber ich bin jetzt groß. Simon und du, ihr habt ein Problem. Ihr lächelt und sagt, alles ist gut. Das tut ihr auch, wenn nichts gut ist. Damit bin ich aufgewachsen.« Ich lehnte mich gegen die alte Burgmauer, die die Wärme des Tages gespeichert hatte. »Als wir gestern telefoniert haben, hast du gesagt, dass es dir super geht. Das stimmt nicht. Es geht dir nicht super.« Sie schwieg einen Moment, und ich stand regungslos da. »Mama. Neuer Versuch. Wie geht es dir?«

»Äh«, sagte ich und lehnte auch noch den Hinterkopf an die steinerne Wand. »Es ist grad alles ein bisschen viel«, wagte ich dann einen Anfang. »Simon geht es wirklich gar nicht gut. Also körperlich besser, es ist mehr psychisch«, erklärte ich.

»Ist dir schon mal der Gedanke gekommen, dass er eine Depression haben könnte?«, fragte Mona.

»Ja«, erwiderte ich. »Ich bleibe hier, bis ich das besser durchblicke. Und wir die Burg wieder auf Kurs gebracht haben.«

»Kriselt nämlich, hatte ich recht?«

»Ja«, sagte ich wieder.

»Euch geht es allen dreien nicht so gut. Dir, Simon und der Burg«, stellte Mona fest.

»Das könnte man so ausdrücken. Aber wir schaffen das.«

»Das weiß ich«, sagte meine Tochter energisch. »Aber du brauchst auch etwas für dich. Jemanden. Freunde. Einen Freund. Etwas, was dir Energie gibt. Und du musst mich nicht mehr vor der Welt beschützen. Irgendwann werde ich dich beschützen. Klar?«

Ich wollte etwas antworten, brachte jedoch keinen Ton heraus. Stattdessen blinzelte ich in die Abendsonne.

»Ich hab dich lieb«, sagte meine Tochter, und mein »Ich dich auch« klang schmerzhaft brüchig. Mona legte auf, und ich ging in die Hocke, weiterhin an die Burg gelehnt. Sie wärmte mir den

Rücken. Um mich herum sangen die Vögel ihr Abendkonzert, und für einen Moment schloss ich die Augen. Wie war das möglich? Wann war das passiert? Wann war mein Kind so erwachsen geworden?

Als ich die Augen wieder öffnete, stand Hund vor mir und betrachtete mich mit schräg gelegtem Kopf.

»Meine Tochter meint, dass ich Freunde brauche«, sagte ich, was Hund veranlasste, mit der Rute zu wedeln. »Das ist nicht ganz falsch. Ich habe nicht so viele Freunde. Ich habe dafür zu lange im Service gearbeitet, und das sind mörderische Arbeitszeiten. Und außerhalb des Jobs hatte ich so wenig Zeit. Es ist auch gar nicht so leicht, Freunde zu finden«, erklärte ich ihm. Dann fügte ich hinzu: »Kannst du vielleicht mein Freund sein?«

Hund kam mit seiner Nase dicht an mein Gesicht. Er schnupperte ausgiebig, und ich hielt still. Als er fertig war, legte er seinen Kopf auf mein Knie.

»Das heißt Ja, oder?«, erkundigte ich mich. Dann bettete ich für einen Augenblick mein Gesicht auf der samtigen Stelle zwischen seinen Ohren.

Hund seufzte. Ich auch. Und damit schien es besiegelt zu sein.

Wir hockten noch einen Moment gemeinsam herum, und dann fiel mir wieder ein, was ich eigentlich vorgehabt hatte. »Simon braucht etwas zu essen. Ich vermutlich auch.« Langsam erhob ich mich und lief mit Hund an der Seite weiter.

Ich bog um die Ecke in den hinteren Hof und blieb abrupt stehen. Leons Auto stand neben dem Stall. Er war da. Natürlich war er da, er musste ja irgendwann die Pferde füttern. Und dann kam er nicht rein, obwohl er den Router hatte reparieren wollen?

Na, da musste die Abneigung gegen Satans Prinzessin ja wirklich groß sein. Ich schnaubte und war gleichzeitig furchtbar erschöpft. Es war nicht mal mehr der Schlafmangel, jetzt waren es die unfassbar vielen Gefühlszustände, die mich innerhalb kürzester Zeit gebeutelt hatten. Eine diffuse Wut gesellte sich noch dazu.

Was fiel Leon eigentlich ein? Der Router war wichtig. Wenn er mich nicht sehen wollte, konnte er mich ja einfach ignorieren. Menschen ignorieren war bei den von Weidens eine Paradedisziplin, die mein Vater zum Goldstandard erhoben hatte. Garantiert konnte Leon das auch, das lernten doch bestimmt alle Adelssprösslinge. Man ignorierte, was nicht standesgemäß oder genehm war.

Ich marschierte an Marias Wohnung vorbei und zum Stall. Simons Abendessen musste warten. Hund folgte mir nicht. Möglicherweise roch er meine veränderte Stimmung und hatte beschlossen, alles Weitere lieber aus sicherer Entfernung zu beobachten.

Ich riss die Tür zum Stall auf und spähte um die Ecke.

Was ich sah, nahm mir den Wind aus den Segeln.

Leon saß auf einem Strohballen. Offenbar war er direkt aus der Kanzlei gekommen, er trug einen dunklen Anzug. Er hatte sich seitlich gedreht, die Hände im Schoß gefaltet, den Kopf an die hölzerne Abtrennung gelehnt und schlief. Hermann und das Pony standen an der Krippe und fraßen zufrieden vor sich hin.

Leon sah in diesem Moment sehr jung aus. Eine Strähne seiner blonden Haare war ihm ins Gesicht gefallen. Irritiert stand ich in der Tür und überlegte, unbemerkt wieder zu verschwinden, aber da regte er sich und setzte sich im nächsten Moment abrupt auf.

»Wie spät ist es?«, fragte er mit vom Schlaf rauer Stimme und blinzelte mich an. Er wirkte, als ob ich ihn bei irgendetwas Ungehörigem ertappt hätte.

»Halb sieben?«, schätzte ich. Leon hatte plötzlich rote Wangen.

»Ich wollte um fünf bei euch sein. Und dann habe ich mich nur eine Minute hingesetzt …« Er wirkte ziemlich fassungslos.

Leon hatte mich gar nicht versetzt. Er war eingeschlafen. Ich trat in den Stall und schloss die Tür hinter mir. Dann setzte ich mich spontan neben ihn auf den Strohballen.

»Ich hätte heute im Stehen an der Küche gelehnt einschlafen können«, erklärte ich.

»Warum?«, fragte Leon und drehte den Kopf zu mir. Um das Braun seiner Augen war ein dunkler Rand. Der war mir vorher noch nicht aufgefallen.

»Schlecht geschlafen. Und du?«

Er zögerte einen langen Moment, als müsse er verschiedene Antwortoptionen gegeneinander abwägen.

»Rückenschmerzen«, sagte er schließlich. »Ich schlafe aber grundsätzlich schlecht.«

»Versuch es mit den *Gilmore Girls*. Die schläfern mich regelmäßig ein«, erwiderte ich.

Leon grinste. »Ich hab's mit deinem Podcast versucht, aber der hat mich eher aufgeregt.«

»Wieso das?« Erstaunt betrachtete ich ihn.

»Es ging um Johannes, dessen Name du natürlich nicht nennst. Und um die alte Clique, die sich nach dem ganzen Eklat nie wieder bei dir gemeldet hat.« Er hatte also die allererste Folge gehört. Ich hatte sie längst löschen wollen. Sie zeichnete wirklich ein sehr klares Bild von dem, was damals passiert war. Ich räusperte mich.

»Warum eigentlich *Frau Gilmore*? Warum ausgerechnet dieses Pseudonym?«, fragte er dann völlig unvermittelt. Jetzt musste ich über die richtige Antwortoption nachdenken. Ich entschied mich für die Wahrheit.

»Weil unsere Lebensläufe ähnlich sind. Das hat mich fasziniert, und es hat mir Kraft gegeben. Die Erkenntnis, dass ich nicht die einzige Frau auf der Welt war, die ungewollt so jung schwanger geworden ist.« Leon hörte mir aufmerksam zu. Er schien wirklich Interesse an einer Antwort zu haben. »Aber nicht nur das«, redete ich weiter, und dann sagte ich in einem Akt der Selbstoffenbarung: »Auch weil Lorelai Gilmore all das war, was ich gerne sein wollte. Selbstsicher, forsch und direkt. Sie war ein Vorbild für mich. Was, wenn man es laut ausspricht, etwas seltsam klingt. Sie ist ja immerhin nur eine fiktive Figur. Aber wenn wir schon bei den ersten Folgen meines Podcasts und der Zeit damals gelandet sind. Wie war es bei dir?«, fragte ich. Leon runzelte die Stirn. »Simon hat mir erzählt, dass beides mehr oder weniger gleichzeitig passiert ist, deswegen hatte ich das rein gar nicht auf dem Schirm. Also von dem auslösenden Ereignis hat Simon mir natürlich erzählt, über alles, was danach war, weiß ich aber nichts«, fügte ich entschuldigend hinzu.

Leon blickte mich verwirrt an. »Was meinst du?«

»Deinen Reitunfall«, erwiderte ich vorsichtig.

»Äh. *Auslösendes Ereignis*«, er zog eine Augenbraue hoch und musterte mich, offenbar leicht irritiert. »Das war … Ja. Ziemlich zeitgleich. Ich hatte morgens davon gehört, dass du schwanger bist und lag dann nachmittags unter meinem Pferd. In den ersten Wochen habe ich nicht viel mitbekommen. Danach war schnell klar, dass mein altes Leben vorbei war. Der Kontakt mit den meisten Leuten von damals ging dann schnell verloren. Nur Simon ist aus der Zeit geblieben. Er war da schon auf dem Internat in Süddeutschland, aber wir haben viel geschrieben und telefoniert.«

»Wie ging es weiter? Bei mir weißt du es ja immerhin.«

Leon rieb sich die Augen. Er wirkte für einen Moment noch müder als vorhin schon. »Ich habe einen inkompletten Querschnitt. Komplett bedeutet, dass ab der Läsionsstelle nichts mehr geht, bei inkomplett funktionieren noch einige Nervenbahnen. Ich hatte Glück und konnte mir viele Funktionen wieder erarbeiten. Die meisten Probleme, die so ein Querschnitt auslöst, sieht man jedoch nicht. Viele Leute denken dabei nur an jemanden, der im Rollstuhl sitzt.«

»Ah«, sagte ich. Das klang, als ob er es schon oft erzählt hatte. »Und wie geht es dir damit? Was bedeutet es?«

Leon kniff die Lippen zusammen. »Was es bedeutet? Das hat mich noch niemand gefragt«, sagte er dann, und es blieb offen, ob das gut oder schlecht war. »Ich kann es nicht ändern. Man muss das irgendwann radikal und in Gänze annehmen, sonst geht es nicht weiter. Man sieht mir die Behinderung nicht direkt an.« Er machte eine Pause. »Und das ist manchmal gar nicht so gut«, erklärte er. »Ich brauche für viele Dinge länger und bin schneller erschöpft. Und das verstehen die Menschen oft nicht, wenn man nicht auf den ersten Blick einen Grund erkennen kann. Oder dass man nicht in der Lage ist, alles auf einem hohen Leistungsniveau zu betreiben. Als ich wieder angefangen habe zu reiten, hat meine Mutter mich schon bei den Paralympics starten sehen.« Er grinste kurz, allerdings mit einem kleinen Schmerz im Mundwinkel.

»Wow. Nur kein Druck.« Ich rollte die Augen.

Er lachte auf. »Meine Mutter hat Hermann dann das erste Mal gesehen und war danach wohl ganz froh, dass er nicht in St. Georg steht. Der große Sport findet definitiv ohne mich statt.« Er grinste mich kurz an. »Können wir uns jetzt anderen Themen widmen und das abhaken?«, fragte er schließlich.

»Klar«, sagte ich und nickte.

Leon streckte die Beine von sich und lehnte den Kopf gegen die Wand. »Hast du mal wieder auf einem Pferd gesessen?«

»Nicht nach dem Prinzessin-Heideblüten-Debakel«, sagte ich. Fragend sah Leon mich an. »Was ist das? Und war dieses Debakel vor oder nach meinem Reitunfall?«

»Weit davor. Otto kennst du ja noch. Also ich und Otto waren eine Einheit. Er war für den Standard in St. Georg sehr hässlich, und es wurde sehr oft im Stall über ihn gelästert. Und dann, das muss irgendwann nach der Konfirmation gewesen sein, ich war also vierzehn, hat mein Vater beschlossen, dass ich ein richtiges Pferd brauche. Er hat Otto einfach verkauft und Prinzessin Heideblüte angeschafft. Deutsches Reitpony. Sündhaft teuer, bestens ausgebildet, völlig irre. Ich hatte Angst vor ihr. Tagtäglich musste ich trainieren, und wir wurden trotzdem kein richtiges Team. Um es kurz zu machen: Wir sollten das erste Turnier bestreiten. Eine A-Dressur. Nichts Wildes, aber es war ein großes Turnier, und alle wussten, dass mein Vater richtig viel Geld für Heideblüte bezahlt hatte. Dementsprechend wollten jetzt alle mal gucken, was die Tochter vom Baron da jetzt mit diesem edlen Ross zustande bringt. Das Ende vom Lied war, dass die Stute nach dem ersten Zirkel keine Lust mehr hatte, gestiegen ist und gebockt hat. Ich bekam sie nicht in den Griff. Dann ist sie kurzerhand mit mir auf dem Rücken über diese kleinen Abgrenzungen von Dressurviereck gehüpft. Und der Kommentator sagte ganz trocken über Lautsprecher: *Die Reiterin hat das Viereck verlassen und wird disqualifiziert.* Die Leute haben gejohlt vor Lachen, und Heideblüte hat mich dann auch noch in den Dreck befördert. Ich musste mich also aufrappeln und einmal an der gesamten Tribüne vorbeilaufen. Während mir der Matsch im Gesicht klebte. Es hatte ziemlich viel geregnet die Tage davor.«

»Wow, scheiße!«, sagte Leon. »Das ist auch absolut kein gutes Alter für so eine Erfahrung.«

»Nein. Genau.« Es war genau genommen eine furchtbar erniedrigende Situation gewesen. Ich hatte mich in Grund und Boden geschämt. »Seitdem war ich dann ganz offiziell die Versagerin. Die, die nichts hinbekommt, die, die den gesellschaftlichen Erwartungen nicht entspricht. Und drei Jahre später wurde ich geschwängert«, ich setzte das Wort mit den Fingern in Gänsefüßchen, »bin ohne Schulabschluss nach Berlin abgehauen und habe danach in der Gastro gearbeitet. Stringenter kann ein gesellschaftlicher Abstieg nicht sein. In dieser Zeit bin ich dann irgendwie verstummt. Ich habe furchtbare Redeangst bekommen.

In der Abendschule mussten wir oft Referate vor der ganzen Klasse halten, und ich wäre daran fast zerbrochen. Die Bewertung von Menschen macht mir Angst. Der Podcast hat mich ein wenig befreit, aber das funktioniert nur, weil ich ihn aufnehmen und schneiden kann. Ich vermute, dass die Ursache dieses Übels das Prinzessin-Heideblüte-Debakel war.« So viel am Stück hatte ich seit Jahren nicht über mich geredet. Ich war richtig außer Atem.

»Möglich«, erwiderte Leon. Er schien nicht weiter erschüttert über meinen spontanen Redefluss zu sein. »Erinnerst du dich, dass du immer bei diesen großen Partys aufwiegelnde Reden über den Kapitalismus und die Rolle der Frau gehalten hast?«

»Oh ja«, ich musste lachen. Ich trug damals ständig Doc Martens und zerrissene Jeans. Meine Mutter mit ihrem festen Glauben an den Spruch *Kleider machen Leute* ist schier verrückt geworden. »Die pure Provokation«, erklärte ich. »Das ging vermutlich, weil dabei nicht unerhebliche Mengen Alkohol im Spiel waren. Vielleicht habe ich aber auch einfach keine Zustimmung erwartet. Alle fanden mich eh doof. Auf Elternabenden konnte ich übrigens auch recht gut reden, auch ohne Alkohol. Da ging es aber um Monas Belange. Das war etwas anderes.«

Einen Moment lang schwiegen wir, und mir wurde bewusst, dass Leon mich intensiv betrachtete.

»Ich war furchtbar verliebt in dich. Du warst so anders als die Welt, aus der ich kam. Du hast da einfach alle Grenzen gesprengt«, sagte Leon aus dem Nichts heraus. Überrascht sah ich ihn an, aber noch während ich nach einer geeigneten Entgegnung suchte, fuhr er fort, als hätte er das nicht gesagt: »Also. Du bist seitdem nicht mehr geritten? Hat es dich denn nicht gereizt?«

»Doch. Immer«, sagte ich langsam, hing aber gedanklich noch bei seinen Worten. »Aber ich lebe in Berlin, und Reitstunden sind teuer. Eine Reitbeteiligung habe ich mir nicht mehr zugetraut.« Ich zuckte die Schultern. »Außerdem hätte ich jetzt Angst, mich auf ein Pferd zu setzen.«

»Verstehe ich.«

»Hattest du Angst? Dich wieder aufs Pferd zu setzen?«, fragte ich.

Er nickte. Dann räusperte er sich. »Hatte ich. Es war außerdem auch kompliziert. Diese Leichtigkeit, sich einfach auf ein Pferd zu setzen und loszureiten, war weg. Ich musste alles neu lernen und habe mich dazu gezwungen. Man muss die Dinge machen, vor denen man Angst hat, sonst entwickelt man sich nur an seiner Angst entlang, niemals darüber hinaus.« Er atmete tief durch. »Ich muss mal kurz das Thema wechseln. Katharina. Ist es nicht normalerweise so, dass Menschen in der Kennenlernphase versuchen, sich möglichst gut darzustellen? Irgendwie machen wir es gerade andersherum.«

»Ja«, sagte ich nach einem Moment und musste lachen. Er hatte recht. Ich zumindest hatte schon lange nicht mehr so offen über mich und meine Vergangenheit geredet. Und es war mir erstaunlich leichtgefallen. »Sehr interessant«, fügte ich hinzu und betrachtete Leons Hände, die er verschränkt auf den Oberschenkeln abgelegt hatte. »Ich bin übrigens seit einigen Jahren Single. Irgendwann muss man ja wieder aufs Pferd steigen, oder?«, sagte ich schließlich grinsend. Leon lachte auf. Und nahm dann unvermittelt meine Hand.

Mich durchlief ein warmer Schauer, und ich rutschte automatisch näher an ihn heran. Unsere Körper gingen zwar auf Tuchfühlung, doch ich spürte die Befangenheit nach mir greifen. Bis Leon meine Hand losließ und vorsichtig seinen Arm um meine Schulter legte. Zärtlich und kraftvoll zugleich. Festgehalten zu werden war sehr verwirrend.

Während mein Körper schlagartig anfing, sich zu entspannen, sträubte sich mein Herz noch. Es warnte vor schweren Verletzungen, davor, dass ich Leon gar nicht kannte, dass ich nichts über die Narben auf seiner Seele wusste und es gefährlich war, sich auf so etwas einzulassen. Doch dann dachte ich an seine Worte, dass wir über unsere Angst hinausgehen müssen, weil wir uns sonst niemals über sie hinweg entwickeln können, und endlich hielt mein Herz die Klappe.

Ich schloss die Augen und lehnte meinen Kopf gegen Leons Schulter, während seine Hand sich um meinen Oberarm schloss. Leon atmete tief durch. Vielleicht ging auch sein Herz gerade mit ihm ins Gericht. Aber er war mutiger als ich, denn er legte seine Wange an meinen Kopf. Diese unerwartete Zärtlichkeit ließ die ganzen zauderlichen Gedanken in mir endgültig verstummen, und ich atmete so tief durch wie schon lange nicht mehr.

»Ey. Ich suche dich seit einer halben Stunde! Ich verhungere gleich!« Mein Bruder stand plötzlich vor uns. »Nehmt euch doch ein Zimmer. Echt. Sind doch genug da.« Ich blinzelte und sah dann auf meinen Schoß, wo Leons andere Hand sich mit meinen Fingern verflochten hatte.

»Simon, halt die Klappe«, murmelte Leon, und Simon lachte kurz auf. »Ich dachte, ich erwische euch beim heißen Sex auf Strohballen. Stattdessen schlaft ihr. Einträchtig. Ihr seid beide sehr sonderbar. Ich brauche übrigens JETZT das WLAN, sonst flippe ich aus.«

»Hast du irgendwelche Knöpfe gedrückt?«, fragte Leon und ließ mich nur widerwillig los. Sein Daumen strich noch mehrmals über meinen Handrücken.

»Ja. Jetzt blinkt da ein Pop-up-Fenster, in dem steht ›Bitte melden Sie sich bei Ihrem Anbieter‹.«

»Du hast es kaputt gemacht«, erklärte Leon, legte noch einmal seine Wange an mein Haar und reichte dann Simon seine Hand, der ihm mit dem gesunden Arm hochhalf. Widerwillig erhob ich mich ebenfalls.

Gemeinsam liefen wir zur Burg zurück, und Simon flüsterte mir zu: »Ich habe immer gesagt, dass deine Blitz-Theorie scheiße ist.«

Und wenn ich es auch nur ungern zugab, könnte mein kleiner Bruder dieses eine Mal recht haben.

Kapitel 15

Der Mann am anderen Ende der Leitung nannte mich penetrant Baronin. Fünf Mal in fünf Minuten, ich wurde gleich jeck, hatte aber ein klares Ziel vor Augen, weswegen ich meinen Unwillen für mich behielt.

»Der Herr Baron hat sich danach nicht mehr gemeldet«, sagte Herr Tutingen, der ein großes Jazz-Festival auf die Beine stellen wollte, gerade. »Wir haben nun Gut Ebersfeld für unsere Veranstaltung gebucht. Tut mir leid, Baronin!«

»Ja, das tut mir auch leid«, erwiderte ich. »Er hatte einen Unfall, ist aber auf dem Wege der Besserung.«

»Oje. Die Verträge sind jetzt leider bereits unterschrieben.«

»Vielleicht denken Sie das nächste Mal an Burg Heidenfeld«, erklärte ich freundlich, und wir verabschiedeten uns. Seit heute Morgen um halb acht brütete ich über den Unterlagen. Dass Simon sie mir überlassen hatte, glich einem Wunder, denn das alles illustrierte eindrücklich, wie schlecht es ihm ging. Er war definitiv nicht der Typ, der Schwächen zugab. Ich konnte sogar den Zeitpunkt ausmachen, als Simon die Luft ausgegangen war. Das war vor exakt acht Wochen gewesen. Seitdem hatte er alles liegen lassen, und das sah ihm gar nicht ähnlich. Ich machte mir eine Gesprächsnotiz und griff zur nächsten Mappe.

Anschließend musste ich mich bei einer Event-Firma melden, die Burg Heidenfeld in die engere Wahl für ein großes Gartenfestival gezogen hatte. Sie warteten seit acht Wochen auf eine

Antwort. Als ich den ganzen Schriftverkehr noch einmal durchlas, spürte ich schmerzhaft meine Nackenmuskulatur. Ich versuchte, die Schultern ein wenig zu lockern, aber irgendwie hatte sich kalter Stahl knapp unter meinem Kopf festgekrallt. Immerhin hatte ich heute aber auch schon unzählige Nachrichten zu meinem Podcast beantwortet, zehn Fenster geputzt, gefühlt siebentausend Handtücher gewaschen und fünf Telefonate geführt.

Die große Hochzeit war in weniger als zwei Wochen. Und schon jetzt gab es jeden Tag unfassbar viel dafür zu erledigen. Simon nutzte seinen linken Arm langsam wieder und war auch besser zu Fuß. Oft sogar schon ohne Orthese, aber er kam nicht richtig in Schwung. Manchmal fand ich ihn schlafend in seinem Büro auf einem der Sessel zusammengerollt.

Ich stand auf und drehte den Oberkörper, um die Muskulatur zu lockern. Schlussendlich beugte ich mich nach vorne und schüttelte mich aus. Half alles nichts. Ich war ganzkörperverspannt.

Kurzerhand klappte ich den Laptop erst mal zu und legte das Handy daneben. Seit Mona in den USA war, hatte ich mir angewöhnt, nicht mehr ständig und durchgehend erreichbar zu sein. Das fühlte sich ungewohnt, aber nicht schlecht an.

»Gehen wir in den Wald?«, fragte ich Hund, der umgehend aufsprang. Er verstand jedes meiner Worte. Das stand außer Frage. Ich war schon an der Tür meines Schlafzimmers, dann ging ich noch einmal zurück und steckte mein Handy doch in die Hosentasche.

»Ich könnte verloren gehen«, erklärte ich Hund. »Das mit dem Offline muss ich vielleicht doch noch üben.« Hund war das egal. Er streckte kurz den Rücken, gähnte ausgiebig, wobei er sein Raubtiergebiss bleckte, dann trabte er gemeinsam mit mir die große Treppe hinunter.

Seine Leine hing an der Kante des kleinen Biedermeierspiegels über der Anrichte. Seit einigen Tagen waren wir oft gemeinsam in der Umgebung unterwegs. Wir waren ja jetzt Freunde, und ich glaube, er genoss diese Ausflüge genauso sehr wie ich.

Wir wanderten um die Burg herum und nahmen den kleinen Weg zwischen den Wiesen in Richtung Wald. Die Julisonne brannte vom Himmel, und es war eine Wohltat, endlich in das Dickicht der Bäume eintauchen zu können. Hund lief ein paar Meter vor, dann wartete er auf mich.

Der Waldboden war herrlich weich und federte bei jedem meiner Schritte. Hier im Norden waren die Wälder noch nicht so ausgedörrt wie in Richtung Berlin oder weiter im Süden.

Ich atmete tief durch, und die würzige Waldluft schaffte es, meine Verspannungen langsam zu lockern. Das herrliche Grün erfrischte meine Augen und meine Seele, nachdem ich mich stundenlang durch den ganzen verdammten Papierkram gearbeitet hatte. Mein Handy piepte, und automatisch zog ich es aus der Hosentasche. Dabei verdrehte ich die Augen über meine eigene Hörigkeit dem kleinen Gerät gegenüber, aber als ich die Nachricht las, war ich dann doch sehr dankbar dafür.

»Hast du morgen Abend schon was vor?«, hatte Leon getippt.

»Nein. Hab ich nicht!«, schrieb ich sofort zurück.

»Darf ich dich um sechs abholen?«, fragte er.

»Unbedingt!«, schrieb ich und lächelte. Mein Herz klopfte aufgeregt. Ich schien ein Date zu haben. Ich hatte seit gefühlt dreihundert Jahren kein Date mehr gehabt.

Ich steckte das Handy zurück in die Hosentasche und sagte zu Hund, der freundlicherweise auf mich gewartet hatte: »Weiter geht es!«

Hund drehte sich schwungvoll um und lief wieder voran, die Nase in Bodennähe. Ich folgte ihm mit weit ausholenden Schritten, bis er plötzlich wie angewurzelt stehen blieb. Die Ohren aufgestellt, stand er gespannt wie ein Flitzebogen vor mir. Schnell löste ich die Leine, die ich mir immer um die Schulter band, und hakte sie in sein Halsband ein. Er hatte keinerlei Jagdtrieb, aber nun war offenbar etwas im Gange. Ich spähte ins Dickicht und meinte, dort etwas Rotes zu sehen.

Vorsichtig pirschten wir in die Richtung, Hund langsamer als ich. Es schien ihm lieb zu sein, dass ich ihn an die Leine genommen hatte. Dann konnte ich eventuelle Gefahren zügig abwenden. Er glaubte das. Dass ich schon alles regeln würde. Hund müsste man sein.

Ich lief um zwei uralte Eichen herum und sprang dann, als ich entdeckte, um was es sich hier handelte, eilig zurück hinter einen der Stämme. Das rote Etwas befand sich nur noch wenige Meter entfernt auf einem holperigen und überwucherten Waldweg. Es war ein Ferrari. Ich warf Hund einen zweifelnden Blick zu.

»Nicht gut«, formte ich mit den Lippen. Ich sollte gehen. Wenn Herr de Luca sein Luxusgefährt in den Wald fuhr, um sich den Unterboden zu ruinieren, war das ihm überlassen. Ich wollte gar nicht so genau wissen, warum er hierhergekommen war. Ich war schon dabei umzudrehen, da fiel mir ein, wie schlecht er bei unserem letzten Treffen ausgesehen hatte. Krank. Völlig erledigt. Unschlüssig blieb ich stehen. Hund sah mich abwartend an.

Ich zuckte die Schultern. Ich sollte wenigstens grob die Lage sondieren. Vielleicht stand er hier, weil er einen Schwächeanfall hatte. Aber wäre er dann mitten in den Wald gefahren? Vermutlich nicht. Meine Überlegungen wurden abrupt unterbrochen, weil Herr de Luca im nächsten Moment ausstieg. Er sah anders aus als noch die Tage zuvor und schien förmlich zu glühen. Ich trat leise und unauffällig weiter hinter den Baumstamm und spähte dahinter hervor.

Und dann stand da plötzlich mein Bruder. Nicht weniger erhitzt. Den Iro hatte er sich nachlässig zu einem Zopf auf dem Hinterkopf gebunden. Beide machten einen völlig derangierten Eindruck. Und dann klärte sich auch auf, warum. Matteo nahm meinen Bruder in den Arm. Er hielt ihn fest, hielt sich selber fest, als gelte es zu verhindern, dass sie ertranken. Simon erwiderte diese Umarmung, den Kopf gegen Matteos Schulter gedrückt. Ich holte tief Luft, als ich Simons reinen und ungefilterten Schmerz spürte. Und endlich verstand ich, was hier los war.

Ich ließ die pure Verzweiflung der beiden zurück und trat den Rückzug an. Nachdenklich lief ich mit Hund an der Leine zur Burg. In der Küche fand ich eine Tüte Chips, kippte sie in eine Schüssel, holte eine Flasche Champagner und entkorkte sie. Und dann wartete ich.

Eine Stunde später hörte ich den leistungsstarken Motor des Ferraris über den schmalen Burgweg näher kommen. Matteo fuhr nicht in den Burghof. Er schien Simon vorher rauszulassen. Drei Minuten später schlug die schwere Holztür hinter ihm ins Schloss.

»Ich bin in der Küche«, rief ich. Simon kam um die Ecke. Er sah aus, als hätte man ihn in eiskaltes Wasser getaucht. Seine Gefühle hatte er vermutlich mit gröbster Gewalt zusammengeschlagen und danach gefesselt in der hintersten Ecke seiner Seele verborgen.

»Matteo, ja?«, fragte ich und reichte Simon ein Glas Champagner.

Simon öffnete den Mund und schloss ihn gleich wieder. Stattdessen trank er den Alkohol in einem Zug aus. »Er kann sich nicht outen«, sagte er dann mit rauer Stimme.

»Wie lange geht das schon?«, fragte ich behutsam. Aber Vorsicht war nicht angebracht. Simon musste reden. Die Worte sprudelten nur so aus ihm heraus. »Über ein Jahr. Ich habe mich vor acht Wochen getrennt. Und es fühlte sich an, als würde ich mir das Herz herausreißen.« Er holte zitternd Luft. »Ich habe noch nie einen Mann derartig geliebt. Er ist alles, was ich mir jemals gewünscht habe. Ich stehe morgens auf und denke an ihn. Den ganzen Tag. Nur, dass er … offiziell nicht schwul ist. Und auch nicht sein wird. Und dass ich so«, er deutete auf seine Haare und sein Gesicht, »nicht in sein Weltbild eines schwulen Mannes passe. Er ist Spielerbetreuer. Es gibt keine schwulen Männer in seiner Welt. Schon gar nicht so ein wandelndes Klischee von einem schwulen Mann.«

»Vielleicht braucht er einfach noch ein wenig Zeit?«, fragte ich.

»Nein«, sagte Simon laut. »Wieso geht es immer um alle anderen und ihre Befindlichkeiten? Matteo hat mir gesagt, dass seine Eltern bei meinem Anblick einen Herzschlag bekämen. Meinst du etwa, das wäre anders, wenn wir noch abwarten? Nein, ich habe mich nicht jahrelang durch all diese Anfeindungen, diese Ablehnung gekämpft, um mich jetzt zu verstecken und darauf zu hoffen, dass es irgendwas bringt, wenn etwas Zeit vergeht. Katha, ich wurde gehasst. Ich wurde beschimpft. Menschen haben ›Fick die Tunte!‹ auf die Motorhaube meines Autos gesprüht. Mein eigener Vater hat mir gedroht, mich zu enterben, wenn ich es wagen würde, jemals offen schwul zu leben. Ich stecke nicht mehr zurück. Ich bin so, wie ich bin, und ich bin eben bunt und glitzere.«

»Ist ja gut«, versuchte ich ihn zu beruhigen. »Ist gut.« Mein Herz krampfte sich zusammen. Ich erinnerte mich an all diese Ereignisse, als wäre es gestern gewesen. An unseren Vater, der auf ihn losgegangen war, als Simon ihm endlich gesagt hatte, dass er schwul ist. Simon kam danach mit einem blauen Auge nach Berlin.

»Nein. Ist es nicht! Nichts ist gut! Ich verliere die Liebe meines Lebens. Weil wir nicht zusammen sein dürfen. Weil ich nicht sein darf, wie ich bin!« Seine Verzweiflung füllte die Küche bis zum Bersten an. Tröstend legte ich ihm eine Hand auf die Brust. »Kann man mich nicht so lieben, wie ich bin?«, fragte er atemlos.

»Doch. Das kann man. Es ist leicht, dich so zu lieben, wie du bist. Du bist wunderbar. Warum habt ihr euch heute getroffen?«, fragte ich, die Hand fest auf sein rasendes Herz gedrückt.

»Er will die Trennung nicht wahrhaben. Er will, dass ich ihm noch mehr Zeit gebe. Aber was sollte das ändern? Ich bin eine heimliche Affäre. Wir konnten uns heute nicht bei ihm in der Wohnung treffen, weil in seinem Haus auch zwei Spieler wohnen. In seinem Büro können wir uns allerdings auch nicht treffen, die scheinen da langsam misstrauisch zu werden. Hochzeitsplanungen brauchen zwar Zeit, aber so viel Zeit dann auch wieder nicht. Und hierher wollte er auch nicht kommen, weil du ihn hättest sehen können. Er hat panische Angst, dass jemand die richtigen Rückschlüsse zieht. Also sind wir durch die Gegend gefahren. Er zeigt sich nicht mit mir in der Öffentlichkeit. Zumindest nicht allein. Er ist ausschließlich in diesen Fußballerkreisen unterwegs. Schwul ist dort ein Schimpfwort, dabei könnte ich dir auf einen Schlag fünf Leute in dem Verein nennen, die schwul sind.« Er holte Luft und klang schrecklich kurzatmig.

»Hat dich das vor acht Wochen so aus der Bahn geworfen?«

Er nickte, und ich sammelte mich ein wenig, um die nächste Frage gut zu formulieren. Denn Liebeskummer hin oder her, Simons Schmerz ging meiner Ansicht nach tiefer. »Deswegen ist dir alles derartig entglitten, Simon? Liebeskummer und Depressionen sind ja sehr ähnlich, nur der Liebeskummer geht irgendwann vorbei, auch wenn man sich das am Anfang nicht vorstellen kann. Aber diese Traurigkeit … die war auch vorher schon da, oder?«

Simon kniff die Lippen zusammen, sah mich einen Moment regungslos an und zuckte dann die Schultern. »Ich glaube, diese Traurigkeit kommt in Phasen immer wieder in meinem Leben vor. Und sie ist auch immer schon da gewesen.« Er legte seine Hand über meine, und ein paar Herzschläge lang standen wir einfach so da. Mitten am Ort unserer furchtbaren Kindheit. Die vorbei war. Unwiderruflich waren all diese Dinge geschehen und hatten uns zu den Menschen gemacht, die wir jetzt waren. »Ich habe eine Theorie«, sagte mein Bruder rau. »Vielleicht muss man mit all seinem Schmerz zurück an seinen Ursprung, damit er heilen kann.«

»Aber du bist doch die ganze Zeit hier?«, wagte ich einzuwenden.

»Aber jetzt bist du auch da. Es geht nur, wenn wir beide hier sind.« Ich legte meinen Kopf an seine Schulter, und er bettete sein Kinn auf meine Haare.

»Manchmal gibt es eine zweite Chance. Wenn sie kommen soll, wird sie kommen«, sagte ich mit fester Stimme.

»Glaubst du neuerdings an Bestimmung?« Simon schaffte es, einmal aufzulachen, auch wenn es gequält klang.

»Ja. Der Mann, in den ich mich gerade schön langsam und sorgfältig verliebe, hat schon seit zwanzig Jahren einen Kosenamen für mich.«

Simon atmete tief durch. »Satans Prinzessin«, sagte er.

Ich nickte. »Mein Herz schlägt schneller, wenn ich ihn nur sehe. Als er mich im Stall im Arm gehalten hat … da habe ich mich das erste Mal seit sehr langer Zeit geborgen gefühlt.«

»Wir haben beide einen Mangel an Geborgenheit«, flüsterte Simon in meine Haare, und bei seinen Worten stiegen mir die Tränen in die Augen. Ich lauschte seinem hektischen Herzschlag.

»Du bist so eine fantastische Mutter. Du hast Mona mit Geborgenheit vollgepumpt. Deswegen kann sie jetzt einfach losfliegen. Sie weiß, dass du sie immer retten wirst. Und ich natürlich.«

Ich lächelte. »Und du. Natürlich. Was wirst du jetzt tun?«

»Ich werde mich endgültig von Matteo trennen. Ich weiß nicht, wie das gehen soll. Ich bin süchtig nach ihm. Nach seiner Nähe, seiner Liebe, seinen Worten. Aber wenn ich es jetzt nicht tue, werde ich immer eine heimliche Liebe sein. Wenn er mich nicht so akzeptieren kann, wie ich bin, haben wir keine Zukunft.« Seine Stimme versagte, und er räusperte sich.

»Ich helfe dir. Ich bleibe erst mal hier. Du bist nicht allein«, erklärte ich.

»Danke, große Schwester.«

»Und du machst dir einen Termin beim Hausarzt.«

»Warum? Es geht mir besser.«

»Du erzählst ihm von deiner Depression.«

Meinem Bruder lag das »Nie im Leben!« schon auf den Lippen, doch er schwieg. Weil sich irgendetwas verändert hatte. Er musste seine wohlgehütete Dunkelheit endlich ans Licht zerren. Stattdessen nickte er also.

»Und was mache ich jetzt mit Matteo? Ich kann ihn nicht anrufen. Dann bringe ich keinen Ton raus. Ich schicke eine Sprachnachricht. Wie schäbig ist das?«, fragte er erstickt.

»Sehr. Aber nicht zu ändern.«

Simon zückte sein Handy. Ich sah, wie seine Halsschlagader wie verrückt pulsierte. Auf seinen Wangen hatten sich außerdem hektische Flecken gebildet. Er wischte kurz auf dem Display herum.

»Matteo«, sagte er dann. »Ich möchte dich nicht mehr sehen. Es ist vorbei«, keuchend holte er Luft, und ich presste meinen Kopf gegen seine gesunde Schulter, um ihm Halt zu geben. »Katharina wird die gesamten weiteren Gespräche führen, wobei ja auch nahezu alles organisiert ist. Ich kümmere mich natürlich um die Vorbereitungen und die Rede, aber wir beide können keinen Kontakt mehr haben. Pass auf dich auf.« Er zögerte einen Moment. »Pass auf dich auf«, wiederholte er dann noch mal, und aus dem Augenwinkel sah ich, wie er die Nachricht direkt, ohne zu zögern, abschickte.

»Gut gemacht«, sagte ich, dann ließ ich ihn los, holte die Champagnerflasche und reichte sie ihm. Gemeinsam tranken wir einen nicht unerheblichen Teil des prickelnden Gebräus. Danach brachte ich Simon ins Bett, deckte ihn zu und lief in mein Schlafzimmer. Wir hatten heute beide etwas zu Ende zu bringen.

Podcast

Die kleinen Schritte des Neuanfangs.

»Das Leben ist nichts als Veränderung«, sprach der Stein zur Blume und flog davon. Der Verfasser dieser Zeilen ist unbekannt, aber so möchte ich beginnen, bevor ich heute meine letzte Podcast-Folge für euch aufnehme. Gestartet hatte ich diesen Podcast, damit die Narben auf meiner Seele heilen konnten. Nur dass ich das damals noch nicht wusste, als ich am Küchentisch mit dem Handymikro vor der Nase dasaß und die erste Folge aufnahm. Vielleicht ist das heute das Ende, vielleicht aber auch ein Aufbruch und ein neuer Anfang.

Ich danke euch, dass ihr mich auf dieser Reise begleitet habt. Es hat sich eine rege und supportende Community gebildet, auf die ich sehr stolz bin. Deswegen erzähle ich euch, wie dieser Podcast überhaupt entstanden ist. Um hier also zu enden, fange ich noch einmal ganz am Anfang an.

Mein voller Name ist Katharina Baronin von Weiden. Auch wenn der Adel in Deutschland keine Rolle mehr spielt, gibt es eine kleine, durchlauchte Gesellschaft, in der sich Rang und Namen trifft und wo man lieber unter sich bleibt. Und ja, das klingt nach weißen Menschen, nach Burschenschaften und Männerbünden. Frauen haben gefügig zu sein. Sie geben ihren Namen ab, wenn sie nicht adelig heirateten. Die Regeln sind streng und unerbittlich. Geld und Titel waren und sind immer noch die Eintrittskarte in diese Welt. Der Baron, Fürst oder Freiherr. Der Nachwuchs bekommt zum 18. Geburtstag ein PS-starkes

Fahrzeug geschenkt, es wird auf oberstem Niveau geritten, Polo oder Golf gespielt. Der Lebenslauf ist durchgeplant. Entweder du gehörst dazu oder nicht, es gibt keine Quereinsteiger und wenn doch, erreichen sie den inneren Kern doch niemals. Wer das unabdingbare Abi nicht schafft, geht auf eine kostspielige Privatschule nach England oder in die Schweiz. Es gibt strenge Regeln und ungeschriebene Gesetze. So war es bisher, und es schien lange, niemals würde sich an diesem System etwas ändern. Doch das stimmt nicht.

Jetzt modern viele der alten Schlösser und Burgen und Stammsitze der ganzen adeligen Namen vor sich hin, und oft sind es ausgerechnet die Frauen, die neue Unternehmen auf den alten Mauern aufbauen, um sie irgendwie zu erhalten. Die Riege hat sich ausgedünnt.

»Adel verpflichtet«, sagte man früher. In Teilen mochte und mag das stimmen. Einige haben jede Menge für das Gemeinwohl geleistet.

So wichtig Abstammung und Adel für manche zu sein scheinen, ich habe festgestellt, dass unsere Herkunft in einem Bereich keine Rolle spielt: Sie bestimmt nicht über unser persönliches Lebensglück. Weil alle Menschen krank werden, vom Pferd fallen, traurig sind, Depressionen mit sich rumschleppen und letztendlich auch nur ein ganz normales Leben führen. Ein Leben, in dem all die Freude, das Leid und die Angst vorkommen, die jeder von uns kennt.

Ich habe in diesen Kreisen gelebt und bin hochkant rausgeflogen. Ich hatte in einer alkoholträchtigen Nacht auf einer Wahnsinns-Party mit einem Kumpel ungeschützten Sex. Ich war betrunken, er auch. Ich wusste nicht, dass Johanniskraut die Wirkung der Pille aufheben kann. Ich hatte die Konsequenzen zu tragen. Kinder hat man lebens-

lang. Natürlich bin ich jetzt zutiefst dankbar, Monas Mutter sein zu dürfen, doch damals war es unfassbar schlimm. Ich war überfordert, diese große, existenzielle Entscheidung zu treffen. Ich war damit allein. Denn diese Entscheidung konnte nur ich treffen. Es war mein Bauch. Mein Körper.

Ich hatte keine Ahnung, wie ich herausfinden sollte, was richtig und was falsch war. Ich war doch erst siebzehn, und mir war klar, dass meine Eltern ausflippen würden. Meine Entscheidung basierte dann auf der Verkettung von Umständen, so bitter das klingt.

Ich war bei einem Gynäkologen, der mir sage und schreibe fast eine halbe Stunde den Herzschlag in meinem Bauch vorgespielt hat. Immer wieder drückte er den Ultraschallkopf auf meinen Bauch und redete vom Schutz des ungeborenen Lebens. Meine kläglichen Erklärungsversuche, mein Betteln um Verständnis, ich sei doch erst siebzehn, interessierten ihn nicht.

In der vorgeschriebenen Schwangerenberatung ging es auf die gleiche Art weiter. Ein Mann beriet mich nicht, sondern redete auf mich ein, wie verantwortungslos es sei, sich einfach schwängern zu lassen. Ich war in diesen Tagen wie in einer Schockstarre und habe dann den Termin zum Schwangerschaftsabbruch einfach verstreichen lassen. Ich erzähle euch ganz ehrlich, wie es war, weil ich das Gefühl habe, dass beim Thema Abtreibung so viele Menschen eine Meinung haben, die sich dazu nicht äußern sollten. Weil das Thema einfach zu groß ist.

Ich habe diese Schwangerschaft nicht gewollt. Bis zur achtzehnten Woche. Dann habe ich die erste Bewegung meines Kindes gespürt, einen halben Tag nur geweint und dann entschieden, dass ich mein Bestes geben werde. Und genau das habe ich getan. Allein. Und deswegen muss jede

Frau, die ungewollt ein Kind erwartet, diese Entscheidung auch allein treffen. Weil nur sie das tun kann. Niemand sonst.

Nein, es war mir nicht egal, dass meine Freunde von damals mich nicht zurückgerufen haben. Dass es hieß, ich hätte mich schwängern lassen, als wäre der Part des Vaters dabei gar nicht relevant, als hätte ich es darauf angelegt. Es gehören zwei dazu. Ja, es hat mich getroffen, dass sie alle ihr Leben weitergelebt haben, dass sie mich vollumfänglich ignorierten, als hätte ich mir eine ansteckende Krankheit eingefangen. Und als Mona geboren war, wollte niemand ein Foto meiner wunderschönen, klitzekleinen Tochter sehen. Noch nicht mal meine Eltern. Heute weiß ich, dass das mehr über sie aussagt als über mich. Aber diese Scham, dieses Gefühl des Verlorenseins, ist seitdem eigentlich nie ganz aus meinem Leben verschwunden. Als wäre ich die Jahre nach Monas Geburt ziellos durch das All getrudelt, wie eine Astronautin, der die Halteleine zu ihrem Raumschiff gekappt wurde.

Ich hielt inne und drückte Pause. Ich musste einmal tief durchatmen, denn während ich sprach, reifte in mir eine Erkenntnis. Vielleicht hatte Simon recht. Vielleicht waren wir beide damals verloren gegangen. Man hatte uns nicht so lieben können, wie wir waren. Wir waren beide abgelehnt worden, und die Scham darüber saß uns immer noch tief in den Molekülen. Dabei wollten wir beide das Gleiche: So geliebt werden, wie wir sind. Mit all unseren Eigenheiten, Besonderheiten, dem, was uns ausmacht. Aber wenn wir beide damals verloren gegangen waren, konnten wir uns jetzt vielleicht auch nur gemeinsam an diesem Ort wiederfinden.

Ich startete die Aufnahme erneut.

Ein besonderer Mensch in meinem Leben hat mir die Theorie des radikalen Annehmens erklärt. Etwas, was ich bisher noch nicht verstanden hatte. Etwas, was ich augenscheinlich jetzt erst lerne. Eine nicht änderbare Situation muss radikal und in all ihren Facetten angenommen werden, sonst tritt man auf der Stelle. Man hadert mit der Lage, kann sich nicht entwickeln, steckt fest. Fast zwanzig Jahre lang habe ich die Baronin von Weiden, die ich bin, ignoriert und verneint. Dabei hat die Baronin in meinem Namen rein gar nichts mit meinem Leben zu tun. Sie ist meine Vergangenheit. Die Baronin stand für all das, was mir das Leben so schwer gemacht hat. Dabei handelt es sich einfach nur um einen Titel, der seit Jahrhunderten in der Familie von Weiden geführt wird. Der weder glücklich noch unglücklich macht. Die Baronin kann nichts dafür. Es sind Menschen, die du triffst, die dich im Stich und fallen lassen. Aber genauso sind es Menschen, die dich halten, dich lieben, wie du bist und die dich heilen lassen. Und es ist das, was du daraus machst.

Danke, dass ihr mich über so lange Zeit begleitet habt. Dass wir uns gegenseitig gestützt haben. Meine Tochter ist der wichtigste Mensch in meinem Leben, und nun ist sie in ihr eigenes Leben aufgebrochen. Ich weiß zurzeit nicht genau, wer ich bin, aber ich werde es herausfinden. Auch ich bin aufgebrochen. Wir hören uns. Ganz bestimmt! Eure Katharina.

Ich lehnte mich zurück und atmete tief durch. Dann schloss ich einen Moment die Augen. Nichts war beständiger als der Wandel. Nichts blieb, wie es war. Ich öffnete die Augen wieder und machte mich daran, den Podcast zu schneiden. Das WLAN war gnädig und ließ mich das Ganze direkt hochladen, dann klappte ich den Laptop zu, verstaute sorgfältig mein Mikro, legte die Kopfhörer in ihre Hülle, stand auf und streckte mich.

Ich löschte das Licht, ging zum Fenster und sah einen Moment hinaus in die Nacht, die erstaunlicherweise gar nicht so dunkel war. Der Mond hatte sich zwischen den Wolken hervorgeschoben und tauchte alles in ein glitzerndes Silber. Ich schob den schweren Vorhang zur Seite und öffnete das Fenster. Die Luft war von dieser tiefen Würze, wie es sie nur in der Nacht gibt. Ich atmete tief ein und lauschte. Weit entfernt hörte ich den Ruf der Schleiereule, die die Nächte niemals schlafend verbringt. Ich ließ das Fenster weit offen stehen, kletterte ins Bett und kuschelte mich unter die Decke. Ich schloss die Augen und ließ mich vom Schlaf besuchen.

Kapitel 16

Ich stand im Supermarkt vor der Auswahl an Joghurts und konnte mich nicht entscheiden. Es gab zu viele Sorten. Am liebsten wäre es mir manchmal, wenn von allem nur eine einzige Art da wäre. Dann müsste ich nicht ständig so viele Entscheidungen treffen. Seufzend griff ich nach einem Erdbeerjoghurt mit ansprechendem Äußeren, studierte die Zutatenliste und stellte ihn angewidert wieder zurück. In etwas so Einfachem wie Joghurt sollten wohl keine Dinge sein, deren Namen ich nicht aussprechen konnte.

Manchmal wünschte ich mir, ich könnte kochen. So richtig und nicht nur kindgerechte Nudeln mit Tomatensoße. Dann würde ich jetzt fix ein wenig frisches Gemüse und drei Kräuter in meinen Wagen werfen und die Problematik der Nahrungsherstellung wäre erledigt.

Mein Handy erlöste mich von den krampfhaften Überlegungen. Zu meiner freudigen Überraschung war es Rosa, meine Ex-Chefin.

»Ciao bella!«, begrüßte sie mich. »Wie geht es dir? Wie geht es Simon?«

»Simon geht es sehr viel besser«, erwiderte ich. »Mir geht es auch gut. Also … angemessen«, fügte ich hinzu.

»Was bedeutet denn nun das?«, fragte Rosa. Ich ließ den Blick durch den riesigen Laden schweifen. »Viele Abschiede. Neuanfänge. So Kram halt«, antwortete ich kryptisch. Ganz untypisch für Rosa schwieg sie einen Moment und ließ offenbar meine Worte auf sich wirken.

»Dann habe ich gleich noch etwas für dich«, sagte sie. »Meine Cousine zieht von München nach Berlin und sucht eine Wohnung. Du hast eine Wohnung. Kann sie vorübergehend dort einziehen?«

»Kann sie«, sagte ich wie aus der Pistole geschossen und spürte eine unerwartete Erleichterung. Eine finanzielle Last weniger. Gleichzeitig eine Unsicherheit mehr. »Wie lange denn?«, schob ich hinterher.

»Bis sie selbst etwas gefunden hat«, erklärte Rosa, und ihre Stimme klang jetzt gewohnt energisch, doch da war ein eigenartiger Unterton.

»Klar. Aber seien wir ehrlich, das kann dauern. Wir reden immerhin von bezahlbarem Wohnraum in Berlin«, sagte ich.

Rosa lachte trocken auf. »Wenn du dem zustimmst, bleibst du also vorerst auf Burg Heidenfeld?«

Ich starrte wieder auf die Joghurtbatterie. »Ich habe keinen Plan. Also ja«, erwiderte ich.

»Ich vermisse dich«, sagte sie. »Manchmal wünschte ich mir, alles würde so bleiben, wie es immer war.«

»Ich vermisse dich auch. Aber aus eigener Erfahrung kann ich sagen: Nichts ist beständiger als der Wandel. Ich komme nächste Woche und hole meine persönlichen Sachen ab. Und dann gehen wir was trinken.«

»Aber so was von!«, rief Rosa.

Zurück auf Heidenfeld bastelte ich ein paar Notfallboxen für Kira und Kilian, die mein Bruder ausgiebig bewunderte. Ich war durch die harte Schule der Kindergartenbastelabende gegangen und intensiv geschult, wenn es um Klebestifte und Glitzerfolie ging. Notfallboxen waren kleine Utensilienkisten, die für Hochzeiten unabdingbar zu sein schienen und jederzeit überall herumstehen mussten. Nicht, dass ich zuvor jemals etwas davon gehört hatte. Zum Glück war mein Bruder Profi auf diesem Gebiet, und so erstellte ich drei Arten von Boxen. Die Box KIDS enthielt Ersatzklamotten vom Baby bis Kleinkind, Windeln, Nuckel und Spielzeug. In der Box BRAUT befanden sich eine Fusselrolle, Sonnenschutz, Nagellackentfernerpads, eine Nagelfeile, eine Feinstrumpfhose, Tampons, Haarnadeln, Deo und Traubenzucker. Und in der Box DRAMA befanden sich Rescue Tropfen, Blasenpflaster, Schokolade, ein Kräuterbitter, doppelseitiges Klebeband und Taschentücher. Ich hatte noch die fantastische Idee, die Visitenkarten eines Scheidungsanwalts beizulegen, doch Simon hatte diese Anmerkung nur mit steinerner Miene und ohne weitere Reaktion ausgesessen. Mein Bruder glaubte wirklich an die große Liebe.

Während ich klebte und bastelte, saß Simon schweigend neben mir und starrte aus dem Fenster. Mein Bruder hatte Liebeskummer des fünften Schweregrades. So wie ich damals nach der Trennung von Sir Henry. Beim fünften Grad konnte man nichts mehr essen, nicht schlafen und brach bei jeder sich bietenden Gelegenheit in Tränen aus, wobei die Spotify Playlist *I will survive* in Dauerschleife spielte. Ich konnte nicht viel für ihn tun, außer ihm alle möglichen Arbeiten abnehmen, ihn trösten, ihn nötigen zu essen und kein Wort darüber verlieren, dass mein eigenes Herz beim Gedanken daran, dass ich heute Abend Leon treffen würde, einen Salto schlug.

Das war unpassend und irritierend zugleich. Ich war schon so lange Single und traf dann ausgerechnet hier den Mann, der mein Herz berührte.

Ich werkelte fleißig vor mich hin, trank mit Aysun einen Kaffee, bekam von Maria ein Stück Quiche und als Leons Geländewagen gegen sechs auf den Burghof fuhr, und sich das Grollen des Motors an den alten Mauern brach, hatte ich vor Aufregung einen ganz trockenen Mund. Ich war schon zwei Stunden zuvor in mein einziges Sommerkleid gestiegen und hatte mir sogar die Lippen angemalt. Das tat ich nur zu hohen Festtagen.

Ich eilte zum Burgtor und riss es auf. Leon trug eine abgeschrabbelte Reithose, knöchelhohe Lederstiefel und einen schwarzen Pullover, dazu zwei Pizzakartons auf dem Arm. Das war nicht das, was ich erwartet hatte.

»Bin ich overdressed?«, fragte ich, ehrlich erschüttert bei seinem Anblick.

»Nein«, sagte Leon sofort. »Ja«, fügte er dann grinsend hinzu.

»Was denn jetzt?«

Leon schwieg und starrte mich an, anders konnte man es nicht nennen. »Äh«, murmelte er.

»Habe ich dir die Sprache verschlagen?«

»Hast du«, sagte er. »Du siehst wunderschön aus.« Eine zarte Röte stand ihm plötzlich auf den Wangen, und das war nicht das, was ich mit Leonhard von Bredow in Verbindung brachte. Erstaunt sah ich ihn an. Er schien befangen, und auch das überraschte mich.

»Können wir Simon ein wenig allein lassen?«, fragte er schließlich.

Ich zuckte die Schultern. »Er ist mit seinen Notfallboxen beschäftigt. Und helfen können wir ihm grad sowieso nicht wirklich. Außer Essen reichen und zuhören.«

Leon nickte. »Verzeih mir bitte, dass ich es dir nicht gesagt habe. Das mit Matteo. Mir war nicht klar, welche dramatischen Wendungen diese Affäre nehmen würde. Er hatte mich zur absoluten Geheimhaltung verpflichtet, und diesen Teil hat er mir nicht erzählt. Wie alles den Bach runtergegangen ist.«

Ich winkte ab. »Ich verzeih dir.« Es grenzte ohnehin an ein Wunder, dass Simon Leon von Matteo erzählt hatte. Üblicherweise hüllte Simon sich, wenn es um seine Herzensangelegenheiten ging, in ein Meer aus Schweigen. Er hütete sein Herz wie einen kostbaren Schatz, und nur sehr wenige Menschen hatten es bisher zu Gesicht bekommen.

»Ich dachte, statt essen gehen reiten wir aus?«, sagte Leon dann und blinzelte einmal, als hätte er was im Auge.

»Reiten«, wiederholte ich, und mein Herzschlag legte umgehend drei Gangarten zu. Leon hatte gar nichts im Auge. Leon war aufgeregt. »Ich kann nicht mehr reiten. Das habe ich verlernt.«

»Hermann bringt es dir wieder bei. Hat er bei mir auch gemacht.« Er lehnte sich mit der Schulter gegen die steinerne Umrandung der Tür, als wäre ihm das Herumstehen zu anstrengend.

Ach du heiliger Hollerbusch. Mein Mund war plötzlich staubtrocken.

»Ich ziehe mich um«, sagte ich atemlos und machte auf dem Absatz kehrt, um die Treppe hinaufzulaufen. Ich schlüpfte in eine alte Jogginghose ohne dicke Naht auf der Innenseite und meine Laufschuhe. Die zog ich allerdings wieder aus und tauschte sie gegen Gummistiefel. Schuhe mit Lasche waren beim Reiten ungünstig, wenn man mit einem Sattel unterwegs war. Man konnte durch den Steigbügel rutschen und dann an der Schnalle hängen bleiben. Wenigstens so viel wusste ich noch.

Es war zwar warm draußen, trotzdem zog ich schnell den alten Hoodie über.

Als ich mein Zimmer verlassen wollte, erhaschte ich einen Blick in den großen Spiegel neben der Badezimmertür. Die Gummistiefel waren hellblau, die Jogginghose pink und beim Umziehen hatte ich meine kurzen Haare, die ich eigentlich durch beharrliche Bearbeitung mit Gel in Form gebracht hatte, in Aufruhr versetzt. Ich sah aus wie ein farbenfroher Waldschrat. Atemlos lachte ich auf und betrachtete mich einen Moment, widerstand aber dem Drang, mich noch einmal umzuziehen.

Für Sir Henry hatte ich mir die Nägel lackiert, mich in enge Abendkleider gezwängt und hohe Schuhe getragen, von denen mir die Füße wehtaten. Vielleicht war es jetzt an der Zeit, mich so zu zeigen, wie ich war. Vielleicht war das überhaupt im ganzen Leben absolut erstrebenswert. Ich sprang die alte Treppe wieder runter und fand Leon, der sich auf die Stufe vor der Eingangstür gesetzt hatte, die Pizzakartons neben sich gestellt.

»Fertig«, sagte ich. Leon sah auf. Und grinste. Dann reichte ich ihm eine Hand. Er legte seine hinein, und ich zog ihn hoch. Ich klemmte mir die Pizzakartons unter den Arm und lief vor zum Stall. Mein Herz schlug mir bis zum Hals, und so merkte ich erst am kleinen Holunder, dass ich zu schnell vorgeprescht war.

Ich stoppte abrupt und drehte mich um. Leon hatte Mühe, auf dem unebenen Weg hinter mir herzukommen. Scham griff nach mir. An manchen Tagen war Leon fast leichtfüßig unterwegs, heute jedoch nicht. Ich musste achtsamer sein. Offenbar lag es an mir, langsam herauszufinden, was Leons Behinderung wirklich im Alltag bedeutete. Er schien ja nicht gewillt, mich einzuweihen.

Leon ließ es unkommentiert, dass ich auf ihn wartete. Und so betraten wir gemeinsam den Stall. Hermann begrüßte Leon mit einem tiefen Kollern und drehte den Kopf in seine Richtung.

»Hallo, mein Großer«, sagte Leon, öffnete die Boxentür und strich seinem Pferd über die Schulter.

»Erst Pizza?«, fragte er dann mich. »Noch ist sie wenigstens lauwarm.«

»Man kann Pizza auch kalt essen«, gab ich zurück. Ich konnte jetzt unmöglich etwas essen. Mein Herz schlug mir bis zum Hals, und ich konnte das Blut durch meine Adern rauschen hören. Etwas, was früher völlig normal für mich gewesen war, war jetzt mit Angst verbunden. Gepaart mit einer Aufregung, als hätte ich vor, von einem hohen Berg zu springen.

»Willst du allein oder mit mir zusammen?«, fragte Leon und drehte sich zu mir.

»Kann er tatsächlich uns beide tragen?«, fragte ich erstaunt.

Leon nickte. »Nicht ständig, aber einmal ist kein Problem. Außerdem wiegst du ja quasi nichts. Hermann hingegen wiegt siebenhundertzehn Kilo. Letzte Woche war ich mit ihm beim Landhandel auf der Lkw-Waage.«

»Dann mit dir zusammen«, sagte ich schnell.

Leon nickte und hielt mir seinen Autoschlüssel hin. »Ich reite ihn mit einem speziellen Sattel, der mir Halt gibt. Wenn wir ohne Sattel reiten, brauche ich etwas zum Festhalten und für Hermann etwas, was die Auflagefläche polstert. Ich habe einen alten Voltigiergurt und eine Decke im Auto liegen. Würdest du die Sachen schnell holen?«

Ich bewältigte die Strecke zurück zum Burghof in Rekordgeschwindigkeit und öffnete den Kofferraum des Geländewagens, in dem sich Stroh, alte Pferdedecken, ein Sack Möhren und eben der besagte Voltigiergurt und die gepolsterte Satteldecke befanden. Ich klemmte mir beides unter den Arm und eilte zurück zum Stall.

Leon hatte Hermann schon das Halfter übergestreift und ihn auf den befestigten Boden vor die großzügige Box geholt. Neben dem Pferd stand ein uralter gelber Putzkasten. Genauso einen hatte ich auch gehabt, nur hatte ich auf meinen in krakeliger Kinderschrift und mit Edding *Otto* geschrieben.

»Weißt du noch, wie es geht?«, fragte Leon mich, und statt einer Antwort griff ich mir einen Striegel. Sanft bearbeitete ich Hermanns Fell und sog gierig den warmen Pferdeduft ein. Im Schein der Sonne, die durch die Stallfenster fiel, breitete sich langsam eine glitzernde Staubwolke aus.

»Wie hast du Hermann gefunden?«, fragte ich und nahm mir eine weichere Bürste, um damit in langen Strichen über den Pferdekörper zu reiben.

»Er hat mich gefunden«, sagte Leon und setzte sich etwas umständlich auf einen der Strohballen an der Seite. Ich striegelte weiter und wartete auf eine Erklärung, doch da kam nichts.

Ich sah zu Leon, der schwieg, während ich förmlich sehen konnte, wie es hinter seiner Stirn arbeitete. Ich putzte erst mal weiter, kämmte Hermann die Mähne und wagte es sogar, ihm äußerst vorsichtig ein paar Strohhalme aus dem dichten Schweif zu klauben.

»Ist es ein Geheimnis?«, fragte ich dann und griff mir den Hufauskratzer. Ein uraltes Teil aus rotem Plastik. Ich wog ihn in der Hand. Vor unendlich langer Zeit hatte ich einen ähnlichen nahezu täglich in den Fingern gehalten. Eine Reise in meine Vergangenheit.

»Nein. Kein Geheimnis«, erwiderte Leon. »Hermann hat noch nicht mal Papiere. Eine Bekannte, die ich aus der Reha kenne, bildet Pferde zu Therapiepferden aus und hat ihn gefunden. Sie hat angefangen, mit ihm zu arbeiten und dann das Gefühl gehabt, dass wir gut zusammenpassen. Hermann ist eine wilde Mischung aus einem Tinker und vermutlich noch drei weiteren Kaltblutrassen. Die sind eigentlich zum Ziehen von Lasten gezüchtet, deswegen muss ihr Rücken gut gearbeitet sein, damit sie Muskeln aufbauen und Menschen tragen können. Hermann hat aber zum Glück sehr gute körperliche Voraussetzungen dafür mitgebracht.« Er brach ab und sagte dann plötzlich: »Hör mal, Katharina. Wir haben da bisher noch nicht drüber gesprochen.« Er machte eine kleine Pause und schien jetzt intensiv nach Worten zu fahnden. »Es ist aber wichtig, dass du das weißt.« Er räusperte sich, und ich lehnte mich abwartend gegen Hermanns mächtige Schulter. Ich vermied es, Leon anzuschauen. Es könnte sein, dass er dann wieder in brütendes Schweigen verfallen würde. »Man sieht mir meine Behinderung nicht immer auf den ersten Blick an. Und deswegen denken Menschen gerne, dass ich ganz normal funktioniere. Tue ich aber nicht. Ich kann bei vielen Dingen nicht mithalten, und bevor ich das zugeben konnte, mir das selbst eingestehen konnte, wäre ich fast daran zerbrochen.«

»Okay«, sagte ich bloß, überrascht von dieser Offenbarung, und wartete. Leon lagen noch sehr viele Worte auf der Zunge, das konnte ich spüren, doch er schwieg jetzt wieder.

Ich konnte mir immer noch keinen richtigen Reim darauf machen. Ich wollte gern mehr wissen, wollte verstehen, was genau das für ihn bedeutete. Woran er fast zerschellt wäre.

Aber Leon sah mich an, und ich entdeckte eine unerwartete Angst in seinen Augen, die mich daran hinderte, Fragen zu stellen.

»Das ist okay«, sagte ich deshalb noch einmal. Leon nickte. Es war nichts okay. Aber für den Moment musste es einfach ausreichen.

»Du brauchst noch einen Helm«, sagte er schließlich und verschwand in dem kleinen Kabäuschen neben dem Futtertrog. Zurück kam er mit zwei schwarzen Hightech-Teilen in den Händen. »Gesammelte Werke«, erklärte er. Vorsichtig setzte er mir einen der beiden auf und schloss den Kinngurt. »Schüttel den Kopf«, forderte er mich auf, und ich bewegte ihn gehorsam hin und her. »Passt?«

»Perfekt«, sagte ich, und in meiner Stimme lag ein Zittern, das ich nicht verbergen konnte. Früher war ich überhaupt nicht ängstlich gewesen. Ich war mit Otto ohne Sattel und Helm quer durch den Wald galoppiert. Die Angst war erst mit der Zeit gekommen.

Leon zeigte mir, wie ich den Gurt mitsamt der Decke richtig auflegte und befestigte. Dann zog er Hermann eine einfache Trense über den Kopf, schloss die Riemen unter seinem Kinn und griff nach einer langen Dressurgerte, die in der Ecke lehnte.

»Schau mal neben den Futtertrögen, da ist ein kleiner Tritt. Den brauchst du.« Ich? Hatte Leon vor, auf das Pferd zu fliegen?

Ich fand das Gewünschte und folgte ihm hinaus in den eingezäunten Paddock. Leon setzte sich seinen Helm auf, schloss das eine Tor hinter sich und öffnete das andere, das raus zu den Wiesen führte.

»Das Pony bleibt ohne Trennungsschmerz hier?«, fragte ich und warf einen Blick zurück in den Stall, wo der Isländer völlig entspannt in der Ecke stand und weiter döste, als wäre nichts geschehen.

Pferde waren aber Herdentiere. Wenn einer wegging, waren die Zurückgelassenen oft außer sich.

»Joris haut nichts um. Der ist in Island in einer Herde mitten im Nirgendwo aufgewachsen. Der hat Vertrauen ins Leben«, erklärte Leon und tippte dann Hermann mit der Gertenspitze ans rechte Vorderbein. Sanft sagte er: »Lay down«. Hermann beugte die Vorderbeine und sank auf den Boden. Sprachlos sah ich zu. »Das gibt es doch nicht!«, rief ich.

Leon grinste mich kurz an. »Hermann würde ein perfektes Therapiepferd abgeben. Seine Ausbildung hat sich aber auf die paar Dinge beschränkt, die ich benötige. Wirkt jetzt ein wenig ungelenk.«

Leon ließ sich auf das am Boden liegende Pferd gleiten. Mit ungelenk meinte er wohl, dass er seine Beine mit den Händen kurz sortieren musste. Dann richtete er sich auf, tippte Hermann mit der Gerte an die Schulter und sagte: »Up!« Ohne ersichtliche Kraftanstrengung erhob sich das große Pferd. »Er könnte vermutlich auch mit zwei Menschen auf seinem Rücken aufstehen, aber es ist auch immer eine Belastung für die Gelenke.«

Ich schnappte mir den Tritt, stellte ihn neben Hermann und nahm dankbar die helfende Hand, die Leon mir entgegenstreckte.

Und dann saß ich wieder auf einem Pferd. Bevor ich mir auch nur Gedanken darüber machen konnte, lenkte Leon Hermann geschickt seitlich vom Tritt weg und in Richtung des Weges, der zwischen den Wiesen zum Wald verlief. Etwas befangen legte ich meine Hände auf meine Oberschenkel. Das Gleichgewicht zu halten war spielend leicht. Hermann bewegte sich wie ein Sofa mit Beinen.

Bei einem Pferd seiner Größe hätte ich eine stärkere Übersetzung erwartet, aber es saß sich butterweich auf ihm. Allerdings verursachten selbst seine zarten Bewegungen, dass ich allmählich dichter an Leon heranrutschte. Ich ging sozusagen auf Tuchfühlung.

»Alles gut dahinten?«, fragte Leon, der eine Hand fest am Griff des Gurtes hatte. Für ihn war das Gleichgewicht zu halten offenbar deutlich schwerer.

»Schlicht und ergreifend perfekt«, sagte ich fröhlich. »Darf ich näherrutschen?«

Leon lachte. »Ich bitte darum. Dann ist es auch für Hermann leichter.« Ich wehrte mich also nicht mehr gegen die Bewegung in seine Richtung und lehnte mich mit meinem Oberkörper an Leon. Ich spürte seine Wärme und die Muskeln in seinem Rücken. Leon steckte sich die Reitgerte unter den Oberschenkel und hielt mir rücklings seine nun frei gewordene Hand entgegen. Ich ergriff sie und legte die andere Hand um seinen Oberkörper. Leon schnalzte einmal, und augenblicklich verfiel Hermann in einen sanft schaukelnden Galopp. Er war nicht viel schneller als sein Schritt, und das Schaukeln veranlasste mich, kurz die Augen zu schließen. Ich musste lachen. Ganze leise nur, aber ich konnte nicht anders, denn die Erkenntnis war unglaublich: Mein Körper erinnerte sich an alles. Er fühlte, wie Hermann die Hufe setzte, wusste, wie er das Becken bewegen musste, um perfekt im Einklang mit Hermanns fließendem Galopp zu sitzen.

»Herrlich!«, rief ich. Ich saß auf einem Pferderücken und galoppierte durch die Landschaft. »Herrlich«, sagte ich noch einmal und legte mein Gesicht an Leons Rücken.

»Langsam«, sagte Leon irgendwann, und Hermann kam äußerst gefühlvoll zurück in den Schritt. »Traben geht nicht. Hab ich probiert. Ich rutsche dann wie ein nasser Sack vom Pferd. Aber diesen Schaukelgalopp bekomme ich hin.«

»Ist das kein normaler Galopp?«, fragte ich und ließ mein Gesicht an Leons Rücken liegen.

»Hermann kann auch richtig Gas geben. Aber in seiner Ausbildung hat er gelernt, auf die Menschen zu achten. Sie wahrzunehmen. Vielleicht interpretiere ich zu viel hinein, aber ich habe das Gefühl, seitdem er mich einmal im Trab verloren hat, passt er sehr auf.«

»Ich möchte nicht mehr absteigen«, erklärte ich.

»Ich auch nicht, Katharina«, erwiderte Leon und griff wieder nach meiner Hand.

»Danke. Danke, dass du mich mitgenommen hast.«

»Das Reiten hat mich gerettet«, sagte Leon unvermittelt. »Ich habe den Umgang mit Pferden völlig neu gelernt. Pferde waren für mich früher reine Sportgeräte. Mit denen man nett umging und die man mochte, aber letztlich mussten sie Leistung bringen. Das mit Hermann ist etwas völlig anderes. Er ist mein Freund. Mein Lehrer.« Er unterbrach sich. »Ich komme ins Schwafeln«, sagte er dann streng, als müsse er sich selbst am Weitersprechen hindern.

»Bitte schwafle noch ein wenig weiter«, sagte ich. Ich war wie hypnotisiert von Leons Duft, der sanften Bewegung des großen Tieres unter uns und der Stimmung des abendlichen Walds.

»An manchen Tagen galoppiert Hermann nicht an. Macht er nicht. Weil ich manchmal nicht merke, wie müde ich bin. Dann entscheidet er, dass wir nur im Schritt durch die Gegend dölmern. Früher hätte ich Pferde gezwungen, das zu tun, was ich will. Heute denke ich darüber nach, dass er vielleicht mehr spürt, als ich mir selbst eingestehen will.«

»Das ist sehr klug von dir«, sagte ich. »Und von Hermann. Ich finde euch beide großartig.«

Leons Griff um meine Hand wurde fester. »Ich«, setzte er dann an und verfiel plötzlich wieder in Schweigen. Er, der doch eigentlich um keine Worte verlegen war.

»Leon?«, sagte ich leise und richtete mich ein wenig auf. »Ich mag dich sehr. Ich möchte gerne mehr Zeit mit dir verbringen.«

Es kam einfach so aus mir raus. Es war so ehrlich und wahrhaftig. Ich hatte keine Sekunde über meine Worte nachgedacht.

»Das wollte ich auch grad sagen«, erwiderte Leon ebenso leise. Und damit war vorerst alles gesagt. Mein Herz machte einen freudigen Doppelschlag, und ich konnte nicht verhindern, dass sich ein breites Grinsen auf meinem Gesicht ausbreitete und dort blieb. Das sah Leon nicht, aber das war auch nicht notwendig. Vielleicht fühlte er es.

Wir folgten dem Hauptweg durch den Wald. Der Boden schwang unter den Pferdehufen, ein leichter Wind spielte in den Baumkronen hoch über uns und die Sonne schenkte uns ein zauberhaftes Spiel aus Licht und Schatten.

Ich atmete tief durch, getragen von dem großen Pferd, das sich trittsicher seinen Weg suchte, dicht an Leon geschmiegt. Als wir an einer kleinen Lichtung vorbeikamen, blieb Hermann mit gespitzten Ohren stehen.

Die hohen Bäume waren jungen Buchen gewichen. Hier schafften es die Sonnenstrahlen bis auf den Waldboden. Alles war in ein goldenes Abendlicht getaucht, als hätte sich ein glitzernder Teppich über den Wald gelegt. Die Spitzen der Gräser glänzten verheißungsvoll, und irgendwo über uns rief ein großer Greifvogel.

In mir stieg die pure Lebensfreude auf. Sie kitzelte mich im Bauch und perlte durch meinen ganzen Körper.

»Ich habe selten etwas so Schönes gesehen«, flüsterte Leon, und ich lachte leise. Weil Leon das aussprach, was ich fühlte. Weil ich die Nähe zu ihm so sehr genoss. Und weil ich auf einem Pferd saß. Und nicht auf irgendeinem Pferd, sondern auf Hermann, der mir geholfen hatte, meine Angst zu überwinden. Ich fühlte mich sieben Meter groß.

»Ich fühle mich, als hätte ich in einem Bottich mit Zaubertrank gebadet«, erklärte ich.

»Ja, Hermann hat diese Wirkung. Auf mich auch«, erwiderte Leon und drückte noch einmal meine Hand.

Langsam ritten wir zurück zur Burg. Ich kletterte auf dem Paddock vom Pferderücken und hatte, wie zu erwarten, völlige Gummibeine. Der Muskelkater würde mich küssen. Hermann senkte leicht den Kopf, und Leon ließ sich, beide Hände fest am Gurt, langsam von seinem Rücken auf den Boden gleiten.

Zurück im Stall nahm ich Hermann den Gurt und die Trense ab. Dann checkte ich sorgfältig seine Hufe, klaubte ihm ein paar Grashalme aus dem Schweif und rieb ihn ab, als hätten wir einen anstrengenden Geländeausritt im hohen Tempo hinter uns gebracht. Dabei hatte das große Pferd nicht einen Schweißtropfen vergossen, aber ich konnte noch nicht von ihm lassen. Schließlich verabschiedete ich ihn in seine Box, wo er sich umgehend an seinem Heu zu schaffen machte. Ich legte die Utensilien zur Seite und wusch die Trense in einem Eimer mit Wasser.

»Darf ich wieder mal mitkommen?«, fragte ich Leon, der es sich auf einem der Strohballen gemütlich gemacht hatte. Er nickte und betrachtete mich. Aus irgendeinem Grund schien er erleichtert zu sein. Dann kniff er ganz unerwartet die Augen zusammen. »Ich habe noch nie jemanden mit zu Hermann genommen. Danke, dass ich das mit dir teilen durfte.«

Es war nur die logische Folge, dass wir die kalte Pizza ihrem Schicksal überließen und uns stattdessen küssten.

Kapitel 17

Ich stand bei Maria in der Küche und musste Dinge probieren. Ich war eine lebende Verkosterin. Jedes Mal, wenn ich eine Gabel voll gereicht bekam und mir in den Mund steckte, beobachtete Maria mich mit einer hochgezogenen Augenbraue. Ich kaute dann und musste eine Einschätzung abgeben. Wenigstens musste ich mich bei dieser Tätigkeit nicht bewegen. Ich hatte nach dem Abenteuer mit Hermann immer noch Muskelkater, der mich laufen ließ wie John Wayne.

»Ist das Blätterteigtörtchen mit den getrockneten Tomaten und dem Chili zu trocken?«

»Nein. Ist toll.«

»Sind die glasierten Möhren süß genug?«

»Ja. Sind toll.«

Maria fand, dass ich gut ausgebildete Geschmacksknospen hatte. Keine Ahnung, wie sie zu der Annahme kam. Nicht, dass mir das schon mal jemand gesagt hatte. Abgesehen davon kochte Maria wie eine Göttin. Bei ihr etwas zu verkosten war einfach. Alles war fantastisch. Ausnahmslos.

Maria reichte mir jetzt ein Stück Schwarzbrot mit irgendeinem grünen Aufstrich. Ich steckte es in den Mund. Es war wie zu erwarten köstlich. Ich wartete ab, was Maria fragen würde. »Schmeckt es zu intensiv nach Oregano?«

»Geht das überhaupt? Oregano ist geil!«, fragte ich kauend zurück. »Es ist toll.«

Maria nickte, wischte sich die Hände an ihrer Schürze ab und begann, ihre ganzen Utensilien wegzuräumen. »Warum mache ich das noch mal?«, fragte ich und klaute noch ein kleines Stück Schwarzbrot von der Theke.

»Weil du sehr gut Geschmäcker einordnen kannst. Wie Simon. Der kann noch den feinsten Kardamonhauch aus einem Gericht herausschmecken. Und auf dieser Hochzeit darf nicht eine Speise weniger als perfekt sein.« Sie war in den vergangenen Tagen tatsächlich zum Du übergegangen. Das distanzierte Sie und mein Vorname waren Geschichte. Das war wunderbar, aber nun sah sie mich so ernst an, dass mich der Gedanken beschlich, sie wusste, wie es um die Burg stand.

»Ich habe Simon gesucht und zufällig ein Schreiben der Bank auf seinem Schreibtisch gefunden. Ich wollte es nicht lesen. Aber es …« Sie brach ab und senkte kurz den Kopf. »Ich hab's dann doch gelesen.« Sie zuckte die Schultern. »Das war schlimm. Meine Augen konnten nicht damit aufhören.« Maria seufzte bleischwer, was Hund, der ausgestreckt unter dem Tisch lag, veranlasste, es ihr gleichzutun. Einen Moment sahen wir ihn beide an.

»Ich weiß, wie schlecht es um die Burg steht«, sagte Maria mit bleischwerer Stimme. »Und um Simon. Hat dein Bruder was gegessen? Er muss vor der Hochzeit zu Kräften kommen. Er sieht aus wie ein abgemagerter Gockel.«

»Das ist nicht nett«, erwiderte ich. »Stimmt aber leider.« Prüfend blickte ich sie an. Wusste sie auch von Simon und Matteo? Aber woher?

Maria erriet meine Gedanken mit Leichtigkeit. »Hab die beiden mal überrascht. Da haben sie sich in der Burgküche geküsst. Du glaubst gar nicht, wie leise ich schleichen kann.«

Daraufhin schwiegen wir einträchtig.

»Scheiß Liebe«, sagte Maria dann ganz plötzlich voller Inbrunst. Ich sah sie erstaunt an. »Na, erst sucht man mühsam jemanden und lernt ihn zu lieben, was gar nicht so einfach ist, und wenn man dann eine ganze Weile gemeinsam durchs Leben gewandert ist, stirbt derjenige einfach.« Jetzt verstand ich, dass sie von ihrem Mann sprach. Regungslos stand ich vor ihr. Hund erhob sich von seinem Liegeplatz unter dem Tisch und kam zu Maria geschlendert, um ihr kommentarlos seine Nase gegen das Knie zu drücken.

»Tut mir leid«, sage ich.

»Mir auch. Ich wollte nicht so emotional sein. Aber wenn die Burg flöten geht, wo sollen wir denn alle hin?«

»Die Burg geht nicht flöten«, gab ich mit fester Stimme zurück. Wenigstens hatte ich drei Termine mit potenziellen Event-Veranstaltern vereinbart. Die wollten zwar alle erst mal nur gucken, aber immerhin. Leider war die ganze Angelegenheit weit komplizierter, als ich es mir vorgestellt hatte. Es wurden Kleinigkeiten abgefragt, die mich in den Wahnsinn trieben. Wichtige Kleinigkeiten, zugegeben, wie Anzahl und Ausstattung der WCs, Zustand der Wege, Parkflächen, Hygienemaßnahmen, Feuerschutz in der Burg und Scheune, Fluchtwege, Barrierefreiheit. Ich war die letzten Tage ständig mit Fotoapparat und Zollstock durch die Gegend gerannt.

»Dit wird schon«, sagte ich.

»Dein Wort in den Wolken, oder wie das heißt«, murmelte Maria. Dann räumte sie einen Teller von der Spüle, hängte ihr Geschirrtuch auf und griff sich einen eng beschriebenen Zettel. Sie studierte ihn und sagte: »Du denkst daran, dass du morgen auf dem Markt von Woltersdorf die Himbeeren und den Burrata abholen musst? Und alles genau anschauen und checken. Mir kommt keine minderwertige Ware ins Haus.«

Ich salutierte. »Ich werde einwandfreie Produkte beschaffen! Danke für das Essen!«

»Wenn ich was kann, ist es doch wohl Essen«, murmelte Maria, schien aber gedanklich schon voll bei ihrer To-do-Liste zu sein.

Ich lief zurück in die Burg und musste mich zwischen dem Übertragungswagen eines bekannten Privatsenders, drei Lieferwagen und dem Lieferanten für die Stühle und Tische hindurchschlängeln. Alles war vollgestellt. Überall rannten Menschen herum. Zugegebenermaßen war ich von den zur Hochzeit erwarteten zweihundert Gästen und dem Ü-Wagen ein wenig eingeschüchtert.

Simon hingegen begegnete der ganzen Angelegenheit wie der arktische Winter. Zumindest wirkte es so. Weder schlief noch aß er. Aber er arbeitete. Wie ein Besessener. So wahnsinnig, dass sogar Ronja ihn maßregelte, sich nicht zu überfordern.

Ich eilte in die Burgküche und schloss die Tür hinter mir, um den wuseligen Bienenstock für ein paar Minuten auszusperren. Die alten Mauern schienen die Aufregung zu speichern und ins Innere zu leiten. Schon seit Tagen wirkte es, als würde die Burg Summen vor Spannung.

Ich lehnte mich gegen die blitzblank gewienerte Küchentheke und sah durch die tiefen Fenster hinaus in den Burghof. Angelika schickte mir einen rosafarbenen Gruß, es sah aus, als würden ihre vollen Blüten mir zuwinken.

Heute Abend würde ich noch nach Berlin fahren. Aysun begleitete mich, und ein großes Auto hatten wir uns von Janosch, dem Landwirt aus dem Ort, geliehen. Eigentlich wollten wir in Berlin übernachten, aber da uns nur noch zwei Tage bis zur Hochzeit blieben, würden wir mitten in der Nacht zurückfahren müssen.

Ich hätte das Ganze gerne auf nächste Woche verschoben, aber Rosas Cousine brauchte dringend Obdach, und so langsam gingen meine Klamottenreserven zur Neige. Ich hatte schlicht nichts Elegantes und Hochzeitstaugliches anzuziehen. Eine Schürze durfte ich mir auch nicht einfach umbinden, weil Baronin von Weiden in offizieller Funktion anwesend zu sein hatte. Das Timing für meine Berlin-Reise war nur einfach ziemlich bescheuert.

Just in diesem Moment klingelte mein Handy. Ein Videoanruf von Mona. Hocherfreut von dieser Ablenkung wischte ich einmal über das Display. Meine Tochter sah verändert aus. Es schien, als wäre sie noch mehr gewachsen, was auch gar nicht ausgeschlossen war. Ich hatte erst letztens gelesen, dass Mädchen bis zum einundzwanzigsten Lebensjahr wachsen konnten.

»Hallo, Schatz!«, begrüßte ich sie.

»Mama. Hallo! Das ist meine Mama«, sagte sie und beugte sich hinunter, sodass sie für einen Moment aus meinem Blickfeld verschwand. Sie tauchte wieder auf mit Tony im Schlepptau, ihrem kleinen Bruder. Etwas verdutzt nahm ich automatisch Haltung an. Der kleine Junge grinste mich breit an. »Hallo!«, rief er.

»Hallöchen!«, rief ich zurück.

»Meine Mama!«, sagte Mona und deutete mit wilden Bewegungen auf mich. »Er wollte meine Mama sehen«, erklärte sie mir. »Wir waren gerade am Strand, und er war überzeugt, dass Meike meine Mutter sein müsste. Weil ich seinen Papa ja auch Papa nenne.« Sie lachte, und ich grinste.

»Es ist verwirrend«, erwiderte ich.

»Meike ist auch hier und möchte dich auch sehen«, erklärte Mona strahlend, und mir sackte das Herz bis knapp unter den Magen.

»Klar«, sagte ich etwas dünn, dann fuhr ich mir durch die Haare, die sich davon aber vermutlich unbeeindruckt zeigten. Eine Frau quetschte sich mit in den Videoausschnitt. Ich kannte Meike nur von Fotos und hätte sie jetzt nicht wiedererkannt. Sie hatte sich die Haare rot gefärbt und kurz geschnitten. Fast wie ich. Meike winkte.

»Hallo Katharina«, sagte sie und blickte dann einen kurzen Moment Tony und Mona hinterher, die aus dem Bild verschwanden. »Ich wollte mich schon die ganze Zeit melden«, sie hob das Handy etwas an, damit ich sie besser sehen konnte. »Aber wie das so ist mit kleinen Kindern. Frau hat nie Zeit.«

Ich lächelte und nickte. Ich erinnerte mich sehr gut daran. »Du, Katharina. Ich wollte dir sagen, dass ich deinen Abschiedspodcast gehört habe. Ich fand ihn ganz berührend.«

»Danke«, erwiderte ich, ehrlich verwundert. Mir war nicht klar, dass Johannes' Frau am anderen Ende der Welt meinen Podcast hörte.

»Nee. Ich muss mich bedanken. Mona ist toll.« Meike schwieg einen Moment und schien sich zu vergewissern, ob meine Tochter und ihr Sohn tatsächlich verschwunden waren. »Du hast ein wundervolles Kind großgezogen. Ich hatte echt Angst, wie es sein wird, wenn plötzlich ein völlig fremder Mensch im eigenen Haus lebt. Aber es ist schön. Mona ist so …«, sie schien einen Moment nach den richtigen Worten zu suchen, »herzlich. Liebevoll. Und chaotisch.« Sie lachte. »Du hast das großartig gemacht.«

»Danke«, sagte ich und drehte mich zur Seite, um das Handy auf der Kaffeemaschine abstellen zu können. Mir zitterten plötzlich die Hände, und das Bild wackelte.

»Vielleicht kommst du uns mal besuchen?«, fragte Meike. Ich nickte, ein wenig sprachlos. »Ja. Klar. Das kann ich mal machen.«

»Ich muss jetzt Eis besorgen. Und meinen Jüngsten daran hindern, die Katze mit Schokolade zu füttern.« Sie winkte mir noch einmal zu, dann verschwand sie und ich starrte einen Moment auf den schwarzen Bildschirm.

Dann nahm ich das Handy von der Kaffeemaschine und steckte es mir in die Hosentasche.

Ich fühlte mich leicht. Einen Moment schloss ich die Augen. Ich freute mich aufrichtig für Monas wunderbare Zeit. Und genauso aufrichtig über die lieben Worte von Meike. Außerdem hatte ich das Gefühl, dass es mir allmählich gelang, das loszulassen, was eigene Flügel bekommen hatte. Spontan zog ich das Handy wieder hervor und rief Leon an, um ihm davon zu berichten. Er ging sofort ran und freute sich mit mir. Allerdings flog nur eine Sekunde später die Küchentür auf, und ich zuckte erschrocken zusammen.

»Hier bist du!«, rief Aysun. »Willst du fahren oder darf ich? Der Transporter steht allerdings unten bei den Wiesen. Hier ist ja nirgendwo Platz.«

»Äh, warte kurz«, sagte ich und verabschiedete mich schnell von Leon. »Ich breche jetzt nach Berlin auf. Eine zeitlich etwas ungünstige Mission.«

»Fahr vorsichtig, und melde dich mal. Ich freu mich auf dich!«, war seine Antwort, die mir wohltuend über die Seele strich. Es war lange her, dass mir jemand gesagt hatte, ich solle vorsichtig fahren.

»Du darfst fahren«, erklärte ich dann an Aysun gewandt und verspürte eine kleine Vorfreude auf unser gemeinsames Abenteuer. Aysun hatte noch weniger Zeit als ich, und trotzdem hatte sie sofort zugesagt, mich zu begleiten. Das war großzügig, und ich freute mich auf die Fahrt. Viel Zeit zum Reden. Mit Aysun konnte man wunderbar reden.

Wir waren erst kurz nach Mitternacht wieder auf der Burg. Leergequatscht, hundemüde, den Laderaum vollgestellt mit meinem und Monas Leben. Aysun half mir, alles nach oben zu tragen, dann brachte sie den Transporter zurück zu Janosch. Ich war ihr dankbar für ihre Hilfe und hatte das Gefühl, eine neue Freundin gefunden zu haben. Nichts schweißte einen mehr zusammen, als stundenlang über deutsche Autobahnen zu reisen.

Ich war furchtbar müde, hängte aber wenigstens noch die Kleider und Blusen auf ein paar Bügel. Um nichts in der Welt wollte ich das Bügeleisen bemühen müssen. Als das erledigt war, setzte ich mich einen Moment auf die Bettkante und betrachtete meine Besitztümer. Es war gar nicht so viel. Die Möbel und einen Teil meiner Küchenausstattung hatte ich mit an Rosas Cousine untervermietet. In den drei großen Kisten befanden sich meine Bücher, diverse Ordner und andere persönliche Dinge. Der Rest waren Klamotten und Schuhe. Es war ein komisches Gefühl, das jetzt alles hier zu haben. Unsere Homebase in Berlin hatte sich aufgelöst.

Am nächsten Morgen weckte Simon mich unfassbar früh. »Du darfst nicht vergessen, zum Markt zu fahren, um die letzten Sachen für Maria zu holen!«, rief er und zog dann sogar an meiner Bettdecke. Ich zuckte zusammen und zerrte mir die Decke über den Kopf.

»Du Irrer. Das weiß ich doch. Aber der Markt hat doch noch gar nicht auf. Menschen schlafen zu dieser Uhrzeit«, brummte ich in mein Kissen.

»Es ist sechs Uhr. Es gibt viel zu tun. Du darfst es nicht vergessen!« Mit diesen Worten verließ mein Bruder mein vollgestelltes Schlafzimmer und ging vor sich hin murmelnd die Treppe hinunter.

Matt schloss ich kurz die Augen, doch als Nächstes tauchte Hund auf, der sich vor mein Bett setzte und versuchte, mich mit seinem eindringlichen Blick zu hypnotisieren. »Was willst du?«, fragte ich.

Als ich die Bettdecke ein wenig lüpfte, um ihn anzusehen, freute er sich. Ich zog eine Hand aus dem Bettdeckenungetüm, in das ich mich eingewickelt hatte, und ließ sie über die Kante der Matratze hängen. Hund kam näher und schob seinen großen Schädel unter meine Handfläche. Ich musste grinsen. Tage konnten definitiv schlechter beginnen.

Ich raffte mich also auf und stieg unter die Dusche, dann schlüpfte ich in meine frisch aus Berlin importierten Klamotten und fühlte mich direkt wie ein neuer Mensch. Die vergangenen Wochen hatte ich in Jeans und Hoodie verbracht. Jetzt trug ich eine gestreifte Bluse und meine liebste Cargo-Hose mit den roten Chucks.

Es war halb sieben, und in der Eingangshalle waren bereits Aysun und Oleg am Werk. Sie wirkten sogar schon gestresst. Ich blinzelte erschüttert, kippte meinen Kaffee in Rekordzeit herunter und half dann, Dinge zu tragen, aufzubauen und zu schmücken. Gegen Mittag machte ich mich auf, um Himbeeren und Burrata auf dem Markt in Woltersdorf zu besorgen.

Ich mochte den Markt in dem kleinen Ort, nicht weit von Burg Heidenfeld entfernt, schon seit meiner Kindheit. Ich parkte etwas abseits auf einem der ausgewiesenen Parkplätze, dann eilte ich durch die engen Gassen vorbei an zauberhaften Kapitänshäuschen, die die Straßen säumten. Vor jedem Haus blühte mindestens eine Stockrose, Geranien schmückten die Fenster und Treppenaufgänge aus Backstein. Es war entzückend und schon wieder wie ein Ausflug in meine Kindheit. Früher hatte meine Mutter mich oft zu dem legendären Freitag-Markt mitgenommen.

Der Marktplatz hatte Mittelalterflair, und das alte Kopfsteinpflaster passte dazu. Ich holte erst die vorbestellten Burrata ab, die der Verkäufer in Kühlboxen gelagert und bereits auf einer Sackkarre für mich bereitgestellt hatte. Dann lief ich zur Obsthändlerin und kaufte die reservierten Himbeeren. Riesige, dunkelrote Früchte, die verheißungsvoll nach Sommer dufteten. Die Sackkarre war nun bis obenhin beladen, und vorsichtig bugsierte ich sie über das unebene Pflaster, was mich allerdings nicht davon abhielt, überall anzuhalten und die Auslagen zu bewundern. Blumenstände, Käsestände, eine Frau verkaufte wunderschöne Schultertücher und einen Stand weiter gab es Kerzen in allen Farben und Größen. Ich erstand eine senfgelbe Bienenwachskerze, weil ich den Duft so mochte, und entdeckte auf der rechten Seite des Standes eine ganze Batterie Gehstöcke. Ich zerrte die Sackkarre hinter mir her, sah mir die Stöcke an und dann war da plötzlich diese Idee.

»Kann ich Ihnen helfen?«, fragte die Dame vom Verkaufsstand und sprang sofort herbei.

»Ja, ich bräuchte etwas Beratung«, erklärte ich etwas forscher, als mir zumute war.

»Ich stehe zu Ihrer Verfügung! Wir stellen seit dreißig Jahren Gehstöcke her.« Die Frau wirkte stolz auf diese Tatsache, rieb sich die Hände und sah mich abwartend an. »Alles in Handarbeit!«, fügte sie hinzu.

»Der wäre für einen Freund«, erklärte ich langsam, weil ich nicht genau wusste, wie dumm meine Idee war.

»Wie groß ist Ihr Freund denn? Und links oder rechts?«

»Äh«, etwas überrumpelt maß ich Leons Größe ungefähr fünf Zentimeter über meinem Kopf ab. »Links oder rechts?«, fragte ich dann nach. »Was genau heißt das?«

»Kommt halt drauf an, ob Sie einen ergonomisch geformten Knauf möchten. Sonst spielt das keine Rolle. Man nutzt ihn üblicherweise gegenüberliegend des betroffenen Beins.«

»Ah«, sagte ich. Das hier war definitiv eine doofe Idee. Ich wusste nichts über Leon. Ob er mit beiden Beinen oder nur mit einem ein Problem hatte.

»Aber wissen Sie was? Das ist auch gar nicht so wichtig. Wenn Sie keinen ergonomischen Knauf nehmen, kann er ihn ja egal wie benutzen. Viele Leute sind viel zu zögerlich damit, sich einen guten Gehstock zu kaufen. Dabei erhöht er die Mobilität ungemein. Ich kann das nur empfehlen und mag es auch lieber als einen Rollator. Man wird nicht so krumm. Aber das ist natürlich nur meine Sichtweise. Und es hängt auch von der Grunderkrankung ab. Unsere Stöcke können Sie übrigens alle kürzen. Aber«, sie hob einen Zeigefinger. »Abgeschnitten ist abgeschnitten! Er muss natürlich die richtige Größe haben, sonst kommt es zu Fehlhaltungen. Wir haben hier Stöcke mit Pistolengriff oder einer Handschlaufe. Schauen Sie mal!« Sie drehte sich um und schleppte noch mehr Stöcke an. Stöcke schienen ihre Leidenschaft zu sein. »Was glauben Sie, würde Ihrem Freund gefallen?«

»Was Modernes? Schlicht?«, erwiderte ich zweifelnd.

Die Frau kniff die Augen zusammen und eilte zum alten Transporter, der hinter ihrem Stand parkte. Zurück kam sie mit einem lackschwarzen Stock, der einen tiefschwarzen Griff in matter Optik hatte.

»Schick«, sagte ich anerkennend. Er war höchst elegant. Ich fuhr mit den Fingern über das glänzende Holz. Er sah nicht nur gut aus, er fasste sich auch gut an. Die Dame nahm ihn mir aus der Hand und drehte ihn schwungvoll auf den Kopf. Dann stellte sie ihn neben mich auf das Pflaster. Sie nahm meinen Arm und hielt ihn ganz leicht gebeugt.

»Wenn Sie so stehen, hat der Stock die richtige Länge, wenn er hier an Ihrem Handgelenk endet. Er kostet neunundsechzig Euro.«

Ich lächelte. Verdammt. Das war ja ein kostspieliges Abenteuer. »Die anderen kosten mehr. Ich mache Ihnen schon einen Markt-Rabatt«, erklärte die Dame gerade. »Neunundsechzig Euro ist ziemlich günstig für so einen qualitativ hochwertigen Markenstock.«

Ich grinste jetzt. »Ich nehme ihn«, sagte ich und holte meine Geldbörse heraus. Meine Miete wurde von Rosas Cousine bezahlt, Simon hatte mir trotz Gegenwehr meinerseits mein Gehalt überwiesen, also hatte ich zurzeit ein wenig Geld über. Das passierte selten genug. Und wenn Leon der Stock nicht gefiel, würde er mir das schon sagen.

Eine Stunde später war ich zurück auf dem Hof und trug meine Schätze zu Maria in die Küche, die man aber vor lauter Speisen nicht mehr sehen konnte. Sie war hinter Bergen von Törtchen, Töpfen und dampfenden Dingen versteckt und arbeitete singend vor sich hin. Ihr zur Seite stand Janosch, der mit einer kleidsamen Schürze geschmückt etwas deplatziert wirkte und Möhren schnitt. Ich dachte ja, er würde nur Kutschen, Verstärker und Bühnen liefern. Offenbar kümmerte er sich bei Bedarf auch um das Gemüse.

Ich verstaute die Himbeeren und den Burrata im Kühlschrank und lief zurück über den Hof zu meinem Auto, das ich in eine freie Ecke gequetscht hatte. Ich schnappte mir den Stock und wollte damit in die Burg laufen, ihn in mein Zimmer stellen und anschließend weiter räumen und irgendwelchen Kram durch die Gegend tragen, doch ich traf tatsächlich auf Leon, der inmitten dieses Chaos auf der obersten Stufe der Burgtreppe saß und offenbar auf mich gewartet hatte. Er grinste bei meinem Anblick.

Ich lächelte hocherfreut zurück. »Ich habe dir etwas mitgebracht«, erklärte ich. Doch schon im selben Moment, als ich ihm den Stock entgegenhielt, wusste ich, dass das die dümmste Idee gewesen war, die ich jemals gehabt hatte. Ich ließ den Arm wieder sinken, denn bei Leon waren im Bruchteil von Sekunden alle Klappen gefallen. Er hatte eine Augenbraue hochgezogen und sämtliche Gefühle, die vorher noch in seinem Gesicht zu sehen waren, hatten sich in Luft aufgelöst. Mein Lächeln fror förmlich ein, und mir rutschte der Magen bis in die Kniekehlen. »Scheiße, das war eine blöde Idee, oder?«

»Nö«, sagte Leon knapp und mit eisiger Stimme. »Warum nicht noch eine Reparatur? So ein bisschen Instandsetzung für den Invaliden.«

»Das ist doch keine Reparatur. Nur eine Unterstützung«, erwiderte ich.

»Weißt du eigentlich, wie schwer das für mich ist?«, fragte er, und plötzlich lag ein so offensichtlicher Schmerz in seiner Stimme, dass es mir kalt den Rücken runterlief.

»Nein. Das weiß ich nicht«, sagte ich. »Weil ich es nicht sehe. Wenn du es mir nicht erklärst, verstehe ich es nicht.«

Leon beugte sich ein wenig nach vorne. »Ich bin es aber leid, immer über diese fucking Behinderung zu reden!«, sagte er und wirkte auf einmal erschöpft.

»Aber das tust du doch gar nicht!«, sagte ich und bemühte

mich, ruhig zu bleiben. »Du teilst mir nur hin und wieder mal ein Häppchen mit. Ich dachte wirklich, das wäre eine gute Idee. Es könnte dir helfen.« Gegen Ende wurde ich immer leiser, denn in Leons Augen sah ich eindeutig, dass es genau das eben nicht gewesen war: eine gute Idee.

»Ja, klar. Und was kommt als Nächstes? Soll ich dir direkt hier und jetzt erzählen, was alles nicht geht? Damit du dann auch versuchen kannst, mich zu reparieren? Oder damit du die Entscheidung treffen kannst, ob das vielleicht doch nichts für dich ist? So ein Krüppel als potenzieller zukünftiger Freund ist vielleicht doch nicht das Richtige?« Seine Worte taten weh. Das war nicht Leons übliche Sprache. Er war stinkwütend.

Er erhob sich abrupt, drehte sich um die eigene Achse und es schmerzte mich, dass er dabei schwankte. Es war eben doch nicht völlig egal, was er konnte und was nicht.

Ich stand wie angewurzelt herum, den verdammten Stock immer noch in der Hand, da drehte sich Leon noch mal zu mir.

»Ich bin der Idiot, der Gefühle investiert. Ich.« Er hob eine Hand. »Und am Ende bist du weg. So einfach ist das. Weil das nicht das ist, was du dir vorgestellt hast.«

»Für wen hältst du mich denn?«, fragte ich und war dankbar für die Empörung, die sich bei seinen Worten in mir breitmachte. Empörung war besser als diese fürchterliche Scham, die mich überkommen hatte, als ich endlich begriff, wie tief sein Trauma ging.

Leon drehte sich jetzt endgültig um und lief in dem für ihn so typischen unrhythmischen Gang in Richtung Stall.

»Das ist jetzt nicht dein Ernst«, murmelte ich und eilte kurzerhand hinterher. Ich holte ihn ein und hielt ihn am Handgelenk fest. »Das ist keine Reparatur, das ist nur eine Unterstützung. Aber es tut mir leid.«

Leon schüttelte mich quasi ab, ohne mich eines Blickes zu würdigen, und ging einfach weiter.

»Verdammte Axt, jetzt warte doch mal!«, rief ich ihm hinterher.

Das konnte nicht wahr sein! Leon lachte nur rau auf, ging aber unbeirrt weiter, während Simon den Kopf aus der Remisenwohnung von Maria steckte.

»Was macht ihr denn hier?«, fragte er mit vollem Mund.

»Uns streiten«, erwiderte Leon und ging ungerührt weiter.

»Worüber?«, fragte mein Bruder mit theatralisch aufgerissenen Augen.

»Über ein Stück Holz«, erklärte ich und hob den Stock ein wenig an.

Simon musterte das Corpus Delicti und nickte anerkennend. »Schickes Teil.«

»Ach, vergesst es doch einfach«, sagte Leon und klang dabei so wenig nach sich selbst, dass Simon ihm erstaunt hinterhersah. Leon verschwand ohne ein weiteres Wort im Stall.

»Ich hab dir ja gesagt, dass er empfindlicher ist, als er aussieht«, erklärte mir Simon mit zusammengekniffenen Augen. Dann gab er ein lang gezogenes »Mhhh« von sich. »Hör gut zu, ich erzähle es dir. Damit du das richtig einschätzt.« Er beugte sich zu mir runter und blickte mir tief in die Augen. »Ich will nicht, dass unser beider Herzen in Trümmern auf dem Boden liegen. Deswegen eine kurze Information. Leons letzte Freundin, mit der er ewig zusammen war, hat ihn deswegen verlassen.« Er deutete auf den Stock.

»Ach, Quatsch«, sagte ich matt.

»Klar. Hat sie so natürlich nicht gesagt, die Bitch. Das macht doch niemand. Aber es war verdammt offensichtlich. Annabelle, die Schlampe, ist auch Anwältin, war damals in derselben Kanzlei, rücksichtslos ohne Ende, sportsüchtig, wenn man mich fragt, und hat alles um sich herum stets und ständig optimiert. Entweder Leon hat mitgehalten, oder sie hat es allein gemacht. Erst hat sie ihn ein Jahr lang betrogen und dann verlassen. Der Neue ist Triathlet, Skiabfahrtscrack, und er wandert wohl gerade mit ihr über die Alpen. Diese Trennung war übrigens der Hauptgrund, warum er aus Frankfurt zurückgekommen ist. Und jetzt geh zu ihm, und klär das.« Er deutete energisch zur Stalltür. »Dieser Stock war eine Scheißidee«, fügte er hinzu. »Also von der Sache her gut. Ich sage ihm immer, er soll sich einen besorgen. Aber doch nicht als Geschenk von dir! Gott, Schwester! Er steht auf dich! So richtig ernsthaft. Manchmal bist du wirklich dämlich.«

»Ich war zu sehr mit mir beschäftigt und habe das völlig falsch eingeschätzt«, erwiderte ich kleinlaut.

»Und mit mir. Mit mir warst du auch sehr beschäftigt«, brummte mein Bruder. »Noch ein gebrochenes Herz kann diese Burg unmöglich verkraften«, sagte er dann ein wenig melodramatisch und deutete erneut auf die Stalltür.

Leon hatte Hermann auf die Gasse vor der Box geholt und bearbeitete seinen Rücken mit energischen Bewegungen mit dem Striegel. Er trug immer noch seinen Kanzleianzug, weswegen klar ersichtlich war, dass das definitiv nicht sein Plan gewesen war. Mehr so eine Übersprunghandlung.

»Tut mir leid«, sagte ich laut und legte endlich den Stock beiseite. Leon hielt inne und drehte sich zu mir.

»Ich will nicht, dass es eine Rolle spielt«, sagte er unerwartet rau.

»Tut es aber offensichtlich«, meinte ich. Wir standen dicht voreinander. Ich konnte seine langen Wimpern sehen, den leichten Bartansatz, der bei ihm so schnell wuchs, die ausgeprägten Wangenknochen, die ihm tatsächlich etwas Adeliges in die Gesichtszüge zauberten.

»Wäre es nicht so, hättest du den Stock genommen, gesagt, wie unfassbar hässlich er ist und ihn zu den Regenschirmen gestellt«, versuchte ich einen Scherz. Leon blickte mich wortlos an, dann nickte er und putzte weiter sein Pferd.

»Gut«, sagte ich nach einer Weile, schnappte mir den Stock, klemmte ihn mir unter den Arm und ging zurück zur Burg.

Simon hatte recht. Noch ein gebrochenes Herz konnten wir uns hier nicht leisten. Und meins war immer noch in der Rekonvaleszenz, ich sollte ihm nicht zu viel zumuten. Ich hatte Leon tief getroffen. Es tat mir so furchtbar leid. Aber ich würde es ihm nicht gestatten, mich zu ignorieren, während ich neben ihm stand. Dafür war mir das alles viel zu wichtig. Aber ich verstand auch, dass ich in diesem Moment rein gar nichts ausrichten konnte.

Kapitel 18

Und dann war der Tag da. Die große, unfassbar riesige und pompöse Hochzeit würde in weniger als drei Stunden stattfinden. Ich stand im Hof und sah dem prachtvollen Vierspänner bei seiner Stellprobe zu. Kilian und Kira würden damit nach der Trauung eine Runde durch den Wald und den Ort drehen. Theoretisch machte das überhaupt keinen Sinn, denn es gab keine kirchliche Hochzeit, nach der die beiden von der Kirche zum Fest fahren konnten. Sie heirateten hier und feierten hier, doch offenbar waren vier weiße Pferde absolute Pflicht, und so saß Janosch auf dem Kutschbock und hielt die Leinen seiner Pferde lässig in der linken Hand, während die Kameraleute des Privatsenders die Einstellung prüften.

Simon war in seinem Büro, um die Rede zu schreiben. Absoluter, fataler Irrsinn, wenn man mich fragte. Aber Simon fragte mich nicht und blieb dabei: Seine Reden wurden nur exzellent, wenn er unter Druck stand. Ich würde ja umgehend kollabieren, mein Bruder hingegen brauchte das Wissen, in knapp drei Stunden vor weit über zweihundert Personen und live gestreamt im Internet öffentlich aufzutreten, um immer wieder wahre sprachliche Prachtwerke zustande zu bringen.

Aysun war bei Kira und ihrer Mutter im Hotel in Woltersdorf und würde ihr beim Schminken und Anziehen helfen. Kilian würde gegen vier Uhr mit seinen Trauzeugen hier auf der Matte stehen und die ersten Gäste begrüßen. Matteo war bei ihm.

Ich lehnte an den warmen Mauern der Burg, wie so oft in letzter Zeit, und betrachtete die weißen Pferde, die entspannt den ganzen Rummel um sie herum zu ignorieren schienen.

Ich dachte an Leon. Ich hörte seit gestern gar nicht mehr auf, an Leon zu denken. Ich hatte mit einer unbedachten Aktion alles kaputt gemacht. Niemals hätte ich mit dieser Reaktion gerechnet. Leon war vermeintlich offen mit seiner Behinderung umgegangen, dass ich das nicht weiter hinterfragt hatte. Was sich jetzt als Fehler herausstellte.

In meinem Magen lag ein Stein, so schwer, ich hatte noch nicht mal frühstücken können. Hunderte Male hatte ich eine Textnachricht verfasst, die ich dann doch nicht abgeschickt hatte. Das Thema war einfach zu existenziell, und ich musste mir selbst eingestehen, dass es mich einschüchterte. Denn ich hatte schlicht und ergreifend keine Ahnung, was diese Behinderung für ihn wirklich bedeutete. Und somit auch für uns. Falls es ein uns überhaupt noch gab.

Matteo betrat im nächsten Moment den Hof und sah sich suchend um. Wir hatten bis jetzt jeden Tag miteinander telefoniert und tausend Dinge geklärt und es geschafft, nicht einmal über Simon zu reden. Matteo stand neben der Rose Angelika und machte in seinem eleganten schwarzen Anzug einen verlorenen Eindruck. Und dünn war er geworden. Genau wie Simon schien er das Essen weitestgehend eingestellt zu haben. Abgesehen davon, sollte er nicht hier sein. Er sollte sich um Kilian kümmern. Das war sein ganz persönlicher Job für heute. Ich löste mich von den warmen Mauern in meinem Rücken und wollte zu ihm gehen. Spontane Planänderungen waren im straffen Zeitplan dieses Tages ungünstig. Vielleicht hatte Matteo noch etwas vergessen? Dann hätte er mich aber doch sicherlich angerufen.

Im selben Moment setzte sich der Vierspänner in Bewegung, und ich trat wieder dicht an die Burgmauer. Im entspannten Schritt passierten die weißen Pferde das Burgtor. Janosch brachte sie wie abgesprochen zurück auf seinen Hof und ließ sie noch etwas im Paddock ausruhen, bevor sie ihren großen Auftritt hatten.

Oleg eilte einmal quer über den Hof und schloss das hölzerne Außentor hinter der Kutsche. Der Sicherheitsdienst erwartete ein erhöhtes Aufkommen an Paparazzi und Neugierigen, und wir hatten sogar eine provisorische Schranke am Beginn des Waldweges in Richtung Burg aufgebaut, wo alle Gäste ihre Einladung vorzeigen mussten.

Oleg nickte mir zu und eilte weiter. Matteo war verschwunden.

Hinter der Burg liefen die letzten Vorbereitungen für fast dreißig eingedeckte Tische auf Hochtouren. Wir nutzten die Scheune mit, hatten aber auch riesige Sonnensegel gespannt und Pavillons aufgebaut, die Schutz vor der Augustsonne boten. Maria dirigierte schon seit gestern Abend eine Heerschar an Servicepersonal um sich herum.

Ich betrat auf der Suche nach Matteo die Burg und traf dort erst mal Hund, der vor Simons Büro saß, die Stirn in Falten gelegt. Er schien angestrengt zu lauschen und warf mir nur einen flüchtigen Blick zu. Ich stellte mich neben ihn und tat es ihm nach. Ich lauschte. Offenbar war ich dazu verdammt, meinen Bruder heimlich zu belauschen.

Die Bürotür war nicht vollständig geschlossen. Vermutlich war der Türschnapper wieder rausgesprungen, und so fand ich heraus, wo Matteo war. Er sagte gerade: »Bitte. Hör mir doch wenigstens zu!« Ich schloss die Augen und ließ den Kopf sinken. Hund erhob sich und wanzte sich dicht an mich heran. Vorsichtig legte ich ihm eine Hand an die Ohren. Ich sollte ins Büro stürmen. Das Ganze unterbinden. Simon retten. Matteo retten. Irgendetwas tun. Aber ich stand ganz still und sah den Tsunami anrollen.

»Du hast alles mit meiner Schwester zu klären«, sagte Simon und klang völlig emotionslos.

»Bitte, hör mir zu«, erwiderte Matteo atemlos. Und flehentlich. In seinen Worten lag ein so tiefer Schmerz, dass ich mir am liebsten die Ohren zugehalten hätte. »Ich liebe dich. Ich kann nicht ohne dich existieren.« Matteos Stimme zitterte. Er klang nicht mehr wie der große, starke, schöne und erfolgreiche Herr de Luca.

»Und wo führt das hin, Matteo?« Simons Stimme wurde immer kälter. »Mitten rein in ein wunderbares Versteckspiel? Brauchen wir für das Schauspiel noch eine Heterofrau? Frag doch mal meine Schwester, die kann dann zu allen öffentlichen Auftritten mit dir gehen. Und nachts schläfst du heimlich in meinem Bett. Ist es das, was du willst? Denkst du dir das so?«

Matteo keuchte. Dann sagte er mit gesenkter Stimme: »Bitte gib mir einfach noch etwas Zeit.«

Mein Bruder lachte hart auf. »Wenn wir etwas auf dieser Welt nicht haben, dann ist es Zeit. Raus hier.« Simons Stimme war wie die Klinge eines glühenden Messers. Er klang wie damals, als er meinem Vater ins Gesicht gebrüllt hatte, dass es ihm scheißegal sei, ob er ihn enterbt. Er würde sein Leben leben. Und was für ein Idiot er sei, seine wunderbare Enkeltochter nicht sehen zu wollen.

Ich zuckte zusammen, als Matteo unerwartet aus Simons Büro stolperte. Weder Hund noch ich hatten eine Chance, uns zu verstecken. Aber Matteo war derartig aufgelöst, dass er uns gar nicht zu bemerken schien, sondern weiter auf den Burghof taumelte. Ich hätte ihm gerne hinterhergerufen, dass er sich einen verdammt beschissenen Zeitpunkt für noch mehr Drama ausgesucht hatte, da hörte ich Simon schon würgen.

»Ach du heiliger Hollerbusch«, entfuhr es mir, dann schob ich Hund aus dem Weg, um Platz für Simon zu machen. Der kam nur Sekunden später durch die Tür und humpelte zur Gästetoilette im Erdgeschoss. Ich eilte zur Eingangstür und schob den schweren Riegel vor. Hierfür konnten wir keine Zuschauer gebrauchen.

Mein Bruder war stark wie ein Ochse. Er hatte gegen Anfeindungen, Hass und Abwertung gekämpft und stets die Fassung gewahrt. Aber wenn ihm etwas über den Kopf wuchs, zu viel wurde, übergab er sich. Ausgiebig und intensiv. Das war schon so gewesen, als wir noch Kinder waren.

Ich rannte ihm hinterher zum Gästebad und stand vor der Tür, bis ich sicher sein konnte, dass er das erste Elend hinter sich gebracht hatte. Dann schlüpfte ich in den kleinen Raum, streichelte seinen Rücken und reichte Wasser. Mit roten Augen, völlig verheult und verquollen, lehnte er sich gegen die geflieste Wand.

»Ich kann das nicht«, sagte er so leise, dass ich einen Moment brauchte, um seine Worte zu verstehen. »Ich liebe diesen Idioten so sehr, dass es mich zerreißt. Aber ich bin keine Affäre mehr. Das bin ich nicht. Ich habe eine richtige Beziehung verdient. Einen Mann, der zu mir steht, oder?«

»Ja. Hast du. Alles«, sagte ich fest und streichelte seine Hand.

Dann sagte Simon allerdings: »Ich kann diese Rede jetzt nicht schreiben«, und mein Herz blieb stehen.

»Wer dann, Bruder?«, fragte ich schreckensstarr und ließ seine Hand los.

»Kann nicht. Tut mir leid.« Nein. Er konnte nicht. Er war ein Häufchen Elend, bei dem die Gefahr bestand, dass er sich innerhalb der nächsten zwei Stunden noch sieben Mal übergab. Er konnte jetzt keine fulminante, prachtvolle Rede über die Liebe schreiben.

Aber ich auch nicht. Schreiben vielleicht, aber nicht halten. Schon beim Gedanken daran brach mir der kalte Schweiß aus.

»Ruf Leon an. Er muss kommen. Ich kann nicht. Es tut mir leid«, sagte mein Bruder noch mal und schob sich mithilfe der Wand hinter ihm in die Höhe. »Ich leg mich ein paar Minuten hin. Vielleicht geht es danach, ja?«, krächzte er und kroch quasi auf allen vieren nach oben. Mit Herzrasen blieb ich in der Eingangshalle stehen. Dann zückte ich mein Handy und rief die Trauerednerin von Annas und Tobis Hochzeit an. Sie ging nicht ran. Ich schickte ihr eine Sprachnachricht, und sie antwortete keine drei Sekunden später per WhatsApp. Sie hatte selbst eine Hochzeit. Sie entschuldigte sich.

»Verfickte Scheiße«, sagte ich, und Hund drückte umgehend seine Nase gegen meine Kniekehle. Seine Form des Beistandes. Ich suchte Leons Nummer und rief ihn an. Er ging nicht ran. Also schickte ich auch ihm eine völlig verwirrte Sprachnachricht, in der ich nicht ein Wort über unseren Streit verlor.

Und dann ging ich wie betäubt in Simons Büro. Es waren noch knappe zwei Stunden. Irgendjemand würde diese Rede halten. Und das würde nicht ich sein. Aber ich konnte sie zumindest schon mal schreiben. Ich überflog die Textschnipsel, die Simon bereits notiert hatte. Kiras und Kilians Liebe in Kurzform, in Stichworten.

Ich setzte mich an den Computer und legte die Hände auf die Tastatur. Und dann öffnete ich mein Herz und ließ die Worte einmal quer hindurchlaufen und mitten hinein in das Dokument. Bei den Texten für meinen Podcast gelang mir das doch auch. Ich verband mich mit meiner Seele, mit all den Gefühlen, die dort herumsprangen, und bündelte sie. Ich fokussierte das, was ich sagen, was ich ausdrücken wollte, und fand die Worte, von denen ich wusste, dass sie die Menschen berührten. Ich schrieb immer schneller, ich löschte ganze Absätze und fing von vorne an … bis es an die Burgtür hämmerte.

Ich zuckte zusammen, befahl dem Computer, alles auszudrucken, und eilte dann in die Eingangshalle, um den Riegel vor der Tür zu entfernen. Aysun stand davor. Eine Augenbraue hochgezogen musterte sie mich.

»Was ist hier los?«, fragte sie.

»Ist es schon so spät?«, fragte ich zurück.

»So spät? Was heißt so spät? Wir sind im Zeitplan. Ist Simon fertig?« Lauernd betrachtete sie mich. Sie hatte ein gutes Radar für sich anbahnende Katastrophen.

Ich schluckte. Dann räusperte ich mich. »Ich sehe nach«, hauchte ich und rannte in Lichtgeschwindigkeit nach oben.

Simon war nicht fertig. Also schon, aber mehr innerlich. Er saß schwer atmend in seinem Badezimmer auf dem Boden und hatte einen Punkt an den hellen Fliesen fixiert.

»Kann ich dich allein lassen?«, fragte ich ihn zweifelnd, und legte ihm eine Hand auf die Stirn, doch er nickte nur.

»Du bist die Einzige, die das schafft. Mit der Rede«, sagte er mit rauer Stimme. »Zieh es durch, Schwester.«

Ich rannte wieder zu Aysun, die lächelnd eine von Kiras Brautjungfern in der Küche mit Kaffee versorgte. Als sie mich sah, schubste sie mich fast grob in Simons Büro. »Wo ist Simon? Wo ist die Rede?«

Ich deutete auf den Drucker. »Die Rede ist da. Simon fällt aus.«

Über Aysuns Gesicht liefen hunderte Gefühle, knapp nacheinander.

»Fuck«, sagte sie beherzt. Und dann tauchte Leon auf. In Jeans und Shirt, einen Kleidersack über dem Arm.

»Hab's jetzt erst abgehört«, erklärte er und warf seine Abendgarderobe über den Sessel vor dem Schreibtisch. »Ist Simon okay?«, fragte er, und ich schüttelte den Kopf, woraufhin Aysun scharf die Luft einsog.

»Wird aber wieder. Ist nur vorübergehend«, entgegnete ich und spürte, wie ein Ganzkörperzittern von mir Besitz ergriff. Denn endlich verstand ich: Niemand außer mir würde diese Rede halten. Ich war Katharina Baronin von Weiden. Ich war diejenige, die gleich vor zweihundert Gäste und das gesamte Internet treten würde, um eine Trauung durchzuführen, von zwei Menschen, die sich seit fast einem Jahr auf diesen Moment vorbereiteten und freuten. Alle würden uns zusehen, und die Zukunft von Burg Heidenfeld hing davon ab. Wenn ich uns blamierte, würde niemand mehr hier heiraten wollen. Wenn niemand mehr hier heiraten wollte, waren wir pleite. Mein Herz rumpelte in meiner Brust.

»Wir haben noch etwas über eine Stunde. Ich besorge dir ein Kleid«, sagte Aysun und klang ganz ruhig. Auch sie hatte offenbar verstanden, was hier passierte. »In zwanzig Minuten schminke ich dich. Du kannst das.« Mit diesen Worten verschwand sie und nahm die perplex dreinblickende Brautjungfer von Kira gleich mit.

»Eine Stunde?«, hauchte ich. »Wo ist denn die Zeit hin?«

Leon kam auf mich zu und umfasste mein Gesicht mit seinen Händen. »Frau Gilmore kann das«, sagte er dann mit fester Stimme und sah mir tief in die Augen. Offenbar hatte auch er eine Entscheidung getroffen. Nämlich mir meine Dummheit zu verzeihen. Zumindest für diesen Moment.

Es ging hier jetzt nicht um uns. Es ging um so viel mehr. »Ich habe mir alle einhundertzwanzig Folgen deines Podcasts angehört und versichere dir, dass du das hinbekommst.«

»Ich kann nicht vor Menschen reden«, japste ich.

»Du hast auch gesagt, dass du nicht mehr reiten kannst«, sagte Leon, sein Gesicht jetzt dicht an meinem. »Du hast es nicht verlernt. Du bist galoppiert, als hättest du nie etwas anderes getan. Du kannst das.« Leon lächelte und legte den Kopf leicht schräg. »Diese eine Sache, vor der du die meiste Angst hast, ist womöglich genau die Sache, die dich da hinbringt, wo du hinwillst, Katharina«, sagte er, dann griff er meine Hand, hob sie an und hauchte einen Kuss auf meinen Handrücken.

Aysun tauchte keine zwanzig Minuten, sondern nur drei Atemzüge später auf, über dem Arm ein Kleid. Ein Traum in Rosa und Weiß. In der linken Hand trug sie die höchsten Schuhe, die ich jemals gesehen hatte.

»Du musst die Gäste begrüßen«, sagte sie knapp. »Ich habe hier die Rettung«, schob sie hinterher und zog irgendwo aus dem ganzen Krempel, den sie herbeigeschafft hatte, ihre obligatorische Thermoskanne. Sie kippte das heiße Gebräu in die kleinen Tassen und hielt mir eine vor die Nase.

»Her şey iyi olacak!«, rief sie voller Inbrunst. »Alles wird gut! Das hat meine Oma immer gesagt. Vor meinen Mathearbeiten. Jetzt kann nichts mehr schiefgehen«, sagte sie und begann im selben Moment meine Bluse aufzuknöpfen. Ich wollte Einwände erheben, immerhin stand Leon neben mir, aber das war offenbar nicht der Moment für Einwände oder Bedenken jeglicher Art.

Aysun riss mir förmlich die Klamotten vom Leib, und Leon sah mir dabei die ganze Zeit in die Augen, während ich seinen Arm umklammerte. Er hielt sich dafür am Stuhl hinter ihm fest. So waren wir eine verbundene Einheit, gegen den Aysun-Sturm, der um uns tobte.

Keine fünf Minuten später steckte ich in einem schillernden Abendkleid und fühlte mich wie ein Sahne-Baiser mit Himbeersoße. Aysun fuhrwerkte an meinen Haaren herum, hängte mir Klunker an die Ohren und fing an, mich zu schminken, während ich mich gegen Leon lehnte. Ich schloss ergeben die Augen und ging in Gedanken die Rede durch. Nach und nach rief ich mir die einzelnen Passagen vor das innere Auge und wiederholte sie wieder und wieder, in der Hoffnung, so meine Aufregung in den Griff zu bekommen. Es half nur mäßig.

Leons Hände umfassten meine Schultern und gaben mir Halt. Sie wärmten mich, und ich versuchte, mich nur auf die anstehende Trauung zu konzentrieren. Nur das zählte.

Schließlich stellte Aysun unfassbar hohe Schuhe vor mich, und ich stieg vorsichtig hinein.

»Tut mir leid«, sagte ich dann, nachdem ich mich aufgerichtet hatte und meine Zehen sich umgehend anfühlten, als würde Hermann darauf herumstehen. »Damit kann ich keinen Schritt laufen.« Das war unmöglich. Ich konnte ja noch nicht mal stehen, ohne mich dabei an Leon zu klammern.

»Ich hätte da einen Stock im Angebot«, erklärte dieser hinter mir trocken, und ich konnte sein Lachen mehr spüren als hören. Und das war der Moment, in dem ich mich endgültig entschied. In dem ich aufhörte, doch noch an ein Wunder zu glauben. Die Auferstehung von Simon, eine zufällig vorbeikommende Traurednerin. Ich würde diese Trauung abhalten, mir blieb keine andere Wahl. Es gab kein Zurück mehr.

Zunächst stand ich allerdings nur herum, aufgedonnert wie ein Zirkuspferd zur alles entscheidenden Parade. Mit den Schuhen war ich so groß wie Leon. Ich drehte mich vorsichtig zu ihm um. »Es tut mir leid«, sagte ich. Unmöglich konnte ich in dieses Gefecht ziehen, ohne mich vorher richtig mit Leon versöhnt zu haben.

»Ich habe überreagiert«, antwortete er und küsste mich.

Aysun zog scharf die Luft ein. »Leute, das ist wunderbar. Küssen ist toll. Herrlich! Die Engelein singen! Aber wir MÜSSEN JETZT GEHEN!«, rief sie und rüttelte an meiner Schulter.

»Du musst einfach mit mir reden«, sagte ich leise zu Leon und versuchte Aysun auszublenden, was nicht so einfach war, denn die kleine Frau war stark wie eine Bärin.

Leon blinzelte, dann nickte er. »Ich bin lange niemandem mehr begegnet, bei dem ich Angst hatte, dass er … mich nicht so nehmen kann, wie ich bin«, sagte er ebenso leise.

»Ich … liegt das an mir?«, setzte ich an, doch er schüttelte leicht den Kopf.

»Das hat mit dir nichts zu tun. Also schon, aber mehr in die Richtung, dass ich dich so außerordentlich mag. Ich habe es nur schon einmal erlebt, nicht zu genügen, und es fühlt sich an, als hätte ich nicht genug Kraftreserven, um das noch mal durchzustehen.«

»Aber wenn du dich nicht darauf einlässt, wirst du gar nichts erleben. Du bringst dich damit um so viele schöne Erfahrungen«, sagte ich. Es wurde immer schwieriger, Aysun zu ignorieren. Sie bekam vermutlich gleich einen Herzinfarkt. »Diese eine Sache, vor der du die meiste Angst hast, ist womöglich genau die Sache, die dich da hinbringt, wo du hinwillst«, sagte ich und zog eine Augenbraue hoch. »Hat mir ein wirklich wichtiger Mensch in meinem Leben gesagt.« Leon grinste, Aysun rollte mit den Augen, sie stand so unter Spannung, dass sie jeden Moment explodieren würde. »Okay, okay, ich geh ja schon«, sagte ich schnell. »Auf in den Kampf.« Ich stakste los, ungefähr wie ein Storch auf Froschjagd. Leon hielt mir seinen Arm hin, ich hakte mich ein, und gemeinsam liefen wir sehr langsam in Richtung der Gäste, die bereits den gesamten Bereich hinter der Burg bevölkerten.

Mit jedem Schritt wurde mir deutlicher bewusst, was gleich passieren würde. Mein Herz raste, mein Magen sprang von links nach rechts und ich fing unter dem ganzen Make-up an zu schwitzen.

Oh!

Mein!

Gott!

Zweihundert Menschen sahen aus der Nähe betrachtet wirklich ganz schön viel aus. Leon zog im Laufen sein Handy aus der Hosentasche und las eine Nachricht.

»Simon sagt, er habe einen leichten Nervenzusammenbruch«, verkündete er. »Aber er wird gleich versuchen, das Bad zu verlassen.« Kribbelnde Hoffnung durchzog meinen Körper. »Allerdings sieht er sich außerstande, die Trauung durchzuführen. Er sagt, du kannst das. Du sollst an Otto denken.« Er zuckte die Schultern, und ich holte tief Luft.

»Da ist Kilian«, sagte Leon, und ich entdeckte am Fuß des Pavillons Kilian mit seinem Bruder und den beiden Trauzeugen. Alle trugen dunkle Anzüge und silberne Krawatten und hatten jeweils pinkfarbene Einstecktücher in der Brusttasche.

Die festlich gekleideten Menschen um uns herum wurden ruhiger. Eine knisternde Anspannung legte sich über die Burg und die große Wiese. Kilian sprintete bei meinem Anblick sofort auf mich zu. Fußballer durch und durch.

»Mit Simon alles okay?«, wollte er wissen, und erst jetzt fiel mir ein, dass die Planänderung ja vielleicht gar nicht in seinem und Kiras Sinne war.

»Ja. Aber er fällt heute aus. Ich mache das. Ich kann das«, erklärte ich, und meine Stimme zitterte nur ein ganz klein wenig.

»Ist mit Simon wirklich alles okay?«, fragte Kilian noch mal, und ich nickte.

»Also nicht so richtig okay. Aber es wird alles gut.«

»Ja. Klar. Ist gut.« Kilian schenkte mir ein strahlendes und völlig sorgloses Lächeln. Er vertraute mir. Ich hatte ihm in den vergangenen Wochen das Gefühl vermittelt, dass ich wusste, was ich tat. Und ich würde ihm verdammt noch mal beweisen, dass ich es konnte. Als ich allerdings die unzähligen Kameras und Handys sah, die auf uns gerichtet waren, fingen meine Knie an zu zittern.

Maria tauchte plötzlich auf. Sie trug ihre pinkfarbene Kochkluft und hatte sich die Haare mit einem mintgrünen Tuch aus dem Gesicht gebunden. Neben ihr lief Hund an einer schicken Leine. Wobei es eigentlich seine alte Leine war, nur hatte Maria ein pinkes Schleifenband darum gewunden, was Hund umgehend festlich aussehen ließ. Sie schlug sich seitlich durch die Menge und blieb neben mir stehen.

»Du kannst das. Du hast die gleichen Gene wie Simon. Nimm Hund mit. Leon soll ihn hinterher wieder zu mir bringen.« Sie drückte mir die Leine in die Hand, tätschelte mir die Schulter und verschwand. Hund seufzte, setzte sich und presste seine Nase gegen meine Kniekehle. Ein Raunen ging durch die Menge, das allerdings nicht mir und Hund galt, sondern der Tatsache, dass die Braut eingetroffen war.

»Wo ist deine Rede?«, fragte Leon. »Brauchst du keinen Zettel? Niemand erwartet, dass du in Anbetracht der Situation frei sprichst.«

»Die Rede ist in meinem Kopf«, erklärte ich. »Begleite mich bitte bis zum Pavillon.«

Gemessenen Schrittes wanderten wir weiter bis zur Treppe, wo Leon mich auf die Wange küsste, ehe ich die wenigen Stufen zu dem prachtvoll geschmückten Bauwerk heraufstieg. Pinkfarbene Rosen und Wicken waren zu Bündeln geschnürt und kunstvoll um die Holzbalustrade gebunden. Ich hörte meinen eigenen Herzschlag in meinem Kopf hallen, dann atmete ich tief durch und drehte mich um.

Von hier wirkten zweihundert Gäste noch sehr viel beeindruckender. Hund setzte sich neben mich und sah zu mir hoch.

Ich hob den Kopf. Die Menge war jetzt ganz still.

Es begann wirklich. Alle Blicke waren auf mich gerichtet. Ich atmete bis zum Mittelpunkt der Erde, und meine Augen suchten Leon, der den Kopf schräg gelegt hatte und plötzlich ruckartig mit dem Kinn nach links deutete. Ich schaute in die Richtung. Auf der Wiese hinter der Scheune standen Hermann und Joris. Beide dicht nebeneinander, die Köpfe aufmerksam gehoben, die Ohren gespitzt. Leons Lippen formten stumm die Worte: »Du bist galoppiert!«

Mein Mund öffnete sich wie von selbst. »Ich heiße euch alle herzlich willkommen«, sagte ich. Janosch hatte ein Richtmikro in das Dachgebälk eingebaut und es perfekt ausgerichtet. Man hörte mich klar und deutlich über die in den Bäumen und der Scheune versteckten Lautsprecher, obwohl ich einen Kopf kleiner war als Simon.

»Seid alle herzlich willkommen zur Hochzeit von Kira und Kilian! Wie wunderbar, dass wir alle bei diesem ganz besonderen Moment dabei sein dürfen.« Applaus brandete auf, und mein Herzschlag beruhigte sich etwas. Die komplette Rede war in meinem Kopf. Ich würde das schaffen. Ich musste nur diese Viertelstunde überstehen. Fünfzehn Minuten. Monas Geburt hatte acht Stunden gedauert. Was waren dagegen fünfzehn Minuten. »Ich bin Katharina Baronin von Weiden, und es macht mich zutiefst stolz, dass ihr, Kira und Kilian, euch euer Ja-Wort, euer Bekenntnis zueinander, hier an diesem Ort, auf diesem Flecken Erde, vor den uralten Mauern der Burg Heidenfeld geben wollt. Kilian, komm bitte hoch zu mir in den Hochzeitspavillon. Das kleine Bauwerk, das schon so viele Menschen mit Liebe im Herzen betreten und als Mann und Frau wieder verlassen haben.«

Kilian hatte ganz große Augen. Jetzt schien tatsächlich auch er etwas zittrig zu sein. Weil er keine Eltern mehr hatte, begleiteten ihn sein kleiner Bruder und seine beiden besten Freunde. Und das taten sie mit Nachdruck und größter Sorgfalt, denn sie umarmten ihn von allen Seiten und rangelten sich gemeinsam die Treppe hinauf. Danach nahmen sie brav Aufstellung, so wie es besprochen worden war.

Und dann kam Kiras Auftritt, am Arm ihrer Mutter, die die Hand ihrer Tochter ganz festhielt. Leise erklang das Lied *All of me* von *John Legend,* und die beiden schritten den langen Weg über die Wiese entlang.

Kira war die schönste Braut, die ich je gesehen hatte. Dabei war ihr Kleid von äußerster Schlichtheit, ihr Make-up dezent und ihre Haare nur zu einem lockeren Dutt zusammengefasst. Sie trug eine dünne Silberkette und strahlte von innen heraus.

Genau in dem Moment, als sie die Stufen erreichten, klang der Song langsam aus und wechselte zu einer Akustikversion von *I want more* von *Kaleo*, der Lieblingsband der beiden. Kaleo würde die ganze Trauung über im Hintergrund laufen. Janosch hatte das im Griff.

»Ihr habt Simon erwartet und mich bekommen«, rief ich schwungvoll, die Menge lachte auf. »Mein wunderbarer Bruder kann heute leider nicht. Manchmal kommt uns das Leben in die Quere. Manchmal können wir unsere Versprechen nicht einlösen. Ich bitte euch alle, dem mit Liebe und Verständnis zu begegnen, denn ich weiß, dass wir alle im Laufe unseres Lebens solche Situationen erleben.« Ich musste mich räuspern. »Ich bin sehr aufgeregt«, fügte ich hinzu. »Bitte seht es mir nach.«

Die Leute lachten, Kira griff spontan über das kleine Tischchen hinweg und drückte meine Hand. Dann drehte sie sich mit ihrer Mutter am Arm zu Kilian, der stocksteif dastand. Der arme Kerl schien wie erstarrt zu sein, erst Kiras Mutter erweckte ihn zum Leben, als sie ihn nämlich sanft in die Wange kniff. Das war so nicht abgesprochen, aber sehr wirksam, es entlockte ihm ein Lachen.

Gemeinsam trat das Paar einen Schritt zu mir, und Kiras Mutter rückte an den Rand des Pavillons. Mein Herz schlug in einem beständigen Stakkato vor sich hin.

»Ich möchte beginnen mit den Worten von Wolf Dietrich. ›Die Liebe geht manchmal seltsame Wege. Aber meistens die richtigen.‹« Die Leute lachten verhalten. Das war doch schon mal gut.

»Kilian wurde vom Blitz getroffen, als er Kira das erste Mal gesehen hat. Das passiert nur selten, so selten, dass es vielleicht sogar sinnbildlich für die Kraft dieser Ehe stehen kann. Obwohl ihr beiden aus unterschiedlichen Welten kommt, habt ihr alles Trennende niedergerissen und daraus etwas Verbindendes gemacht. Jede einzelne dieser Herausforderungen hat euch ein Stückchen näher zueinander geführt.« Ich hob kurz den Blick über meine Brautleute hinweg. Die Gäste standen dicht gedrängt, etliche Handykameras waren auf mich gerichtet, was nicht gerade zur Beruhigung beitrug. Aber die Sonne beschien das Burgdach und brachte es zum Glitzern, während die Pferde immer noch am Zaun standen und uns zusahen. Hund neben mir saß regungslos da. Ich verlagerte das Gewicht etwas, denn die Schuhe hatten beschlossen, meine Füße langsam und qualvoll zugrunde zu richten.

»Kira und Kilian, wir haben viel gesprochen in den letzten

Wochen, und wenn ich eines von euch gelernt habe, dann ist es, keine Angst zu haben.

Stellen wir uns alle unseren Ängsten. Dieser tiefen Furcht, nicht angenommen zu werden. Lasst uns mutig lieben. Mit allem, was dazugehört. Mit vermeintlichen Unzulänglichkeiten und Schwächen, mit den Dingen, die wir sorgenvoll verstecken, mit den Dingen, die wir nicht können. Und auch mit dem, was wir *nicht mehr* können. Das, was uns verloren gegangen ist, weil das Leben manchmal hart sein kann. Ist es nicht eine wunderbare Vorstellung, dass wir nicht allein sind im Ringen mit dem Leben? Kira und Kilian sind mutig. Sie haben ihren Weg beschritten und gehen ihn gemeinsam, Hand in Hand.« Ich räusperte mich und würde jetzt alles für einen Schluck Wasser geben, aber da mein Bruder niemals Wasser brauchte, um seine Kehle zu befeuchten, musste ich ohne auskommen. Hund legte mir stattdessen erneut die Nase ans Knie.

»Danke, Kumpel«, murmelte ich und ignorierte dabei den stechenden Schmerz in meinen Zehen, dann sah ich wieder auf und suchte die richtige Textstelle in meinem Kopf. »Es gibt kein Richtig und Falsch, keine perfekte Liebe, sie muss nur echt sein.« Ich atmete tief durch. »Aber die Menschen denken, es müsse alles perfekt sein. Das ist es nie. Diesem Anspruch kann die Liebe nicht genügen.« Ich schlüpfte kurzerhand aus meinen Schuhen. Sollten sie doch alle denken, was sie wollten. Der sofort nachlassende Schmerz war eine einzige Wohltat, und beschwingt fuhr ich, nun zehn Zentimeter kleiner, fort: »Ihr zwei seid nicht mehr allein. Ihr habt euch. Wie viel Kraft hat es euch gekostet, dieses Sich-zueinander-bekennen, das Aushalten von Situationen … Ihr habt es geschafft, mit all eurem Mut diese Beziehung zu leben, und ihr seid einfach immer unbeirrt weitergegangen. Hand in Hand. Wir dürfen niemals unterschätzen, wie stark die Liebe ist. Was sie tragen kann. Wo sie uns hinbringen kann, wenn wir ihr offen und ehrlich und vor allem nackt begegnen.« Wieder hörte ich das murmelnde Lachen der Gäste. »Ich meine wirklich nackt«, fügte ich hinzu. »Uns schutzlos zeigen, wie wir sind. Unser Herz darbieten, mit all den ihm bereits zugefügten Narben, manche verblasst, manche noch schmerzend, einige Wunden noch nicht ganz geschlossen. Kira und Kilian, als ich euch das erste Mal getroffen habe, hat mich die Bedingungslosigkeit berührt, mit der ihr eure Liebe lebt. Etwas, was ich jedem von uns hier wünsche. Jemanden zu finden, der uns so sieht, wie wir nun mal sind. So jemanden zu finden ist wohl das größte Glück auf Erden.« Ich legte Hund unauffällig eine Hand auf den Kopf. Dann sah ich den Bräutigam an. »Kilian, ich möchte dich zitieren. Ich möchte den Menschen, die euch lieben, erzählen, was du mir in unserem ersten Gespräch gesagt hast.« Fragend hob ich eine Augenbraue, denn das war nicht abgesprochen. Ich improvisierte. Er nickte leicht. »Kilian hat zu mir gesagt: *Ich liebe Kira, mein Herz wollte es so*.« Ich musste schlucken und hob noch einmal den Blick zu den Menschen, die uns umringten. Ich entdeckte Matteo, der sich hinter einer großen Fliegersonnenbrille versteckte. Und da war auch Simon, der sich etwas abseits hielt. Nicht in seinem üblichen Hochzeitshofstaat, sondern nur in einem schlichten Ringelshirt zu einem Jackett. Neben ihm stand Leon. Er sah mir direkt in die Augen. »Bevor wir zum offiziellen Teil kommen, möchte ich noch etwas loswerden. Etwas sehr Persönliches. Es sind auch gleichzeitig die Schlussworte dieser Trauung. Sie sind von F.M. Dostojewski«, ich hielt inne und räusperte mich. »›Jemanden zu lieben, heißt, ihn so zu sehen, wie er gemeint ist‹«, sagte ich und senkte dabei die Stimme, doch die Verstärkeranlage trug meine Worte weit über die Wiese, bis hoch zu den Dachspitzen der Burg. Erneut sah ich Leon an. »›Jemanden zu lieben, heißt, ihn so zu sehen, wie er gemeint ist‹«, wiederholte ich, nur für ihn und drehte mich zur Braut.

»Kira Schulze. Möchtest du Kilian McDowell zu deinem zukünftigen Mann nehmen? Möchtest du ihm beistehen, ihn stützen, dich von ihm stützen lassen, mit ihm gemeinsam durch das Leben gehen, egal, ob die Wellen sich hoch türmen oder die See glatt und sanft ist?«

»Ja, das will ich«, sagte Kira mit erstickter Stimme. Es war absolut still um uns herum. Es schien, als würde die Menge die Luft anhalten. Und das war auch der Moment, in dem mir klar wurde, wie sehr ich es genoss. Wie glücklich es mich machte, Kira und Kilian eine wunderbare Trauung zu schenken. Das Glück blubberte durch mich hindurch und perlte durch meine Seele.

»Kilian, möchtest du deine Liebe mit Kira behüten und beschützen wie einen kostbaren Schatz? Möchtest du an ihrer Seite stehen, sie halten, unterstützen und mit ihr gemeinsam den weiteren Lebensweg beschreiten?«

»Ja«, sagte Kilian mit fester Stimme, während seine Augen vor Tränen glasig waren.

»Als Zeichen eurer Liebe tauscht ihr jetzt die Ringe, die euch von nun an in eurem gemeinsamen Leben begleiten werden.« Ich nickte dem Trauzeugen zu, der die Ringe auf einem kleinen Kissen reichte. Kilian knotete Kiras Ring ab und steckte ihn ihr auf den Finger. Dann half er Kira, die seinen Ring nicht vom Bändchen lösen konnte, weil ihre Hände so zitterten. »Genießt diesen Moment. Er ist eure erste gemeinsame Handlung als Ehepaar. Als Frau und Mann. Und jetzt: Küsst euch!«, rief ich, und die Menge johlte und klatschte und meine beiden Brautleute küssten sich, als ob es kein Morgen gäbe. Ganz genau so, wie es sein sollte.

Kapitel 11

Die Erleichterung durchfuhr mich wie ein Blitz. Dass plötzlich Janosch und seine vier weißen Pferde auftauchten, um unser Brautpaar zu entführen, bekam ich nur noch am Rande mit. Ich blieb einfach im Pavillon stehen und lächelte. Menschen kamen, sprachen mit mir, und ich lächelte eisern weiter. Ein wenig verwirrt, wie ich zugeben musste. Bis Leon irgendwann vor mir auftauchte.

»Satans Prinzessin hat nichts, aber auch rein gar nichts verlernt«, sagte er mit Nachdruck und nahm meine Hand.

Janosch stellte die Musik lauter, und nun lief *Hotel Walls* von *Smith & Thell*. Eine Akustikversion, die einfach prachtvoll in diesen anbrechenden Abend und zu den vielen glücklichen Menschen passte. Gemeinsam mit Leon an der Hand kletterte ich die Stufen vom Pavillon hinunter auf die Wiese. Meine Beine zitterten dabei, als wäre ich einen Marathon gelaufen.

»Ist Simon wieder weg?«, fragte ich.

»Er hat dir zugesehen, ist vor Stolz fast explodiert und dann wieder in die Burg gewankt«, erwiderte Leon, der meine Hand festhielt. »Er kommt da schon durch. Irgendwann. So wie er eben ist.«

»Habe ich dummes Zeug erzählt?«, fragte ich, weil ich plötzlich das Gefühl hatte, dass ich den Pavillon erklommen hatte und nicht mehr so genau wusste, was danach eigentlich passiert war. Leon grinste. »Nein. War extrem gut.«

Ich atmete durch. »Ich möchte mich jetzt gern betrinken. Oder sehr viel essen. Vielleicht auch beides?«

»Die Massen warten auf Bespaßung durch dich. Das ist dir klar, oder?«

»Ah«, machte ich.

»Komm. Die Baronin wird jetzt von Gruppe zu Gruppe gehen und über die Liebe sprechen.« Leon zog mich, barfuß wie ich war, hinter sich her, und tatsächlich wollten die Leute mit mir reden. Ich sprach sogar in acht verschiedene Handykameras, um Insta-Storys zu bespielen. Irgendwann kam Aysun im Laufschritt auf mich zu. Keuchend drückte sie mir mein Handy in die Hand. »Lag noch in der Burg. Es hört nicht mehr auf zu klingeln. Ist dein Kind. Du warst begeisternd. Alle lieben dich!«, rief sie und rannte weiter.

Prompt klingelte mein Handy wieder. »Geh ran. Ich besorge dir was zu essen«, erklärte Leon und verschwand.

»Mona?«, meldete ich mich atemlos.

»MAMA«, brüllte sie mir ins Ohr, woraufhin ich das Handy erschrocken ein wenig von ebendiesem entfernt hielt. »Du warst so unfassbar gut! Ich bin so stolz. Wow! Einfach WOW!«

Ich grinste. »Danke«, sagte ich. »Hast du mich etwa live gesehen?«

»Alle haben draufgehalten. Und ich glaube, alle haben geweint«, sagte Mona, während von der anderen Seite eine Gruppe Gäste zielstrebig in meine Richtung marschierte. »Ich muss Schluss machen. Melde mich morgen. Hier ist jetzt Party angesagt. Hab dich lieb!«, rief ich ins Telefon und drückte das Gespräch weg.

»Das war unglaublich toll!«, begrüßte mich eine der Frauen und strahlte mich an. Und ganz genau so lief der weitere Abend ab. Ich schwebte von Gruppe zu Gruppe, von Tisch zu Tisch und erzählte von der Liebe, der Burg und dem Leben. Nicht, dass ich Ahnung von all dem hätte, aber die Hochzeit hatte mich offenbar zu einer Expertin gemacht. Zwischendurch brachte ich Simon etwas zu essen, der die Fenster weit geöffnet hatte und auf dem Bett lag. Er sah aus wie ein Luftballon, in den jemand mit einer Nadel gepikst hatte. Völlig kraftlos.

»Tut mir leid. Es tut mir so leid, Katha. Ich kann erst wieder runterkommen, wenn Matteo weg ist, sonst muss ich mich wieder übergeben«, erklärte er und verschmähte den Teller mit allerlei Köstlichkeiten, den ich ihm entgegenhielt.

»Okay. Kann aber noch dauern«, erwiderte ich.

»Es tut mir leid, dass ich dir das aufgebürdet habe«, sagte er matt.

»Jetzt hör auf, dich zu entschuldigen. Du kannst nichts dafür, dass dein Körper dich derart heftig aus dem Verkehr gezogen hat.«

»Außerdem hättest du sonst nie zeigen können, wie toll du das kannst«, fügte Simon hinzu. Ich gab ihm einen Kuss auf die Wange und verschwand zurück zur Party des Jahres.

Hund hatte es sich bei den Pferden im Stall gemütlich gemacht, den Leon sicherheitshalber abgeschlossen hatte. Maria brachte immer neue Köstlichkeiten, und wir feierten, bis die Sonne schon fast wieder aufging. Das Servicepersonal war grandios, das Essen absolut genial, die Musik perfekt und das Brautpaar so glücklich, dass es aussah, als müsste es nie wieder schlafen. Kira und Kilian strahlten eine Glückseligkeit aus, die schon beim bloßen Anschauen abzufärben schien. Es wurde getanzt, gelacht und das Glück mit allen geteilt.

Um kurz vor vier gingen die letzten Gäste. Genau zu dem Zeitpunkt, als die ersten Vögel wieder aufwachten und ein kleines Morgenkonzert anstimmten. Leon war die ganze Zeit an meiner Seite geblieben, dabei wirkte er seit mindestens drei Stunden, als könnte er im Stehen einschlafen.

Ich entschied zusammen mit den Leuten vom Service, dass wir nur das Essen wegräumen würden, damit alle sich in den wohlverdienten Feierabend verabschieden konnten. Sämtliche Aufräumarbeiten verlegten wir auf den nächsten Tag.

Um halb fünf sah ich die erste Farbe des kommenden Tages am Himmel erscheinen, und eine eigentümliche Ruhe senkte sich über die Burg. Als hätte sie einmal tief durchgeatmet. Als wäre sie äußerst zufrieden mit ihrer Existenz, dem Ort, an dem sie stand, und der Aufgabe, die sie hatte.

Ich winkte den letzten Leuten in ihrer pinkfarbenen Kluft nach, während Leon, der neben mir stand, sich an mich lehnte. »Du bleibst hier«, sagte ich fest. »Du fährst nirgends mehr hin.«

»Äh«, sagte mein furchtbar eloquenter Freund, seines Zeichens Anwalt, von dessen Berufsstand man ja wusste, dass sie nie um Worte verlegen waren.

»Das Brautpaar ist schon auf dem Weg in die Flitterwochen. Wir haben keine Gäste, also genügend Gästezimmer.« Ich räusperte mich. »Mein Bett ist allerdings auch fast sieben Meter groß.«

»Sieben Meter?«, fragte Leon ungläubig.

»Mindestens.«

Jetzt lachte er rau auf und legte seinen Kopf an meine Haare.

»Hast du alles, was du brauchst, dabei?«, fragte ich dann. Ich meinte nicht seine Zahnbürste, sondern die Dinge, die bei seiner Behinderung unabdingbar waren. Zumindest hatte ich es auf der Seite »Der Querschnitt« so gelesen.

»Klar, bin ja kein Anfänger«, erwiderte Leon, und so gingen wir langsam durch den anbrechenden Tag zu seinem Auto, um seinen Rucksack zu holen.

Ich sah noch einmal nach Simon, der aber tief und fest schlief.

Als ich zurück in mein Zimmer kam, saß Leon in Jogginghose und Shirt im Schneidersitz auf meinem Bett. Sein Anzug lag ordentlich über die Sessellehne gefaltet. Er hatte die Fenster aufgemacht, ließ das Vogelkonzert in den Raum und sah mir entgegen. Die blonden Haare fielen ihm ins Gesicht. Er war furchtbar müde. Aber da war noch etwas in seiner Miene. Eine mit aller Kraft unterdrückte Aufregung. Ich blieb einen Moment stehen und betrachtete den Mann, der sich ganz ohne Blitzschlag in mein Herz geschlichen hatte.

Und dann traf ich eine Entscheidung: Ich war heute schon einmal über all meinen Grenzen gegangen. Ich würde es einfach noch einmal tun.

Langsam griff ich mir in den Rücken und zog am Reißverschluss des Kleides.

»Du hast ja schließlich auch gesehen, wie es mir an den Körper geklebt wurde«, sagte ich zur Erklärung und zog den Verschluss auf. Dann ließ ich den seidigen Stoff auf den Boden gleiten. Nahezu nackt stand ich vor Leon, der mich betrachtete. Mich hatte schon sehr lange niemand mehr nackt gesehen. Und vielleicht war das nicht gut gewesen. Man kam offenbar aus der Übung, wurde zimperlich. Ich ertappte mich dabei, wie ich reflexartig den Bauch einzog.

»Komm her«, sagte Leon und streckte eine Hand zu mir aus. Ich kletterte zu ihm auf das riesige Bett und schloss die Augen, als seine Hand über meine Haare und meine Wangen fuhr. Jede dieser Berührungen schien ein wahres Feuerwerk in mir zu entfachen. Ich fing an zu glühen. Innerlich, tief aus mir heraus.

Mit den Fingerspitzen berührte ich seinen Hals und ließ meine Hand tiefer wandern. Über den Ausschnitt seines Shirts, bis zu seinem Bauch und dem Bündchen der Jogginghose. Leon zog scharf die Luft ein und zuckte zusammen.

»Bin aus der Übung«, murmelte er und umfasste mein Gesicht mit beiden Händen, was ihn etwas aus dem Gleichgewicht brachte. Ich lehnte mich gegen ihn.

»Dann sind wir schon zwei«, erwiderte ich und musste lachen.

»Du bist so wunderschön, Katharina«, murmelte er in meine Halsbeuge, und es kostete mich einiges an Selbstbeherrschung, nicht seine Hände zu packen, um sie auf meinen Brüsten zu platzieren. Auch wenn ich aus der Übung war, mein Körper war es nicht.

Ich wollte diesen Mann, und ich war schon das zweite Mal innerhalb eines Tages an einem Punkt, an dem mir das Herz schier aus dem Kopf springen wollte.

Ich griff nach dem Saum seines Shirts und zog es vorsichtig ein wenig in die Höhe. Bereitwillig ließ Leon sich von dem Stoff befreien und offenbarte mir leicht gebräunte glatte Haut. Ich küsste sein Schlüsselbein, beugte mich vor und spürte, wie Leon behutsam nach dem Verschluss meines BHs tastete. Er fand ihn, bekam ihn aber nicht auf. Hilfreich griff ich mir selbst in den Rücken und warf keine Sekunde später meinen üblichen leicht angegrauten BH auf den Boden. Ich hatte allerdings keine Zeit, mich für meine uralte Unterwäsche zu schämen, denn Leon fuhr mir jetzt mit sanften Fingern über die Brüste, als hätte er Angst, etwas kaputt zu machen. Die Glut in mir wurde von dieser zarten Berührung richtig angeheizt, aber ich hielt trotzdem inne und lehnte mich etwas zurück.

»Leon. Wenn etwas nicht geht, sag es mir. Sag mir alles.« Eindringlich sah ich ihn an. Leon blickte auf und wirkte, als hätte ich ihn aus einer Trance gerissen. Als er den Kopf schüttelte, wirkte er benommen. Dann grinste er.

»Ich meine es ernst. Ich meine es ganz ernst mit dir«, sagte ich.

»Ich mit dir auch, Katharina.« Er schien einen Moment nachdenken zu müssen, in dem er ganz stillhielt. Dann nahm er meine Hand und führte sie an sein Schienbein. »Das sind meine Myo Orthesen. Weil ich eine Fußheberschwäche habe. Die mache ich aber gleich ab. Dann, äh, laufe ich nicht mehr durch die Gegend. Zumindest sieht es dann sehr merkwürdig aus, wenn ich das tue.«

Ich nickte angespannt, während mein Atem raste.

»Können wir uns jetzt weiterküssen, bitte?«, flüsterte Leon, und genau das taten wir. Wir küssten uns weiter. Aber wir beließen es nicht dabei.

Wir kosteten den kleinen Rest der Nacht voll und ganz aus, wir sahen uns nackt, zeigten uns die Narben, die uns das Leben zugefügt hatte, und berührten jede einzelne davon. Und als die Sonne schon hoch am Himmel stand, die Burg sich behaglich in den Sonnenstrahlen wärmte und Oleg begann, die Stühle von der Wiese zu räumen, schliefen wir endlich ein.

Als ich wieder aufwachte, lag Hund neben uns. Leon hielt mich fest umschlungen in seinen Armen, und Hund hatte sich noch dazugequetscht, ohne jegliche Berührungsangst. Seine Nase lag auf meinem angewinkelten Arm, und er schnarchte leise.

Diese Nähe hüllte mich ein wie ein schützender Kokon. Auch Leon schlief noch. Ich spürte seinen regelmäßigen Atem an meinem Rücken. Mir war wohlig warm, und ich schloss die Augen wieder, um der vergangenen Nacht nachzuspüren.

Uns hatte der Mut des Aufbruchs gepackt. Ein Neuanfang. Es hatte uns beide Kraft gekostet, uns so zu zeigen. Verletzlich. Unperfekt. Die Landkarte, die das Leben auf uns gezeichnet hatte. Leon hatte mir seine beiden wulstigen Narben auf dem Rückgrat gezeigt, ich ihm die unzähligen Schwangerschaftsstreifen, die meinen Körper zierten. All das gehörte zu uns.

Genau wie die Erkenntnis, dass Leon die ganze Zeit, seitdem ich wieder auf Burg Heidenfeld war, mein Anker gewesen war. Er war derjenige, der ohne Wenn und Aber auf der Matte stand, als es hart auf hart gekommen war. Für meinen Bruder. Und für mich.

Leons Atemrhythmus änderte sich. Ich spürte den Moment, in dem er sich anspannte, vermutlich, als ihm klar wurde, dass ich in seinem Arm lag. Er war überrascht. Es war mir nicht anders gegangen, als ich die Augen geöffnet hatte und seine kräftige

Hand entdeckte, die auf meinem Arm lag. Aber genau wie ich entspannte er sich sofort wieder. »Guten Morgen«, flüsterte ich.

»Moin«, murmelte Leon mit belegter Stimme.

»Ich habe keine Ahnung, wie Hund immer wieder auftaucht wie das Burggespenst«, sagte ich und legte eine Hand auf Hunds Pfote, der daraufhin im Schlaf leicht mit der Rute wedelte.

Leon brummte, dann murmelte er: »Er macht die Türen mit der Nase auf. Sehr akrobatisch. Hast du das noch nie gesehen?«

Ich löste mich ein wenig aus seiner Umarmung und drehte mich auf den Rücken, um ihn ansehen zu können.

»Ich dachte, es wäre Magie«, sagte ich ernst und musste dann kurz verdauen, wie zauberhaft Leonhard von Bredow direkt nach dem Aufwachen aussah. Ungefähr wie achtzehn. Nur mit Dreitagebart. »Du hast ja Locken«, stellte ich fest und fuhr ihm mit einer Hand durch die dichten Haare, die sich tatsächlich an den Spitzen kringelten.

Leon hob eine Augenbraue. »Ich versuche, das vor der Welt zu verbergen. Aber wenn sie zu lang werden, entwickeln sie ein Eigenleben.«

»Ich hole uns Kaffee. Okay? Wie lange brauchst du … äh. Wie lange soll ich wegbleiben?« Offen zu reden war gar nicht so einfach.

Leon runzelte die Stirn. »Tschuldigung. Ich bin morgens nicht die hellste Kerze auf dem Kuchen«, erklärte er dann mit halb gesenkten Lidern. »Was meinst du?«

Gut. Butter bei die Fische. Ich angelte mir schnell neben dem Bett ein Shirt und zog es über, dann sagte ich: »Braucht der inkomplette Querschnitt vielleicht speziellere Zuwendung? Wenn du jetzt ins Bad gehst?« Ich klang dabei sehr viel forscher, als mir zumute war.

»Du hast das ganze Internet leer gelesen«, stellte Leon fest und richtete sich ein wenig auf, um den Kopf in die Hand zu stützen. »Du meinst das wirklich ernst. Das mit dem Reden.«

»Todernst.«

Leon fixierte einen Punkt hinter mir an der Wand, dann blickte er mich wieder an.

Er schien jetzt hellwach zu sein. »Ist das der richtige Moment? Können wir es nicht einfach dabei belassen?«, sagte er dann knapp.

»Leon. Ich bin eine sehr erwachsene Frau«, erwiderte ich ebenso knapp und lehnte mich seitlich gegen das Kissen, um ihn besser ansehen zu können. »Ernst meinen bedeutet auch, Bescheid zu wissen. Sonst tue ich vielleicht wieder irgendetwas, dessen Auswirkung ich nicht absehen kann. Weil ich nichts weiß. Außer die Dinge, die das Internet mir verraten hat. Wir müssen darüber reden!«

Leon kniff die Augen zusammen. Dann zuckte er mit den Schultern und schien sich seinem Schicksal zu ergeben. »Jeder Querschnitt ist anders. Die Infos im Internet kann man deshalb nicht einfach so übertragen«, sagte er. »Aber darüber reden ist jetzt nicht so meine Kernkompetenz. Also ich kann jedenfalls ganz normal zur Toilette gehen«, sagte er dann nüchtern. »Das war das, was du gelesen hast, nicht? Dass viele Menschen mit einem Querschnitt dafür Hilfsmittel brauchen.« Ich nickte.

»Der Fußheber funktioniert an beiden Unterschenkeln nicht gut. Das Gleichgewicht auch nicht. Unbekannte Strecken muss ich langsam laufen. Ich muss mich beim Laufen konzentrieren, sonst verheddere ich mich, auch mit den Myos. Wenn ich lange Strecken vor mir habe, trage ich Orthesen an beiden Beinen, weil ich schnell müde werde. Und um das zu können, was ich jetzt kann, habe ich jahrelang trainiert. Um diesen Stand zu halten, muss ich hart weitertrainieren. Und das verbessert sich nicht mehr. Das ist schon sehr viel für die anfängliche Prognose. Sozusagen das Beste rausgeholt, was geht.« Seine Stimme hatte plötzlich einen harten Unterton.

»Wie meinst du das?«, fragte ich, davon etwas verunsichert.

Leon presste kurz die Lippen aufeinander. »Ich habe in einer renommierten Kanzlei in Frankfurt gearbeitet. Internationales Medienrecht. Mein Chef hatte mich zwar mit meiner Behinderung eingestellt, sie dann aber wohl wieder vergessen, zumal ich keine Ansprüche daraus geltend gemacht habe. Dann hätte ich auch gar nicht so arbeiten können, wie ich es getan habe. Mit den ganzen Überstunden. Die Kanzlei lief gut, ist gewachsen und irgendwann hat mein Chef beschlossen, dass wir regelmäßig Teambuildingtage machen. Er war dann sehr betroffen, dass ich da nicht mitmachen konnte. Klettern. Wildwasser-Rafting. Segeln. Statt sich einfach etwas anderes zu überlegen, wollte er mich zu einem Spezialisten in die USA schicken, der das bestimmt hinbekommen würde.« Die letzten Worte hatte er mit luftigen Gänsefüßchen in der Luft untermalt. Er schien einen Moment nachdenken zu müssen, dann fuhr er fort: »Mein Chef war ein netter Mensch. Wirklich. Aber diese Jura-Bubble in Frankfurt basierte auf dem Gedanken, dass du alles erreichen kannst, was du willst. Der weitere Gedanke ist: Wenn du es nicht erreichst, hast du es nicht genug gewollt. Das sagt dir natürlich keiner so, aber diese Menschen denken es alle. Ich habe immer Vollzeit gearbeitet, was gute zehn Stunden am Tag sind. Das kann ich nicht mehr. Konnte ich genau genommen nie, ich habe immer über meine zur Verfügung stehende Energie gearbeitet.«

So langsam verstand ich, wie es zum Gehstock-Gate gekommen war. Ich nickte langsam. »Wenn andere Freizeit hatten, hatte ich Therapie. Und ich hatte eine Freundin, die von Jahr zu Jahr immer mehr Sport gemacht hat. Suchtartig. Die sich selbst immer mehr optimiert hat. Von ihrer perfekten Morgenroutine bis zum Yoga-Retreat auf Mallorca war alles durchgeplant. Ständig war sie auf der Suche nach neuen Therapieformen. Sie hat mich wohl immer als ein wenig unvollendet betrachtet. Seit meinem Unfall war ich das für ganze viele. Der Unvollendete, der noch nicht da war, wo er sein könnte. Alles muss immer besser werden, aber akzeptieren, dass manche Dinge so bleiben werden, können viele Menschen nicht. Außerdem sehe ich nicht mehr so behindert aus wie ganz am Anfang im Rollstuhl. Die Leute vergessen das, und wenn ich sie daran erinnern muss, was ich nicht kann, bin ich umgehend Inspiration Porn. Frei nach dem Motto: So könnte ich ja nicht leben. Wie bewundernswert ich trotz meines schweren Schicksals wäre. Äh. Das klingt jetzt, als wären alle Menschen so. Sind sie nicht. Ich habe hier eine kleine Kanzlei gefunden, die viel online macht. Und die mich als Schwerbehinderten angestellt hat. Was meine Arbeitszeiten automatisch deckelt, und das ist auch gut so!«

»Ist es hier auch ansonsten anders?«, fragte ich und akzeptierte, dass er seine Ex-Freundin nicht weiter erwähnte.

»Ja. War es immer. Simon ist mitleidlos. Auf eine gute Art. Wir waren vor einigen Wochen mit ein paar Leuten aus der alten Clique in Woltersdorf was trinken. Elendig lange Wege und verdammtes Kopfsteinpflaster. Wenn ich mal was trinke, was eigentlich nie passiert, sind meine Beine immer der betrunkenste Teil an mir. Also haben meine Kumpels von früher mich Huckepack von der Bar bis zum Auto getragen. Als wäre das selbstverständlich. Mir war das total peinlich, aber Simon hat mich ganz entsetzt gefragt, ob ich wirklich dachte, dass sie mich vor der Bar sitzen lassen.« Er seufzte und grinste schief. »Ich bin wohl zurückgekommen, um herauszufinden, wer ich bin. Und wo der beste Platz für mich ist.«

Ich grinste zurück. »Ich wohl auch.«

Leon nahm meine Hand und drückte sie. »Hattest du dir das mit dem Reden so vorgestellt? Und wirst du mir auch Dinge von dir erzählen oder rede nur ich?«

»Ich werde immer besser im Reden über mich«, erklärte ich.

»Okay. Also das ist die Situation«, er deutete in Richtung seiner Beine. »Das wird nicht besser. Das bleibt so. Kein Marathon, keine Bergwanderungen, keine allzu große Akkuleistung mehr, höchst empfindlich, in allen Belangen.« Sein Blick wanderte zum Fenster und wieder zu mir.

»Ich kenne dich ja nur so. Hätte ich das alles vorher gewusst, hätte ich dir garantiert keinen Stock geschenkt. Oder erst sehr viel später. Ich dachte, er könne helfen. Es manchmal leichter machen.«

Einen Moment sah Leon mich nur an, dann sagte er: »Ich hab's verstanden, Katha. Und du hast verstanden, dass ich überreagiert habe. Ich meine es übrigens auch ganz furchtbar ernst mit dir.« Plötzlich wirkte er erschöpft. Ich runzelte die Stirn und strich mit dem Daumen über seinen Handrücken. »Ich habe dich in der Klinik das erste Mal wiedergesehen, und es hat sich angefühlt, als hätte mich der Blitz getroffen. Satans Prinzessin war wieder da. Und ich wusste nicht, wie …«, er atmete tief durch, »wie verletzlich ich mich zeigen kann. Ich wollte, dass du mich magst.«

»Ich mag dich. Sehr«, erwiderte ich. »Nachdem ich verstanden habe, dass du nicht sinnbildlich für meine Vergangenheit stehst. Ich bin da auch ein wenig … empfindlich.« Ich dachte einen Moment nach und fügte dann hastig hinzu: »Superempfindlich, um genau zu sein.« Nachdenklich legte ich mich schließlich zurück auf die Seite. »Es geht doch letzten Endes immer darum, geliebt zu werden. So wie wir sind. Bei uns allen.«

»Du meinst Simon. Und dich. Und mich«, sagte er und legte sich dicht neben mich.

»Ja, Mann«, murmelte ich. »Soll ich uns jetzt endlich Kaffee holen?«

Leon schüttelte den Kopf, dann legte er den Arm um mich und zog mich an sich. Ich schloss die Augen und spürte seine Körperwärme, die tief in mich einsickerte. Dieses Gefühl von Geborgenheit ließ mein Herz ein paarmal verwirrt und aufgeregt klopfen.

»Ich liebe dich, Katharina«, sagte Leon auf einmal. »Ich weiß nicht warum, mein Herz wollte es so.« Ich umklammerte seine Hand, die vor meinem Bauch lag, für diesen Moment sprachlos. Aber vielleicht musste ich auch nicht immer etwas sagen. Ich genoss die Kraft seiner Worte und spürte, wie mein Herzschlag sich irgendwann beruhigte.

Wir lagen noch eine ganze Weile eng aneinandergeschmiegt im Bett. Leon schlief wieder ein. Ich lauschte seinen ruhigen Atemzügen und dachte nach. Ich ließ die Gedanken frei herumspringen, fing mal einen auf, ließ ihn wieder los und hörte erst damit auf, als Hund aufstand, sich streckte und mir tief in die Augen blickte.

Er musste raus. Und auch wenn er in der Lage war, Türen zu öffnen, das funktionierte nur in eine Richtung. Ich stand leise auf, schrieb Leon einen Zettel und folgte Hund die Treppe hinunter.

Schnell nahm ich mir in der Küche einen Kaffee, dann ließ ich Hund nach draußen und ging um die Burg zu den Pferden, wo ich Maria fand.

»Hab die Pferde gefüttert«, erklärte sie, als ich den Stall betrat. »Leon hatte mich darum gebeten. Ich liebe das ja. Sie gucken immer so freundlich. Aysun und ich treffen uns übrigens gleich im Pavillon. Kommst du auch?«

»Unbedingt«, erwiderte ich.

»Leon ist noch da, ja? Sein Auto steht auf dem Hof«, fragte Maria und klang so ganz und gar nicht unbeteiligt. Sie hungerte förmlich nach Nachrichten.

»Leon hat heute hier übernachtet«, bestätigte ich.

Maria drehte ruckartig den Kopf in meine Richtung.

»Ihr habt euch ineinander verliebt«, stellte sie dann trocken fest und lächelte unerwartet. Ich lächelte zurück.

»Wunderbar. Deine Trauung war übrigens auch wunderbar.«

»Wie dein Essen«, sagte ich.

»Wir sind hier ein gutes Team«, meinte Maria und klang äußerst zufrieden. »Komm. Wir gehen zum Pavillon und räumen dann noch ein wenig auf.«

Fast eine Stunde saßen wir drei Frauen auf den Stufen des Pavillons und genossen die warme Luft und die Augustsonne, die uns durch das Dach in sanft gefilterten Strahlen erreichte. Oleg hatte die meisten Stühle und Tische schon weggestellt, und nur ein paar Wimpel in den Bäumen und eine Batterie Champagnerflaschen, die mitten auf der Wiese standen, zeugten von dem rauschenden Fest der vergangenen Nacht.

Zufrieden saßen wir dicht beisammen und tranken Salep. Aysun hatte heute sogar eine extragroße Thermoskanne mitgebracht.

»Instagram explodiert förmlich. Das haben wir alle ganz großartig gemacht«, sagte Aysun und steckte ihr Handy wieder in ihre Tasche. »Du warst super, Katharina. Mir war klar, dass du die gleichen Rampensau-Gene wie Simon hast.«

»Hab ich keine Sekunde dran gezweifelt«, ließ Maria verlautbaren.

»Ich schon«, entgegnete ich.

»Ist euch eigentlich aufgefallen, dass Hund nicht mehr pupst?«, fragte Maria im nächsten Moment völlig übergangslos. »Ich habe endlich das richtige Futter gefunden. Verträgt er einwandfrei.«

»Halleluja!«, rief Aysun. »Ich bin hocherfreut, das zu hören.«

»Und ich erst«, sagte ich. Stimmt. Hund war recht geruchsneutral geworden, sein Glück, sonst könnte er auch nicht dauernd in meinem Bett schlafen.

»Und was machen wir mit Simon? Und Matteo?«, fragte Maria und linste um Aysun herum in meine Richtung.

Ich schüttelte den Kopf. »Keine Ahnung. Hat er es dir auch erzählt, Aysun?«

»Hat er. Endlich«, erklärte Aysun. »Mir sind diese Flirtversuche von Herrn de Luca immer suspekt vorgekommen. Wie einstudiert. Oh, Brüste, muss ich anmachen.«

»Die armen Kerle«, murmelte Maria. »Diese große Liebe nicht leben zu können.« Sie seufzte bleischwer. »Ich werde Simon gleich einen Milchreis kochen.«

»Hilft der?«, fragte Aysun zweifelnd und fuhr mit ihrem Zeigefinger durch die kleine Tasse, um ihn abzulecken.

Maria nickte. »Ich bin Köchin. Ich glaube fest an die Kraft von gutem Essen.«

Ich wollte gerade etwas dazu sagen, als mein Handy klingelte. Ich zog es aus der Jeanstasche. Eine unbekannte Nummer. »Katharina von Weiden«, meldete ich mich.

»Burkhard Montefein, ich grüße Sie, Frau Baronin!«

»Hallo«, sagte ich und setzte mich automatisch aufrechter hin. Herr Montefein organisierte in ganz Deutschland große Jazz-Festivals, zu denen alles kam, was Rang und Namen hatte. Vor drei Wochen hatte ich mit ihm über die Burg Heidenfeld als feste jährliche Location gesprochen, aber bisher nichts mehr von ihm gehört.

»Baronin, wir würden das gerne dingfest machen. Drei Wochen im Jahr. Die ganze Burg, die Scheune und alle Außenanlagen. Für das Sommer-Jazz-Festival. Zu denen von Ihnen genannten Konditionen.«

Ich öffnete den Mund und schloss ihn direkt wieder. »Oh. Ja. Toll!«, sagte ich dann etwas tonlos, weil mich das völlig überrumpelte.

»Aber eine Bedingung habe ich. Sie werden unsere Schirmherrin und eröffnen das Festival mit einer Festrede. Einverstanden?«

»Klar«, erwiderte ich sofort. Ich konnte unser Glück kaum fassen. »Ich schicke Ihnen die Verträge noch heute zu. Der August des nächsten Jahres ist für Sie geblockt. Und unterzeichnen

Sie am besten heute noch, ja? Ich habe große Lust auf Ihr Festival, aber wir werden gerade überrannt.«

»Sobald ich die Verträge vorliegen habe, unterzeichne ich sie und schicke die vereinbarte Vorabzahlung. Ich freue mich!«

»Ich mich auch. Bis später dann, Herr Montefein!«

Ich drückte das Gespräch weg, vergewisserte mich noch einmal, dass ich wirklich aufgelegt hatte, dann sprang ich auf und brüllte: »JAHHHHAAAAA!«

Maria und Aysun beobachteten mich mit offenem Mund. »Und das war erst der Anfang«, sagte ich und straffte die Schultern. »Die Burg ist wieder auf Spur. Alles wird gut.«

Kapitel 20

Es hatte große Vorteile, mit einem Juristen liiert zu sein, wie ich kurz darauf feststellte. Denn besagter Jurist kannte nicht nur einige der Rechtsgebiete, die für Veranstaltungen notwendig waren, ziemlich gut, sondern andere Juristen für den Rest. Die er auch noch an einem Wochenende anrufen konnte und die freundlich und kostenfrei Auskunft gaben.

Nach einer Stunde hatte er die alten Verträge geprüft, einen neuen aufgesetzt und unterschriftsreif gemacht und mir gleich noch diverse Kniffe und Tricks erklärt, wie ich es zukünftig handhaben sollte.

»Du bist ein cooler Typ«, sagte ich und betrachtete die sorgfältig gestapelten Schriftstücke auf dem Tisch der Burgküche, die ich bereits eingescannt hatte.

»Das höre ich häufiger«, erklärte Leon und nickte mir huldvoll zu. »Ich muss jetzt fahren. Ich habe ein Physio-Date mit Ronja.« Einen Moment sah er mich mit gerunzelter Stirn an, dann hellte sich seine Miene auf, und er beugte sich ruckartig auf seinem Stuhl nach vorne. »Willst du mit?«

Erstaunt starrte ich ihn an. Bevor ich antworten konnte, sagte Leon: »Quatsch. Du hast hier genug zu tun.« Er kratzte sich am Kinn. »Ich habe nur das sonderbare Gefühl, nicht von dir wegfahren zu wollen.«

»Das ist gut.« Ich lächelte. Dann griff ich über den Tisch und die Verträge hinweg und umfasste seine Hand. Seine Finger schlossen sich um meine, und für einen Augenblick sahen wir uns nur an.

Und dann flog die Küchentür auf, und Simon stand unvermittelt im Raum. »Leon! Du bist ja schon wieder da. Oder immer noch? Warst du etwa die ganze Nacht hier?«

Überrascht drehten wir beide die Köpfe zu ihm. Mein Bruder machte zwar immer noch einen erschöpften Eindruck, aber etwas an ihm hatte sich verändert. Es war sein Gesichtsausdruck. Da war plötzlich dieser trotzige Zug um seinen Mund, den ich so gut von ihm kannte. Der tauchte dann auf, wenn er eine Sachlage genauestens durchdacht hatte und sämtliche dazugehörigen Gefühle in den Keller seiner Seele getragen hatte. Wenn er eine Entscheidung getroffen hatte, mochte sie auch noch so unangenehm sein.

»Wie geht es dir?«, fragte ich.

»Ich war im Wald«, antwortete er.

»Sie hat gefragt, wie es dir geht?«, wagte Leon einen neuen Versuch.

Simon zog die Nase hoch und fixierte uns unter halb geschlossenen Lidern. »Ich möchte, dass wir nie wieder darüber reden. Nicht über diesen Mann, nicht darüber, dass ich dich gestern so schändlich im Stich gelassen habe, Katha. Nie wieder. Punkt. Basta. Ende.« Mit diesen Worten drehte er sich um und verschwand irgendwo in der Burg.

»Ich finde das ungesund«, sagte Leon. Ich nickte sofort und heftig.

»Aber er wird das durchziehen«, erklärte ich. »Wie immer. Und das ist schlecht. Weißt du, was ich gedacht habe, als er von der Leiter gefallen ist?« Leon sah mich aufmerksam an, und das gab mir den Mut, es auszusprechen. »Ich hatte für einen Moment den absolut fürchterlichen Gedanken, dass es …«, ich hielt inne und atmete tief durch, um mich zu wappnen, doch Leon kam mir zuvor.

»… dass es Absicht gewesen sein könnte«, sprach er meine schlimmsten Ängste aus. »Ich habe ihn gefragt. Noch in der Nacht im Krankenhaus. Mir ist der Gedanke nämlich auch gekommen.«

»Und?«, fragte ich mit bangem Herzen.

Leon schüttelte den Kopf. »Nein. Er sagt nein, und ich glaube ihm das. Nicht jeder mit einer Depression stürzt sich direkt in die Tiefe.« Wir schwiegen eine Weile, Leon betrachtete meine Hand in seiner, dann blickte er auf, als wäre ihm etwas eingefallen.

»Hast du einen Plan? Wie es weitergeht? Was ist mit Berlin?« Er gab sich bewusst cool, doch ich spürte, wie sehr ihn das beschäftigte.

»Ich habe keinen Plan. Gar keinen. Das erste Mal in meinem Leben«, erwiderte ich und wunderte mich selbst über diese Tatsache.

»Ist das gut?«, fragte Leon vorsichtig.

»Das ist exzellent«, sagte ich und hoffte einfach mal, dass das stimmte. Das konnte ich schließlich nicht wissen, weil ich die letzten neunzehn Jahre immer einen Plan haben musste. Lebensplanung war als Mutter zu meiner Kernkompetenz geworden.

Leon fuhr zu seinem Physiotherapie-Termin mit Ronja, und ich blieb in der Küche sitzen, um den Vertrag wegzumailen, endlich die letzten Nachrichten zu meinem Abschieds-Podcast zu beantworten, noch drei Tassen Kaffee zu trinken und der Lücke nachzuspüren, die Leons Abfahrt gänzlich unerwartet hinterlassen hatte. Von hundert auf null. Etwas benommen über diese Erkenntnis schüttelte ich den Kopf und klappte den Laptop zu.

Genau in dem Moment kam Simon wieder um die Ecke. Er hatte offenbar geduscht, denn seine Haare waren nass, dazu trug er nur Boxershorts, ein verwaschenes Shirt und hielt in der linken Hand den kleinen Gummiball, mit dem er die Muskeln seiner Finger trainierte. Eifrig drückte er darauf herum und nahm kerzengerade mir gegenüber Platz.

»Es ist keine Lösung, nicht darüber zu sprechen«, setzte ich an, doch Simon verzog nur widerwillig das Gesicht.

»Sei ruhig«, sagte er dann gebieterisch. »Ich will eine Rede halten. Soll ich aufstehen?«

Argwöhnisch zog ich eine Augenbraue hoch. »Von mir aus kannst du sitzen bleiben.«

»Katharina. Hast du es jetzt gemerkt?«

»Hä?«

»Dass du hierhergehörst«, sagte Simon und hatte es als Aussage formuliert. Das war keine Frage. »Du gehörst auf die Burg Heidenfeld. Das wusste ich schon immer. Aber ich weiß ja auch eine Menge mehr als du.«

»Weil du mit außerordentlicher Klugheit gesegnet bist, oder was?«, fragte ich zurück.

Simons Schultern sackten ein wenig nach vorne, und er legte den kleinen roten Ball mitten auf den Tisch. »Ich weiß all die Dinge, die nichts mit mir zu tun haben. Bei allem, was dich betrifft, bin ich mir sehr sicher. Das heißt, ich weiß mit absoluter Gewissheit, dass du hier glücklich sein könntest. Du hast der ganzen Welt bewiesen, dass du es allein schaffst. Du hast Mona allein großgezogen. Allein!« Er blinzelte ein paarmal, sammelte sich aber wieder. »Aber die Vergangenheit ist vorbei. Ich bin dein Bruder, nicht Papa. Du musst mir nichts beweisen. Ich brauche dich hier, Katha. Ich will das mit dir zusammen machen.«

Er schwieg einige Sekunden lang. »Es ist nicht so kalt in der Burg, wenn du da bist«, sagte er dann, und jetzt musste *ich* angestrengt blinzeln. »Das war schon so, als wir Kinder waren. Wenn du da warst, war alles nur halb so schlimm. Ich musste nur wissen, dass du oben in deinem Zimmer warst, dann habe ich Papas Tiraden ertragen.« Er machte erneut eine Pause und deutete auf die Verträge. »Es tut mir leid, dass ich das alles fast an die Wand gefahren habe. Erst Corona, und dann ist mir die Kraft ausgegangen, und ich habe es einfach nicht geschafft, dich um Hilfe zu bitten. Es fühlte sich an wie ein Versagen. Wieder ein Versagen. Wieder nicht den Erwartungen entsprochen.«

»Simon. Da spricht der kleine Junge aus dir«, sagte ich.

Simon beugte sich ein Stück vor und sah mich eindringlich an.

»Das weiß ich!«, sagte er und klang aufgeregt. »Aber der ist immer da. Der kleine Junge. Der sich ständig anhören musste, *du bist nicht gut genug. Du bist nicht liebenswert. Du bist abartig, die Welt wird dich hassen, weil du so anders bist*. Ich weiß, dass ich erwachsen bin und es nicht mehr so ist.« Er schwieg kurz. »Aber ich fühle es nicht«, fügte er dann hinzu.

»Du musst eine Therapie machen«, sagte ich fest. »Um das abschließen zu können.«

Simon runzelte die Stirn. »Ich werd darüber nachdenken.«

»Gut«, erwiderte ich. Das war sehr viel mehr, als ich erwartet hatte.

»Bleibst du also hier? Was willst du in Berlin? Niemand will in Berlin leben. Berlin ist unfassbar out«, sagte mein kleiner Bruder und legte den Kopf schräg. »Die Burg hat siebenundzwanzig Zimmer. Such dir einfach ein paar aus.«

»Ich würde gern bei Otto bleiben. Ich mag das Farbkonzept.«

Simon grinste. Ich grinste zurück und spürte, wie sich sprudelnde Freude in mir ausbreitete. Es war entschieden.

Nachdem wir alle gemeinsam die restlichen Aufräumarbeiten erledigt hatten, legte ich mich ein paar Minuten auf mein Bett und sah aus dem Fenster. Dunkle Wolken hatten sich am Horizont aufgetürmt. Auch der Wind hatte aufgefrischt, und ich genoss die Erleichterung darüber, dass das heftige Gewitter, das da kam, nicht schon gestern hier aufgeschlagen war.

Ich seufzte und schloss die Augen. Ich war plötzlich müde. So müde, dass ich vermutlich sogar ein kurzes Nachmittagsschläfchen gehalten hätte, doch mein Handy riss mich aus dem zarten Moment der Entspannung. Mona.

»Na, Mutter? Hast du es verdaut, über Nacht die Wedding-Expertin der Republik geworden zu sein?«

Ich lachte und betrachtete die dunklen Wolken vor dem Fenster.

»Du solltest nicht lachen. Dein Video von der Trauung geht gerade viral. Du hast vermutlich sieben Millionen neue Follower. Damit kann man was anfangen. Vielleicht einen neuen Podcast? Mein Leben als blaublütige Wedding-Planerin, oder so?«, fragte Mona amüsiert. Ich lachte noch mehr. Tatsächlich hatte ich bisher nicht auf meinen Account gesehen. Ich wollte erst mal alle Gefühle in der realen Welt sortieren und wahrnehmen, die virtuelle Welt musste warten. »Aber Mama, ich wollte noch was fragen.« Meine Tochter machte eine kleine Kunstpause. »Hast du einen Freund?«

»Woher weißt du das denn nun schon wieder?«, fragte ich erstaunt und richtete mich etwas in den Kissen auf.

»Dein Zwillingsbruder ist die größte Klatschtante auf der nördlichen Welthalbkugel. Wusstest du das nicht?«

»Nein, das ist mir völlig neu«, murmelte ich grinsend.

»Das ist toll, Mama. Gib dem eine Chance. Der ist super.«

»Ich gebe ihm definitiv eine Chance«, erwiderte ich und dachte an die vergangene Nacht und die wohlige Nähe, die Leon mir beschert hatte. Dabei sah ich wieder aus dem Fenster. Die dunklen Wolken hatten sich zu einer schwarzen Wand verdichtet, die bedrohlich über dem Wald aufragte.

»Du, Mona. Ich muss Schluss machen. Hier kommt grad ein gewaltiges Unwetter auf, und ich muss schauen, ob die Pferde im Stall sind.«

»Dann los«, sagte meine Tochter und legte auf, pragmatisch, wie sie war. Ich sprang auf, schlüpfte in meine Sneaker, zog mir die dicke Strickjacke über und steckte das Handy in die Hosentasche.

Dann eilte ich hinunter. Simon, Maria und Aysun standen in der Burgküche und drapierten die Reste vom gestrigen Festmahl auf der Küchentheke, unter der Hund entspannt auf der Seite lag und genau beobachtete, was da eine Etage über ihm vor sich ging. Nur für den Fall, dass etwas herunterfiel.

»In einer halben Stunde gibt es Essen«, verkündete Maria, als ich hereinkam.

»Habt ihr alles eingeräumt? Da kommt ein gewaltiges Unwetter«, sagte ich. Simon trat zum Fenster und sah zum Himmel. »Oha. Aysun? Haben wir alles weg?«

Aysun trat neben ihn, ebenfalls den Blick zum Himmel gerichtet. »Krass. Wie eine schwarze Wand. Die Scheune ist zu, alles ist weggeräumt. Und die Burg steht hier seit tausend Jahren. Vermutlich ist sie ein sicherer Ort.«

»Um die Burg mache ich mir auch keine Sorgen«, sagte ich. »Aber ich gehe schnell gucken, ob die Pferde drin sind«, erklärte ich und rannte raus auf den Burghof. Der Wind hatte gewaltig aufgefrischt und zerrte an mir, während ich an den alten Mauern vorbeilief. Als ich um die Ecke der Remisenwohnung trat, traf mich eine Bö und nahm mir für einen Moment den Atem. Ich stemmte mich gegen den Wind und eilte weiter, um die Stalltür zu öffnen. Der Stall war leer.

»Wo seid ihr denn?«, fragte ich laut und lief hastig durch die große mit Stroh eingestreute Box bis zur geöffneten Tür, die hinaus auf die Wiese führte.

Hermann und Joris standen ganz hinten unter der riesigen Eiche, die Köpfe dicht beieinander, den Schweif zum Wind gedreht.

»He!«, brüllte ich. »Seid ihr irre?!«

Im selben Moment zuckte ein Blitz über dem Wald, und mir rutschte das Herz in die Hose. Jedes Jahr starben Pferde durch Blitzschlag. Das war verdammt gefährlich.

Beide Pferde trugen zum Glück ihre Halfter, ich packte mir den Strick, der an einem Haken an der Wand hing und rannte los. Der Donner grollte über dem Wald, das Unwetter war also noch nicht direkt über uns.

Hermann hatte nun den Kopf gehoben, seine Ohren drehten sich und er schien unschlüssig, was zu tun war. Seine entspannte Konstitution kam mir zugute, denn er entschied sich nicht für Flucht, sondern dafür, mir entgegenzukommen. Joris folgte ihm. Wir trafen uns in der Mitte der Wiese, und ich hakte schnell den Strick in Hermanns Halfter. Joris packte ich einfach so am Nasenriemen, dann zerrte ich die beiden Pferde hinter mir her. Kurz vor dem Stall spürte ich die ersten Regentropfen auf meinem Gesicht. Jetzt endlich beschleunigte auch der Isländer seinen Schritt. Er mochte zwar von der rauen Insel kommen, aber Regen lag ihm nicht.

Kurz vor dem Vordach traf mich eine eiskalte Dusche vom Himmel, und ich schnappte nach Luft.

Klitschnass erreichten wir den Stall, obwohl wir beim Einsetzen des Regens nur wenige Meter entfernt gewesen waren. Kaum waren wir in der großen Box, schob ich das Tor zu, verriegelte es und nahm Hermann den Strick ab. Dann rieb ich beide Pferde mit Stroh ab und füllte die Heuraufen auf, damit sie etwas zu tun hatten. Ich stellte mich an das staubige Fenster und sah hinaus.

Das Unwetter traf jetzt mit voller Wucht auf Burg Heidenfeld. Ich hörte das Jaulen des Sturms um die alten Mauern und spürte selbst im Stall einen kalten Luftzug.

Fröstelnd schlang ich die Arme um mich, dann zog ich mein Handy aus der Hosentasche, um Leon anzurufen. Nicht, dass der sich auf den Weg machte, um seine Pferde zu retten. Niemand sollte bei dem Wetter noch auf der Straße oder sonst wo unterwegs sein.

Ich rief seine Nummer auf und stellte fest, dass ich kein Netz hatte. Wo normalerweise die Balken waren, war nur eine Linie. Im nächsten Moment rumpelte es vor dem Stall. Und gleich noch einmal. Ich lauschte. Dann schlich ich zur Stalltür und schob sie ein kleines Stück auf, um durchzuspähen.

Direkt vor dem Stall stand Leons SUV-Ungetüm. Gerumpelt hatte die Regentonne, die er beim Wenden anscheinend versehentlich mitgenommen hatte. Leon schnallte sich gerade ab und entdeckte mich dann in der Tür. Ich hob einen Daumen, um zu signalisieren, dass die Pferde drin waren. Seine Erleichterung war unverkennbar, ich sah sie auch durch den monsunartigen Regen hinter der Scheibe. Pantomimisch deutete ich ihm an, dass er im Auto sitzen bleiben solle, doch Leon öffnete trotzdem die Tür und hangelte sich durch den Regenvorhang in meine Richtung. Schnell schob ich die Tür auf und direkt hinter ihm wieder zu. Er umarmte mich so stürmisch, dass ich mit einer Hand an die hölzerne Boxenumrandung greifen musste.

»Tschuldigung. Hab das Gleichgewicht verloren«, murmelte er in meine Haare, und ich ließ die Box wieder los und umarmte ihn mit der gleichen Intensität wie er mich.

»Ich konnte dich nicht anrufen«, sagte er und ließ mich los, nur um seine Hände an mein Gesicht zu legen. Er roch köstlich nach seinem Duschgel und frischer Luft.

»Danke, dass du sie reingeholt hast.«

»Klar«, erwiderte ich.

»Ich war mir sicher, dass Hermann einfach draußen stehen bleiben würde. Der hat keine Angst vor Tod und Teufel. Aber ich habe furchtbare Angst, dass ihn der Blitz trifft. Das passiert immer wieder. Das ist ja krass«, sagte Leon und schob mich ein wenig nach rechts, ohne mich allerdings loszulassen. Draußen konnte man sehen, wie die große Eiche sich im Sturm schüttelte.

»Wie war die Physio?«, fragte ich und entspannte mich ein wenig in seiner festen Umarmung.

»Anstrengend. Heute sehr anstrengend. Weil ich so müde bin.«

»Sorry. Ich habe dir den Schlaf geraubt.«

»Ja. War super. Bitte mach das wieder«, sagte Leon und lachte. Es war Zufall, dass wir beide genau in dem Moment in Richtung Wiese blickten, als der Blitz in die alte Eiche einschlug. Joris machte einen entsetzten Satz in die Ecke der Box, nur Herman stand regungslos mit hocherhobenem Kopf da. Leon keuchte auf. Vielleicht hatte aber auch ich das erstickte Geräusch von mir gegeben.

Grelle Helligkeit zuckte über die Wiese und ließ die zerstörte Eiche zurück.

Sie war in der Mitte gespalten und fast vollständig schwarz. Dunkler Rauch waberte zwischen dem prasselnden Regen, was völlig skurril aussah.

»Ach. Bist du auch endlich da«, wisperte ich, und dann schossen mir die Tränen in die Augen, während das Glück in mir perlte wie ein sehr guter, eisgekühlter Champagner.

Weil dieser verdammte Blitz doch noch aufgetaucht war.

Weil ich so verliebt in Leon war.

Weil den Pferden nichts passiert war.

Weil mein kleiner Bruder von dieser verdammten Leiter gestürzt war und es überlebt hatte.

Weil alles Schreckliche offenbar notwendig gewesen war, damit das Gute in mein Leben kommen konnte.

Weil jetzt alles gut war.

Kapitel 21

Der Herbst war da. Wir hatten drei weitere Hochzeiten hinter uns gebracht und für das kommende Frühjahr gleich zwei Garten-Shows im Programm.

Ich stand in der Küche und schnitt Paprika nach Leons Anweisung. Leon war ein kleinlicher Pedant, wenn es ums Kochen ging. Er kochte erstaunlich gut, im Gegensatz zu mir, deswegen schwieg ich und schnitt das verdammte Gemüse in mikroskopisch kleine Einzelteile.

»Ist das so genehm?«, fragte ich ihn und deutete auf das Paprika-Massaker auf dem Schneidebrett. Leon sah von der Pfanne auf und runzelte die Stirn.

»Warum kannst du keine gleich großen Stücke schneiden?« Interessiert musterte er mich, während er sein Gulasch-oder-was-auch-immer-Gedöns umrührte. Ich grinste. »Ich habe andere Qualitäten.«

»Fürwahr«, erwiderte Leon. »Jetzt deck den Tisch.«

Ich salutierte und sammelte das Besteck und Geschirr zusammen.

Wir verbrachten die Wochenenden abwechselnd auf Burg Heidenfeld und in Leons Wohnung in Woltersdorf. Wenn wir hier waren, gab es immer Familienanschluss. Meistens aßen wir gemeinsam mit meinem Bruder, Maria, Oleg und Aysun, doch heute waren wir nur zu dritt. Und in weniger als zwei Wochen würde Marias Tochter aus Australien zu Besuch kommen. Sobald

Mona im Dezember Semesterferien hatte, würde sie ebenfalls anreisen und die ganze Weihnachtszeit hier verbringen.

Wenn ich nur daran dachte, schlug mir das Herz bis zum Hals. Ich hatte vor, die ganze Burg weihnachtlich zu schmücken, Lichterketten in jedem Fenster aufzuhängen und einen riesigen Baum aus dem Wald zu holen.

Ich deckte den Tisch, kraulte Hund, der wie immer unter dem Tisch lag, kurz hinter den Ohren und schnappte mir dann die kleine Gartenschere, die immer griffbereit auf der Anrichte lag.

Dann lief ich durch die Eingangshalle bis auf den Burghof. Einen Moment betrachtete ich Angelika, die den ganzen Sommer durchgeblüht hatte, als ob es kein Morgen geben würde. Mir war nicht klar, wie ein einzelner Rosenstock eine solche Blütenpracht produzieren konnte. Und Angelika war immer noch nicht fertig. Sie blühte unverdrossen weiter, obwohl die Nächte mittlerweile empfindlich kühl geworden waren und der kalte Hauch des nahenden Winters in der Luft lag. Vorsichtig griff ich nach einem dornigen Zweig, bog ihn sanft zur Seite und schnitt eine der Rosen ab.

Zurück in der Küche stellte ich die Blüte in eine alte Porzellanvase meiner Mutter und platzierte das Ganze auf dem Esstisch.

»Holst du Simon zum Essen?«, fragte Leon und hantierte mit Schüsseln und der Pfanne.

Ich nickte und lief zu Simons Büro, wo ich anklopfte. Simon reagierte nicht. Ich klopfte noch einmal, diesmal energischer, dann verdrehte ich die Augen und öffnete die Tür. Vermutlich hörte er beim Arbeiten Musik über seine Kopfhörer. Da konnte ich lange klopfen.

Das war aber nicht der Fall. Simon saß wie erstarrt hinter seinem Schreibtisch und blickte noch nicht einmal vom Bildschirm auf, als ich eintrat.

»Ist was passiert?«, fragte ich erschrocken, denn genau so sah er aus. Also ob ihn der Blitz getroffen hätte.

»Kannst du dir das mal angucken?«, fragte er mit bebender Stimme.

»Ja. Klar«, erwiderte ich und eilte um den Schreibtisch herum. Simon hatte YouTube geöffnet. Offenbar eine Pressekonferenz. Ich kniff die Augen zusammen und schaute auf den Bildschirm, ohne so richtig zu verstehen, was ich da vor mir hatte.

Leon tauchte in der Tür auf. Er benutzte meinen Stock. Offenbar war er doch kein so schreckliches Geschenk gewesen, das registrierte ich aber nur aus dem Augenwinkel, denn jetzt kapierte ich, was da gerade passierte. Oder besser gesagt vor zwei Stunden passiert war, denn das zeigte die Uhr an der Wand hinter Matteo de Luca, der groß im Bild war.

Leon war nicht ganz so begriffsstutzig, denn als er neben uns stand, legte er Simon sanft eine Hand auf die Schulter.

»Ich möchte noch etwas in eigener Sache sagen«, erklärte Matteo gerade und atmete tief durch. »Ich bin schwul.« Er räusperte sich mehrmals, und der junge Fußballer neben ihm legte ihm ganz unvermittelt die Hand auf den Arm. »Fußball ist für alle da, oder? Und die Frage, was die Norm ist, definieren doch wir selbst. Deswegen ist es an der Zeit, hier ehrlich zu sein. Ich liebe einen Mann. Ich liebe diesen Mann so sehr, wie ich noch nie jemanden geliebt habe, und ich habe ihn verloren, weil ich nicht in der Lage war, mich aus dem engen Korsett, in dem ich mich bewege, zu befreien. Ich musste lange darüber nachdenken, wie es für mich weitergeht. Und ich bin zu dem Schluss gekommen, dass ich mich nicht weiterentwickeln kann, wenn ich nicht ehrlich bin. In diesem Punkt. Zu mir selbst. Und zu Ihnen, den Menschen, mit denen ich seit Jahren zusammenarbeite.« Für ein paar Atemzüge war es absolut still in dem Raum, dann brandete plötzlich Applaus auf. Einige Leute erhoben sich und klatschten, bis schließlich alle standen und applaudierten.

Nein, nur *fast* alle. Bei einem Kameraschwenk durch den Raum sah man auch Leute, die das Spektakel mit unbewegter Miene verfolgten.

»Das Essen ist fertig«, sagte Leon, als Simon den Bildschirm in den Schlafmodus schickte.

»Gut«, sagte mein Bruder bloß. Er schien unter Schock zu stehen.

Wir aßen alles auf, redeten über Belanglosigkeiten, und um kurz vor zehn gingen wir schlafen, ohne diese legendäre Pressekonferenz noch einmal angesprochen zu haben.

Im Badezimmer schaute ich kurz bei Twitter vorbei und stellte dort mit einer Mischung aus Entsetzen und Aufregung fest, dass Matteos Outing es bis in die Trends geschafft hatte.

»Und was heißt das jetzt?«, fragte ich eine Stunde später Leon im Dunkel des Zimmers. Ich lag mit dem Kopf auf seiner Schulter und genoss die Wärme, die er ausstrahlte.

»Ich habe keine Ahnung«, antwortete Leon. »Abwarten. Würde Simon denn jetzt, nach all den Wochen Liebeskummer, Matteo einfach so zurücknehmen? Ich weiß es nicht.«

»Die lieben sich.«

»Aber so was von«, sagte Leon.

»Vielleicht lässt Matteo sich was einfallen. Er kennt Simon gut«, murmelte ich müde.

»Warten wir es ab«, erwiderte Leon mit schlaftrunkener Stimme.

Wir mussten nicht lange warten. Ich wachte mitten in der Nacht auf, weil Marianne Rosenberg sang. *Er gehört zu mir*. Leon wachte gleichzeitig auf. Offenbar waren wir beide zusammengezuckt. »Geht die Welt unter?«, fragte Leon.

»Das ist anzunehmen«, sagte ich und schlug die Bettdecke zur Seite, während Leon unter dem Bett nach seinen Myos fahndete.

Ich rannte zum Fenster und entdecke die Quelle der nächtlichen Ruhestörung. Ich riss den Fensterflügel auf und zischte Leon zu: »Vergiss die Dinger. Nimm meine Hand. Oder den Stock!«

Ich eilte zum Bett und packte seinen Arm. »Oh Mann«, brummelte mein Freund und ließ sich von mir hochhelfen. Wir hatten keine Zeit, die Myos zu suchen. Hier bahnte sich Großes an, und dem wollten wir um jeden Preis beiwohnen.

Ich schob eilig den Sessel ans Fenster. Leon ließ meinen Arm los und sich darauf sinken. Ich kletterte zu ihm, und möglichst unauffällig starrten wir in den vom Vollmond erleuchteten Burghof.

Da stand der Ferrari. Mit offenem Verdeck. Auf dem Wagen und überall auf dem Burghof lagen Rosenblätter. Matteo stand auf dem Sitz der Fahrerseite. Marianne war endlich fertig mit Singen.

»Halt mich fest«, zischte ich, und Leon umklammerte leise fluchend meine Hüften, während ich mich weit aus dem Fenster lehnte. Neben uns war eins der Flügelfenster aufgegangen, und ich sah schemenhaft Simons Iro dort auftauchen. Sonst hätten wir ihn wecken müssen. So eine Liebeserklärung durfte man um nichts in der Welt verschlafen.

»Wir sollten nicht lauschen«, flüsterte Leon und zog mich energisch zurück.

»Wir haben ihm die Haare gehalten, als er tagelang wegen dem Kerl da unten gekotzt hat. Wir haben jedes Recht zu lauschen«, flüsterte ich aufgeregt zurück, ließ mich aber wieder neben ihn auf den Sessel sinken.

»Simon. Das ist alles, was ich an Glitzer zur Verfügung habe!«, rief Matteo. Leon presste sein Gesicht gegen meine Schultern. Mucksmäuschenstill saßen wir da. »Wenn du mich nicht mehr willst, dann fahre ich wieder. Ich möchte dir nur sagen, dass es mir leidtut. Es tut mir leid, dass ich dir das angetan habe. Dass ich mich nicht getraut habe, mich zu outen. Mein ganzes Leben habe ich diesen Teil von mir vor der Welt versteckt. Ich war nie so wie du. Homosexualität ist eben nicht immer bunt und voller Glitzer. Das musst du mir zugestehen. Mir bleibt jetzt nichts anderes, als dir zu sagen, dass ich dich liebe. Immer geliebt habe. Mit allen Konsequenzen für mein Leben. Wenn ich fahren soll, tue ich das.« Matteo musste Luft holen. Es hörte sich nicht an, als ob er diese Rede geplant hatte. »Aber ich möchte nichts mehr, als dass wir zusammen sind. Ich kann nicht ohne dich sein.« Matteo schwieg jetzt. Leon und ich warteten gespannt.

»Ich habe es meinen Eltern erzählt. Dass ich schwul bin und dass es dich gibt.« Matteos Stimme klang flehentlich.

»Ich kann das nicht noch mal. Ich bin fast gestorben. Vor Liebeskummer«, sagte mein Bruder von rechts.

»Ich auch. Ich habe es auf einer Pressekonferenz gesagt. Allen«, erwiderte Matteo. Leon und ich nickten einträchtig.

Und dann wurde Matteo nachdrücklich, denn er rief: »Ich liebe dich, Simon. So wie du bist.«

Stille senkte sich über den Burghof. Mein Herz raste.

»Okay«, sagte mein Bruder schließlich. »Komm hoch. Die Tür ist offen.« Er schloss mit einem vernehmlichen Knall das Fenster, und Leon flüsterte: »Wie? Das war es? *Komm hoch*?«

»Wie sollen wir denn jetzt bitte schön schlafen?«, flüsterte ich zurück. Etwas bedröppelt blieben wir noch fast eine halbe Stunde auf dem Sessel sitzen. Wir waren einfach zu aufgeregt. Ich wünschte Simon so sehr, dass er und Matteo wieder zueinanderfanden.

Irgendwann wurde uns zu kalt, und wir krochen doch zurück ins Bett, nur um dann nicht schlafen zu können. Also redeten wir. Wir redeten die restliche Nacht über die Liebe, das Leben und die Träume, die wir hatten. Erst als der Morgen begann, die Nacht in Farbe zu tauchen, schliefen wir ein. Wohlig warm aneinandergekuschelt.

Ein Jahr später

Ziesel Liesel betrachtete mich etwas missmutig, während ich den Sattel und das Zaumzeug auf dem Strohballen ablegte. Ziesel Liesel wohnte jetzt seit drei Monaten in unserem Stall und war unangefochten die Chefin der kleinen Pferdeherde. Sie war eine interessante Mischung aus einem Welsh Cob Hengst und einer Haflingerstute. Perfekte Größe, sehr trittsicher, stur und von grundsätzlicher Freundlichkeit. Außerdem verstand sie sich mit Hermann und Joris, wobei sie den Ton angab. Die beiden anderen Pferde stellten das nicht eine Minute infrage. Ziesel Liesel verfügte über eine natürliche Autorität, die ihr das Leben in der kleinen Pferdeherde sehr angenehm machte.

Leon kam um die Ecke gelaufen. Er benutzte seinen Stock. Natürlich aus Prinzip nicht meinen Marktstock, er hatte sich den Mercedes unter den Gehstöcken zugelegt. Leon war nicht nur ein Küchen-Tyrann, sondern manchmal auch ein Snob, und der lackschwarze Stock mit den silbernen Intarsien passte vorzüglich zu dieser neu entdeckten Charaktereigenschaft.

Als Hermann ihn kommen sah, drehte er den Kopf und gab sein warmes Grollen von sich. Leon lächelte. Er war mit seinem Pferd so eng verbunden, wie man es nur sein konnte, wenn man eine erhebliche Strecke gemeinsam gegangen war. Liesel und ich waren zwar auf dem besten Weg, diskutierten aber aktuell wir darüber, ob angebundene Pferde sich klaglos putzen lassen oder ihren Missmut durch aktives Hufscharren kundtun sollten.

Liesel scharrte, ich stupste sie an der Schulter. Liesel verzog missmutig das Maul. Sanft kraulte ich sie am Hals, und sie reckte den Kopf in meine Richtung.

Leon trat zu mir und küsste mich auf die Wange.

»Guten Tag gehabt?«, fragte er, und ich nickte. Ich hatte sogar einen verdammt guten Tag gehabt. Ich hatte die komplette Ablage fertig, die Steuern endlich in Angriff genommen und der Buchungskalender war voll. Morgen würde der NDR kommen, um eine anstehende Dokumentation über den Werdegang der Burg Heidenfeld zu besprechen. Das war so unfassbar aufregend, dass ich beim bloßen Gedanken daran bereits Herzrasen bekam.

»Und du?«, fragte ich zurück.

»Hab mich auf dich gefreut«, erwiderte Leon. »Wollen wir zum alten Steinbruch reiten? Der ist ungefähr vierzig Minuten entfernt.«

Ich nickte. Wir hatten im Frühjahr begonnen, längere Touren mit den Pferden und Hund zu unternehmen. Die Gegend war traumhaft schön, es gab immer und überall etwas zu entdecken. Mittlerweile war August und das Wetter einfach perfekt für einen Ausritt.

Leon widmete sich Hermann, und ich hob gerade den Striegel, um mein plüschiges Staubpferd etwas abzureiben, als die Stalltür sich öffnete und Matteo um die Ecke lugte. Rein kam er nie. Er hatte, laut eigenen Angaben, höllische Angst vor Pferden.

»Ich koche heute Abend, seid ihr da?«, fragte er und blieb konsequent auf der Türschwelle stehen.

»Wir sind immer da, wenn es Essen gibt. Das solltest du mittlerweile bemerkt haben«, antwortete Leon und führte Hermann auf die kleine Gasse vor der Box, woraufhin Matteo respektvoll einen Schritt zurücktrat.

»Dann plane ich euch ein«, erklärte er würdevoll und verschwand wieder.

»Ich vermute, er macht Pasta. Also selbst gemachte Pasta mit Trüffelsoße. Oder so«, erklärte Leon und strich Hermann über die wallende Mähnenpracht.

»Und danach gibt es Tartuffo. Oder Panna Cotta«, sponn ich den Faden weiter. Matteo hatte nicht nur einen italienischen Namen, er war direkt in Rom aufgewachsen und das auch noch mit einer Mutter, die göttlich kochte und diese Fähigkeit an ihre Kinder vererbt hatte, was selbst Maria glücklich lächelnd anerkennen konnte.

Matteo wohnte seit Weihnachten auf der Burg. Leon hatte im Dezember letzten Jahres seine Zelte in Woltersdorf abgebrochen und war hierhergezogen. Wir hatten zwei der Gästezimmer zusammengelegt, um genug Platz für all unsere Sachen zu haben.

Die Küche nutzten wir alle zusammen, und diese WG funktionierte exzellent. Die Burg steckte wieder voller Leben, und es schien, als würde ihr das ausgezeichnet gefallen.

Simon machte seit Januar eine Therapie. Auch wenn es ihm mit Matteo an seiner Seite besser ging, Liebe allein reicht nicht bei Depressionen. Mein Bruder hatte treffsicher gesagt: »Der Mann deines Lebens rettet dich nicht vor der Dunkelheit, er kann ein Leuchtfeuer anzünden, aber die Rollläden musst du selbst hochziehen.« Und das tat er. Er zog die Rollläden hoch, und das kostete ihn einiges. Aber es musste sein.

Aysun arbeitete wieder Vollzeit für das *Von-Weiden-Event-Management*. Jeden Tag war sie verlässlich zur Stelle und bereicherte mein Leben. Denn aus der quirligen Wedding-Assistentin war eine gute Freundin geworden. Genau wie Maria, die mir vorsorglich für den nächsten Winter schon ein weiteres Paar Socken gestrickt hatte. Dabei war mir gar nicht mehr so kalt in der Burg. Die alten Mauern schienen sich an der Anwesenheit von Menschen zu wärmen. Aus dem kalten Ort meiner Kindheit war ein Zuhause geworden. Denn ein Zuhause ist immer dort, wo die Menschen sind, die man liebt. Und von denen man geliebt wird.

Podcast

Glück ist da, wo man es hinträgt

Ich bin Katharina, Mut und Neuanfang sind meine Themen. Herzlich willkommen zu meinem neuen Podcast. In unregelmäßigen Abständen werde ich kleinere Episoden aufnehmen und schauen, wo mich diese Show hintreibt. Wen ich kennenlernen werde, und wer mir folgen wird.

Einen großen Teil meines Lebens habe ich damit verbracht, mich zu verstecken. Mich nicht so zu zeigen, wie ich bin. Manchmal bewusst, manchmal hatte ich gar nicht die Zeit, mich näher damit zu befassen. Darüber nachzudenken, welche Bedürfnisse ich habe. Jetzt werde ich gesehen, wie ich bin. Das ist nicht immer gut. Manchmal möchte ich gar nicht, dass meine Schwächen so offenkundig daliegen und betrachtet werden können. Ich möchte sie eigentlich lieber verstecken und für mich behalten. Aber das geht nicht. Denn nur dort, wo wir uns wahrhaftig zeigen, können wir wirklich angenommen werden. All diese dunklen Seiten gehören zu uns, sie machen einen Teil von uns aus, sind Antrieb oder Hindernis für ein gelungenes Leben.

Das eine geht ohne das andere nicht.

Erst wenn wir Altes loslassen, kann etwas Neues entstehen. Was klingt wie ein angestaubter Kalenderspruch, hat sich für mich bewahrheitet. Es macht wenig Sinn, sich den Veränderungen entgegenzustemmen, obwohl ich oft versucht bin, das zu tun. Ich habe die Neigung zu hoffen, dass alles so bleibt, wie es ist. Eine blöde Hoffnung. Denn mittlerweile ist dieser kleine Spruch mein Lebensmotto geworden: *»Nichts ist beständiger als der Wandel«, sprach der Stein zur Blume und flog davon.*

DANKE

Liebe Angelika, es war mir ein Fest! Danke! Durch deine Augen sind meine Figuren noch mal auf eine ganz neue Art zum Leben erwacht. Unvergessen deine strenge Aufforderung, Burg Heidenfeld jetzt endlich mal aufzuzeichnen, du würdest dich beim Lesen ständig verlaufen.

Danke, Lucinde, Schreib-Buddy und Freundin. Schlüsselszenenfinderin und beste Coachin der Welt.

Danke Merle-Perle. Für 300 Jahre Freundschaft.

Danke Katharina. Das war eine grandiose Schreibsession da am Allerstrand, und auch wenn du mich erst in grobe Verwirrung gestürzt hast, war das am Ende einfach die perfekte Lösung für das Rabbit-Hole, in das ich meine Figuren hab stürzen lassen.

Danke Birte, dass du meine Lebens-Verbündete bist.

Danke an Botho, der vermutlich bis heute darüber nachdenkt, warum Kristina ihm so sonderbare Fragen gestellt hat.

Danke an die Hasen! Für den Katzenwein und die Workshops in komischen Städten, dem Nachspielen von literarischen Szenen und der Tatsache, dass ihr die Ersten wart, durch deren prüfenden Blick Burg Heidenfeld gelaufen ist. Fest und flauschig!

Danke an unsere Hofgemeinschaft. Es ist ein bisschen wie auf Burg Heidenfeld, nur ohne Burg. Und ohne Ponys. Aber mit allem anderen und noch viel mehr.

Danke Susanna, dass du mir immer wieder dein fachkundiges Wissen über all die Themen zur Verfügung stellst, von denen ich so wenig weiß.

Ganz besonderer Dank geht an Bettina Hennig, dir mir in der Stunde größter Verwirrung über den Adel in Deutschland Beistand geleistet hat und mich an ihrem reichhaltigen Wissensschatz hat teilhaben lassen.

Danke Wortfinderin-Jeanine. Für dein offenes Ohr und deine klugen Gedanken zur Welt und dem Leben.

Und einen riesigen Dank an das wunderbare Team von Lübbe, der Heimat meiner romantischen Komödien. Ganz besonders an meine großartige Lektorin Stefanie Zeller.

Der größte Dank geht wie immer an meinen Mann. Hayatım sensin. Nicht weniger!